D0839642

LA CLÉ DU BONHEUR

Danielle Steel

LA CLÉ
DU BONHEUR

Roman

Traduit de l'anglais (Etats-Unis)
par Valérie Bourgeois

PRESSES
DE LA CITÉ

Titre originale : *The House*

© Danielle Steel, 2006

© Presses de la Cité, un département de place des éditeurs, 2007 pour la traduction française

ISBN 978-2-258-07365-4

A mes enfants chéris,
Beatie, Trevor, Todd, Nick, Sam, Victoria, Vanessa,
Maxx et Zara.
Fasse le ciel que vos vies et vos foyers soient bénis,
Que votre histoire soit pour vous une source de joie,
Que tous ceux qui croiseront votre route vous
traitent avec tendresse, gentillesse et respect,
Et que vous viviez à jamais aimés et heureux.

Avec tout mon amour,
Maman / d.s.

1

Sarah Anderson quitta son bureau à 9 h 30, un mardi de juin. Stanley Perlman l'attendait chez lui à 10 heures et, tandis qu'elle hélait un taxi sur One Market Plaza, la pensée la traversa que, tôt ou tard, l'un de ces rendez-vous serait le dernier. N'était-ce pas ce que Stanley lui répétait sans cesse ? Pourtant, malgré les affirmations du vieil homme et malgré la réalité du temps qui passait, Sarah refusait d'envisager qu'il puisse mourir un jour. A trente-huit ans, elle était sa conseillère fiscale et immobilière depuis trois ans, mais cela faisait déjà plus d'un demi-siècle que Stanley Perlman confiait ses affaires au cabinet d'avocats où elle travaillait. Il était devenu son client à la mort de son prédécesseur et elle supposait qu'elle aussi s'occuperait de lui jusqu'au moment où elle devrait céder sa place à quelqu'un d'autre.

Car, des avocats, Stanley en avait enterré plus d'un. A quatre-vingt-dix-huit ans, il restait plein d'allant et continuait à dévorer livres et revues tout en se tenant au courant de toutes les subtilités et de tous les changements en matière de droit fiscal. C'était un client à la fois exigeant et agréable, qui avait fait preuve sa vie durant d'un véritable don pour les affaires. Mais, si son esprit demeurait aussi vif que par le passé, son corps, lui, avait fini par le trahir. Cela faisait maintenant près de sept ans qu'il vivait chez lui, cloué au lit et soigné en permanence par cinq infirmières – trois qui se relayaient toutes les

9

huit heures, et deux remplaçantes. Il ne souffrait pas, du moins la plupart du temps, mais ne pouvait plus quitter sa maison. Sarah n'ignorait pas que certains le trouvaient irascible et difficile. Pourtant, elle avait toujours vu en lui un homme remarquable, dont elle appréciait beaucoup les qualités. Tout en y songeant, elle demanda au chauffeur de taxi de se rendre à Scott Street – rue chic du quartier de Pacific Heights, à l'ouest de San Francisco –, où Stanley vivait depuis soixante-seize ans.

Le soleil brillait haut dans le ciel lorsqu'ils gravirent Nob Hill en longeant California Street, mais Sarah savait qu'il aurait peut-être disparu le temps d'arriver à destination. Un brouillard épais tombait souvent sur ce quartier résidentiel, même lorsqu'il faisait beau et chaud au centre de la ville. Tandis que des touristes descendaient d'un tram en souriant devant la beauté des lieux, la jeune femme vérifia les documents qu'elle devait faire signer à son client. Rien de très important. Stanley apportait régulièrement des modifications mineures à son testament. Il s'était préparé à mourir bien avant que Sarah ne le connaisse, au point même de se montrer contrarié chaque fois qu'il se rétablissait. Ce matin encore, lorsqu'elle l'avait appelé pour confirmer leur rendez-vous, il lui avait annoncé qu'il se sentait mal en point depuis quelques semaines et qu'il n'en aurait plus pour très longtemps.

« N'essayez pas de me faire peur, Stanley, avait-elle répondu. Vous nous enterrerez tous. »

Elle éprouvait parfois une pointe de tristesse en songeant à lui, bien que sa compagnie n'eût rien de déprimant et qu'il ne fût pas du genre à s'apitoyer sur son sort. Il aboyait toujours ses ordres à ses infirmières, lisait le *New York Times*, le *Wall Street Journal* et les journaux locaux, adorait les hamburgers et les sandwiches au pastrami, et parlait avec une précision incroyable de ses jeunes années dans le Lower East Side, à New York. Il était arrivé à San Francisco à l'âge de seize ans, en 1924. Débrouillard et intelligent, il avait su travailler pour les bonnes personnes, saisir les bonnes opportunités, conclure les bonnes affaires, et surtout effectuer de bons placements financiers. Il avait acheté des propriétés – toujours dans des circonstances inhabituelles, et parfois, il le reconnaissait volontiers, en profitant du malheur des autres. Il avait ainsi réussi à s'enrichir durant la grande dépression, quand beaucoup faisaient faillite. En bref, Stanley Perlman incarnait le self-made-man dans toute sa splendeur.

Il se vantait d'avoir eu sa maison pour « trois fois rien » dans les années 1930 et, bien plus tard, d'avoir été parmi les premiers à construire des centres commerciaux dans le sud de la Californie. C'était du reste dans l'immobilier qu'il avait commencé à bâtir sa fortune. Il avait échangé des bâtiments contre d'autres, acheté des terrains dont personne ne voulait pour les revendre au moment le plus opportun ou pour y ériger des immeubles de bureaux et des magasins. Faisant preuve du même flair, il avait ensuite misé sur le pétrole, ce qui lui valait aujourd'hui d'être immensément riche. Mais, si Stanley s'était révélé un génie en affaires, il n'avait pratiquement rien accompli d'autre de sa vie. Il n'avait pas d'enfants, ne s'était jamais marié, et ne voyait personne en dehors de ses avocats et de ses infirmières. Hormis Sarah, personne ne se souciait de lui ni ne le regretterait après sa mort. Les dix-neuf héritiers qui figuraient dans le testament qu'elle s'apprêtait encore à mettre à jour, cette fois pour y inclure plusieurs puits de pétrole qu'il venait d'acquérir dans le comté d'Orange, étaient des petites-nièces et des petits-neveux qu'il n'avait jamais rencontrés – ainsi que deux cousins presque aussi vieux que lui, qu'il disait n'avoir pas vus depuis la fin des années 1940, mais pour qui il éprouvait une vague affection. De fait, il n'était attaché à personne et ne s'en cachait pas. Le seul et unique but de sa vie avait été de faire fortune. Et il avait réussi au-delà de toute espérance.

Certes, il reconnaissait avoir aimé deux femmes dans sa jeunesse, mais il n'en avait demandé aucune en mariage et avait perdu tout contact avec elles, soixante ans plus tôt, lorsque, lassées de l'attendre, elles avaient chacune épousé un autre homme. Son seul regret, admettait-il, était de ne pas avoir d'enfants. Comme il trouvait Sarah intelligente, vive et douée dans son travail, il la considérait un peu comme la petite-fille qu'il n'avait jamais eue, mais qu'il aurait pu et aimé avoir s'il avait fondé une famille. Quand elle lui apportait des documents, elle sentait son regard bienveillant et il était heureux de bavarder avec elle durant des heures. Parfois, il lui prenait la main, chose qu'il ne faisait jamais avec ses infirmières. Ces dernières lui tapaient sur les nerfs avec leur manie de le traiter comme un enfant et d'être sans cesse sur son dos. Tout le contraire d'elle, répétait-il. Elle savait qu'il appréciait sa compagnie lorsqu'ils discutaient ensemble, en plus de ses compétences en droit fiscal et des idées qu'elle lui apportait pour faire des économies. Bien sûr, en raison de son âge, il s'était d'abord montré méfiant envers elle, mais, petit à petit, au fil de leurs rendez-vous dans sa chambre miteuse, située au dernier étage de sa maison, il en était venu à lui faire entièrement confiance. Elle montait l'escalier de service, son attaché-case à la main, entrait sans bruit et prenait place dans un fauteuil près de son lit. Tous deux discutaient alors jusqu'à ce qu'elle sente qu'il était fatigué. A chaque fois, elle craignait de ne plus jamais le revoir, mais, quelque temps plus tard, il la rappelait pour lui soumettre une nouvelle idée ou un nouveau projet, qui contribuerait encore à accroître sa fortune. Même à quatre-vingt-dix-huit ans, il continuait à transformer en or tout ce qu'il touchait. Mais ce n'était pas là ce qui émerveillait le plus la jeune femme. Non, le plus beau à ses yeux était que, malgré leur différence d'âge, Stanley et elle étaient devenus de véritables amis.

Sarah jeta un regard par la vitre lorsque le taxi passa devant la cathédrale Grace, au sommet de Nob Hill, puis s'adossa à son siège. Stanley était-il vraiment mal en point, comme il le prétendait ? Il avait survécu par miracle à deux pneumonies au printemps précédent, mais peut-être n'en réchapperait-il pas, cette fois. Si dévouées et compétentes que soient ses infirmières, il était inévitable que la mort ait un jour raison de lui. Sarah en avait bien conscience, tout en redoutant ce moment. Elle savait que le vieil homme lui manquerait énormément.

Elle revit leur première rencontre, durant laquelle il avait d'emblée voulu savoir si elle portait des lentilles de contact de couleur. Parce qu'elle avait des yeux d'un bleu profond et qu'elle était habituée à ce genre de remarque, elle avait éclaté de rire et lui avait assuré que non. A ce souvenir, elle se demanda quelle allait être sa réaction devant son bronzage, elle dont la peau était d'ordinaire d'un blanc laiteux. Elle aimait randonner, nager et faire du vélo, et venait de passer plusieurs week-ends au lac Tahoe – un bol d'air dont elle avait bien besoin après les longues heures qu'elle effectuait chaque semaine au bureau. Elle avait été élevée deux ans plus tôt au rang d'associée et avait toujours beaucoup travaillé. Ses brillantes études de droit à l'université de Stanford et à Harvard avaient d'ailleurs beaucoup impressionné ses collègues, ainsi que Stanley lui-même – même s'il l'avait soumise à un véritable interrogatoire lors de leur première entrevue, allant jusqu'à lui faire remarquer qu'elle avait plus l'air d'un mannequin que d'une juriste, avec sa silhouette sportive et élancée. Sarah ne lui en avait pas tenu rigueur mais avait toujours veillé par la suite à porter des tenues strictes et sobres à tous leurs rendez-vous. Ce jour-là, elle avait choisi un tailleur bleu marine qui, même si elle n'en avait pas conscience, mettait en valeur ses longues jambes. Le seul bijou qu'elle s'autorisait

13

était une paire de petites boucles d'oreilles en diamant dont Stanley lui avait fait cadeau une année à Noël. Il l'avait commandée par téléphone dans une boutique de luxe – geste pour le moins inhabituel chez lui, qui se contentait de donner de l'argent à ses employés pour leurs étrennes. Mais le fait est qu'il aimait beaucoup Sarah, et que cette affection était réciproque. Elle-même lui avait offert plusieurs plaids en cachemire, après avoir remarqué combien il faisait froid et humide dans sa maison. Très économe, il préférait en effet s'envelopper dans une couverture et réprimandait ses infirmières chaque fois qu'elles allumaient le chauffage.

Sarah s'étonnait toujours de le voir occuper les anciennes chambres de bonne de sa maison, à l'exclusion de toute autre pièce. Il lui avait expliqué qu'au départ il avait considéré cet endroit comme un investissement, et que c'était par pure paresse et non par goût qu'il l'avait conservé au lieu de le revendre. La demeure, magnifique et spacieuse – quoique un peu délabrée –, datait des années 1920. Les premiers propriétaires ayant tout perdu après le krach de Wall Street en 1929, Stanley leur avait acheté la maison un an plus tard pour une bouchée de pain. Il avait ensuite emménagé dans une petite chambre au dernier étage où avaient été abandonnés une commode, un fauteuil aux ressorts si distendus qu'ils vous donnaient l'impression d'être assis sur du béton, et un vieux lit de cuivre qui n'avait été remplacé que dix ans plus tôt par un lit d'hôpital. Sur le mur, une photo ancienne montrait San Francisco en flammes, après le tremblement de terre qui avait frappé la ville en 1906. Et c'était tout. Aucun portrait n'apparaissait nulle part. Stanley Perlman n'avait eu que des placements financiers et des avocats dans sa vie, et il n'y avait aucun objet personnel dans sa maison. Les anciens propriétaires avaient vendu leurs meubles en partant et lui ne s'était jamais donné la peine d'en racheter d'autres. La maison était entièrement vide lorsqu'il s'y était installé. Dans les pièces autrefois élégamment décorées, il ne restait plus à présent que des rideaux en lambeaux, et des planches avaient été clouées sur certaines fenêtres afin d'éviter la curiosité des passants. Sarah avait même entendu parler d'une salle de bal, mais elle ne l'avait jamais vue. En fait, elle n'avait jamais visité les lieux. Chaque fois qu'elle venait, elle entrait par la porte de service et se rendait directement dans la chambre de son client. Elle n'avait d'ailleurs aucune raison de faire le tour de la maison, même si elle savait qu'elle devrait la mettre en vente le jour où Stanley mourrait. Tous ses héritiers vivaient en Floride, à New York ou dans le Midwest, et il était fort probable qu'aucun d'eux ne souhaiterait s'encombrer d'une si grande demeure. Quelle qu'ait été sa beauté dans le passé, tout comme Stanley ils n'en verraient pas l'utilité. Bien sûr, il était difficile de croire que quelqu'un ait pu vivre là soixante-seize ans sans se soucier d'emménager ailleurs que sous les combles, mais tel était Stanley. Un homme excentrique peut-être, mais simple et sans façon. Un homme respectueux et respecté aussi. Mais un homme dont tout le monde avait oublié l'existence. S'il avait eu un jour des amis, tous étaient morts depuis longtemps. Aujourd'hui, il n'avait plus qu'elle, Sarah.

Le chauffeur s'arrêta à l'adresse qu'elle lui avait indiquée. Elle régla la course, prit son attaché-case et alla sonner. Comme elle le craignait, l'air était plus froid et plus brumeux dans cette partie de la ville et elle ne put réprimer un frisson sous sa fine veste d'été. Elle veilla pourtant à n'en rien laisser paraître lorsque, quelques instants plus tard, l'infirmière de garde ce matin-là vint lui ouvrir.

— M. Perlman vous attend, l'informa cette dernière en refermant la porte derrière elle.

15

Sarah n'utilisait que la porte de service, plus pratique pour monter au grenier. La porte d'entrée principale, elle, restait toujours fermée. De même, la maison n'était jamais éclairée, à l'exception du dernier étage. Les infirmières préparaient les repas de leur patient dans une petite pièce qui avait autrefois servi de garde-manger. La vraie cuisine – vestige d'un autre temps – était située au sous-sol avec le buffet à viande et les vieilles glacières, souvenirs d'une époque où les habitants du quartier se faisaient livrer d'énormes blocs de glace par des commis. Le fourneau qui se trouvait là datait des années 1920 et Stanley ne s'en était pas servi depuis plus de soixante ans. Conçue pour qu'un bataillon de domestiques s'y affaire sous les ordres d'une gouvernante et d'un major-dome, elle ne correspondait absolument pas au style de vie de son propriétaire. Durant des années, Stanley s'était en effet contenté de sandwiches ou de plats à emporter qu'il achetait le soir dans de petits restaurants. Il ne cuisinait jamais et, avant d'être cloué au lit, avait même eu pour habitude de prendre son petit déjeuner à l'extérieur. Sa maison n'avait été pour lui qu'un endroit où dormir la nuit, et se doucher et se raser le matin avant de rejoindre son bureau. Comme rien ni personne ne l'y attendait, il n'était longtemps rentré de son travail qu'après 22 heures, quand ce n'était pas à minuit.

Sarah monta à la suite de l'infirmière. L'escalier était mal éclairé et les marches en acier étaient recouvertes d'un tapis usé jusqu'à la corde. A chaque étage, les portes étaient fermées. La jeune femme devait attendre d'avoir atteint les combles pour apercevoir la lumière du jour. Elle traversait alors un long couloir jusqu'à la chambre de Stanley – une chambre si petite qu'il avait fallu sortir l'unique commode qui s'y trouvait afin de pouvoir y installer le grand lit d'hôpital. Seuls un vieux fauteuil défoncé et une table de nuit avaient pu rester. Lorsqu'elle entra, Sarah remarqua avec inquiétude que

16

son client mettait du temps à ouvrir les yeux et à prendre conscience de sa présence. Puis, petit à petit, son regard s'éclaira et ses lèvres esquissèrent un sourire. Il semblait toutefois épuisé et elle craignit soudain que leur dernier rendez-vous ne soit cette fois arrivé. Jamais il n'avait autant accusé ses quatre-vingt-dix-huit ans.

— Bonjour, Sarah, dit-il d'une voix faible.

Comme toujours, il admira la jeunesse et la beauté de sa visiteuse. Pour lui, les trente-huit ans de Sarah faisaient encore d'elle une toute jeune femme et il ne pouvait s'empêcher de rire chaque fois qu'elle lui avouait combien elle se sentait vieille. Il ne riait d'ailleurs guère qu'avec elle. Elle avait le pouvoir quasi miraculeux de lui remonter le moral et de lui insuffler des forces, rien qu'en étant là, près de lui. Sa présence était un vrai rayon de soleil pour lui.

— Vous travaillez toujours autant ? demanda-t-il lorsqu'elle s'approcha du lit.

— Eh oui, répondit-elle avec un sourire tandis qu'il serrait sa main entre les siennes.

— Ne vous ai-je pourtant pas dit et redit de lever le pied ? Vous vous tuez à la tâche, Sarah. Un jour, vous verrez, vous finirez comme moi. Toute seule dans un grenier, avec un essaim d'infirmières insupportables autour de vous.

A plusieurs reprises déjà, il lui avait conseillé de ne pas commettre les mêmes erreurs que lui et de fonder une famille. Et il l'avait vertement sermonnée lorsqu'elle lui avait répondu n'en avoir aucune envie. Il ne voulait pas que, comme lui, elle comprenne trop tard que les actions, les obligations, les centres commerciaux et les puits de pétrole ne pouvaient remplacer des enfants. Car la seule joie qui lui restait maintenant était Sarah et il prétextait devoir apporter de nouvelles modifications à son testament pour la faire venir souvent.

— Comment vous sentez-vous ? s'enquit-elle.

Elle se souciait réellement de sa santé et trouvait toujours des occasions de lui envoyer des livres ou des articles susceptibles de le distraire ou de l'intéresser. Il la remerciait en retour en lui adressant ses commentaires écrits.

— Je suis fatigué, reconnut-il en retenant la main de Sarah entre ses doigts décharnés. Mais je ne peux pas espérer me sentir mieux à mon âge, vous savez. Mon corps m'a lâché il y a longtemps et il n'y a plus que mon cerveau qui fonctionne encore correctement.

Sarah ne l'ignorait pas, mais elle était frappée de voir combien son regard était voilé, ce jour-là. Comme une lampe qui commencerait à faiblir, l'étincelle qui brillait d'ordinaire dans ses yeux avait presque complètement disparu. Il ne prenait l'air qu'en une seule circonstance : lorsque l'ambulance l'emmenait à l'hôpital. Sa chambre s'apparentait désormais à un tombeau, dans lequel il était condamné à finir ses jours, avec pour seule compagnie les infirmières qui s'occupaient de lui. Un petit salon avait d'ailleurs été aménagé pour elles dans la pièce à côté, et d'autres chambres de bonne à l'étage étaient à leur disposition lorsqu'elles souhaitaient se reposer pendant leur pause ou à la fin de leur service. Mais, si elles se relayaient en permanence à son chevet, aucune n'avait accepté de vivre sur place. Seul Stanley habitait là, son existence se résumant ainsi à un monde minuscule au dernier étage d'une demeure qui, comme lui, se délabrait lentement et inexorablement.

— Asseyez-vous, dit-il. Vous avez bonne mine, Sarah. Je suis content que vous ayez pu venir.

— Moi aussi, répondit-elle, le cœur serré de constater à quel point son client semblait heureux de la voir. Je suis désolée de n'avoir pas pu me déplacer plus tôt. J'ai été très occupée ces dernières semaines.

— Vous avez réussi à vous échapper un peu de San Francisco, à ce que je vois. Où avez-vous bronzé comme ça ?

— A Tahoe. J'aime beaucoup cet endroit et je me suis offert quelques week-ends là-bas, expliqua-t-elle en prenant place sur le fauteuil inconfortable.

— Eh bien, moi, je ne suis jamais parti en week-end où que ce soit, et encore moins en vacances, remarqua Stanley. Je n'ai dérogé à cette règle que deux fois : la première quand je me suis accordé un peu de repos dans un ranch du Wyoming, et la seconde au Mexique. J'ai détesté ça. J'avais l'impression de perdre mon temps et je n'arrêtais pas de penser à ce qui se passait au bureau en mon absence.

Sarah l'imagina s'énervant, impatient de recevoir des nouvelles de ses collaborateurs. Sans doute était-il même rentré plus tôt. C'était ce qu'elle faisait lorsqu'elle avait trop de travail. Stanley n'avait pas tort à son sujet. A sa manière, elle était aussi accro au travail que lui. L'appartement où elle vivait ne valait pas mieux que sa chambre de bonne – il était juste un peu plus grand. Et elle non plus ne faisait pas attention à sa décoration. Simplement, elle était plus jeune et profitait davantage de la vie. Mais les démons qui les guidaient étaient bien les mêmes, et cela, Stanley l'avait deviné depuis longtemps.

Ils discutèrent quelques instants, avant qu'elle lui tende les documents qu'elle avait préparés. Il les parcourut rapidement pour tout vérifier une dernière fois, mais il les connaissait déjà, puisque Sarah les lui avait fait porter au fur et à mesure, jusqu'à obtenir son accord définitif.

— J'aime bien vos dernières propositions, la complimenta-t-il. Elles me paraissent plus judicieuses que celles de la semaine dernière. Maintenant, tout est clair, et le testament sera plus difficilement contestable.

Il s'inquiétait toujours du sort que ses héritiers réserveraient à ses diverses sociétés. Il ne les avait jamais rencontrés pour la plupart et ses rapports avec les autres étaient si anciens qu'il lui était difficile de prévoir comment ils géreraient son héritage. Sans doute chercheraient-ils à

19

tout vendre. Ce serait une erreur dans certains cas, mais Stanley avait conscience qu'une telle décision ne lui appartiendrait bientôt plus. Il ne lui restait plus qu'à découper le formidable gâteau que constituait sa fortune en dix-neuf parts, car il tenait beaucoup à léguer celle-ci à sa famille. Même s'il avait soutenu nombre d'organisations caritatives, il croyait fermement aux liens du sang et, faute d'héritiers directs, avait décidé de tout léguer à des cousins et des petits-neveux, dont il ne savait rien. Certes, il s'était renseigné à leur sujet, mais sans chercher à prendre contact avec eux. Il espérait juste que cette manne tombée du ciel aiderait certains à mieux vivre. Et tout portait à croire que ce moment ne tarderait pas.

— Je suis ravie que cela vous convienne, déclara Sarah en tentant de masquer la peine que lui procurait la fatigue visible du vieil homme. Y a-t-il autre chose que je puisse faire pour vous ?

Il secoua la tête et croisa son regard empli de sollicitude.

— Que comptez-vous faire cet été, Sarah ? demanda-t-il soudain.

— Oh, je passerai certainement quelques week-ends à Tahoe. Je n'ai rien prévu à part ça, je serai donc là si vous avez besoin de moi, ajouta-t-elle pour le rassurer.

— Vous devriez pourtant vous occuper de vos vacances. Vous ne pouvez pas rester éternellement esclave de votre travail, Sarah. Vous finirez vieille fille, à ce rythme-là.

A ces mots, elle éclata de rire. Elle lui avait avoué qu'elle fréquentait quelqu'un, mais en lui précisant que cette relation n'avait rien de sérieux – même si elle durait depuis quatre ans déjà. Stanley trouvait cela ridicule. Selon lui, on ne pouvait pas se contenter de rapports épisodiques avec quelqu'un depuis aussi longtemps. Sa mère lui avait dit la même chose, mais Sarah était très contente de cette situation et était persuadée que son métier d'avocate l'accaparait trop pour lui permettre d'envisager mieux. Son travail était la première de ses priorités, et ce depuis toujours. Exactement comme pour Stanley.

— Il n'y a plus de vieilles filles aujourd'hui, Stanley, répliqua-t-elle, amusée. Maintenant, on parle de femmes indépendantes qui font carrière et qui ont des envies et des besoins différents de ceux des femmes d'autrefois.

Mais Stanley n'en croyait pas un mot. Il savait par expérience combien elle se leurrait en affirmant cela.

— Vous dites n'importe quoi et vous le savez très bien, s'agaça-t-il. Les gens n'ont pas changé en deux mille ans. Les plus futés continuent de se marier et de fonder une famille. Ou alors, ils finissent comme moi.

C'est-à-dire très, très riches, compléta-t-elle en silence. Une telle perspective ne lui semblait pas si effrayante. Elle était désolée qu'il n'ait pas d'enfant ni de proches parents auprès de lui, mais à un âge aussi avancé, cela était assez fréquent. Il avait vécu plus longtemps que la plupart. Même s'il avait eu des enfants, ces derniers auraient pu être morts à présent, de sorte qu'il n'aurait plus eu que des petits-enfants ou des arrière-petits-enfants pour s'occuper de lui. Au bout du compte, songea-t-elle, peu importent les gens qui nous entourent. Chacun meurt seul. Simplement, c'était un peu plus visible dans le cas de Stanley. Pour avoir observé la vie de ses parents, Sarah savait que l'on pouvait très bien souffrir de la solitude en ayant un mari et des enfants. Elle n'était donc pas pressée de faire la même chose. Les couples qu'elle connaissait ne lui semblaient pas très heureux, et elle n'avait aucune envie de se marier si c'était pour se retrouver un jour avec un ex-conjoint qui ferait de sa vie un enfer. Elle en connaissait trop autour d'elle. Non, vraiment, elle était bien plus heureuse ainsi, à travailler sans avoir de comptes à rendre à personne, avec juste un petit ami qui satisfaisait ses envies du moment. L'idée de l'épouser ne l'avait jamais effleurée – pas plus que lui d'ailleurs. Dès le début, tous deux s'étaient accordés sur le fait qu'ils voulaient une liaison sans complications. Une liaison simple et facile, qui leur convenait d'autant mieux qu'ils étaient tous deux très pris par leur travail.

Sarah remarqua que cette conversation avait épuisé Stanley et elle décida d'abréger sa visite. Après tout, il avait signé les documents, et c'était ce qui comptait.

— Je reviendrai bientôt, Stanley. Appelez-moi si vous avez besoin de quoi que ce soit. Je passerai aussitôt, lui dit-elle gentiment en tapotant sa main.

Elle se leva alors et, sous le regard un peu triste du vieil homme, glissa les papiers dans son attaché-case.

— Je ne serai peut-être plus là, déclara-t-il simplement, sans le moindre apitoiement sur lui-même.

Tous deux savaient que c'était la réalité, même si Sarah répugnait à l'admettre.

— Ne soyez pas ridicule. Bien sûr que si, vous serez là. Je compte sur vous pour m'enterrer moi aussi.

— J'espère bien que non, rétorqua-t-il d'une voix grave. Et, la prochaine fois que nous nous verrons, je veux que vous m'annonciez que vous avez pris des vacances. Partez en croisière, allez vous faire dorer sur une plage. Amusez-vous, trouvez-vous quelqu'un, allez danser et oubliez tout, Sarah. Sinon, croyez-en mon expérience, vous le regretterez un jour.

Sarah ne put réprimer un sourire en s'imaginant draguer de parfaits inconnus sur une plage.

— Je suis sérieux, insista-t-il.

— Je m'en doute. Mais je risquerais surtout de me faire arrêter et rayer du barreau ! plaisanta-t-elle.

Puis, sans réfléchir, elle se pencha vers lui et l'embrassa sur la joue. Ce geste n'avait rien de professionnel, mais Stanley représentait bien plus qu'un simple client à ses yeux.

— Etre rayée du barreau ne vous ferait pas de mal. Vivez un peu, bon sang ! Vous allez vous rendre malade à travailler autant.

Sarah avait l'habitude de ce genre de discours et ne remettait pas du tout en cause la sincérité et les bonnes intentions de Stanley. Elle n'en tenait pas compte pour autant. Elle adorait ce qu'elle faisait. Son travail était comme une drogue dont elle n'avait aucune envie de se passer. En tout cas, pas avant plusieurs années.

— J'essaierai, mentit-elle gaiement.

— Faites un effort !

La désinvolture de la jeune femme le contrariait, mais son agacement s'estompa vite au souvenir du baiser qu'elle lui avait donné. Il aimait sentir la douceur de sa peau contre sa joue et la fraîcheur de son souffle si près de lui. Il se faisait alors l'effet d'un jeune homme plein de vigueur, même s'il savait que, bien des années plus tôt, il aurait été trop stupide et trop préoccupé par ses affaires pour lui prêter la moindre attention. Les deux femmes qu'il avait perdues étaient aussi belles et sensuelles que Sarah, mais il avait mis des années à le reconnaître.

— Prenez soin de vous, lui lança-t-il tandis qu'elle se tournait une dernière fois vers lui.

— Vous aussi. Et soyez sage. Ne poursuivez pas vos infirmières à travers la pièce ou elles pourraient bien démissionner.

Il rit de sa plaisanterie.

— Vous les avez regardées ? ironisa-t-il. Je suis peut-être cloué au lit, ma chère, mais pas encore aveugle. Je ne bougerai pas de mon lit pour elles – en tout cas, pas dans l'état où sont mes genoux. Envoyez-m'en d'autres et on en reparlera.

— Je n'en attendais pas moins de vous ! répondit-elle.

Après un dernier signe de la main, elle le quitta. Ses pas résonnèrent sur les marches métalliques de l'escalier, à peine étouffés par le tapis élimé. Une fois dehors, elle accueillit avec soulagement le soleil radieux qui avait enfin fait son apparition. Elle marcha lentement dans la rue jusqu'à ce qu'elle trouve un taxi pour la ramener à son bureau et, durant tout ce temps, ne cessa de penser à Stanley. Même si sa visite l'avait revigoré, elle était consciente qu'il n'en avait plus pour très longtemps. Peut-être même n'atteindrait-il pas son quatre-vingt-dix-neuvième anniversaire en octobre. Et pourquoi tiendrait-il jusque-là, d'ailleurs ? songea-t-elle. Si peu de choses le retenaient ici-bas. Confiné dans sa chambre minuscule, il était comme un condamné à perpétuité derrière ses barreaux, avec pour seule satisfaction l'assurance d'avoir mené une vie intéressante, ou du moins productive, et de pouvoir léguer une fortune à ses dix-neuf héritiers. La perspective de sa fin prochaine attristait Sarah, tant elle savait qu'il lui manquerait. Tous les conseils qu'il lui avait prodigués lui revinrent alors en mémoire, mais elle les écarta en se persuadant qu'elle avait encore des années devant elle pour se marier et fonder une famille. Pour le moment, sa carrière constituait la première de ses priorités et la sollicitude de Stanley n'y changeait rien. La vie qu'elle menait lui convenait parfaitement.

Il était midi passé lorsqu'elle regagna son bureau. Elle avait une réunion avec ses associés à 13 heures et trois rendez-vous avec des clients dans l'après-midi. S'y ajoutaient cinquante pages de documents à lire sur les nouvelles législations fiscales et une foule de messages en attente. Il ne lui en restait plus que deux à traiter lorsque l'heure de sa réunion arriva – tant pis, elle y répondrait plus tard, décida-t-elle. Le ventre creux, elle se leva pour rejoindre ses collègues. Elle n'avait pas plus de temps pour déjeuner que pour faire un enfant. Mais elle avait le droit, comme Stanley, de faire ses propres choix.

2

Durant les mois de juillet et d'août, Sarah continua d'envoyer des livres et des articles à Stanley. En septembre, le vieil homme souffrit d'une petite grippe, mais sans que cela nécessitât une hospitalisation. Il se montra même très en forme lorsqu'elle lui rendit visite le jour de son anniversaire. Celui-ci avait en effet le parfum de la victoire pour lui, car il n'avait pas imaginé pouvoir y arriver. Sarah lui offrit pour l'occasion des livres, quelques CD et un pyjama en satin noir qui sembla beaucoup lui plaire. Elle avait aussi apporté un cheese-cake, sur lequel elle planta une bougie. Elle savait que c'était son gâteau préféré parce qu'il lui rappelait son enfance à New York.

Une fois n'étant pas coutume, Stanley s'abstint de la réprimander sur son rythme de travail et discuta longuement avec elle d'un récent projet de loi fiscale susceptible d'être avantageux pour lui. Il se souciait toujours de ses biens immobiliers et aimait s'entretenir avec elle de la façon dont les nouvelles législations pouvaient affecter sa fortune. Sarah le trouva aussi vif d'esprit qu'à son habitude, et un peu moins fatigué que lors de sa précédente visite – peut-être grâce à la dernière infirmière qu'il avait engagée et qui faisait de réels efforts pour l'inciter à manger davantage. Elle eut même l'impression qu'il avait pris du poids. Pour finir, elle l'embrassa et partit en déclarant qu'ils fêteraient ses cent ans en octobre, l'année prochaine.

— J'espère bien que non ! répliqua-t-il en riant. Si on m'avait dit un jour que je vivrais aussi longtemps...

Après coup, la jeune femme songea qu'elle ne l'avait jamais vu d'aussi bonne humeur, ce qui rendit d'autant plus brutal l'appel qu'elle reçut deux semaines plus tard, le 1er novembre. Elle n'aurait pas dû être surprise, pourtant. Depuis le début, elle savait que ce jour arriverait. Mais, après trois années passées à travailler pour Stanley, elle avait fini par croire qu'il ne mourrait jamais. C'est donc avec stupeur qu'elle apprit de l'infirmière que Stanley était mort paisiblement dans son sommeil la nuit précédente, vêtu du pyjama de satin noir qu'elle lui avait offert. Il avait fait un bon repas juste avant, puis s'était assoupi et avait quitté ce monde sans un bruit ni un mot pour personne. L'infirmière l'avait découvert en retournant le voir une heure plus tard. Selon elle, il était mort paisiblement.

Sarah eut les larmes aux yeux en apprenant la nouvelle. Elle avait eu une matinée difficile au bureau, après une discussion houleuse avec deux collègues auxquels elle reprochait certaines décisions et qui avaient fait bloc contre elle. En plus, elle s'était disputée la veille avec Phil, son petit ami – chose qui n'avait rien d'exceptionnel, mais qui la bouleversait toujours. Depuis un an d'ailleurs, cela arrivait de plus en plus souvent. Tous deux menaient des vies stressantes et ne se voyaient que le week-end pour se détendre, mais il leur arrivait souvent de s'énerver pour des détails insignifiants. Apprendre la mort de Stanley fut donc la goutte d'eau qui fit déborder le vase. Sarah se sentit soudain aussi abandonnée que lorsqu'elle avait perdu son père à l'âge de seize ans.

D'une certaine manière, Stanley avait joué le rôle d'un père pour elle. Il avait beau n'être qu'un client, il lui avait donné des conseils sur sa vie privée comme jamais personne auparavant et elle savait déjà combien ses remontrances bienveillantes allaient lui manquer. Mais elle avait aussi conscience que le temps n'était pas aux

26

lamentations. Elle avait passé trois ans à aider son client à organiser sa succession et il lui revenait à présent de veiller à ce que chacun de ses ayants-droit perçoive sa part de l'héritage. Tout était en ordre. Elle avait juste à faire son travail.

— Vous prendrez les dispositions nécessaires ? s'enquit l'infirmière après l'avoir informée qu'elle avait déjà prévenu ses collègues.

Sarah acquiesça et lui assura qu'elle avertirait l'entrepreneur des pompes funèbres. Stanley avait pris ses dispositions bien des années plus tôt et choisi une crémation suivie d'un enterrement sans fioritures. Il n'y aurait pas de cortège funèbre, tous ses amis et associés étant morts depuis longtemps. Sarah serait donc seule pour s'occuper de tout.

Elle passa les coups de fil nécessaires en tenant le téléphone d'une main tremblante. Malgré ses appréhensions, tout alla très vite. La crémation fut prévue le lendemain matin, les cendres de Stanley seraient ensuite transférées au cimetière de Cypress Lawn, dans un lieu qu'il avait réservé depuis douze ans déjà. Les pompes funèbres vinrent chercher le corps dans l'heure qui suivit et Sarah put alors se laisser aller à la tristesse – en particulier lorsqu'elle dicta la lettre destinée aux héritiers. Elle leur proposait d'assister à la lecture du testament dans son bureau de San Francisco, comme l'avait souhaité Stanley pour leur donner l'occasion de visiter sa maison et de décider en toute connaissance de cause de ce qu'ils en feraient. Il n'était pas impossible en effet que l'un d'eux veuille la conserver en rachetant la part des autres, même si Stanley, tout comme elle, avait toujours considéré cette hypothèse comme peu plausible. Aucun d'eux ne vivait en Californie et il y avait fort à parier qu'ils ne voudraient pas s'encombrer d'une maison en aussi mauvais état.

Sarah s'attendait à ce que plusieurs jours s'écoulent avant que les premiers se manifestent. Elle avait déjà prévu d'envoyer des copies du testament à ceux qui ne pourraient – ou ne voudraient – se déplacer pour assister à sa lecture. Ensuite, il faudrait attendre que la succession soit homologuée par un tribunal. Tout cela prendrait du temps, mais l'essentiel pour elle était que la procédure soit lancée.

L'infirmière en chef passa dans l'après-midi lui remettre les doubles des clés en sa possession. Seule la femme de ménage qui s'occupait des chambres du dernier étage depuis des années continuerait de venir, de même que l'entreprise qui nettoyait le reste de la maison une fois par mois. Sarah fut surprise de la facilité avec laquelle tout se déroulait. Stanley avait si peu d'effets personnels et de meubles que la première association caritative venue pourrait tout emporter. Les héritiers n'y verraient certainement aucun inconvénient. Stanley était un homme aux goûts simples, qui se contentait de peu. Même sa montre n'avait aucune valeur. Il en avait bien eu une en or à une époque, mais il l'avait donnée des années plus tôt. Il avait une énorme fortune, des biens immobiliers, des centres commerciaux, des puits de pétrole, des actions et une maison dans Scott Street, mais possédait peu d'objets. Et grâce à Sarah, au moment de sa mort, tout était en ordre depuis longtemps.

Ce soir-là, Sarah resta à son bureau jusqu'à 21 heures. Elle étudia des dossiers, répondit à des mails et classa des documents, jusqu'à ce qu'elle comprenne qu'elle repoussait en fait le moment de rentrer chez elle. Comme si elle craignait que le vide de la maison de Stanley n'ait gagné son propre appartement. Elle tenta d'appeler sa mère, mais celle-ci était sortie. Elle se rabattit alors sur Phil, avant de songer qu'il devait être à son club de gym – comme tous les soirs, d'ailleurs. Avocat comme elle, et divorcé depuis des années, il avait des journées aussi longues que les siennes. De plus, il dînait deux fois par semaine avec ses enfants, car il ne voulait pas les voir le weekend. Il aimait, en effet, être libre le samedi et le dimanche pour ses propres loisirs – et pour elle. En désespoir de cause, Sarah tenta de le joindre sur son téléphone portable, mais tomba sur son répondeur. Ne sachant que lui dire, elle ne laissa pas de message. Elle savait de toute façon qu'il la jugerait ridicule et imaginait sans peine leur conversation. « Mon client de quatre-vingt-dix-neuf ans est mort la nuit dernière et je me sens vraiment très mal. » Phil éclaterait de rire en entendant ça. « Quatre-vingt-dix-neuf ans ? Tu plaisantes ? Il était temps qu'il y passe, si tu veux mon avis. » Elle lui avait parlé de Stanley à deux ou trois reprises, mais sans s'appesantir. D'une part, parce qu'elle devinait que cela ne l'intéressait pas, et d'autre part parce que Phil avait pour règle de ne plus penser au travail dès qu'il quittait son bureau. Elle, en revanche, continuait de se préoccuper de ses clients, même chez elle. Et, ce jour-là, la tristesse liée à la mort de Stanley lui pesait particulièrement.

Elle n'avait personne à qui se confier, personne avec qui partager son sentiment écrasant de solitude. Ce qu'elle éprouvait était même pire que ce qu'elle avait ressenti à la mort de son père. A seize ans, elle avait surtout pleuré la perte d'une image – celle de l'homme que son père n'avait jamais été. Durant toute son enfance, sa mère lui avait brossé le portrait idéalisé d'un personnage qui n'existait que dans ses rêves. Le vrai, lui, ne correspondait en rien à cette description, et lorsqu'il était mort cela faisait des années que Sarah ne lui adressait plus la parole. L'aurait-elle souhaité que cela aurait été impossible. Il ne rentrait de son travail que pour se mettre à boire et était toujours ivre. Et puis un jour, il ne s'était même plus donné la peine d'aller travailler. Il était resté à la maison à vider bouteille sur bouteille, pendant que la mère de Sarah s'échinait à lui trouver des excuses et se démenait pour les nourrir tous les trois. Il était mort à quarante-six ans d'une cirrhose, sans avoir jamais été autre chose qu'un étranger pour sa fille.

En songeant au rôle que, en comparaison, Stanley avait joué dans sa vie, Sarah éclata soudain en sanglots.

Assise à son bureau, elle s'abandonna un long moment à son chagrin, avant de ramasser enfin ses affaires et d'aller prendre un taxi. Son premier réflexe, lorsqu'elle arriva dans son appartement de Pacific Heights, fut de consulter ses messages. Seule sa mère avait tenté de la joindre un peu plus tôt. A soixante et un ans, elle travaillait encore, mais avait quitté son ancien métier d'agent immobilier pour se reconvertir dans la décoration d'intérieur. Très active, elle sortait beaucoup, allait chez des amis, dans des clubs de lecture, avec des clients, ou aux réunions des Alcooliques anonymes, auxquelles elle continuait d'assister après toutes ces années. Sarah se moquait parfois de cette surabondance d'activités, mais sa mère semblait heureuse ainsi. Ce soir-là, elle avait appelé pour prendre de ses nouvelles et lui dire qu'elle s'apprêtait à partir à une soirée. Sarah écouta son message, assise sur son canapé, le regard dans le vide. Elle n'avait pas dîné, mais cela lui importait peu. La pizza qui se trouvait dans son réfrigérateur depuis deux jours ne la tentait pas, et elle n'avait pas non plus le courage de se préparer une salade. En fait, elle n'avait envie de rien, sinon de son lit et de temps pour pleurer avant de s'occuper de la succession de Stanley. Tout irait mieux après une bonne nuit de sommeil, essaya-t-elle de se persuader. Pour l'heure, il valait mieux qu'elle ne pense plus à rien.

Elle s'allongea sur le canapé et attrapa la télécommande. Il lui fallait de la musique, des voix, n'importe quoi, du moment que cela comblait le silence de la pièce et le vide qu'elle ressentait en elle. Son appartement lui parut soudain aussi en désordre que son état d'esprit. Jamais elle ne l'avait autant remarqué. Certes, sa mère le lui reprochait souvent, mais Sarah ignorait toujours ses critiques. Son appartement lui plaisait tel qu'il était, et elle aimait à dire qu'il dégageait une ambiance studieuse et intelligente. Il n'était pas question pour elle d'investir dans des rideaux à fleurs, un dessus-de-lit à fanfreluches, des petits coussins ou des assiettes assorties. Son vieux canapé marron datait de ses années d'études et elle avait acheté sa table basse lors d'une vente de charité, alors qu'elle était encore en fac de droit. Son bureau, lui, était en fait une porte posée sur deux tréteaux, avec des meubles de rangement glissés dessous. Quant à ses bibliothèques, elles occupaient un mur entier et étaient si pleines que Sarah empilait désormais par terre les livres qu'elle ne pouvait plus y caser. Deux magnifiques fauteuils en cuir brun offerts par sa mère, un grand miroir accroché au-dessus du canapé, un pouf usé et une table aux chaises dépareillées complétaient le mobilier, tandis que deux plantes mortes et un ficus artificiel faisaient office de décoration.

La chambre n'avait pas plus fière allure. Sarah ne faisait le lit que le week-end, avant l'arrivée de Phil – à condition qu'il vienne. Un vieux rocking-chair recouvert d'un plaid prenait la poussière dans un coin de la pièce, à côté d'une psyché ébréchée. La moitié des tiroirs de sa commode ne fermaient plus, la table de nuit croulait sous une pile de livres de droit, et la tablette devant la fenêtre ne s'ornait que d'une plante – morte, comme celles du salon – et d'un ours en peluche qu'elle avait conservé en souvenir de son enfance. L'ensemble ne risquait pas de figurer un jour dans les pages d'un magazine de décoration, mais elle était heureuse ainsi. Son intérieur était correct et pratique. Elle avait assez de verres et d'assiettes pour inviter douze personnes à venir prendre l'apéritif chez elle – voire à dîner quand elle en avait le temps et l'envie, c'est-à-dire rarement –, assez de serviettes de toilette pour Phil et elle et assez de casseroles pour se préparer un repas décent, chose qu'elle ne faisait que deux fois par an environ. Le reste du temps, elle achetait un plat chez un traiteur, mangeait un sandwich au bureau ou se contentait d'une salade. Jamais elle n'avait éprouvé le besoin de posséder davantage, au grand dam de sa mère, qui prenait soin de son intérieur comme si un photographe devait débarquer à tout instant pour l'immortaliser.

En fait, Sarah vivait de la même façon que lorsqu'elle était étudiante. Simplement, elle possédait maintenant une chaîne hi-fi et un écran que Phil lui avait offert. Il aimait regarder la télévision lorsqu'il venait chez elle et elle devait admettre qu'elle appréciait de l'avoir, comme ce soir, par exemple, où le bruit de fond des séries la berçait doucement...

Sarah commençait à s'assoupir lorsque son téléphone portable se mit à sonner. Elle envisagea un instant de ne pas répondre, puis songea que c'était peut-être Phil, ce que lui confirma le numéro qui s'affichait sur l'écran de l'appareil. Un mélange de crainte et de soulagement l'envahit. Elle savait qu'elle accueillerait très mal la moindre remarque déplacée de sa part, mais elle avait besoin de parler à quelqu'un. Elle baissa donc le son du téléviseur et décrocha.

— Salut ! dit-elle.

— Qu'y a-t-il ? J'ai vu que tu avais essayé de me joindre pendant que j'étais au sport. Je sors à l'instant.

Phil faisait partie de ces gens qui devaient se défouler pour évacuer le stress. Il passait ainsi deux ou trois heures tous les soirs à faire du sport après son travail, à l'exception des deux jours où il voyait ses enfants. Dîner avec lui en semaine était donc impossible, puisqu'il ne quittait jamais son bureau avant 20 heures. Sarah savait qu'elle devrait se contenter d'entendre sa voix ce soir-là – cette voix chaude et grave qui l'avait tout de suite attirée lorsqu'elle l'avait rencontré. Pourtant, tout en sachant d'avance quelle serait sa réaction si elle lui proposait de venir, elle ne put s'empêcher de réfléchir au moyen de le convaincre. Depuis longtemps, ils étaient convenus de ne se retrouver que le week-end, le plus souvent chez elle, dans la mesure où l'appartement de Phil était encore plus mal rangé que le sien. Il se plaignait bien un peu de son lit, dont le matelas trop mou lui donnait mal au dos, mais il l'acceptait pour elle, affirmait-il. Un sacrifice très relatif pour Sarah, puisqu'il ne dormait là que deux nuits par semaine et que cela lui permettait de partir le lendemain matin faire ce dont il avait envie, sans avoir à se soucier de la mettre dehors, ce qui représentait pour lui un avantage non négligeable.

— J'ai eu une journée difficile, lui annonça-t-elle d'une voix neutre en essayant de rester détachée. Mon client préféré est mort.

— Le vieux qui voulait battre tous les records de longévité ? demanda-t-il d'un ton distrait, comme s'il se débattait avec ses clés de voiture ou son sac de sport.

— Il avait quatre-vingt-dix-neuf ans. Oui, c'est lui.

Avec le temps, ils avaient fini par ne plus échanger que des phrases brèves et concises, à l'image de leurs rapports. Il n'y avait plus beaucoup de romantisme dans leur relation, mais Sarah acceptait cette situation, qui, si elle ne la satisfaisait pas pleinement, lui était familière.

— Je suis vraiment triste, reprit-elle. Plus que je ne l'ai jamais été depuis des années.

— Je t'ai pourtant répété de ne jamais mêler les sentiments et le travail. Ça ne marche pas. Nos clients ne sont pas des amis, c'est impossible. Tu comprends ?

— Oui, sauf que dans le cas présent, j'ai fait une exception. Stanley n'avait plus que moi dans la vie, à part quelques lointains parents qu'il n'avait jamais rencontrés. C'était vraiment un homme bien.

— Je n'en doute pas. Mais quatre-vingt-dix-neuf ans, c'est un âge respectable. Ne me dis pas que tu ne t'y attendais pas.

Sarah comprit aux bruits d'arrière-fond que Phil était maintenant dans sa voiture. Il vivait à quelques rues de chez elle, ce qui s'avérait très pratique lorsqu'ils décidaient de changer d'appartement au milieu d'un week-end ou s'ils avaient besoin d'aller chercher des affaires oubliées chez eux.

— Bien sûr, je m'y attendais. Mais je suis quand même triste. C'est comme ça, je n'y peux rien. Sa mort me rappelle celle de mon père.

Il lui en coûtait de se montrer aussi vulnérable, mais Phil et elle n'avaient pas de secrets l'un pour l'autre. Elle pouvait se confier librement à lui, en sachant que cela tomberait bien ou mal, selon les jours. Pour l'heure, il semblait que ce ne fût pas le bon moment.

— Ne t'aventure pas sur ce terrain-là, mon poussin. Ce type n'était pas ton père mais un client. J'ai eu une journée difficile, moi aussi. Mon dernier client était un abruti fini et j'ai eu envie de l'étrangler avant même qu'il ait fait la moitié de sa déposition. J'ai bien cru que l'avocat de la partie adverse allait s'en charger, mais non, même pas. On ne gagnera jamais ce fichu procès.

Or, s'il y avait une chose que Phil détestait, c'était bien perdre. Dans quelque domaine que ce fût. Même lorsqu'il s'agissait d'une simple défaite sportive, il pouvait mettre des semaines à s'en remettre.

Il jouait au base-ball le lundi soir en été et au rugby en hiver. Il avait également pratiqué le hockey sur glace à l'université de Dartmouth, jusqu'à ce qu'il se casse les dents de devant au cours d'un match. Elles avaient été depuis avantageusement remplacées et il pouvait se vanter, à quarante-deux ans, d'être aussi beau qu'à trente, et en pleine forme, qui plus est. D'ailleurs, c'était son physique qui avait d'abord attiré Sarah et qui continuait de lui plaire plus que tout, bien qu'elle répugnât à l'admettre. Il y avait entre eux une sorte d'alchimie, qui défiait l'entendement. A défaut de la justifier, cela expliquait en grande partie la relation en pointillé qui était la leur. Sarah enrageait parfois devant son caractère intransigeant, son manque de sensibilité et d'attention envers elle, mais son charme ravageur produisait toujours autant d'effet sur elle.

— Je suis désolée pour toi, déclara-t-elle, même si elle estimait que ses problèmes ne pouvaient se comparer à la mort de Stanley.

Elle savait pourtant que les dépositions n'étaient pas une partie de plaisir et que certains clients se montraient parfois insupportables, en particulier dans la branche où travaillait Phil. Il s'occupait d'affaires de discrimination et de harcèlement sexuel au travail dans lesquelles il représentait le plus souvent des hommes – à cause peut-être de son côté sportif, il entretenait de meilleurs rapports avec eux – et il devait gérer en permanence un stress énorme.

— Tu ne voudrais pas venir ? J'aurais bien besoin de réconfort.

C'était quelque chose que Sarah ne lui demandait jamais, mais ce soir-là était un cas de force majeure. La mort de Stanley l'avait bouleversée et le fait qu'il eût été âgé n'y changeait rien. Cela, bien sûr, Phil ne pouvait le comprendre. Lui ne se laissait jamais aller aux sentiments avec qui que ce soit, hormis elle – et encore, seulement jusqu'à un certain point – et ses trois enfants. Ces derniers étaient maintenant des adolescents qui vivaient avec leur mère depuis que celle-ci l'avait quitté douze ans plus tôt pour un joueur de football américain. Fou de rage d'avoir été largué pour un type encore plus sportif que lui, Phil la haïssait depuis de toute son âme.

— J'aimerais beaucoup, ma chérie, répondit-il. Je t'assure. Mais là, je suis crevé. Je viens de jouer deux heures au squash, poursuivit-il d'un ton satisfait qui ne laissait aucun doute quant au résultat du match. Il faut que je sois au bureau à 8 heures demain matin pour une nouvelle déposition et je n'ai pas envie de me coucher tard. J'ai besoin de récupérer un peu.

— Tu peux dormir ici si tu veux, ou juste passer cinq minutes. Je suis désolée de t'embêter, mais ça me ferait vraiment du bien que tu viennes.

Elle s'en voulait de se conduire ainsi, mais ne pouvait s'en empêcher. Il détestait cela. Ne lui répétait-il pas souvent combien les jérémiades de son ex-femme l'exaspéraient autrefois ? Ce qu'il appréciait chez Sarah, c'était qu'elle ne soit justement pas du genre à se plaindre.

Son insistance à le voir ce soir-là devait donc l'étonner et l'agacer tout à la fois, d'autant qu'elle connaissait les règles de leur relation : « Ne rien exiger. Ne pas pleurnicher. Ne pas râler. S'éclater ensemble le week-end. » Et cela faisait quatre ans que cela leur réussissait – du moins la plupart du temps.

— Nous verrons demain comment ça va. Ce soir, je ne peux pas.

Comme toujours, Phil ne dérogeait pas à ses principes.

— Je serai là vendredi, conclut-il.

En d'autres termes, la réponse était non. Sarah l'avait bien compris et savait qu'insister davantage ne ferait que l'énerver.

— Très bien. Je te posais juste la question au cas où.

Elle tenta de masquer sa déception, mais les larmes lui brûlaient les yeux. Stanley était mort et Phil se montrait sous son plus mauvais jour. C'était un parfait égocentrique. Ce n'était pas une nouveauté, et elle avait eu le temps de s'y faire en quatre ans. Souvent, c'était en ne demandant rien qu'elle obtenait le plus de choses de lui. La moindre requête lui donnait le sentiment d'être mis au pied du mur et, comme il le disait lui-même, il ne faisait que ce qui lui plaisait. Ce soir-là, par exemple, il n'avait pas envie de la voir. Tant pis pour elle, donc.

— Il n'y a pas de mal à demander, ma chérie. Je viendrais, si je le pouvais.

Disons plutôt si tu le voulais, rectifia Sarah intérieurement.

Elle avait déjà abordé le sujet avec lui et refusait de se lancer dans un nouvel affrontement, ce soir. L'égoïsme de Phil était le point d'achoppement de leur relation. Sarah avait le sentiment qu'il aurait pu parfois faire un effort. A cet instant précis, en particulier. Mais Phil ne s'écartait jamais de la route qu'il s'était tracée, à moins de l'avoir décidé seul. Dès le début, il lui avait fait comprendre qu'il ne souhaitait pas se remarier et avait été ravi lorsqu'elle lui avait répondu que cela ne figurait de toute façon pas parmi ses priorités – pas plus que fonder une famille. Elle ne voulait pas prendre le risque de donner à quiconque une enfance aussi malheureuse que la sienne. Tout cela convenait parfaitement à Phil, qui était déjà père de trois enfants et ne souhaitait pas en avoir d'autres. Durant les trois premières années de leur liaison, tout s'était parfaitement déroulé. Les problèmes n'avaient commencé qu'au cours de l'année précédente, quand Sarah avait suggéré qu'ils se voient plus souvent, par exemple un soir de la semaine en plus du week-end. Cela n'avait pas plu à Phil, qui avait jugé sa demande déplacée. Et comme il n'avait pas changé d'avis depuis, le sujet était devenu une source de conflit latent entre eux.

Pour Phil, la beauté de leur relation résidait dans leur liberté mutuelle, dans le plaisir qu'ils prenaient à se retrouver ponctuellement et dans l'absence d'engagement sérieux entre eux. Il était très heureux ainsi et n'envisageait pas de s'investir davantage – du moins c'est ce qui ressortait de leurs conversations et qui agaçait de plus en plus Sarah. Etait-ce si difficile de lui consacrer une soirée par semaine ? Phil aurait préféré se faire arracher une dent plutôt que d'accepter et elle jugeait cela insultant.

Seulement cela faisait quatre ans qu'ils étaient ensemble et elle n'avait ni le temps ni le courage de sortir pour faire de nouvelles rencontres. Elle savait ce qu'elle avait avec Phil et craignait de tomber sur pire que lui – voire de ne rencontrer personne. Elle avait près de quarante ans et, bien qu'elle ne les paraisse pas, elle ne se leurrait pas : les hommes de sa connaissance s'intéressaient aux femmes plus jeunes. De plus, elle travaillait entre cinquante et soixante heures par semaine, ce qui ne lui laissait guère le temps de chercher quelqu'un d'autre. Mieux valait donc rester avec Phil. Ce n'était peut-être pas le paradis, mais sur le plan sexuel il la comblait comme aucun autre homme auparavant et, si mauvaise fût-elle, cette raison à elle seule l'incitait à accepter ses défauts.

— J'espère que ça va mieux, dit-il.

Sarah entendit la porte d'un garage se refermer derrière lui et songea qu'il avait dû passer devant chez elle au cours de leur conversation. Elle tenta de garder son calme. Etait-ce si exagéré de lui demander cinq minutes de son temps ?

— Je suis sûre que je me sentirai plus en forme demain, répondit-elle.

Cela importait peu cependant, car c'était à cet instant qu'elle avait besoin d'aide. Mais il était vain d'attendre de lui un peu plus de souplesse et de compréhension. Si charmeur, intelligent et séduisant fût-il, il ne pensait jamais qu'à lui et estimait avoir assez de problèmes personnels à régler en semaine pour s'occuper de ceux des autres.

Au début, il avait prétendu être un père dévoué pour ses enfants, toujours disponible pour assister à leurs entraînements sportifs et à leurs matches. Sauf qu'en réalité il avait cessé de les aider à s'entraîner lorsqu'il avait mesuré le temps que cela lui prenait, et il ne suivait leurs matches qu'en raison de son propre intérêt pour ce sport. De même, il les voyait peut-être deux fois par semaine, mais ne les laissait jamais dormir chez lui tant il les trouvait insupportables – en particulier ses deux cadettes, âgées de treize et quinze ans. Pour lui, leur éducation était le problème de leur mère, une juste punition à ses yeux pour celle qui avait osé lui préférer un autre homme.

Plus d'une fois, Sarah avait eu l'impression qu'il lui faisait payer les fautes de son ex-femme – et, pire encore, celles de sa mère, coupable d'être morte et donc de l'avoir abandonné, lorsqu'il n'avait que trois ans. Selon son humeur, il s'en prenait à elle, à son ex-femme ou à ses enfants. Il avait pourtant des qualités – assez pour expliquer que cette liaison passagère, comme elle l'avait considérée au début, ait fini par durer –, mais elle avait

parfois du mal à croire qu'elle ait pu rester aussi longtemps avec un homme avec lequel elle ne pouvait avoir
qu'une relation sans issue. Dans ses moments de fai-
blesse, elle espérait que les choses finiraient par s'arran-
ger, qu'il se rapprocherait d'elle. En vain. Il veillait
toujours à garder soigneusement ses distances.

— Je t'appellerai demain en rentrant du sport. Et puis,
on se verra vendredi soir… Je t'aime, mon poussin. Mais
il faut que j'y aille, maintenant. Il fait super froid dans le
garage.

Elle voulut répondre « d'accord », mais en fut incapable. Il venait encore une fois de la décevoir et elle s'en
voulait d'accepter une telle situation.

— Je t'aime aussi, dit-elle, non sans s'interroger sur le
sens qu'il accordait à ces mots.

Que signifiait l'amour pour un homme qui n'avait pas
connu sa mère, que sa femme avait quitté pour un autre
et dont les enfants attendaient plus qu'il ne pouvait leur
donner ? *Je t'aime.* Que voulaient dire ces mots pour
lui ? Je t'aime, mais ne me demande pas de renoncer
pour toi à mon club de sport, ni de passer une soirée par
semaine avec toi, ni de venir te serrer dans mes bras un
jour où on n'avait pas prévu de se voir. Phil n'avait pas
grand-chose à offrir, et rien de ce qu'elle pourrait dire
ou faire n'y changerait quoi que ce soit.

Sarah resta allongée à regarder la télévision pendant
encore une heure, avant de s'endormir. Lorsqu'elle se
réveilla à 6 heures le lendemain matin, l'image de Stanley s'imposa aussitôt à elle et elle sut alors ce qu'elle
devait faire. Il n'était pas question que personne n'assiste
à son enterrement. Au diable Phil et la déontologie, elle
voulait être là pour son vieil ami.

Sa décision prise, elle entra dans la salle de bains, où la
tristesse et la douleur la submergèrent de nouveau si violemment qu'elle passa une heure sous la douche à pleurer sur son père, sur Stanley et sur Phil.

3

Sarah arriva au cimetière peu avant 9 heures. Elle informa la personne à l'accueil de la raison de sa présence et attendit au columbarium que les employés des pompes funèbres viennent déposer les cendres de Stanley. L'un d'eux plaça l'urne à l'intérieur d'une niche qui fut ensuite scellée par une dalle en marbre dépourvue de toute inscription. Sarah s'en étonna et apprit qu'une plaque portant le nom et les dates de naissance et de décès de Stanley la remplacerait dans le courant du mois.

Tout fut terminé en quarante minutes et elle se retrouva en plein soleil, désorientée et un peu étourdie. Levant les yeux vers le ciel, elle murmura « au revoir, Stanley », puis reprit sa voiture pour retourner au bureau.

Phil avait peut-être raison, songea-t-elle. Son comportement n'était pas très professionnel, mais elle ne regrettait rien. Maintenant, elle allait s'occuper de la succession de Stanley. Elle ignorait combien de temps les héritiers mettraient à se manifester et si elle aurait à se déplacer pour en retrouver certains, mais elle devait terminer ce que Stanley et elle avaient mis au point si soigneusement durant trois ans.

En route, elle passa en revue tout ce qu'elle avait à faire. Il fallait qu'elle appelle un agent immobilier pour discuter de la maison de Scott Street et de l'opportunité de la mettre ou pas sur le marché. Ni Stanley ni elle n'avaient cherché à connaître sa valeur. Certes, les prix avaient flambé dans le quartier, mais l'immense bâtisse n'avait jamais été rénovée depuis sa construction et les travaux à réaliser à l'intérieur étaient sûrement considérables. Sarah comptait demander aux héritiers s'ils souhaitaient en prendre une partie en charge avant de vendre ou s'ils préféraient laisser ce soin aux futurs propriétaires. Une estimation récente et précise leur serait donc utile pour se décider en toute connaissance de cause.

Sitôt de retour à son bureau, elle appela un agent qui lui fixa un rendez-vous la semaine suivante. Elle allait enfin découvrir comment était la maison. Elle aurait déjà pu s'y rendre seule, mais elle craignait de se sentir une intruse et de ne pouvoir surmonter son chagrin. Il était préférable de se comporter en professionnelle et de s'en tenir à une visite avec un agent.

A peine eut-elle raccroché que sa secrétaire l'informa que sa mère était en ligne. Sarah hésita un instant avant de prendre l'appel. Elle adorait sa mère, mais pas sa manie de vouloir toujours régenter sa vie. Audrey Anderson n'avait pas peur de forcer les barrières que sa fille érigeait – des années de thérapie et de réunions aux Alcooliques anonymes n'avaient pas réussi à lui enseigner le sens du mot discrétion – et Sarah savait par expérience que leur conversation déraperait si elle avait le malheur de lui confier ses soucis.

— Bonjour, maman, dit-elle d'un ton qu'elle espéra enjoué. J'ai eu ton message hier soir, mais comme tu m'annonçais que tu t'apprêtais à sortir, je ne t'ai pas rappelée.

— Oh, toi, ça n'a pas l'air d'aller. Qu'y a-t-il ?

— Rien, je suis juste un peu fatiguée. J'ai beaucoup de travail en ce moment. L'un de mes clients est mort hier et je dois m'occuper de sa succession.

42

— Je suis désolée, ma chérie, déclara Audrey d'une voix pleine de compassion.

Sarah acceptait sans problème la gentillesse de sa mère. Ce qu'elle ne supportait pas, en revanche, c'étaient les questions sans fin et les démonstrations d'affection excessives.

— Il y a autre chose ? demanda sa mère.

— Non, non. Tout va bien.

Trop tard, elle n'avait pu empêcher sa voix de la trahir. Vite, pensa-t-elle. Trouve quelque chose à dire ou tu ne vas pas t'en sortir. Audrey sentait toujours quand elle était bouleversée, quels que soient ses efforts pour le masquer. Les questions pleuvaient alors et, pour finir, les reproches – ou, pire encore, les conseils, qui ne correspondaient jamais à ce qu'elle avait envie d'entendre.

— Comment vas-tu ? reprit-elle dans l'espoir de détourner son attention. Tu t'es bien amusée hier soir ?

— J'ai testé un nouveau club de lecture avec Mary Ann.

C'était l'une de ses amies. Veuve depuis vingt-deux ans, elle passait son temps à sortir, alternant parties de bridge, cours pour adultes et voyages à l'étranger. Elle avait bien eu quelques aventures, mais elle tombait toujours sur des alcooliques, des hommes à problèmes ou déjà mariés. A croire qu'elle attirait les cas désespérés. Pour l'heure, elle était seule, après une brève histoire avec un concessionnaire automobile qui aimait trop la bouteille lui aussi. Sarah avait du mal à croire qu'il y eût autant d'ivrognes sur terre, mais il fallait bien reconnaître que, lorsqu'il y en avait un dans les parages, Mary Ann était assurée de le rencontrer.

— Un nouveau club de lecture ? Ce devait être sympa, commenta-t-elle.

En réalité, elle ne concevait rien de pire que de se réunir autour d'une table avec d'autres femmes pour discuter d'un roman. Plutôt continuer de voir Phil le week-end que risquer de finir comme sa mère ! C'était d'ailleurs pour cette raison qu'elle avait toujours refusé de se joindre aux groupes de soutien réservés aux enfants d'alcooliques – groupes qui, Audrey en était certaine, l'auraient pourtant beaucoup aidée. Ayant vu un psychologue durant ses études, Sarah estimait être venue à bout de certains de ses problèmes, imputables autant à sa mère qu'à son père. Tout juste avait-elle encore tendance à préférer les hommes défaillants sur le plan affectif. Des hommes semblables à son père, en somme.

— Je voulais te prévenir que nous passerions Thanksgiving chez Mimi, cette année, l'informa Audrey.

Mimi était sa mère et, par conséquent, la grand-mère de Sarah. A quatre-vingt-deux ans, veuve depuis dix ans après un long mariage heureux, elle affichait une vie amoureuse bien plus épanouie que celle de sa fille et de sa petite-fille. Elle aussi sortait beaucoup mais, contrairement à Audrey, très rarement avec des femmes. Et, à l'évidence, elle s'amusait également beaucoup plus qu'elle.

— D'accord, répondit Sarah. Tu veux que j'apporte quelque chose ?

— Non, tu n'auras qu'à m'aider à préparer la dinde.

— Il y aura d'autres invités ?

Il arrivait à sa mère de venir avec quelqu'un qui n'avait nulle part où aller ce jour-là – tout comme Mimi, à cette différence près qu'il s'agissait souvent pour elle de son dernier petit ami. Cela ne manquait pas d'énerver Audrey, et Sarah se demandait si, en fait, elle n'était pas jalouse de sa mère.

— Je ne sais pas. Tu connais ta grand-mère. Elle a vaguement fait allusion à un veuf dont les enfants vivent aux Bermudes.

Mimi ne manquait pas d'amis avec qui se divertir et n'avait jamais fréquenté le moindre club de lecture. A l'entendre, elle n'en avait pas besoin pour s'amuser.

— Je demandais ça comme ça...

— Je suppose que Phil ne viendra pas ? lança Audrey d'un ton lourd de sous-entendus.

Sarah soupira. Chaque année, elle avait droit à la même question. Dès qu'elle l'avait vu, sa mère avait catalogué Phil comme un homme à problèmes et on ne pouvait certes pas lui reprocher sa clairvoyance.

— Bien sûr que non, maman. Il sera au ski avec ses enfants, à Tahoe.

Comme tous les ans, se retint-elle d'ajouter. Mais cela, Audrey le savait déjà.

— Et, comme d'habitude, il n'a pas jugé bon de t'inviter.

La haine d'Audrey pour Phil ne cessait de croître avec le temps. La seule chose dont elle ne l'avait pas encore accusé était d'être gay ou alcoolique.

— C'est une honte, si tu veux mon avis. Et ça en dit long sur ce que représente votre relation pour lui. Tu as trente-huit ans, Sarah. Si tu veux des enfants, tu ferais mieux de te trouver quelqu'un d'autre. Cet homme ne changera jamais.

Elle avait raison, bien sûr. D'autant que Phil refusait de se faire aider par un psy.

— J'ai des affaires plus urgentes à régler, maman. Et il a besoin de se retrouver seul avec ses enfants.

Elle ne l'aurait avoué pour rien au monde, mais cela faisait un an ou deux qu'elle se posait des questions. Elle avait déjà rencontré plusieurs fois les enfants de Phil, pourtant jamais il ne lui avait proposé de l'accompagner lorsqu'il les emmenait en week-end ou en vacances. Son excuse était toujours celle qu'elle venait de fournir à sa mère : il avait besoin d'être seul avec eux. Et ce sujet n'était pas plus négociable que ses séances de sport. S'offrir des escapades à deux ne faisait pas partie du contrat qui les liait.

— Je pense que tu te fais des illusions sur lui, Sarah. Il ne vaut rien.

— Pas du tout ! C'est un avocat talentueux, protesta Sarah, avec l'impression d'avoir de nouveau douze ans, face à sa mère.

— Je ne te parle pas de ses compétences professionnelles, mais de votre relation – ou plutôt de votre absence de relation. Où en es-tu après quatre ans ?

Nulle part, songea Sarah, qui n'avait toutefois jamais rien espéré, si ce n'est peut-être finir par voir Phil un peu plus souvent. Mais elle détestait que ce soit sa mère qui le lui dise. Cela lui donnait le sentiment d'avoir commis une faute.

— Nous sommes très heureux comme ça, maman. Tu ne veux pas arrêter avec cette histoire ? Je ne veux pas plus pour le moment. Ma carrière passe avant tout.

— A ton âge, j'avais une carrière *et* un enfant, répliqua sa mère d'un ton sans appel.

Sarah faillit lui rappeler que, côté bon à rien, son mari à elle avait été un champion toutes catégories. Mais, comme d'habitude, elle se tut. Elle n'avait aucune envie de se disputer avec sa mère, surtout un jour comme celui-là.

— Je ne veux pas d'enfants, maman. Pas maintenant, en tout cas.

Et peut-être même jamais. Et pas de mari non plus. Elle ne voulait pas risquer qu'il ressemble à son père.

— Peux-tu me dire aussi quand tu comptes chercher un nouvel appartement ? questionna Audrey. Enfin, Sarah, tu vis dans un dépotoir. Tu pourrais au moins jeter toutes ces vieilleries que tu traînes depuis la fac. Deviens un peu adulte !

— Je *suis* adulte. Et mon appartement me plaît tel qu'il est, gronda Sarah.

Elle avait enterré un ami le matin même et Phil venait une nouvelle fois de la décevoir. La dernière chose dont elle avait besoin était que sa mère se mette de la partie en la sermonnant sur son style de vie.

— Ecoute, il faut que je te laisse, parce que j'ai du travail, reprit-elle. On se verra à Thanksgiving.

— Tu ne pourras pas fuir éternellement la réalité, Sarah. Si tu ne réagis pas, tu gâcheras tes plus belles années avec Phil ou des hommes du même genre.

Ses paroles frappèrent une corde sensible. Sarah avait déjà eu envie de demander à Phil de se montrer plus disponible, mais sa peur de se retrouver seule tous les weekends avait été la plus forte. Le problème restait donc entier, et ce n'était pas la pression de sa mère qui allait la pousser à chercher une solution. Bien au contraire.

— C'est gentil de t'inquiéter pour moi, maman, seulement là, ce n'est pas le bon moment. J'ai trop à faire.

Et elle raccrocha en grimaçant. Bon sang, elle parlait comme Phil, maintenant. Eviter toute confrontation, se voiler la face, trouver de fausses excuses. Il était très fort à ce petit jeu, mais elle ne se débrouillait pas si mal non plus finalement.

Déprimée, elle fixa son téléphone d'un air morose. Les questions et les critiques de sa mère résonnaient encore dans sa tête. Audrey n'avait pas son pareil pour la mettre à nu et décortiquer sa vie sous toutes ses coutures, le plus souvent en lui assenant des commentaires impitoyables. Thanksgiving s'annonçait redoutable, cette année. Si seulement elle avait pu aller à Tahoe avec Phil ! Heureusement qu'il y avait sa grand-mère. Mimi apporterait sa gaieté. Et peut-être inviterait-elle l'un de ses amis. Elle avait le chic pour rencontrer des gens charmants.

Le hasard voulut que sa grand-mère l'appelât au même instant, pour réitérer l'invitation qu'Audrey lui avait déjà transmise. Leur conversation fut enjouée, chaleureuse et brève – à l'opposé de celle qu'elle avait eue avec sa mère. Mimi ne se montrait jamais indiscrète, et si elle lui précisa qu'elle pouvait venir avec qui elle voulait, elle n'essaya pas de savoir où elle en était avec Phil. Sarah avait du mal à imaginer comment sa grand-mère si douce et si gentille avait pu donner le jour à quelqu'un d'aussi cassant qu'Audrey. Bien sûr, leurs vies avaient été très différentes. Mimi était restée mariée durant plus de cinquante ans à un homme adorable. Elle avait donc été bien plus heureuse que sa fille, que son union avec un alcoolique avait rendue amère, critique et méfiante. Sarah en avait conscience mais, pour autant, elle ne supportait pas la femme qu'était devenue sa mère.

Après cet appel, elle régla quelques détails concernant la succession de Stanley, rédigea une liste de questions à poser à l'agent immobilier et vérifia qu'une lettre de notification avait bien été envoyée à chaque héritier. Puis elle s'occupa de ses autres clients, et acheva une nouvelle journée de treize heures sans même s'en rendre compte. Il était presque 22 heures lorsqu'elle rentra chez elle, et minuit lorsque Phil lui téléphona. Lui aussi semblait fatigué. Il était revenu du sport une demi-heure plus tôt et s'apprêtait à se coucher. Sarah trouva étrange de le savoir à quelques rues de là et de lui parler comme s'il vivait dans une autre ville. Cela lui fit mal de ne pouvoir être aussi proche de lui qu'elle l'aurait voulu.

Ils discutèrent quelques instants de leurs projets pour le week-end suivant, puis se souhaitèrent bonne nuit. Dix minutes plus tard, Sarah sombra dans un sommeil agité et peuplé de cauchemars si terrifiants qu'elle se réveilla deux fois en larmes. Mais quoi de plus normal après la mort d'un ami ? pensa-t-elle lorsqu'elle émergea le lendemain matin, avec un violent mal de tête. Il ne lui restait plus qu'à prendre une tasse de café, deux aspirines et à se mettre au travail, et tout rentrerait dans l'ordre. Cela avait toujours marché, jusqu'à présent.

4

Lorsque le vendredi soir arriva, Sarah avait l'impression d'être passée sous un rouleau compresseur. Assister à l'inhumation des cendres de Stanley avait été très douloureux, tant ce dernier adieu lui était apparu triste et froid. Le vieil homme avait eu une longue existence, certes, mais si solitaire, si stérile... Que laissait-il derrière lui, en dehors de son argent ? Tous les avertissements qu'il lui avait adressés lui revenaient en mémoire. Pour la première fois, elle commençait à se dire qu'il y avait d'autres priorités que le travail dans la vie. Finalement, Stanley n'avait pas prêché dans le vide. Ses paroles portaient enfin leurs fruits, modifiant sa perception des événements. Elle était soudain lasse des dérobades continuelles de Phil. Surtout, elle ne lui pardonnait pas de ne pas être venu la consoler, le jour où elle avait appris la mort de Stanley. Leurs quatre années ensemble auraient dû signifier quelque chose et lui donner l'envie d'être à ses côtés en cas de coup dur. Mais il n'y avait rien à faire. Pourquoi continuer, alors ? Pour le sexe ? Elle voulait bien plus que cela. Stanley avait raison. Travailler soixante heures par semaine sur des dossiers juridiques et vivre une histoire épisodique ne pouvaient constituer un but en soi.

Le vendredi soir, Phil arrivait en général chez elle vers 20 heures, voire 21 heures, selon le temps qu'il avait passé à son club de gym. Il avait absolument besoin de se dépenser avant de la rejoindre, disait-il. D'abord pour évacuer le stress de sa journée, ensuite pour conserver cette silhouette qui, il en avait bien conscience, plaisait tant à Sarah. Cela la contrariait parfois de le voir en meilleure forme qu'elle. A raison de douze heures de travail par jour en moyenne, elle ne faisait du sport que le week-end et ne pouvait se vanter d'être en aussi bonne condition physique que lui. Mais le fait est qu'elle n'y attachait pas autant d'importance. Phil, en revanche, n'aurait sacrifié ses activités sportives pour rien au monde – et c'était justement cela qu'elle supportait de moins en moins. Elle avait longtemps cru qu'elle prendrait peu à peu une plus grande place dans sa vie, mais cet espoir s'était amenuisé au fil des mois. Jamais elle ne serait sa priorité numéro un. Jamais leur relation n'évoluerait de quelque façon que ce soit. Le soin qu'il mettait à maintenir le statu quo qu'il avait instauré entre eux prouvait suffisamment que, pour lui, leur liaison était superficielle, tout juste bonne à le distraire deux soirs par semaine. Sans qu'elle sût pourquoi, cette situation, qu'elle avait pourtant acceptée au départ, ne lui suffisait plus.

Il lui fallait donc se résigner à cette situation insatisfaisante ou envisager une séparation. Dans le premier cas, elle abandonnait tout espoir de trouver quelqu'un qui l'aimerait davantage. Dans le second, elle risquait de finir seule, comme sa mère. Elle n'avait été attirée par aucun des hommes qu'elle avait rencontrés au cours des quatre années précédentes, et la perspective de fréquenter un jour les clubs de bridge et de lecture la terrifiait. Elle se retrouvait face à un dilemme qu'elle s'était déjà posé mais qui venait, avec la mort de Stanley, de retrouver toute sa force.

Ce soir-là, Phil arriva plus tôt que d'habitude. Il entra avec les clés qu'elle lui avait données et s'installa à son aise devant la télévision. Lorsque Sarah sortit de sa douche quelques instants plus tard, enveloppée dans un drap de bain et les cheveux encore humides, il se contenta de lui jeter un coup d'œil par-dessus son épaule, avant d'appuyer sa tête contre le dossier du canapé.

— Seigneur, j'ai eu une semaine horrible, se plaignit-il.

Sarah savait qu'il commençait toujours par parler de lui. Ensuite seulement – enfin, quand il y pensait –, il l'interrogeait sur sa semaine à elle. Ce détail s'ajoutait à ceux, de plus en plus nombreux, qui la contrariaient depuis quelque temps. Et, curieusement, elle observait ses réactions face au comportement de Phil avec une fascination mêlée d'indifférence, comme si elle avait été extérieure à la scène.

— Moi aussi, répondit-elle en se penchant pour l'embrasser. Tu en as fini avec tes dépositions ?

— Oui, et heureusement, parce qu'elles étaient stupides et ennuyeuses au possible. Qu'est-ce qu'on mange, ce soir ? Je meurs de faim.

— Je n'ai rien prévu. Je ne savais pas si tu voudrais sortir ou pas.

Le vendredi soir, ils restaient souvent à la maison afin de se reposer. Phil travaillait aussi dur qu'elle et dans un domaine réputé bien plus éprouvant pour les nerfs. Les litiges dont il s'occupait, en particulier, étaient beaucoup plus stressants que les siens. Tous deux faisaient donc rarement de projets pour ce jour-là.

— J'aimerais bien aller dîner dehors, ajouta-t-elle en songeant que cela lui remonterait peut-être le moral.

Elle ne s'était toujours pas remise de la disparition de Stanley et, malgré tout ce qu'elle avait à reprocher à Phil, elle était heureuse de le voir. Comme toujours. Elle était en terrain familier avec lui, et leurs week-ends ensemble lui permettaient de se détendre. Ils s'amusaient même beaucoup, parfois. Et puis, il était si beau, allongé là sur son canapé. Avec son mètre quatre-vingts, ses cheveux blonds, ses yeux verts, ses larges épaules et ses longues jambes, il ne passait pas inaperçu, loin de là. Et, nu, il était encore plus excitant, même si elle n'en avait pas envie, ce soir-là. Lorsqu'elle était déprimée, cela avait toujours cet effet sur sa libido. Elle rêvait plus de se blottir contre lui que de faire l'amour – ce qui ne risquait pas de poser problème, puisqu'ils étaient en général trop fatigués pour ça, le vendredi soir. Ils se rattrapaient le samedi, et parfois aussi le dimanche, avant que Phil ne rentre chez lui se préparer à sa nouvelle semaine de travail. Sarah essayait depuis longtemps de le persuader de rester une nuit de plus, mais il aimait partir de chez lui le lundi matin. Il prétendait qu'il était perdu sans ses affaires et il n'aimait pas non plus qu'elle dorme chez lui. Il tenait à avoir une vraie nuit de sommeil avant de « remonter sur le ring », comme il disait, et elle le distrayait trop. Même si elle pouvait le prendre comme un compliment, cela ne changeait rien pour Sarah : là encore, il la décevait.

Quoi qu'elle fasse pour qu'ils passent plus de temps ensemble, Phil avait toujours réussi à s'esquiver. Mais, à trop se dérober, il finissait par perdre l'essentiel : l'amour qu'elle lui portait. Plus elle se sentait négligée, plus Sarah se détachait de lui. Audrey avait peut-être raison. Elle avait besoin de bien plus que ce que Phil avait à lui offrir. Pas forcément le mariage, puisqu'elle n'en rêvait pas, mais au moins quelques soirées par semaine et des vacances à deux. A mesure qu'elle faisait le point sur sa vie et ce qu'elle désirait en faire, Sarah comprenait combien Stanley avait vu juste. La réussite professionnelle et financière ne pouvait suffire.

— Ça t'ennuie, si on commande un plat chez un traiteur ? lui demanda Phil en s'étirant. Je suis si bien ici que je n'ai pas le courage de bouger.

A l'évidence, il ne soupçonnait rien des questions qui l'agitaient.

— Non, non. Ça me va, répondit-elle.

Elle conservait la liste des traiteurs auxquels elle avait l'habitude de faire appel. Indien, chinois, thaïlandais, japonais, italien, le choix était vaste.

— Qu'est-ce qui te tente, ce soir ? lança-t-elle.

— Je ne sais pas... J'en ai marre des pizzas, je n'ai pas arrêté d'en manger cette semaine. Thaïlandais ? Ou non, pourquoi pas mexicain ? Deux burritos et du guacamole m'iraient très bien. Pas toi ?

— Si, c'est parfait, répondit-elle en souriant.

Et cela l'était réellement. Sa présence semblait avoir dissipé les doutes qu'elle avait nourris à son sujet les jours précédents. Et puis, elle appréciait ces soirées où ils paressaient ensemble, assis par terre devant un plateau-repas, en décompressant peu à peu. Elle passa donc sa commande par téléphone en y ajoutant des enchiladas au poulet et au fromage pour elle, puis s'installa sur le canapé à côté de lui en attendant l'arrivée du livreur. Phil passa un bras autour de ses épaules et l'attira contre lui. La télévision ronronnait, pendant que leurs cerveaux faisaient le vide après une grosse semaine de travail. Comme des coureurs après une course, ils avaient besoin de reprendre leur souffle.

— Qu'est-ce que tu veux faire demain ? s'enquit Sarah. Les enfants ont des matches, ce week-end ?

— Non, je n'ai pas d'obligations paternelles, cette fois. J'en suis dispensé.

Son fils, âgé de dix-huit ans, avait quitté San Francisco au mois d'août pour entrer à l'université de Los Angeles, et ses deux filles s'intéressaient beaucoup plus aux garçons qu'au sport. L'aînée montrait bien des dispositions pour le tennis mais, à quinze ans, les dernières personnes avec qui elle voulait passer ses week-ends étaient ses parents. Pour Phil, cela signifiait avant tout moins de matches auxquels assister, et donc plus de temps libre.

— Tu as une envie particulière ? demanda-t-il à Sarah.

— Un film, peut-être ? Ou bien l'expo de photos au MOMA. On pourrait y aller, si tu veux.

Cela faisait des semaines qu'elle désirait la voir, mais elle n'avait pas encore réussi à prendre le temps de s'y rendre avec Phil.

— J'ai des tas de choses à faire demain, se souvint-il tout à coup. Il faut que j'achète de nouveaux pneus, que je nettoie ma voiture, que j'aille au pressing, que je lave mon linge… La routine, quoi.

Sarah comprit ce que cela voulait dire. Il partirait tôt le lendemain matin et ne reviendrait que pour le dîner. Il agissait souvent ainsi, affirmant n'avoir rien de prévu, pour ensuite courir à droite et à gauche toute la journée. Sans elle, bien entendu. Il préférait se débarrasser de ses corvées seul, c'était plus rapide.

Pourquoi aurait-elle voulu perdre son temps avec lui ? Cela aurait pourtant permis à Sarah de se rapprocher de lui, ce qu'il voulait à tout prix éviter. Faire trop de choses à deux impliquait un rapprochement qui le mettait mal à l'aise.

— Pourquoi ne passerait-on pas la journée ensemble ? suggéra-t-elle. Tu peux faire tes lessives ici.

Ils n'auraient qu'à regarder un film à la télévision pendant ce temps. Elle était même prête à s'occuper de son linge à sa place. L'idée de jouer les femmes d'intérieur pour lui l'amusait.

— Ne sois pas ridicule, se moqua-t-il. Je ferai ça chez moi. Au pire, je n'aurai qu'à sortir me racheter des vêtements.

Il recourait parfois à cette solution, lorsque la paresse ou un surcroît d'activité l'empêchaient de s'atteler à sa lessive. Il possédait ainsi des montagnes de sous-vêtements et une penderie remplie de chemises. Et cela lui convenait très bien.

— J'irai à Oakland demain matin pour mes pneus, poursuivit-il. Pourquoi n'en profiterais-tu pas pour aller au musée ? La photo, ce n'est vraiment pas mon truc.

Passer ses samedis avec elle non plus, d'ailleurs. Il préférait faire ses affaires seul et ne la rejoindre que le soir.

— Je voudrais rester avec toi, répondit-elle d'une voix ferme, tout en se jugeant pathétique.

Le livreur sonna au même moment, coupant court à la discussion. De toute façon, songea-t-elle, elle ne voulait pas d'une nouvelle dispute. Pas ce soir, en tout cas.

Le repas fut bon et, lorsqu'ils eurent fini de manger, Phil s'étendit sur le canapé, pendant qu'elle rangeait les restes au réfrigérateur. Elle venait de s'asseoir par terre près de lui, quand il se pencha soudain pour l'embrasser. Elle sourit. Ces instants-là comptaient parmi les meilleurs de leur relation. Malgré tous ses défauts, Phil était un homme étonnamment tendre – ce qui était particulièrement surprenant lorsque, comme elle, on connaissait son besoin d'indépendance.

— T'ai-je dit aujourd'hui que je t'aime ? demanda-t-il en l'attirant contre lui.

— Non, pas encore.

Elle leva la tête vers lui, radieuse. Il lui manquait tant, durant la semaine. Elle ne profitait de lui que le samedi et, sitôt le dimanche arrivé, devait affronter la perspective de ne plus le voir pendant cinq jours. Leurs quelques heures de bonheur ensemble ne faisaient que rendre plus cruelle encore son absence.

— Je t'aime aussi, ajouta-t-elle en lui retournant son baiser.

Blottis l'un contre l'autre, ils regardèrent les informations de 23 heures. Les vendredis soir passaient toujours très vite. Trop vite. Ils avaient à peine le temps de dîner, de se détendre en silence ou en discutant tranquillement, que déjà la soirée était terminée – et, avec elle, la moitié de leur week-end.

Le lendemain matin, ils se réveillèrent après une courte nuit de sommeil. Le ciel était gris et froid, comme seul peut l'être un ciel de novembre, et une fine pluie embuait les carreaux lorsqu'ils se levèrent – Phil pour se doucher et elle pour préparer le petit déjeuner. C'était toujours elle qui s'en occupait. Phil adorait le pain perdu, les gaufres et les œufs brouillés. Ce jour-là, elle opta pour les œufs brouillés, auxquels elle ajouta du bacon, des chips, des muffins, un grand verre de jus d'orange pour lui et un cappuccino pour elle. La machine à expresso qu'il lui avait offerte pour leur premier Noël n'était peut-être pas le plus romantique des cadeaux, mais elle leur avait beaucoup servi en quatre ans. Sarah ne l'utilisait que lorsqu'il était là. Le reste du temps, elle se contentait d'un café qu'elle prenait en sortant de chez elle et qu'elle emportait au bureau.

Ce matin-là, comme d'habitude, Phil dévora son petit déjeuner avec appétit.

— C'est excellent ! s'exclama-t-il alors qu'elle lui tendait le journal.

Le week-end commençait parfaitement et Sarah n'aurait rien aimé tant que retourner se glisser sous la couette avec lui. Ils s'abstenaient parfois de faire l'amour quand l'un d'eux était trop fatigué ou malade mais, d'une manière générale, ils avaient une vie sexuelle régulière. Ils se connaissaient bien et s'entendaient encore mieux au lit. Sarah n'avait aucune envie de renoncer à ces instants-là, pas plus qu'à tout ce qu'elle appréciait chez Phil : sa compagnie, son intelligence, le fait que lui aussi était avocat et qu'il s'intéressait donc à son travail – du moins jusqu'à un certain point.

Ils passaient de bons moments ensemble. Ils avaient les mêmes goûts en matière de cinéma et de gastronomie, la même opinion sur les gens qu'ils rencontraient. Ils s'entendaient si bien sur tant de points que cela rendait d'autant plus frustrant le refus de Phil de vouloir aller plus loin. Il y avait très peu de chances qu'il accepte de vivre avec elle un jour. Comment lui faire comprendre que leurs rendez-vous hebdomadaires, qui étaient tout ce dont il voulait entendre parler, ne répondaient plus à ses attentes à elle ? Bien sûr, ils étaient fidèles l'un à l'autre et se voyaient régulièrement, mais ils ne partageaient rien d'autre. Parfois, Sarah se disait qu'elle avait passé l'âge d'avoir de tels rapports avec quelqu'un et qu'elle s'était contentée de trop peu durant trop longtemps. A trente-huit ans, elle avait eu de nombreuses aventures, mais, si elle avait progressé sur le plan professionnel, elle continuait d'avoir le même type d'homme dans sa vie que lorsqu'elle était étudiante à Harvard. La situation semblait sans issue. Elle ne reprochait pas à Phil de lui avoir menti sur ses intentions – après tout, dès le début, il avait été clair avec elle –, mais elle se sentait prise au piège dans une voie sans issue, bloquée. Rien ne changeait et, pendant ce temps, les années passaient et elle vieillissait. Pour Phil, en revanche, tout allait pour le mieux. Il était suffisamment égoïste pour se soucier avant tout de sa petite personne, comme dans les avions, où les consignes de sécurité recommandaient à chacun de mettre son masque à oxygène, et après seulement d'aider ses voisins. Il avait bien retenu la leçon et l'appliquait quotidiennement. Lui d'abord, les autres ensuite. La manière dont il l'exprimait prévenait toute contestation, de sorte que Sarah se taisait et essayait d'accepter le fait qu'ils étaient peut-être tout simplement différents. De temps à autre, elle se demandait juste si cela relevait d'une divergence fondamentale entre hommes et femmes, ou si seul Phil raisonnait ainsi. En tout cas, elle était parfaitement consciente qu'il était égoïste et le serait toujours. Elle n'avait donc pas le choix.

Après le petit déjeuner, il partit comme prévu, pendant qu'elle changeait les draps. Elle mit de nouvelles serviettes de toilette dans la salle de bains, fit la vaisselle, alla au pressing. Elle n'avait jamais le temps de s'occuper des tâches ménagères en semaine, de sorte qu'elle repoussait toujours tout au samedi. Comme Phil. Simplement, elle aurait aimé qu'ils le fassent ensemble. Il s'était moqué d'elle lorsqu'elle le lui avait proposé et avait rétorqué qu'ils ressembleraient ainsi à un couple marié. Or, justement, ils n'étaient pas mariés. Ils avaient des activités séparées, menaient des vies séparées, habitaient des appartements séparés et dormaient dans des lits séparés. Lorsqu'ils se voyaient le week-end, c'était pour s'amuser, pas pour unir leurs existences. Il le lui répétait souvent, et Sarah avait bien saisi la différence. Mais elle n'aimait pas cette situation, voilà tout, alors que lui, si.

Elle revint chez elle déposer les vêtements qu'elle avait retirés au pressing, puis alla à l'expo de photos du MOMA et en ressortit enchantée. Il était 18 heures lorsque, après une promenade le long de la marina et quelques courses, elle rentra enfin chez elle. Elle avait décidé de cuisiner un peu et songeait que Phil et elle pourraient peut-être louer un DVD ou aller au cinéma après dîner. Leur vie sociale s'était considérablement réduite depuis quelque temps. La plupart de ses amies avaient un mari et des enfants, et, même si Phil les aimait bien, il trouvait qu'elles étaient devenues ennuyeuses. Sans compter que cela le déprimait d'essayer d'avoir une conversation intelligente pendant qu'un bébé hurlait juste à côté. Ses amis à lui étaient pour la plupart des hommes de son âge ou un peu plus jeunes, qui ne s'étaient jamais mariés ou qui avaient divorcé et se plaignaient sans cesse de leur ex-femme, de leurs enfants et de la pension alimentaire excessive qu'ils devaient verser chaque mois. Tous estimaient s'être fait avoir et juraient qu'on ne les y reprendrait plus. Outre qu'elle les jugeait superficiels et amers – ce qui réduisait encore le nombre d'amis que Phil et elle avaient en commun –, Sarah constatait que la plupart fréquentaient des femmes bien plus jeunes qu'eux. Souvent, au cours de dîners en leur compagnie, elle s'était retrouvée à discuter avec des filles dont elle aurait presque pu être la mère et avec qui elle ne se sentait aucune affinité. Phil et elle évitaient donc les sorties en groupe. Il voyait ses amis durant la semaine, en général avant, pendant ou après le sport, ce qui lui donnait une raison supplémentaire de ne pouvoir être disponible pour elle.

Ce samedi-là, il ne l'appela pas. Supposant qu'il était trop occupé, elle ne s'en formalisa pas. Elle savait qu'il arriverait dès qu'il aurait terminé ses courses et, de fait, il revint à 19 h 30, plus séduisant que jamais dans son jean et son pull noir à col roulé. Sarah, qui avait presque fini de préparer le dîner, lui tendit un verre de bordeaux.

— Mmmm... Tu me gâtes, dit-il en l'embrassant. Ça sent bon ici. Qu'est-ce que tu as cuisiné ?

— Des pommes de terre au four, des steaks, une salade César et un cheese-cake.

C'était le dessert favori de Phil et elle lui en achetait toujours un, même si elle préférait quant à elle les gâteaux au chocolat.

— Super ! s'exclama-t-il en goûtant son vin.

Dix minutes plus tard, ils se mirent à table. Phil ne lui reprochait jamais l'état de ses meubles, comme s'il ne le remarquait pas. En revanche, il la complimenta à plusieurs reprises sur ses talents culinaires. La salade était délicieuse et le steak cuit exactement à sa convenance, saignant mais pas trop.

— C'était un festin ! la félicita-t-il.

Sarah en fut ravie. Il n'était jamais avare d'éloges et de mots gentils, et cela la faisait fondre. Sa mère, elle, n'avait jamais cessé de la critiquer, tandis que son père était toujours trop ivre pour s'apercevoir qu'elle existait. Avoir quelqu'un qui reconnaissait ses qualités signifiait donc beaucoup pour elle et, la plupart du temps, Phil savait trouver les mots qu'il fallait pour la rassurer.

— Comment s'est passée ta journée ? s'enquit-elle joyeusement en lui servant une part de gâteau. Tu as trouvé les pneus que tu voulais ?

— Tu ne vas pas me croire, mais je n'ai rien fait du tout. Je suis repassé chez moi chercher ce dont j'avais besoin et, à ce moment-là, je suis tombé sur un vieux péplum à la télévision. Une mauvaise version de *Sparta-*

cus, mais je l'ai regardée pendant trois heures, et à la fin je n'avais plus qu'une envie, flemmarder. J'ai dormi un peu, appelé quelques copains. Et quand je me suis enfin décidé à aller au pressing, devine qui j'ai croisé ? Dave Mackerson ! Ça faisait des années qu'on ne s'était pas vus, alors on a déjeuné ensemble, puis on est allés faire quelques parties de jeux vidéo chez lui en buvant une bonne bouteille de vin. Il vient d'emménager dans une maison fabuleuse sur la marina, avec vue sur toute la baie de San Francisco. Je ne suis rentré chez moi qu'en fin d'après-midi. Tant pis pour mes pneus, j'irai les acheter la semaine prochaine. Vraiment, il y a des jours où je n'arrive à rien. Mais qu'est-ce que ça fait du bien ! C'était sympa de revoir Dave. Je ne savais même pas qu'il avait divorcé l'année dernière et qu'il avait une nouvelle copine. Elle est très mignonne d'ailleurs, ajouta-t-il en riant sans remarquer que Sarah évitait soigneusement de le regarder. Elle doit avoir le même âge que son fils aîné ou un an de moins, je crois. Dave a laissé la maison de Tiburon à Charlene, mais il n'a pas perdu au change. Celle qu'il a aujourd'hui est nettement mieux. Elle est plus moderne, plus chic. Et puis Charlene était une vraie garce, de toute façon.

Sarah l'écouta en silence, effondrée. Elle l'avait laissé seul toute la journée afin qu'il puisse se débarrasser tranquillement de ses corvées ménagères, et il n'avait rien trouvé de mieux à faire que regarder la télévision chez lui, déjeuner avec Dave et jouer à des jeux stupides. S'il avait juste envie de lézarder, pourquoi n'avait-il pas passé l'après-midi avec elle ? Mais non, il n'y avait même pas pensé. Il lui avait préféré un vague copain qui lui avait parlé des défauts de son ex-femme et des qualités de sa dernière conquête. Elle en aurait pleuré. Au prix d'un gros effort, elle parvint à se maîtriser. Le comportement de Phil la blessait profondément – et ce d'autant plus qu'il ne s'en apercevait même pas. Et c'était bien là le problème : tout ce qu'il faisait lui paraissait normal, même le fait de l'avoir laissée seule chez elle, alors que c'était le week-end. Dans sa tête, il s'agissait de sa vie à lui, pas de leur vie. Le lui signaler, comme elle l'avait déjà fait, ne contribuait qu'à aggraver la situation. Il détestait les jérémiades et ne supportait aucune critique sur la façon dont il occupait son temps libre.

— Tu l'as rencontrée ? demanda-t-elle en fixant son assiette.

Elle savait que, si elle croisait son regard, elle risquait de prononcer des paroles qu'elle regretterait par la suite. Plus que mortifiée, elle était furieuse. Phil lui avait volé sa journée.

— Charlene ? Bien sûr. On était ensemble à la fac, tu ne te souviens pas ? Je suis sortie avec elle en première année, et c'est comme ça que Dave l'a connue. Il l'a épousée quand elle est tombée enceinte. Bon sang, j'ai eu de la veine que ce soit lui et pas moi. Je n'en reviens pas qu'ils soient restés mariés pendant vingt-trois ans. Le pauvre ! Elle l'a complètement plumé, cette garce. Elle est bien comme toutes les autres, ajouta-t-il d'un air suffisant en avalant les dernières miettes de son gâteau.

Sarah ne fit aucun commentaire. Phil la trouva bien un peu silencieuse, mais il supposa qu'elle était simplement rassasiée ou légèrement fatiguée. Mais ce n'était pas le cas. Sarah bouillait intérieurement tant ce qu'il venait de dire montrait tout le mépris que lui inspiraient Charlene, le mariage de son ami et les femmes en général. Comme si toutes étaient des manipulatrices qui n'attendaient que de mettre le grappin sur un homme, pour ensuite divorcer et lui arracher tout ce qu'il possédait. Bien sûr, elle en connaissait qui étaient ainsi, mais ce n'étaient que des exceptions.

— Je ne te parlais pas de Charlene, dit-elle, mais de la nouvelle petite amie de Dave. Celle qui est plus jeune que son fils.

Elle n'était pas idiote et savait compter. Dans le cas présent, la fille devait avoir vingt-deux ans. Ce qui la rendait malade, c'était ce que cela révélait sur l'ami de Phil. Qu'est-ce qui pouvait pousser ce type, et la plupart de ses congénères, à courir après des filles à peine plus âgées que leurs propres enfants ? Les femmes adultes, avec un peu de cervelle, d'expérience et de maturité ne les attiraient-elles pas ? Sarah se fit soudain l'effet d'une vieille relique et cette image la terrifia.

— Tu l'as rencontrée ? répéta-t-elle.

Phil la dévisagea en se demandant si elle était jalouse. Cela aurait été stupide, mais on ne savait jamais, avec les femmes. Elles faisaient parfois une montagne de pas grand-chose. Il aurait pourtant juré que Sarah n'était pas assez vieille pour se soucier de son âge. En quoi il se trompait lourdement. Le sujet n'était pas anodin pour elle, et la façon dont il avait occupé son samedi encore moins. Elle était restée seule toute la journée, pendant que lui traînait dans son appartement et s'amusait avec son copain. Ce constat lui broyait le cœur.

— Oui, bien sûr que je l'ai rencontrée, répondit-il enfin. Elle a joué au billard avec nous. Elle est jolie, mais pas très dégourdie, tu connais les goûts de Dave. Elle ressemble à une des bunny girls de *Playboy*.

A en juger par son ton admiratif, lui aussi semblait la considérer comme un trophée de valeur à accrocher sur un tableau de chasse.

— Sa colocataire l'a virée de leur appart, reprit-il. Je crois qu'elle s'est installée chez Dave depuis.

— Quelle chance pour lui... ou peut-être pour elle, commenta Sarah d'une voix sarcastique.

— Quelque chose te contrarie ?

Tout en elle le prouvait. Il aurait fallu être aveugle pour ne pas s'en rendre compte, et Phil commençait enfin à ouvrir les yeux.

— Pour être honnête, oui. Je sais que tu aimes régler seul tes affaires personnelles et c'est pour ça que je ne t'ai pas appelé de la journée. Je pensais que tu me télé-phonerais, quand tu aurais terminé. Au lieu de ça, tu es resté chez toi à regarder la télé, avant de t'incruster chez Dave et sa potiche pour jouer à des jeux vidéo. Tu aurais pu passer l'après-midi avec moi, non ? Je ne te vois déjà pas beaucoup.

— Où est le problème ? J'ai besoin d'air pour décom-presser, je te l'ai déjà dit. Et puis, il ne s'agissait pas d'une orgie, tout de même ! Cette fille n'est qu'une gamine. Elle plaît peut-être à Dave, mais elle n'est pas du tout mon style. Je t'aime, voyons.

Il se pencha pour l'embrasser, mais elle détourna la tête.

— Bon sang, Sarah ! s'agaça-t-il. Tu es jalouse ? Je suis ici, pourtant. On vient de faire un dîner sympa, pourquoi faut-il que tu gâches tout ?

— Que je gâche tout avec quoi ? Mes sentiments ? Tu me déçois, Phil. J'aurais voulu qu'on passe cette journée ensemble, répliqua-t-elle d'une voix triste et tendue à la fois.

— J'ai rencontré Dave par hasard. Ça arrive, il n'y a pas de quoi en faire un plat.

— Peut-être pas toi, mais moi, si. J'attends toute la semaine qu'on se retrouve !

— Eh bien, profite de nos moments ensemble et arrête de les critiquer, alors ! Si tu le prends comme ça, je t'appellerai la prochaine fois que je croiserai un copain. Mais je doute que tu aurais aimé rester coincée un après-midi entier chez Dave, à discuter avec sa petite amie.

— Exact. Parce que tout est question de priorités. Tu es ce qu'il y a de plus important pour moi, mais je n'ai pas l'impression que ce soit réciproque.

— C'est faux. Toi aussi, tu es importante pour moi. Dave m'a invité à dîner et j'ai refusé. Tu vois ? Mais tu ne peux pas me tenir en laisse en permanence. Il faut bien que je me détende un peu. Je travaille comme un fou toute la semaine !

— Moi aussi, je te le rappelle. Ça ne m'empêche pas d'avoir envie de te voir plus souvent. Je regrette que ce soit une telle corvée pour toi de me consacrer ne serait-ce qu'une après-midi par semaine.

Sarah détestait le ton de sa voix, mais il lui était impossible de contenir plus longtemps sa colère et sa rancœur.

— Je n'ai pas dit ça, protesta-t-il. Simplement, j'ai besoin des deux dans ma vie. Du temps avec mes amis et du temps avec toi.

Elle savait déjà que cette dispute ne les mènerait nulle part. Phil refusait de comprendre son point de vue. Amère, elle songea qu'elle était tombée amoureuse du Ray Charles des relations sentimentales : la musique était magnifique, parfois romantique, mais il ne voyait rien. Afin d'éviter que la situation ne dégénère, elle se leva et posa leurs assiettes dans l'évier. Phil l'aida avant de s'installer sur le canapé et d'allumer la télévision. Il était visiblement fatigué de devoir se défendre et pas plus désireux qu'elle de continuer cette conversation. Il ne remarqua donc pas qu'elle pleurait en faisant la vaisselle. La semaine écoulée avait été un désastre de bout en bout. D'abord Stanley, et maintenant ça. Elle se sentait craquer, et les remarques justifiées de sa mère sur ses choix amoureux n'arrangeaient rien. Les paroles de Stanley résonnèrent alors dans sa tête, se mêlant à celles d'Audrey. La vie avait mieux à lui offrir.

Le temps qu'elle revienne s'asseoir près de Phil, une demi-heure plus tard, elle avait recouvré son calme. Elle ne fit aucun commentaire sur Dave et sa nouvelle play-mate. Cela n'aurait servi à rien, et cette histoire la déprimait de toute façon.

— Tu es fatiguée ? lui demanda gentiment Phil avec l'air de vouloir se réconcilier avec elle – même s'il trouvait sûrement sa réaction stupide, songea-t-elle.

Elle secoua la tête.

— On ne se couchera pas tard ce soir, lui dit-il comme pour l'apaiser. On a eu une longue semaine tous les deux.

Elle savait qu'il n'avait pas l'intention de dormir tout de suite et éprouva des sentiments mitigés à l'idée de faire l'amour avec lui. Cela lui était déjà arrivé, mais jamais à ce point.

Phil zappa quelques instants avant de trouver un film qui leur plaisait à tous les deux. A minuit, ils prirent chacun une douche, puis se couchèrent. Comme elle s'y attendait, l'inévitable se produisit. Et, comme toujours, ce fut merveilleusement bon, l'empêchant de rester fâchée très longtemps contre lui. Elle s'en voulait parfois de réagir autant à ses caresses, alors que leur relation était si frustrante, mais il n'y avait là rien que de très humain, après tout. Et, sur le plan sexuel, tout allait vraiment très, très bien entre eux. Presque trop bien même, puisque cela l'amenait à fermer les yeux sur tout le reste.

Elle s'assoupit ainsi dans ses bras, détendue et comblée. L'attitude de Phil la contrariait encore, mais cela faisait partie de leur relation au même titre que leur fabuleuse entente au lit. Parfois, elle se demandait si elle n'était pas dépendante du sexe avec lui, et elle se posait encore la question lorsque le sommeil s'empara d'elle.

5

Le lendemain matin, ils se réveillèrent tard. Le soleil était déjà haut dans le ciel et déversait ses rayons à travers la fenêtre de la chambre lorsque Phil se leva. Pendant qu'il prenait sa douche, Sarah songea aux événements de la veille. La journée sans lui. Le temps qu'il avait passé avec son ami sans penser à lui téléphoner. Ses commentaires sur l'ex-femme et sur la nouvelle petite amie de Dave. Leurs ébats sous la couette. Mis côte à côte, tous ces éléments faisaient penser aux pièces d'un puzzle, mais des pièces qui s'emboîtaient mal et formaient un tableau incomplet. A l'image de sa vie à elle. Elle savait qu'elle n'avait pas besoin d'un homme pour exister pleinement, mais sa liaison avec Phil était trop imparfaite. Et elle était consciente que, tant qu'il refuserait d'y mettre du sien, elle ne pouvait espérer aucune amélioration.

— Qu'est-ce qui te rend si sombre ? s'enquit-il en sortant de la salle de bains, nu et beau comme un dieu.

— Je réfléchissais, répondit-elle.

Elle ne s'en rendait pas compte, mais elle aussi était très belle, si mince et si élancée, avec ses longs cheveux bruns étalés sur ses épaules, et ses yeux d'un bleu saisissant.

— Et à quoi pensais-tu ? insista-t-il en s'asseyant près d'elle tout en se séchant les cheveux.

— Que je déteste les dimanches, parce qu'ils marquent la fin du week-end et que dans quelques heures tu seras parti.

— Profite de moi pendant que je suis là, alors. Tu pourras déprimer après – même s'il n'y a aucune raison pour ça. Je reviendrai la semaine prochaine, tu le sais très bien. Cela fait quatre ans que je le fais.

C'était bien là son problème. Et à l'évidence ce n'était pas celui de Phil. Comment pouvait-il ne pas comprendre ? Il était avocat, pourtant. Décidément, songea-t-elle, refuser de voir la réalité en face comportait parfois de gros avantages.

— Si on allait prendre un brunch quelque part ? proposa-t-il.

Elle acquiesça. Du moment qu'elle était avec lui, tout lui convenait. C'est alors qu'elle eut une idée.

— Je dois faire estimer la maison de Stanley Perlman demain, avec un agent immobilier. Ça te dirait qu'on y aille aujourd'hui ? J'ai les clés et je meurs d'envie de la visiter. Ça pourrait être amusant, non ? D'autant qu'elle vaut le détour.

— J'en suis sûr, répondit-il sans enthousiasme. Mais les vieilles baraques, ce n'est pas ma tasse de thé. Et j'aurais l'impression d'être un cambrioleur.

— On ne ferait rien d'illégal. Je représente les intérêts de Stanley, ne l'oublie pas. Je peux entrer dans cette maison quand je le veux. J'adorerais en faire le tour avec toi.

— Un autre jour, peut-être. Il faut que je rentre après déjeuner. J'ai encore une semaine de dépositions devant moi et j'ai rapporté deux cartons de dossiers à examiner.

Malgré tous ses efforts pour le cacher, Sarah accusa le coup. Pourquoi fallait-il toujours qu'il réduise ses espoirs à néant ? Elle aurait aimé profiter de lui toute la journée, et voilà qu'il avait trouvé une bonne raison pour partir plus tôt.

Phil restait rarement jusqu'à midi le dimanche, et ce jour-là ne ferait pas exception à la règle. Elle se garda pourtant de toute remarque. Elle en avait assez de toujours le supplier. S'il n'avait pas envie de rester avec elle,

68

elle trouverait un moyen de s'occuper toute seule. En appelant l'une de ses amies, par exemple. Enfin, peut-être... Elle ne les fréquentait plus beaucoup, parce que la plupart passaient leurs week-ends avec leur mari et leurs enfants, et qu'elle-même préférait aller au musée, se promener ou travailler. Tout se liguait contre elle le dimanche. Outre un profond sentiment de solitude, le départ de Phil lui laissait un goût doux-amer, et le silence de son appartement la plongeait immanquablement dans ses idées noires.

Tout en cherchant ce qu'elle allait faire des longues heures à venir, Sarah se composa une mine faussement radieuse et se prépara à sortir. Phil avait enfilé un blouson en cuir, un jean et une chemise bleue. Il gardait juste assez de vêtements chez elle pour pouvoir y rester un week-end sans sacrifier à son habituelle élégance. Cela lui avait pris trois ans pour y parvenir. Encore quelques années, et elle aurait peut-être une chance de le voir jusqu'au dimanche soir. A condition d'être très patiente, pensa-t-elle, sarcastique, en descendant l'escalier à sa suite.

Dans la rue, Phil se mit à siffloter gaiement. Il était de si bonne humeur que, malgré elle, Sarah s'amusa beaucoup pendant leur brunch. Il lui raconta des histoires drôles et imita l'un de ses collègues avec un tel talent qu'elle éclata de rire. Elle était pourtant déçue qu'il refuse de visiter la maison de Stanley avec elle. Comme elle ne voulait pas s'y rendre seule, elle décida de patienter jusqu'à son rendez-vous avec l'agent immobilier.

Le temps passa à la vitesse de l'éclair. Phil mangea comme quatre, tandis qu'elle se contentait d'un toast et d'un cappuccino. Elle n'avait jamais faim lorsqu'il était sur le point de partir. Même si elle avait l'habitude de ces séparations, elle se sentait toujours triste, presque rejetée. Le week-end avait été agréable dans son ensemble – si on exceptait le samedi – et leurs ébats de la veille fantastiques, mais les dimanches matin demeuraient trop courts à son goût. Et la journée serait longue après son départ. C'était le prix à payer pour ne pas s'être mariée et ne pas avoir eu d'enfants, tenta-t-elle de se persuader. Si elle avait fait comme tout le monde, elle n'en serait pas là. Et elle ne pouvait même pas appeler sa mère pour chercher un peu de réconfort. Il n'y avait rien à espérer de ce côté, elle le savait. Le mieux était encore d'accepter la situation et de faire bonne figure.

C'est ainsi que, au fil des ans, elle avait appris à masquer les sentiments que lui inspirait chaque dimanche le départ de Phil. Elle réussissait à paraître gaie, et même parfois amusée, quand il l'embrassait légèrement sur la bouche, après l'avoir déposée chez elle. Il en alla de même ce jour-là, lorsqu'ils se séparèrent devant le restaurant. Ayant affirmé vouloir marcher un peu pour regarder les vitrines des magasins, elle le regarda s'éloigner en voiture, après lui avoir fait un dernier signe de la main.

Elle se balada dans Union Street. Sa promenade n'était qu'un prétexte pour ne pas regagner tout de suite son appartement vide et c'est ainsi que, de rue en rue, elle parvint à la marina, où elle s'assit sur un banc, pour observer les gens jouer avec leurs cerfs-volants. Elle rentra chez elle en fin d'après-midi. Elle ne se donna pas la peine de faire le lit, ni même de dîner, et avala juste une salade avant de sortir quelques dossiers de son attaché-case. Ils concernaient tous la succession de Stanley et elle retrouva un peu d'entrain à la pensée qu'elle allait enfin découvrir sa maison. Tout juste regrettait-elle de ne pas en connaître l'historique. Il lui faudrait demander à l'agent de se renseigner à ce sujet, avant de la mettre en vente. Mais d'abord, elle voulait la voir. Son instinct lui soufflait qu'elle était exceptionnelle.

Elle dormait presque lorsque le téléphone sonna. C'était Phil. Il avait travaillé sur ses futures dépositions et semblait fatigué.

— Tu me manques, dit-il d'une voix tendre.

Même après quatre ans, sa voix faisait toujours palpiter le cœur de Sarah. C'était celle du Phil qu'elle aimait, celui qui lui avait fait l'amour avec passion, la nuit précédente. Allongée dans son lit, elle ferma les yeux.

— Tu me manques aussi, répondit-elle doucement.

— On dirait que je te réveille.

— J'étais déjà couchée.

— Tu pensais à moi ? demanda-t-il d'une voix sensuelle.

Elle se mit à rire.

— Non, avoua-t-elle en posant les yeux sur le côté du lit où il avait dormi la veille.

Sa place semblait si vide à présent. Même son oreiller avait disparu, sans doute était-il tombé par terre.

— Je pensais à la maison de Stanley Perlman, ajouta-t-elle. J'ai hâte de la visiter.

— Tu es obsédée par cette maison, lâcha-t-il d'un ton dépité.

Il aimait être le centre de ses préoccupations. Et Sarah faisait tout pour qu'il en soit ainsi. Même lui en était conscient parfois.

— Vraiment ? le taquina-t-elle. Moi, il me semble plutôt que c'est toi qui m'obsèdes.

— Il y a intérêt ! rétorqua-t-il avec satisfaction. Je nous revois encore la nuit dernière. C'est de mieux en mieux entre nous, tu ne trouves pas ?

— Oui, concéda-t-elle en souriant.

Elle doutait toutefois que ce fût là un point entièrement positif. Leurs rapports sexuels avaient trop souvent tendance à lui faire oublier le reste, de sorte qu'elle avait du mal à faire la part des choses. Le sexe représentait le bon côté, assurément. Mais il y avait aussi beaucoup d'autres aspects négatifs.

— Il faut que je me lève tôt demain matin, reprit-il. Je voulais juste t'embrasser et te souhaiter bonne nuit avant de me coucher. Et aussi te dire que tu me manques.

Elle se retint de lui faire remarquer qu'il existait une solution très simple à ce problème. Mais son geste la toucha. Phil avait beau la décevoir régulièrement, il savait se montrer très attentionné quand il le voulait. Peut-être était-ce propre à tous les hommes et à tous les couples, songea-t-elle. Jamais elle n'était restée aussi longtemps avec quelqu'un. Elle avait toujours été trop prise, d'abord par ses études, puis par son travail, pour s'engager dans des histoires durables.

— Merci, se contenta-t-elle de répondre.

— Je t'aime, ma chérie... ajouta-t-il d'une voix rauque qui lui donna des frissons.

— Je t'aime aussi, Phil.

— Dors bien. Je t'appellerai demain.

Le plus triste était que chaque fois qu'il se rapprochait d'elle le week-end, il parvenait à rompre le charme et à reprendre ses distances durant la semaine. A croire qu'il était incapable de supporter la moindre intimité sans se sentir menacé.

Après avoir raccroché, Sarah demeura allongée, les yeux ouverts. Phil avait obtenu ce qu'il désirait : elle ne pensait qu'à lui à présent, et plus à la maison de Stanley. C'est ainsi que le sommeil la gagna, si profond qu'elle eut l'impression de s'être à peine endormie lorsque le réveil sonna le lendemain matin.

Une heure plus tard, elle sortait de chez elle en courant presque, avec le sentiment d'être une enfant sur le point de participer à une chasse au trésor. Elle passa d'abord au Starbucks du coin prendre un café – pas question de démarrer la journée sans –, puis, une fois n'étant pas coutume, sortit de son garage le petit coupé BMW bleu qu'elle s'était acheté l'année précédente. D'ordinaire, elle allait à son travail en taxi, en raison de la difficulté à se garer dans le centre-ville, mais elle avait jugé plus pratique ce jour-là de prendre sa voiture pour aller chez Stanley. Une fois garée devant la maison de Scott Street, elle but son café et se plongea dans le journal.

Aussi ne remarqua-t-elle la femme qui s'approchait d'elle que lorsque celle-ci tapota à sa vitre.

Agée d'une cinquantaine d'année, Marjorie Merriweather affichait une étonnante allure, mi-femme d'affaires, mi-débraillée. Sarah avait déjà eu l'occasion de travailler avec elle et l'appréciait beaucoup.

— Merci d'avoir accepté ce rendez-vous, dit-elle en ouvrant aussitôt sa portière.

— Mais de rien, répondit Marjorie. J'ai toujours rêvé de voir l'intérieur de cette maison, alors c'est un plaisir pour moi. Ce lieu est chargé d'histoire, vous savez.

Sarah fut ravie de l'apprendre. Elle s'en doutait déjà, mais Stanley lui avait toujours affirmé ne posséder aucune information à ce sujet.

— Je pense qu'il faudra faire quelques recherches avant de mettre la maison en vente. Elle n'en aura que plus de cachet et cela compensera peut-être l'état de l'installation électrique et de la plomberie, déclara-t-elle en souriant.

— De quand datent les derniers travaux ? s'enquit Marjorie, en bon agent immobilier.

— Voyons... dit prudemment Sarah en gravissant avec elle les marches de marbre blanc qui menaient à la porte d'entrée.

Celle-ci était en verre, grillagée de bronze, et constituait à elle seule une œuvre d'art. Sarah n'était jamais passée par là et se demandait si Stanley lui-même l'avait un jour utilisée, mais elle préférait montrer d'abord la maison sous son meilleur jour à Marjorie.

— M. Perlman n'a jamais fait allusion à des travaux de rénovation devant moi, expliqua-t-elle, mais cela n'a rien de surprenant, si on songe qu'il a toujours eu l'intention de revendre la maison. Elle n'était qu'un simple investissement pour lui lorsqu'il l'a achetée, en 1930. Et puis, pour je ne sais quelle raison, il ne s'en est pas séparé. A mon avis, il s'agissait plus d'un concours de circonstances que d'une volonté de sa part. Il a dû finir par se sentir bien ici et il est resté.

Elle se rappela sa petite chambre sous les combles, où il avait dormi durant soixante-seize ans, mais n'en parla pas à Marjorie. Celle-ci la remarquerait sûrement d'elle-même lorsqu'elles feraient le tour de la maison.

— Je suppose donc que rien n'a été entrepris depuis la construction de la maison, poursuivit-elle. Elle date de 1923, si mes souvenirs sont exacts. En revanche, j'ignore le nom des anciens propriétaires.

— Ils appartenaient à une famille très connue de banquiers qui avaient fait fortune pendant la ruée vers l'or, précisa Marjorie. La famille de Beaumont, originaire de France, notamment de Paris et de Lyon, dont les membres travaillaient déjà dans la finance. Je crois que le flambeau s'est ensuite transmis de génération en génération aux Etats-Unis, jusqu'à ce que la lignée s'éteigne. L'homme qui a fait construire la maison s'appelait Alexandre de Beaumont. Il avait épousé une jeune beauté de l'époque – une certaine Lilli –, mais leur histoire s'est mal terminée ; il a été ruiné par le krach boursier de 1929 et sa femme l'a quitté un an plus tard.

Marjorie était bien mieux informée que Sarah et Stanley. Alors qu'il avait vécu là presque toute sa vie, le vieil homme n'avait jamais témoigné le moindre attachement à cette demeure. Jusqu'au bout, elle n'avait été à ses yeux qu'un investissement et un lieu où dormir. Il ne l'avait jamais décorée et ne s'était même pas donné la peine d'emménager dans la partie noble. Comme si sa chambre de bonne suffisait à son bonheur.

— C'est donc à cet Alexandre de Beaumont que M. Perlman a acheté la maison, dit Sarah. Il ne m'a pourtant jamais parlé de lui.

— Je crois que M. de Beaumont est mort peu de temps après le départ de sa femme, et, pour ce que j'en sais, celle-ci a tout simplement disparu. A moins que ce

74

ne soit la version romantique de l'histoire. Je me rensei-
gnerai davantage.

Elles se turent lorsque Sarah ouvrit la lourde porte,
révélant un intérieur plongé dans l'obscurité. Toutes deux
éprouvaient une curiosité enfantine mêlée du sentiment
étrange de transgresser un interdit. Sarah entra la première et chercha du regard comment allumer, jusqu'à ce
que Marjorie pousse un peu plus la porte, afin de laisser
pénétrer la lumière du jour. Elles virent alors deux inter-
rupteurs dans le vestibule, mais aucun ne fonctionnait.
Tout juste arrivaient-elles à distinguer que de grosses
planches avaient été clouées aux fenêtres.

— J'aurais dû apporter une lampe électrique, soupira
Sarah.

La visite s'annonçait plus difficile que prévu. C'est
alors que Marjorie sortit deux lampes torches de son sac
à main.

— J'ai l'habitude, expliqua-t-elle en lui en tendant
une. J'adore les vieilles maisons.

Elles examinèrent alors le lieu où elles se trouvaient.
Le sol de marbre blanc semblait s'étendre à l'infini, au-
dessus de leurs têtes pendait un énorme lustre.

L'entrée, vaste, très haute de plafond et ornée de
superbes panneaux moulés, desservait deux petits salons
vides où l'on faisait certainement attendre les visiteurs
autrefois. Avec leurs parquets anciens, leurs murs
recouverts de boiseries sculptées et leurs cheminées de
marbre, les deux pièces, bien que vidées de leurs meubles, témoignaient d'un goût exquis. Elles aussi avaient
conservé leurs lustres, abandonnés par les anciens propriétaires, ainsi que Stanley l'avait dit un jour à Sarah.
De dimensions identiques, les deux salons pourraient
aisément être transformés en bureaux privés ou profes-
sionnels, selon ce qu'il adviendrait de la maison par la
suite. Peut-être abriterait-elle un hôtel de luxe, un consu-
lat, ou les appartements d'un heureux millionnaire. Pour
Sarah, elle ressemblait à un château français, ce qui était

normal, dans la mesure où Alexandre de Beaumont avait eu recours à un architecte de cette nationalité. En tout cas, elle ne connaissait aucune demeure à San Francisco, et peut-être même dans toute la Californie, qui puisse lui être comparée.

Avançant de quelques pas, elles découvrirent un grand escalier aux marches de marbre blanc, orné d'une magnifique rampe en bronze. Il s'élevait avec majesté vers les étages et il était facile d'imaginer des femmes élégamment vêtues le descendre, au bras d'hommes en frac et chapeau haut de forme. Leur admiration fit cependant vite place à de la crainte lorsqu'elles virent l'énorme lustre qui le surplombait. En proie à la même pensée, les deux femmes s'écartèrent prudemment. Le risque était réel en effet, après toutes ces années, que l'ensemble ne tienne plus à grand-chose et s'écrase par terre au moindre courant d'air. Elles s'éloignèrent donc et remarquèrent un peu plus loin un autre salon, aux dimensions beaucoup plus imposantes que les deux premiers. De lourds rideaux, qui s'effilochèrent entre leurs mains lorsqu'elles les tirèrent, masquaient des portes-fenêtres donnant sur le jardin. Ces dernières n'avaient été recouvertes de planches qu'à leur sommet, si bien que, malgré les carreaux sales, la lumière du jour filtrait dans la pièce. C'était sans doute la première fois depuis que Stanley Perlman avait acheté la maison. Sarah ne put alors retenir un cri en découvrant une immense cheminée et de somptueuses boiseries ainsi que d'immenses miroirs. On eût presque dit une salle de bal. Le parquet semblait vieux de plusieurs siècles et, comme celui des deux petits salons, provenait visiblement d'un château français.

— Mon Dieu ! murmura Marjorie. Je n'ai jamais rien vu de tel. Des maisons pareilles, ça ne se fait plus aujourd'hui ! Je ne crois pas d'ailleurs qu'il y en ait jamais eu par ici.

Seules les propriétés des familles Vanderbilt et Astor à Newport pouvaient soutenir la comparaison. La côte ouest, elle, n'offrait rien de semblable. Alexandre de Beaumont avait promis à sa femme de lui offrir un petit château de Versailles pour leur mariage, et il avait tenu parole...

— C'est la salle de bal ? demanda Sarah, que la surprise et l'admiration rendaient presque muette.

Elle savait que la maison en comportait une, mais n'avait jamais rien imaginé d'aussi beau.

— Je ne pense pas, répondit Marjorie, de plus en plus ravie de cette visite. Les salles de bal sont en général au premier étage. Nous sommes ici dans le grand salon, ou au moins l'un d'entre eux.

Elles en trouvèrent effectivement un autre similaire, bien qu'un peu plus petit, de l'autre côté de la maison. Les deux étaient reliés par une rotonde au sol en marbre, avec en son centre une fontaine. Il suffisait de fermer les yeux pour se représenter les soirées qui avaient été données là, à une époque dont seuls les livres avaient conservé le souvenir.

Sarah et Marjorie visitèrent ensuite de nombreuses autres pièces, de dimensions plus modestes, qui rappelaient les boudoirs où les riches Européennes se retiraient autrefois pour desserrer leurs corsets. Elles découvrirent également plusieurs garde-manger où l'on entreposait de la nourriture. Chacun était assez grand pour être transformé en cuisine, en cas de réagencement. Celle du sous-sol ne répondait évidemment plus aux conditions de vie moderne, et puis, qui aurait pu encore disposer d'une armée de domestiques pour monter et descendre les escaliers, les bras chargés de plateaux ? Il y avait bien des monte-plats, mais les cordes étaient à deux doigts de se rompre. Heureusement, nota Sarah, il n'y avait trace nulle part de rongeurs, d'humidité ou de pourriture. A défaut d'avoir pu lutter contre les ravages du temps, l'entreprise de nettoyage que

Stanley faisait venir une fois par mois avait maintenu les lieux dans un état de propreté satisfaisant.

Puis elles entrèrent dans les salles de bains, au nombre de six – quatre en marbre pour les invités, et deux autres carrelées, qui servaient à l'évidence aux domestiques. La partie de la maison qui leur était réservée, derrière le grand escalier, était très vaste, preuve du nombre important de personnes employées par les anciens propriétaires.

Lorsqu'elles eurent terminé leur visite du rez-de-chaussée, Sarah et Marjorie regagnèrent l'entrée afin de monter au premier étage, tout en admirant à nouveau parquets, boiseries, moulures, fenêtres et lustres. Sarah savait que la maison possédait un ascenseur, mais celui-ci n'avait pas été utilisé depuis 1930 et Stanley l'avait fait condamner longtemps auparavant, conscient du danger qu'il représentait. Il avait préféré gravir l'escalier de service, jusqu'à ce que ses jambes le trahissent et le contraignent à rester définitivement dans sa chambre.

Le grand escalier s'élevait sur deux étages et desservait le corps principal de la maison. Au-dessus se trouvaient les combles où Stanley avait vécu, au-dessous le sous-sol. Remarquable par sa taille et son élégance, il était recouvert d'un tapis persan aux couleurs fanées, maintenu en place par de superbes baguettes en bronze ornées à chaque extrémité d'une tête de lion.

Au premier étage, les deux femmes découvrirent deux splendides salons – dont un donnant sur le jardin –, une salle de jeux, une autre de musique, qui avait dû accueillir un grand piano à queue, et enfin la fameuse salle de bal. Il s'agissait en fait d'une réplique exacte de la galerie des Glaces du château de Versailles. Sarah faillit pleurer lorsqu'elle ouvrit les rideaux qui la plongeaient dans le noir. Elle n'avait jamais rien vu de si beau et comprenait de moins en moins pourquoi Stanley n'avait jamais occupé cette partie de la maison. Qu'une telle pièce ait pu demeurer vide et ignorée durant tant

78

d'années lui semblait presque un crime. L'argent devait avoir eu plus d'importance pour lui que le faste et le raffinement d'un tel décor. Elle en conçut soudain une grande tristesse, tout en réalisant pourquoi le vieil homme lui avait prodigué ses conseils avec tant d'insistance. Stanley Perlman n'avait pas gâché sa vie, mais il était passé à côté de tout ce qui en faisait le prix et n'avait pas voulu qu'elle commette la même erreur. Cette maison symbolisait tout ce qu'il avait possédé, sans jamais en profiter. Il ne l'avait pas aimée, n'avait pas pris de plaisir à y habiter mais ne s'était pas autorisé à vivre ailleurs. La chambre de bonne dans laquelle il avait dormi durant soixante-seize ans symbolisait tout le vide de son existence, où l'amour, la beauté et l'amitié avaient eu si peu de place.

En atteignant le deuxième étage, les deux femmes se retrouvèrent bloquées derrière une énorme porte. Elles poussèrent les battants, actionnèrent la poignée et s'escrimèrent à tour de rôle – en vain. Elles s'apprêtaient à renoncer lorsque, après une dernière tentative, la porte s'ouvrit enfin, révélant de ravissantes pièces accueillantes, vraisemblablement les appartements du maître des lieux. Les murs étaient d'un rose pâle à peine discernable. La chambre était de style Marie-Antoinette. Il y avait un salon, de nombreux dressings et deux incroyables salles de bains en marbre – rose pour Lilli, beige pour Alexandre –, aussi grandes que l'appartement de Sarah.

Comme au rez-de-chaussée, deux petits salons flanquaient l'entrée de la suite, tandis qu'en face se trouvaient les chambres des enfants, une fille et un garçon, à en juger par les fleurs et les bateaux peints sur les murs de leurs salles de bains et de leurs dressings respectifs. S'y ajoutaient une salle de jeux et d'autres pièces plus petites, sans doute réservées à la gouvernante et aux domestiques chargés de veiller sur eux. Sarah les examinait avec ravissement, quand une question lui vint soudain à l'esprit.

— Quand Lilli est partie, a-t-elle emmené ses enfants avec elle ? Parce que, si c'est le cas, il n'est pas étonnant qu'Alexandre de Beaumont ait eu le cœur brisé. Perdre sa femme, ses enfants, sa fortune... A sa place, plus d'un ne s'en serait jamais remis.

— Je ne pense pas, répondit Marjorie d'un air pensif. L'histoire que j'ai lue sur eux ne donnait guère de détails. Tout au plus disait-elle que Lilli avait « disparu ». Mais je n'ai pas eu l'impression qu'elle avait emmené ses enfants.

— A votre avis, que leur est-il arrivé, à eux et à leur père ?

— Dieu seul le sait. Apparemment, Alexandre de Beaumont est mort de chagrin, assez jeune. Je n'en sais pas plus, mais je crois que la lignée des Beaumont s'est éteinte avec lui. Il n'y a plus aucune famille importante de ce nom à San Francisco. Peut-être ses enfants sont-ils retournés en France.

— Ou peut-être sont-ils tous morts, conclut Sarah avec mélancolie.

Elles prirent ensuite l'escalier de service jusqu'aux combles. Sarah resta dans le couloir, pendant que Marjorie inspectait les chambres de bonne. Elle n'avait pas envie de revoir celle où Stanley avait vécu. Cela serait trop douloureux, elle le savait, et le plus important pour elle était les souvenirs qu'elle conservait de lui. Contempler son lit de mort ne lui apporterait rien. Tout ce qu'elle aimait chez lui était gravé dans sa mémoire, le reste ne comptait pas. Elle se rappela alors une phrase du *Petit Prince* de Saint-Exupéry qu'elle avait toujours aimée : « On ne voit bien qu'avec le cœur. L'essentiel est invisible pour les yeux. » Il en allait ainsi avec Stanley. Il demeurerait à jamais dans son cœur, tel un trésor qu'elle chérirait toute sa vie.

80

Alors qu'elles redescendaient au deuxième étage, Marjorie lui confia qu'elle avait dénombré une vingtaine de chambres de bonnes. Selon elle, il suffirait au nouveau propriétaire d'abattre les cloisons qui les séparaient pour créer de nouvelles pièces de dimensions respectables. Il y avait également six salles de bains, mais elles étaient mansardées.

— Cela vous ennuie si je refais un tour pour prendre quelques notes ? s'enquit-elle.

Comme Sarah, elle était impressionnée par la maison. Elle n'avait jamais rien vu de tel. Tant de beauté, de raffinement et de finesse dans les moindres détails ne se rencontrait que dans les musées. Elle savait déjà qu'Alexandre de Beaumont avait fait appel à des artisans européens, mais il avait visiblement choisi les meilleurs d'entre eux.

— J'enverrai quelqu'un prendre des photos et effectuer des plans en bonne et due forme, si vous décidez de nous confier la vente de la maison. Mais j'aimerais juste faire quelques croquis pour me rappeler la configuration des lieux et le nombre de fenêtres.

— Allez-y, lui répondit Sarah.

Elle avait réservé toute sa matinée pour cette visite. Cela faisait déjà deux heures qu'elles étaient là mais son prochain rendez-vous n'était prévu qu'à 15 h 30. Elle avait donc encore le temps. Impressionnée par le sérieux de Marjorie, elle se réjouissait d'avoir choisi la bonne personne pour vendre la maison de Stanley.

Marjorie sortit un petit carnet et se mit au travail. Pendant ce temps, Sarah examina de nouveau les salles de bains et les dressings, et s'amusa à ouvrir tous les placards. Elle ne s'attendait pas à découvrir quoi que ce soit, mais elle aimait imaginer les robes qui avaient été suspendues là du temps de Lilli. Cette femme avait sûrement possédé quantité de bijoux et de fourrures – tous vendus après la faillite de la banque d'Alexandre. Songer à ce qu'ils avaient dû éprouver alors attristait

Sarah. Au cours de ses nombreuses visites à Stanley, elle n'avait jamais pensé aux précédents propriétaires. Lui non plus, du reste, ne semblait pas s'y être intéressé et n'en avait jamais parlé. Mais, maintenant, leur vie revêtait soudain une grande importance à ses yeux. Grâce aux informations de Marjorie, elle se représentait Alexandre, Lilli et leurs enfants. Et puis, leur nom lui disait quelque chose. Elle l'avait déjà entendu quelque part, même si elle ne se souvenait plus où ni dans quelles circonstances. Peut-être à l'occasion d'une sortie scolaire dans un musée, lorsqu'elle était enfant. Après tout, les Beaumont avaient compté parmi les grandes familles de la ville, au début du XXe siècle. Il n'aurait donc pas été surprenant que leur nom ait figuré un jour dans une exposition.

Le dernier placard qu'elle ouvrit sentait le moisi, mais aussi le cèdre – signe que Lilli avait dû ranger là ses fourrures. Sarah inspectait les recoins les plus sombres de la penderie lorsque son regard fut attiré par une photo couverte de poussière qui gisait sur le sol. Elle se baissa pour la ramasser et découvrit alors le portrait d'une superbe jeune femme en robe de soirée qui descendait le grand escalier. Elle n'avait jamais vu quelqu'un d'aussi beau. Grande et sculpturale, elle ressemblait à une déesse. Ses cheveux étaient coiffés à la mode de l'époque, en chignon avec quelques mèches ondulées qui encadraient son visage. Elle portait un collier de diamants et un diadème. On aurait dit qu'elle allait danser. Elle semblait rire et elle fixait l'objectif avec les plus beaux yeux que Sarah ait jamais vus. la jeune femme comprit aussitôt qu'il s'agissait de Lilli.

— Vous avez trouvé quelque chose ? lui demanda Marjorie, tout en continuant à s'affairer avec son mètre.

Elle ne voulait pas abuser du temps de Sarah et s'efforçait de faire son travail le plus vite possible. Elle s'arrêta juste un instant, pour jeter un coup d'œil à la photo.

— Qui est-ce ? C'est indiqué au dos ?

Sarah retourna le cliché et découvrit quelques mots, rédigés d'une écriture déliée et à peine lisibles tant l'encre avait pâli : « Alexandre, mon amour, je t'aimerai toujours. Ta Lilli. »

Elle en eut les larmes aux yeux. Ce simple message l'émouvait profondément, comme si elle avait connu Lilli et éprouvé le même chagrin que son mari lorsqu'elle était partie. Leur histoire tragique la bouleversait.

— Gardez-la, lui conseilla Marjorie en s'éloignant. Les héritiers ne sauraient pas quoi en faire et il semble bien qu'elle vous était destinée.

Sarah n'émit aucune objection et, en attendant que Marjorie ait fini, continua de contempler la photo. Elle n'osait pas la ranger dans son sac, de peur de l'abîmer. Ce portrait et l'inscription qui figurait au dos la touchaient particulièrement, surtout sachant ce qu'il était advenu d'Alexandre et de Lilli. La jeune femme avait-elle oublié ce cliché, au moment où elle s'était enfuie ? Alexandre l'avait-il jamais eu entre les mains ? Quelqu'un l'avait-il sciemment laissé lorsque la maison avait été vidée avant d'être vendue ? Le plus curieux cependant était que Sarah avait l'impression d'avoir déjà vu Lilli auparavant. Peut-être dans un livre ou un magazine. A moins qu'elle ne fût le jouet de son imagination. Pourtant, ce visage lui était familier. Et pas seulement lui, d'ailleurs. C'était la photo qu'elle avait déjà vue quelque part – mais où ?

Elle redescendit les étages, en laissant à Marjorie le temps de compléter ses notes. Une heure plus tard, elles se retrouvèrent devant la porte principale, faiblement éclairée par la lumière provenant du grand salon. La maison avait perdu son côté inquiétant et mystérieux. Désormais, elles ne la considéraient plus que comme une somptueuse demeure, restée trop longtemps à l'abandon. A condition de posséder assez d'argent, son futur acquéreur trouverait là un défi fabuleux à relever : redonner vie à cette belle endormie tout en lui rendant la place qu'elle méritait parmi les monuments historiques de la ville.

Elles quittèrent la maison sous le soleil de novembre et refermèrent la porte avec soin. Auparavant, elles avaient aussi visité le sous-sol, qui, outre l'ancienne cuisine, comportait une immense salle à manger pour les domestiques, les appartements de la gouvernante et du majordome, vingt chambres de bonne, une chaudière, des caves à vin, un local pour le stockage de la viande, un autre pour la glace, et une salle où étaient confectionnés les bouquets de fleurs de la maison, comme en témoignaient les divers sécateurs et outils de fleuriste qui s'y trouvaient encore.

— Ouah ! s'exclama Marjorie une fois au bas des marches du perron. Je ne sais même plus quoi dire. Je n'ai jamais rien vu de pareil, sauf peut-être en Europe ou à Newport. Les Vanderbilt eux-mêmes ne possèdent pas de propriété aussi belle. J'espère que nous dénicherons le bon acheteur. Ce serait une honte qu'une telle demeure ne soit pas restaurée. Pour un peu, je souhaiterais presque qu'on la transforme en musée ; mais le mieux serait que quelqu'un en tombe amoureux et décide de s'y installer.

Seule la chambre de Stanley l'avait choquée. Sarah le lui avait décrit comme un homme aux goûts très simples, mais l'adjectif excentrique paraissait bien plus approprié. Elle garda toutefois ses considérations pour elle, tant il était évident que la jeune avocate avait été très attachée à son ancien client.

— Voulez-vous discuter de la vente maintenant ? s'enquit Sarah.

Il était midi, mais elle n'avait pas envie de regagner son bureau tout de suite. Elle avait besoin de digérer tout ce qu'elle venait de découvrir.

— Avec plaisir, mais il faut d'abord que je mette de l'ordre dans mes idées. Ça vous dirait d'aller boire un café ?

Sarah acquiesça et Marjorie la suivit en voiture jusque chez Starbucks. Là, elles s'assirent dans un coin tranquille, après avoir commandé chacune un cappuccino, et Marjorie consulta ses notes. En plus d'être exceptionnelle, la maison possédait un grand terrain et était située dans un quartier très recherché. Le jardin n'avait pas été entretenu depuis des années, mais il suffisait que la propriété tombe entre de bonnes mains pour devenir une pure merveille.

— Combien vaut-elle, selon vous ? s'enquit Sarah. Officieusement, bien sûr.

Elle savait que Marjorie devait effectuer des calculs et prendre des mesures avant de pouvoir lui répondre. Leur visite n'avait été qu'une sorte de mission de reconnaissance, mais elles avaient véritablement le sentiment d'avoir découvert un trésor.

— Mon dieu, Sarah, je n'en ai aucune idée ! Toute maison, quelle qu'elle soit, ne vaut que ce qu'un acheteur est prêt à donner pour l'avoir. L'immobilier est une science inexacte. Et plus la maison est grande et atypique, plus les estimations sont difficiles.

Elle sourit et but une gorgée de cappuccino. Elle en avait bien besoin après toutes ces émotions.

— N'oubliez pas non plus que nous ne disposons d'aucun élément de comparaison, reprit-elle. Comment évaluer une maison comme celle-là ? Je n'en connais aucune de semblable, à part peut-être le musée qui abrite la collection Frick, à New York. Mais nous sommes à San Francisco, ici. La plupart des gens seront effrayés par le nombre et la taille des pièces. Et puis, il faudra une fortune pour les restaurer et les remeubler, plus une armée d'employés pour les entretenir. Qui vit encore de cette façon, aujourd'hui ? Il n'y a pas beaucoup d'autres possibilités ; les hôtels et les chambres d'hôtes ne sont pas autorisés dans le quartier. Ouvrir une école ? J'imagine mal quelqu'un se lancer dans un tel projet. Quant aux consulats, ils ferment leurs résidences les uns après les autres et préfèrent louer des appartements à leur personnel. Il nous faut donc un acheteur très spécial. De toute façon, le prix que nous afficherons sera forcément arbitraire. On parle toujours des riches étrangers, qu'ils soient arabes, chinois ou russes, mais à mon avis, la maison intéressera plutôt quelqu'un de la région, ayant fait fortune dans la Silicon Valley, par exemple. Mais, avant tout, il devra savoir dans quoi il s'engage... Vous donner un ordre de grandeur dans de telles conditions... Cinq millions ? Dix ? Vingt ? Mais, si personne ne veut s'encombrer d'une telle propriété, les héritiers devront peut-être s'estimer heureux d'en tirer trois millions ou même deux. Ils pourraient aussi très bien mettre des années à trouver un acquéreur. Allez savoir. Il est également possible qu'ils soient pressés de vendre. Dans ce cas, ils accepteront peut-être un prix relativement bas pour en être débarrassés. J'espère surtout que le nouveau propriétaire sera quelqu'un de sérieux. J'ai eu un coup de foudre pour cette maison.

Sarah hocha la tête. Il en allait de même pour elle.

— Moi aussi, dit-elle. Je n'aimerais pas voir les héritiers la brader pour trois fois rien. Elle mérite d'être respectée. Mais pour le moment, je n'ai rencontré aucun des parents de Stanley. Seul l'un d'eux m'a répondu. Il est directeur de banque à Saint Louis, dans le Missouri, et je doute qu'il veuille s'encombrer d'une maison ici.

Comme les autres héritiers, du reste. Tous vivaient loin de San Francisco et, n'ayant jamais connu Stanley, n'accorderaient certainement aucune valeur sentimentale à sa maison. Pour eux, tout se résumerait à une question d'argent. Et elle était prête à parier qu'aucun ne se lancerait dans des travaux de rénovation. Cela n'aurait aucun sens pour eux. Non, le plus probable était qu'ils chercheraient à vendre au plus vite.

— On pourrait au moins refaire les peintures, suggéra Marjorie. Ce serait préférable. Et aussi nettoyer les lustres, ôter les planches clouées aux fenêtres, jeter les rideaux qui tombent en lambeaux, cirer les parquets, vernir les lambris... Ça compenserait en partie l'absence d'électricité et l'état de la plomberie. Ensuite, il faudrait aménager une nouvelle cuisine au rez-de-chaussée et remplacer l'ascenseur. Ce ne sont pas les travaux qui manquent, et j'ignore pour le moment la somme que les héritiers seront disposés à mettre. Pas un sou, peut-être. Dans ce cas, il ne restera plus qu'à espérer que la maison ne soit pas envahie par les termites.

— Stanley a fait refaire le toit, l'année dernière. C'est déjà ça.

Marjorie nota aussitôt l'information.

— De mon côté, je n'ai remarqué aucune trace de fuite nulle part – ce qui est assez étonnant, commenta-t-elle, très terre à terre.

— Pourriez-vous me fournir différentes estimations ? J'aimerais savoir combien vaut la maison telle qu'elle est aujourd'hui, le prix que l'on pourrait en tirer si elle était complètement restaurée, et aussi ce que coûterait un rafraîchissement partiel.

— Je vais voir ce que je peux faire, répondit Marjorie. Mais, pour être franche, je ne sais pas où je vais dans cette affaire. Tout dépend de l'acheteur qui se présentera, de la somme qu'il sera prêt à mettre et de l'état d'esprit des héritiers. Si vraiment ils sont pressés de vendre, je considère que deux millions serait déjà une très bonne offre. Mais ils n'en obtiendront peut-être pas autant. Comme je vous l'ai expliqué, la plupart des gens seront rebutés par la taille des pièces et les travaux à réaliser. Le point positif, par contre, c'est que l'extérieur a l'air en bon état, même si certaines fenêtres auraient besoin d'être changées à cause des moisissures sèches. Mais c'est un problème que l'on rencontre assez souvent, y compris dans les constructions récentes. Moi-même, j'ai dû faire remplacer mes fenêtres l'année dernière.

Sarah l'écouta avec attention. Elle avait remarqué que les murs de pierre semblaient sains et solides et que les garages situés au sous-sol étaient facilement accessibles – même si l'allée qui y conduisait, conçue pour les voitures étroites des années 1920, devrait être élargie.

— J'essaierai de vous donner des chiffres d'ici à la fin de la semaine, conclut Marjorie. Je connais un architecte très réputé que j'aimerais appeler, pour avoir son avis. Il a fait ses études en Europe et s'est spécialisé dans la rénovation des vieilles maisons. Il ne s'est jamais attaqué à un projet de cette ampleur, bien sûr, mais il a réalisé du bon travail au musée de la Légion d'honneur, ce qui n'est pas rien. Il a une associée qui est très douée, elle aussi. Je suis sûre que vous les apprécierez. Seriez-vous d'accord pour que nous leur fassions visiter la maison ?

— Quand vous voudrez. J'ai les clés et je peux me libérer sans problème. Je vous suis très reconnaissante de votre aide, Marjorie.

Toutes deux avaient l'impression d'avoir passé quelques heures hors du temps et de se réveiller brutalement en plein XXIe siècle. Elles n'étaient pas près d'oublier une telle expérience.

Après avoir pris congé de Marjorie, Sarah regagna son bureau, encore tout étourdie. Il était presque 13 heures et elle décida d'appeler Phil sur son téléphone portable. Il était en train de déjeuner et était de très mauvaise humeur. La situation s'annonçait de plus en plus délicate pour son client. Celui-ci n'avait pas jugé bon de l'avertir qu'il avait déjà perdu deux procès pour harcèlement sexuel au Texas avant de déménager en Californie, et la partie adverse s'était fait un plaisir d'exploiter ce petit détail.

— Je suis désolée pour toi, compatit Sarah.

Phil semblait vraiment tendu et prêt à étrangler son client. La semaine promettait d'être rude pour lui.

— J'ai eu une matinée incroyable, continua-t-elle cependant, tant elle se sentait encore sur un petit nuage.

— Ah oui ? Tu as inventé une nouvelle loi fiscale ? répliqua-t-il, sarcastique.

Elle détestait quand il la prenait de haut.

— Non. J'ai visité la maison de Stanley Perlman avec un agent immobilier. Je n'ai jamais rien vu d'aussi beau. On croirait un musée, mais en mieux.

— Génial. Tu me raconteras ça plus tard, la coupa-t-il. Je t'appellerai ce soir, après le sport.

Et il raccrocha avant qu'elle ait pu lui parler de la maison, de son passé et de la photo de Lilli. Elle n'eut même pas le temps de lui dire au revoir. De toute façon, les vieilles demeures ne l'intéressaient pas, songea-t-elle avec dépit. Il ne se passionnait que pour le sport et les affaires.

Elle se gara près du cabinet et rangea avec soin la photo de Lilli dans son sac. Dix minutes plus tard, assise à son bureau, elle la ressortit avec tout autant de précautions, avec toujours la même certitude de l'avoir déjà contemplée. Elle espérait que, où qu'elle fût allée, Lilli avait trouvé ce qu'elle cherchait et que la vie n'avait pas été trop dure envers ses enfants. Puis elle posa le cliché devant elle, songeuse. Le visage qui lui faisait face affichait une jeunesse et une beauté éclatantes, mais il lui rappelait avant tout combien la vie était brève et précieuse, et combien l'amour et le bonheur pouvaient se révéler éphémères.

6

Durant les trois jours qui suivirent, Sarah reçut une réponse de tous les héritiers, sauf deux – de vieux cousins de Stanley, qui vivaient à New York dans des maisons de retraite. Elle décida donc de les appeler. L'un, âgé de quatre-vingt-douze ans, était sous tutelle et souffrait d'un Alzheimer si avancé que l'on conseilla à Sarah de s'adresser plutôt à sa fille. Elle expliqua alors la situation à cette dernière, en précisant que l'argent légué par Stanley serait probablement administré en fidéicommis et qu'il lui serait reversé ainsi qu'à ses éventuels frères et sœurs à la mort de leur père. La femme en pleura de gratitude. Elle n'avait jamais entendu parler de Stanley et ignorait même que son père avait un cousin, mais ils avaient tant de mal à payer la maison de retraite que cet héritage lui apparaissait comme un don du ciel. Sarah promit de lui envoyer une copie du testament.

Le deuxième ayant-droit à ne pas s'être manifesté avait quatre-vingt-quinze ans et n'avait pas répondu car il avait cru à une blague. Il se souvenait très bien de Stanley, et pour cause : ils se détestaient lorsqu'ils étaient enfants. Apparemment il ne manquait pas de personnalité et avait éclaté de rire en entendant Sarah. Jamais il n'aurait imaginé que Stanley ferait fortune. La dernière fois qu'il avait eu de ses nouvelles, raconta-t-il, il n'était encore qu'une jeune tête brûlée qui s'apprêtait à partir pour la Californie. Il le supposait mort depuis longtemps.

Sarah promit de lui envoyer une copie du testament à lui aussi, en attendant de reprendre contact. Elle savait qu'elle aurait de nouveau affaire à lui lorsque la question du sort de la maison se poserait.

A la fin de la journée, il avait été décidé que la lecture du testament aurait lieu le lundi suivant, au cabinet. Le premier héritier à l'avoir contactée la semaine précédente lui avait assuré qu'il ferait le déplacement de Saint Louis jusqu'à San Francisco, même si le nom de Stanley ne lui évoquait rien. Il avait d'ailleurs semblé un peu embarrassé, d'autant plus, supposa Sarah, qu'avec son poste de directeur de banque, il était certainement à l'abri de tout besoin. A part lui, onze autres personnes seraient présentes. L'argent, d'où qu'il vînt, avait le don de faire parcourir des milliers de kilomètres. A l'évidence, Stanley avait été le mouton noir de la famille, mais un mouton dont la toison était redevenue blanche comme neige par la grâce de son immense fortune. Sans trop s'étendre sur son montant, Sarah avait informé les héritiers que les sommes en jeu n'étaient pas négligeables. Ils en sauraient plus dans quelques jours.

La dernière personne à l'appeler, cet après-midi-là, fut Marjorie. Celle-ci lui demanda si elle accepterait de rencontrer, dès le lendemain, les deux architectes dont elle lui avait parlé. Elle était désolée de la prévenir si peu de temps à l'avance, mais c'était le seul moment où ils seraient disponibles, avant de partir pour Venise où ils devaient participer à une conférence. Pour Sarah, cette date était parfaite, car cela lui permettrait d'avoir plus de renseignements à donner aux héritiers. Rendez-vous fut donc pris le lendemain à 15 heures, devant la maison de Stanley. Elle arrêterait là sa journée de travail, décida-t-elle. Ensuite, elle rentrerait chez elle se détendre un peu, avant l'arrivée de Phil. Ils avaient à peine échangé deux mots durant toute la semaine. La faute en revenait à leur rythme de vie, mais surtout à l'humeur exécrable qu'il avait montrée chaque fois qu'elle l'avait eu au téléphone.

La partie adverse n'avait fait qu'une bouchée de lui et de son client et elle craignait que leur week-end ne soit fort désagréable. Elle connaissait ses réactions en cas de défaite et, pour l'heure, elle n'avait aucune raison d'être optimiste.

Marjorie et les deux architectes l'attendaient déjà lorsqu'elle se gara devant la maison de Stanley, le lendemain après-midi. Marjorie la rassura en lui disant qu'ils étaient tous trois arrivés en avance, puis fit les présentations. L'homme s'appelait Jeff Parker. Grand, les yeux noisette et les cheveux aussi bruns que ceux de Sarah mais avec les tempes grisonnantes, il avait une poignée de main très ferme et, à en juger par son air franc et ouvert, un contact très facile avec les gens. Sarah lui donna une quarantaine d'années. Il était en chemise et cravate, avec un blazer et un pantalon kaki. Il n'était pas particulièrement beau, mais il paraissait compétent, sérieux et sans prétention. Elle apprécia son sourire, qui illuminait son visage, et sentit très vite qu'il ne manquait pas d'humour – y compris vis-à-vis de lui-même. Elle saisissait mieux à présent pourquoi Marjorie lui avait tant vanté ses qualités. Travailler avec lui devait être un réel plaisir.

Son associée, en revanche, semblait son exact opposé. Alors que Jeff était très grand – plus que Phil, même –, elle était petite, avec des cheveux roux, des yeux verts et un teint pâle rehaussé de taches de rousseur. Sarah estima qu'elles devaient avoir à peu près le même âge toutes les deux et remarqua avec envie sa silhouette absolument parfaite. Sa veste en cachemire vert, son jean et ses talons hauts lui conféraient une allure chic et sexy, nettement moins discrète que le style plus classique de son compagnon. A son accent, Sarah devina très vite que Marie-Louise Fournier était française. De fait, elle en avait le style, tant elle paraissait à l'aise et sûre d'elle. Elle ne semblait pas facile à vivre. Aussi nerveuse que Jeff était souriant et détendu, elle accueillit Sarah d'un froncement de sourcils peu engageant et réussit d'emblée à la mettre mal à l'aise en regardant sa montre à plusieurs reprises. Sa hâte évidente d'en finir avec cette visite était en totale contradiction avec la décontraction de son compagnon, qui se comportait comme s'il avait toute la journée devant lui. Profitant de ce que Sarah ouvrait la porte, Marie-Louise adressa quelques mots en français à Jeff. Et si sa réponse parut la rassurer, elle n'en conserva pas moins une mine contrariée, comme si elle lui en voulait de l'avoir traînée là.

Peut-être pensait-elle que leur visite m'aboutirait pas à l'établissement d'un contrat, supposa Sarah. Ils n'étaient là qu'à titre consultatif. Marjorie les avait prévenus que la maison serait probablement vendue en l'état, ce qui devait signifier pour Marie-Louise qu'ils perdaient du temps, et donc de l'argent. Jeff, en revanche, ne cachait pas son intérêt. Tout ce que l'agent immobilier lui avait raconté sur la maison l'avait attiré. Ainsi qu'il l'expliqua à Sarah, il éprouvait une véritable passion pour les vieilles demeures. Marie-Louise et lui travaillaient et vivaient ensemble depuis quatorze ans. Ils s'étaient rencontrés aux Beaux-Arts à Paris, où il était venu faire ses études, et ne s'étaient plus quittés depuis. En souriant, il ajouta que sa compagne avait l'impression d'être en otage, à San Francisco. Elle ne supportait pas les Etats-Unis, et bien qu'elle y restât par amour pour lui, elle retournait passer trois mois en France chaque année. Pendant qu'il parlait, les yeux de la Française lancèrent des éclairs, mais elle s'abstint de toute remarque. Jamais Sarah n'avait eu affaire à quelqu'un d'aussi antipathique. Il fallut attendre que la visite commence pour la voir enfin se dérider. En effet, Marie-Louise ne put masquer son admiration devant la splendeur des lieux, en particulier lorsqu'elle découvrit le grand escalier. Elle murmura d'ailleurs quelque chose à ce sujet à Jeff. Celui-ci, ébahi, contemplait la hauteur de plafond et le lustre incroyable qui les surplombait deux étages plus haut.

Ils passèrent deux heures à faire le tour de la maison. Jeff prit une foule de notes sur un calepin, tandis que Marie-Louise faisait des commentaires laconiques. Sarah répugnait à se l'avouer, mais la Française lui déplaisait souverainement. Même sans comprendre ce qu'elle disait, elle devinait au ton de sa voix qu'elle était invivable. Marjorie lui confia tout bas qu'elle partageait son sentiment, mais que Jeff et elle accomplissaient des merveilles ensemble. Simplement, remarqua-t-elle, Marie-Louise ne devait pas beaucoup se plaire ici, ce dont Sarah convint aisément. Heureusement, Jeff compensait ses défauts. Il leur fournit d'amples informations sur les boiseries, qu'il jugeait vieilles d'au moins deux siècles et d'une valeur inestimable. Sans doute provenaient-elles d'un château français, reconnut-il, ce qui suscita la colère de sa compagne.

— Je suis sidérée de voir à quel point les Américains ont dépouillé mon pays de trésors qui n'auraient jamais dû quitter le territoire français. Ils ne s'en tireraient pas à si bon compte aujourd'hui, déclara-t-elle en regardant Sarah comme si elle la tenait pour personnellement responsable de ce scandale.

Celle-ci ne put que hocher la tête en silence. Il n'y avait rien à dire, d'autant que la remarque de Jeff valait aussi pour les parquets, visiblement bien plus anciens que la maison. L'architecte espérait que les héritiers ne chercheraient pas à les vendre séparément avec les boiseries. Ils en obtiendraient une fortune chez Christie's ou Sotheby's, mais il trouvait préférable que tout reste là. Dépouiller la maison de ses derniers joyaux, alors qu'elle avait réussi à les conserver si longtemps, lui paraissait un crime – tout comme à Sarah, d'ailleurs.

A la fin de la visite, ils s'assirent tous les quatre au bas des marches du grand escalier, pour écouter Jeff donner ses premières estimations. Selon lui, mettre l'électricité, la plomberie, le système de chauffage et, d'une manière générale, la maison tout entière aux normes du jour coûterait près d'un million de dollars au nouveau propriétaire. En se limitant au strict minimum, celui-ci pourrait s'en tirer pour moitié moins, mais la tâche ne serait pas simple, loin de là. En revanche, les moisissures sèches présentes sur les fenêtres ne l'inquiétaient pas – cela n'avait rien d'étonnant à ses yeux et il était même surpris qu'il n'y en eût pas davantage. Quant à l'état des cloisons et des sols sous les parquets, il ne pouvait encore se prononcer, mais Marie-Louise et lui avaient restauré des maisons plus anciennes en Europe. Il y aurait certainement beaucoup de travail, mais rien d'insurmontable. Et il adorait ce genre de défi, précisa-t-il. Marie-Louise, elle, ne fit aucun commentaire.

Jeff poursuivit en expliquant qu'installer une nouvelle cuisine ne présentait pas de difficulté majeure et que l'idée de Sarah et de Marjorie de l'installer au rez-de-chaussée lui semblait bonne. Le sous-sol pouvait être vidé, nettoyé et transformé en réserve, et l'ascenseur rendu fonctionnel tout en lui conservant son aspect originel. Le reste, conclut-il, était très bien comme ça. Bien sûr, toutes les pièces ou presque avaient besoin d'une couche de peinture, de vernis ou d'un coup de chiffon, et il faudrait aussi traiter les parquets, les cirer et faire appel à de bons artisans pour s'occuper des boiseries. Mais les lustres étaient en parfait état et fonctionneraient sans problème sitôt le circuit électrique réparé. De nombreux détails ne demandaient même qu'à être mis en valeur, grâce, par exemple, à des éclairages appropriés. Bref, tout était possible et ne dépendait en fait que de l'argent que le nouveau propriétaire serait prêt à investir et de son goût. Personnellement, Jeff aimait beaucoup les salles de bains et ne souhaitait pas y toucher. Elles étaient magnifiques et en harmonie avec la maison. On pouvait refaire la plomberie sans les transformer.

— Pour résumer, celui qui voudrait dépenser jusqu'à deux ou trois millions de dollars ici le pourrait. Simplement, ça ne me paraît pas nécessaire. Je vous fournirai des estimations plus précises, pour le cas où un acheteur sérieux se présenterait. Dites-lui juste qu'un million de dollars pour commencer permettrait de remettre la maison dans l'état où elle était autrefois, mais que s'il voulait rogner sur les coûts en mettant lui-même la main à la pâte, ce serait aussi possible, à condition de ne pas être pressé, évidemment. De toute façon, un chantier comme celui-là ne devra pas être mené dans la précipitation. Il faudra procéder avec soin pour ne rien endommager. Mieux vaudrait que seules quelques personnes y travaillent pendant six à douze mois, de préférence les propriétaires eux-mêmes s'ils savent ce qu'ils font et s'ils sont conseillés par un architecte honnête. Cela dit, je ne pense pas qu'on puisse engloutir cinq millions ici. Marie-Louise et moi avons restauré deux châteaux en France, l'année dernière. Le coût total n'a même pas atteint trois cent mille dollars, et pourtant il s'agissait de demeures plus grandes et plus anciennes que celle-ci.

Il tendit sa carte de visite à Sarah.

— N'hésitez pas à donner nos noms aux éventuels acquéreurs. Nous serons ravis de les rencontrer pour établir un devis, qu'ils nous choisissent ou pas. J'aimerais vraiment que cette maison soit restaurée par quelqu'un qui l'apprécie à sa juste valeur, alors si je pouvais y contribuer d'une manière ou d'une autre, ce serait un plaisir pour moi. Et, vous savez, Marie-Louise n'a pas son pareil pour repérer les petits détails qui échappent à tout le monde. C'est une perfectionniste et nous faisons du bon travail ensemble.

La Française sourit en entendant ces mots, ce qui fit penser à Sarah qu'elle était peut-être plus sympathique qu'elle n'en avait l'air. Ils formaient un drôle de couple, songea-t-elle. Marie-Louise semblait intelligente, mais était d'un abord glacial. Travailler avec elle ne devait pas être de tout repos. Jeff, en revanche, lui plaisait beaucoup plus, avec ses manières simples et chaleureuses. Sans compter que sa proposition était vraiment la bienvenue. Elle tenait à avoir un maximum de renseignements et surtout une estimation réaliste du montant des travaux – même si, après ce qu'elle venait d'entendre, elle doutait de plus en plus que les héritiers acceptent de les financer eux-mêmes. Mais au moins aurait-elle la satisfaction d'avoir fait son travail. Ensuite, libre à eux de prendre les décisions qu'ils voudraient.

— Marjorie m'a dit que votre femme et vous partiez demain pour Venise, lança-t-elle alors qu'ils gagnaient lentement la sortie.

— En effet, répondit Jeff avec un grand sourire.

Il n'avait pas manqué de remarquer l'implication évidente de Sarah dans ce projet de restauration et le profond respect qu'elle témoignait à son défunt client.

— Nous resterons deux semaines en Italie, l'informat-il. Je vais vous laisser nos numéros de téléphone portable, au cas où vous auriez besoin de nous joindre. La conférence à Venise doit durer une semaine. Nous passerons ensuite quelques jours à Portofino pour nous reposer, et quelques autres à Paris, dans la famille de Marie-Louise. Au fait, ajouta-t-il comme si de rien n'était, nous ne sommes pas mariés, elle et moi. Seulement partenaires, dans tous les sens du terme.

Il sourit à sa compagne, qui le fixa d'un air mutin et provocateur.

— Mon associée ici présente ne croit pas au mariage, continua-t-il. Elle le considère comme une institution puritaine, de nature à gâcher n'importe quelle histoire d'amour. Elle doit avoir raison, parce que cela fait quatorze ans que nous sommes ensemble.

— C'est bien plus que ce que j'aurais parié au départ, commenta la jeune femme. Au début, ce n'était qu'un amour d'été, et puis il m'a traînée ici contre ma volonté. Je suis prisonnière de cette ville !

Jeff éclata de rire. Il avait apparemment l'habitude de ces plaintes et ne semblait pas s'en formaliser. Qu'ils aiment travailler ensemble était une chose, songea Sarah, mais Marie-Louise avait un côté sec qui devait tout de même faire fuir certains clients.

— Depuis notre arrivée ici, elle essaie de me convaincre de m'installer à Paris, reprit Jeff. Mais j'ai grandi dans la région et je m'y sens bien. Les grandes villes m'étouffent. Je suis un Californien pur jus, et, même si elle ne l'avouera jamais, Marie-Louise aime beaucoup San Francisco. Surtout en hiver, quand il fait si froid à Paris.

— Je n'en serais pas si sûre, à ta place, rétorqua-t-elle aussitôt. Un de ces jours, je risque bien de t'étonner en retournant définitivement en France.

Sa remarque sonnait plus comme une menace que comme une boutade, mais Jeff l'ignora.

— Nous avons une grande maison à Potrero Hill, que j'ai restaurée moi-même, dit-il à Sarah. A l'époque, c'était la seule bâtisse digne de ce nom là-bas et elle l'est restée longtemps, jusqu'au jour où le quartier est devenu à la mode et où les belles propriétés ont poussé comme des champignons. J'ai tout fait moi-même à l'intérieur.

Il en éprouvait une fierté évidente, que Marie-Louise s'empressa de tempérer.

— Elle n'est cependant pas aussi jolie que notre maison de Paris, intervint-elle. Elle est située dans le 7ᵉ arrondissement, et celle-là, c'est moi qui l'ai restaurée. J'y passe tous les étés, pendant que Jeff s'obstine à grelotter dans le brouillard. Les mois de juillet et d'août sont une horreur ici.

Elle avait raison sur ce point, mais la ville ne manquait pas d'attraits, et Sarah comprit que Marie-Louise refusait en fait de les admettre, tant son désir de rentrer en France était grand. Malgré tout, Jeff ne paraissait pas s'inquiéter. Il devait avoir des motifs de penser qu'il s'agissait de paroles en l'air, supposa-t-elle. Elle était cependant intriguée de voir que tous deux avaient vécu quatorze années ensemble sans se marier. Cela en disait long sur leur indépendance – celle de Marie-Louise, bien sûr, qui sautait aux yeux, mais aussi celle de Jeff. En dépit des critiques de sa compagne, il semblait ne jamais se laisser ébranler et ne pas dévier de la ligne de conduite qu'il s'était fixée.

Sarah les remercia de s'être déplacés et d'avoir apporté quelques éléments de réponse à ses questions. Elle leur souhaita un bon voyage et, quelques instants plus tard, les regarda s'éloigner dans une vieille Peugeot que Marie-Louise avait rapportée de France. La Française avait expliqué, en s'installant au volant, qu'elle ne faisait pas confiance aux modèles américains. « Ni à quoi que ce soit d'autre ! » avait plaisanté Jeff.

— C'est une drôle de fille, n'est-ce pas ? fit remarquer Sarah, tandis que Marjorie et elle rejoignaient leurs voitures.

— Elle n'est pas facile, mais elle est douée. Elle a très bon goût, vous verrez. Ce qui ne me plaît pas, c'est qu'elle traite Jeff comme un moins que rien et qu'il a l'air d'aimer ça. Pourquoi faut-il toujours que les garces comme elle récupèrent tous les types bien ?

Sarah ne put s'empêcher de rire, tout en reconnaissant que Marjorie n'avait pas tort.

— Il est très beau, vous ne trouvez pas ? continua l'agent immobilier.

— Je ne sais pas, répondit Sarah.

De son point de vue, Phil était bel homme. Jeff, non. Mais l'architecte lui avait été d'emblée très sympathique.

— Il m'a donné l'impression d'être quelqu'un de bien et de compétent, en tout cas. Et passionné par les vieilles maisons.

— Marie-Louise aussi, lui assura Marjorie. Ils se complètent, tous les deux. Comme un mélange sucré-salé. Et cela leur réussit plutôt bien, tant sur le plan privé que professionnel. Cela ne veut pas dire que leur couple n'a pas connu des hauts et des bas. De temps en temps, quand elle en a vraiment assez, Marie-Louise rentre en France. Ils sont restés séparés pendant un an une fois, le temps pour lui de terminer un chantier que je l'avais aidé à obtenir. Mais elle finit toujours par revenir et il accepte à chaque fois de repartir pour un tour. Je pense qu'il est fou d'elle et que, de son côté, elle sait qu'elle a déniché l'oiseau rare. Ce type est solide comme un roc. C'est dommage qu'ils ne se soient pas mariés. J'imagine très bien Jeff avec des enfants, même si elle, en revanche, ne me semble pas très maternelle.

— Peut-être qu'ils en auront un jour, répliqua Sarah, l'esprit déjà tourné vers Phil.

Encore quelques heures et elle pourrait s'offrir avec lui une pause bien méritée, après une semaine de folie.

— Qui peut dire à quoi tient une relation amoureuse ? conclut Marjorie avec philosophie, avant de lui souhaiter bonne chance pour son rendez-vous de lundi, avec les héritiers de Stanley.

— Je vous tiendrai au courant de ce qui aura été décidé, lui promit Sarah.

Elle était certaine que la maison serait mise en vente. Simplement elle se demandait si elle serait restaurée avant et, dans ce cas, jusqu'à quel point. Sarah aurait adoré superviser un tel chantier, mais elle ne voulait pas se bercer d'illusions. Les héritiers ne verraient probablement aucun intérêt à dépenser un million de dollars et à devoir attendre entre six mois et un an pour la vendre.

Après avoir pris congé de Marjorie, Sarah rentra chez elle se préparer à l'arrivée de Phil. Elle changea les draps, puis s'installa dans son canapé avec une pile de dossiers qu'elle voulait encore étudier. Il était 19 heures lorsque son téléphone sonna. C'était Phil. Il était au sport et semblait d'humeur exécrable.

— Quelque chose ne va pas ? s'alarma-t-elle.

— Et comment ! Mon affaire de harcèlement sexuel a été jugée aujourd'hui. Je suis furax. Mon idiot de client s'est fait coincer une fois de trop avec la braguette ouverte et l'accusation nous a laminés. Je n'ai rien pu faire.

— Je suis désolée pour toi, mon chéri.

Elle savait qu'il ne déclarait jamais forfait et comprit que cette affaire devait avoir été particulièrement difficile à gérer.

— Tu arrives à quelle heure ? lui demanda-t-elle.

Elle avait hâte de lui raconter sa visite de la maison de Stanley. Elle n'avait pas encore eu le temps de lui en parler, tant il avait été pris par la préparation de ses dépositions.

— Je ne viens pas, annonça-t-il de but en blanc.

Sarah accusa le coup. Il annulait rarement leur week-end à la dernière minute, à moins d'être vraiment malade.

— Tu ne viens pas ?

— Non. Je suis à cran et je n'ai envie de voir personne. Ça ira mieux demain.

Elle qui se réjouissait tant de le retrouver dut lutter pour masquer sa déception. Si seulement il avait voulu faire l'effort de venir jusque chez elle ! Cela aurait pu lui remonter le moral.

— Pourquoi ne passerais-tu pas juste après le sport ? Ça te détendrait. On commanderait à dîner chez un traiteur et je te ferais un massage, dit-elle dans l'espoir de le convaincre.

— Non, merci. Je t'appellerai demain. Là, ce qu'il me faut, c'est une bonne partie de squash pour tout évacuer. Je serais de trop mauvaise compagnie pour toi.

Sarah le croyait sans peine. Elle l'avait déjà vu de mauvaise humeur et savait qu'il n'était vraiment pas drôle. Mais elle aurait préféré sa présence, si désagréable fût-elle, à la perspective d'une soirée en solitaire. Avoir une liaison avec quelqu'un signifiait partager les bons, mais aussi les mauvais moments. Elle eut beau essayer de le faire changer d'avis, il ne voulut rien entendre. Il dormirait chez lui ce soir-là, un point c'est tout.

— Arrête, la coupa-t-il finalement. Je te téléphonerai demain matin. Bonne nuit.

Après avoir raccroché, Sarah resta un long moment assise sur son canapé. Jamais il ne lui avait fait un tel coup. Elle repensa à l'architecte qu'elle avait rencontré ce jour-là et à sa compagne. D'après Marjorie, Marie-Louise avait quitté Jeff à plusieurs reprises pour retourner à Paris, mais avait toujours fini par revenir. Comme Phil. Elle savait qu'elle le verrait le lendemain matin, ou du moins quand il jugerait bon de se déplacer. Mais cela ne la consolait guère de cette soirée perdue.

Il ne l'appela même pas en rentrant chez lui, après le sport. Elle travailla jusqu'à minuit, dans l'espoir d'avoir de ses nouvelles. En vain. Quand Phil était contrarié, il n'y avait de place pour personne dans sa vie. Dans ces cas-là, il n'y avait que lui qui comptait. Du moins le croyait-il. Et, pour l'heure, il avait raison.

7

Phil ne se manifesta qu'à 16 heures, le samedi. Il l'appela sur son portable, alors qu'elle faisait des courses, pour lui dire qu'il était toujours de mauvaise humeur, mais qu'il l'emmènerait dîner dehors pour se faire pardonner. Deux heures plus tard, il arriva chez elle en tenue décontractée, après avoir réservé une table dans un nouveau restaurant très à la mode. La soirée fut agréable et permit à Sarah d'oublier celle de la veille. Il alla même jusqu'à rester chez elle bien plus tard que d'habitude le dimanche, de sorte que l'après-midi touchait à sa fin lorsqu'ils se séparèrent. Comme toujours, il s'était si bien rattrapé qu'elle ne lui en voulait plus. C'était toujours ainsi avec lui. Il soufflait en permanence le chaud et le froid.

Elle avait commencé à lui décrire la maison de Stanley au restaurant, mais avait vite senti que cela l'ennuyait. A l'entendre, s'était-il moqué, il avait plutôt l'impression qu'il s'agissait d'une ruine. Il n'imaginait pas que quelqu'un puisse avoir envie de l'acheter et encore moins de se lancer dans de si gros travaux. Puis il avait changé de sujet de conversation, avant même qu'elle ait pu lui parler des deux architectes. La nouvelle affaire dont il allait s'occuper l'intéressait bien davantage. Une fois encore, elle tournait autour d'un cas de harcèlement sexuel, mais la situation était bien moins épineuse que celle qu'il venait de plaider. D'un point de vue légal, elle était même passionnante, et Sarah et lui avaient passé une grande partie du dimanche après-midi à en discuter. Puis ils avaient regardé un film chez elle et fait l'amour avant qu'il ne parte. Le week-end avait été court, mais agréable. Phil la connaissait bien, après tout ce temps, et maîtrisait parfaitement l'art de l'apaiser chaque fois qu'il était allé trop loin.

Sarah avait donc retrouvé tout son entrain lorsqu'elle retourna à son bureau, le lundi matin, tout excitée à l'idée de rencontrer les héritiers de Stanley. Cinq d'entre eux n'avaient pu quitter leur travail et les deux qu'elle avait contactés à New York étaient trop âgés et trop malades pour traverser le pays, mais les douze autres devaient venir. Elle avait demandé à sa secrétaire de réserver la salle de conférences et d'y faire porter du café et des viennoiseries. Ils allaient avoir une grosse surprise et elle tenait à les mettre le plus à l'aise possible. Plusieurs attendaient déjà lorsqu'elle arriva. Elle se hâta de déposer son attaché-case dans son bureau, puis alla à leur rencontre. Le premier était le directeur de banque, originaire de Saint Louis. C'était un sexagénaire à l'air distingué, qui lui avait déjà appris qu'il était veuf et père de quatre grands enfants – dont une fille qui requérait des soins particuliers, ainsi que Sarah l'avait deviné à ses propos. Peut-être l'argent de Stanley lui serait-il utile, finalement. Tout comme au Texan qui patientait à côté de lui. Veuf lui aussi, il travaillait comme contremaître dans un ranch depuis trente ans, était père de six enfants et vivait dans une caravane.

Les derniers arrivèrent peu avant 10 heures. Au total, il y avait huit hommes et quatre femmes, frères et sœurs pour certains. Venus des quatre coins des Etats-Unis, de la Floride au Texas, de New York à Chicago, presque tous se connaissaient déjà – bien mieux en tout cas qu'ils n'avaient connu Stanley, quelques-uns n'ayant même jamais soupçonné son existence. Sarah se présenta à chacun d'eux, pendant qu'ils discutaient gaiement. Elle

106

comptait leur proposer une visite de la maison de Scott Street dans l'après-midi. Il fallait qu'ils la voient au moins une fois avant de prendre leur décision. Elle avait envisagé toutes les possibilités et les leur avait exposées avec soin, ainsi que les estimations déjà en sa possession, dans un document approuvé par Marjorie. Elle prévoyait d'en remettre un exemplaire à chacun d'eux, mais un peu plus tard seulement. Pour l'heure, la priorité était la lecture du testament.

Le banquier de Saint Louis, Tom Harrison, s'installa à côté d'elle. Vêtu d'un costume bleu sombre, d'une chemise blanche et d'une cravate très classique, il dégageait une autorité naturelle qui donna presque envie à Sarah de le laisser diriger la réunion à sa place. Une pensée incongrue s'imposa alors à elle : quelqu'un comme lui conviendrait très bien à sa mère. Il avait le même âge et surpassait de très loin tous les hommes qu'Audrey avait fréquentés ces dernières années. Ils feraient même un très joli couple, ne put-elle s'empêcher de songer en souriant, tandis qu'elle examinait les visages réunis autour d'elle. Les quatre femmes s'étaient assises côte à côte à sa droite, Tom Harrison était à sa gauche, et les autres sur les sièges restants. Le Texan, Jake Waterman, trônait en bout de table, où il ingurgitait viennoiserie sur viennoiserie après avoir bu trois tasses de café.

Sarah posa les yeux sur les documents qu'elle avait rassemblés devant elle, avec une lettre scellée que Stanley avait confiée à l'une de ses collègues, six mois plus tôt. Elle n'avait appris son existence qu'en arrivant le matin même et savait juste qu'elle ne devait pas l'ouvrir avant d'avoir lu le testament. Stanley avait expliqué qu'il s'agissait d'un message destiné à ses héritiers. Il avait apporté un petit ajout à ses dernières volontés, en précisant que cela ne modifierait en rien ses précédentes dispositions. Par respect envers lui, Sarah avait donc rangé le pli sans y toucher.

Les héritiers la fixaient à présent avec impatience. Elle était heureuse qu'ils aient fait l'effort de se déplacer, au lieu de lui demander simplement de leur envoyer leur part. Stanley aurait certainement aimé bavarder avec eux. Deux des femmes étaient des secrétaires qui ne s'étaient jamais mariées, et les deux autres des mères de famille divorcées. Presque tous avaient des enfants et donnaient l'impression de ne pas rouler sur l'or – à l'exception de Tom Harrison. Il lui avait sans doute été plus facile qu'aux autres de s'absenter de son travail et de payer son billet d'avion. Quoi qu'il en soit, les sommes dont ils allaient hériter étaient considérables et bouleverseraient leur vie à jamais. Sarah, qui connaissait mieux que quiconque leur montant, se réjouissait de participer à ce moment qui allait changer leur vie. Si seulement Stanley avait pu voir ça...

Elle parcourut une dernière fois la table du regard. Un silence religieux planait dans la pièce.

— Pour commencer, dit-elle, j'aimerais tous vous remercier d'être là aujourd'hui. Je sais que cela n'a pas été évident pour certains d'entre vous et je peux vous assurer que Stanley en aurait été très touché. J'ai travaillé plusieurs années avec lui et c'était un homme remarquable, pour qui j'éprouvais une grande admiration. Je considère donc comme un honneur d'avoir été son avocate et de rencontrer maintenant sa famille.

Elle s'interrompit un instant, afin d'avaler une gorgée d'eau et de s'éclaircir la voix, puis sortit le testament de la chemise devant elle. Elle passa rapidement sur les formalités, qu'elle décrypta au fur et à mesure. La plupart concernaient des questions fiscales et les précautions prises par son client pour protéger son patrimoine. Stanley avait fait le nécessaire pour régler tous les impôts sur sa succession et faire en sorte que les parts laissées dans ses différentes sociétés ne supportent aucune taxe. Peu familiarisés avec ce genre de problèmes, ses héritiers parurent tranquillisés à ces mots. Sarah poursuivit alors par la liste des legs.

Elle procéda par ordre alphabétique, en incluant aussi les absents. Chacun recevrait ensuite une copie du testament, afin de pouvoir l'étudier plus tard à tête reposée ou le soumettre à ses avocats. Mais elle ne se faisait aucun souci. Tout était en ordre.

Elle lut la liste complète des avoirs, avec une estimation récente de leur valeur, chaque fois que c'était possible. Le montant des biens que Stanley détenait depuis très longtemps, comme ses centres commerciaux dans le Sud et le Midwest, était plus difficile à évaluer, mais elle avait essayé de trouver des éléments de comparaison récents, afin d'avoir une idée des sommes en jeu. Certains de ces biens pouvaient être conservés séparément, tandis que d'autres auraient intérêt à être regroupés ou vendus. Sarah exposa tous les cas en détail et précisa qu'elle serait à la disposition de chacun pour les renseigner et, s'ils le souhaitaient, leur donner des conseils fondés sur sa propre connaissance du patrimoine boursier et immobilier de Stanley.

Tout cela paraissait assez compliqué aux uns et aux autres. Il y avait des actions, des obligations, des ensembles immobiliers, des centres commerciaux, des bureaux, des appartements, et enfin les puits de pétrole, qui étaient devenus, au fil du temps, le plus gros actif financier de Stanley et qui gagneraient certainement encore en valeur, au vu de la situation politique internationale. S'y ajoutaient des liquidités non négligeables, ainsi bien sûr que la maison. Sarah ouvrit alors une parenthèse, pour annoncer qu'elle reviendrait sur ce point à la fin de la séance. Silencieux, les douze héritiers continuèrent de la fixer en essayant d'assimiler ce qu'elle venait de leur expliquer et la liste vertigineuse des biens qui allaient désormais leur appartenir. Cela faisait beaucoup pour une matinée, et ils ne comprenaient pas vraiment ce que cet héritage représentait réellement. Seul Tom

Harrison, plus habitué au jargon juridique, semblait en avoir parfaitement conscience. La stupéfaction qui se lisait sur son visage prouvait qu'il avait compris toutes les implications de cet exposé.

— Nous vous fournirons des estimations plus précises dans les prochains jours, déclara Sarah. Mais si on s'appuie sur ce que nous savons déjà, la fortune de votre grand-oncle – déduction faite des droits de succession, qui ont été réglés à part – se monte à un peu plus de quatre cents millions de dollars. D'après nos premiers calculs, cela signifie que chacun de vous héritera d'environ vingt millions. Une fois que vous vous serez acquittés des impôts à votre charge, il vous en restera la moitié. Ces chiffres sont approximatifs, bien sûr, et pourront varier de quelques centaines de milliers de dollars selon les cours de la Bourse, mais je ne pense pas trop m'avancer en vous garantissant un legs final d'à peu près dix millions de dollars chacun.

Sarah s'adossa à son siège et reprit son souffle. Un moment de flottement s'ensuivit avant que l'effervescence la plus totale règne dans la pièce. Deux des femmes éclatèrent en sanglots, tandis que le cow-boy texan laissait échapper un cri de joie retentissant qui fit rire tout le monde, tant il reflétait l'état d'esprit général. Ce qui leur arrivait leur semblait tout bonnement incroyable, à eux qui n'avaient touché toute leur vie que des petits salaires et avaient parfois eu du mal à joindre les deux bouts.

— Comment a-t-il fait pour amasser une telle fortune ? demanda l'un des petits-neveux de Stanley.

Ancien policier à New York, il venait de prendre sa retraite et tentait de créer sa propre agence de sécurité.

— C'était un génie des affaires, répondit doucement Sarah, toute à sa joie d'avoir contribué au bonheur de ces gens.

Tom Harrison souriait. D'autres semblaient gênés, en particulier ceux pour qui Stanley était un parfait inconnu. Cet argent s'apparentait pour eux à la cagnotte du Loto, mais en mieux, parce qu'il leur venait de quelqu'un qui s'était souvenu d'eux et les avait délibérément choisis pour héritiers. Sarah se promit de leur expliquer que, bien qu'il n'eût pas de famille, Stanley ne jurait que par les liens du sang et que ses parents éloignés représentaient pour lui les enfants qu'il n'avait jamais eus. Devenir leur bienfaiteur après sa mort était certainement le plus grand plaisir qu'il se fût jamais accordé.

Le Texan s'essuya les yeux, se moucha et murmura quelque chose au sujet d'un ranch qu'il comptait acheter. Ses enfants fréquentaient des écoles publiques, et il affirma qu'il allait tous les envoyer à Harvard – sauf peut-être celui qui était en prison. Il allait rentrer chez lui, botter les fesses à cet idiot et lui payer un bon avocat. Son fils se droguait depuis des années et avait été surpris en train de voler des chevaux. Peut-être aurait-il une chance de s'en sortir, à présent. Comme eux tous. Stanley leur offrait cette possibilité, en guise de cadeau posthume. Sarah en avait presque les larmes aux yeux. Elle vivait là une expérience inoubliable – la plus belle et la plus riche de sens qu'elle eût jamais vécue depuis qu'elle était avocate. Et tout ça grâce à Stanley.

— Vous aurez beaucoup de décisions à prendre dans les prochaines semaines, déclara-t-elle afin de ramener un peu d'ordre autour d'elle. Certains biens vous appartiendront individuellement, et d'autres conjointement. J'ai répertorié ces derniers à part et j'aimerais discuter rapidement avec vous de ce que vous désirez en faire. Il sera parfois plus simple de vendre les sociétés dont vous êtes désormais copropriétaires et de vous répartir les bénéfices. Parfois aussi, il sera préférable d'attendre un moment plus opportun. Dans tous les cas, nos conseillers financiers seront là pour vous guider.

Elle savait d'ores et déjà que cela prendrait des mois, voire des années, mais elle les rassura en leur expliquant également que ce qui leur appartiendrait en propre approchait pour chacun les huit millions de dollars. Le reste leur serait versé plus tard, après la vente des biens communs. Stanley s'était efforcé de leur faciliter la tâche au maximum, sans nuire à ses investissements. Il ne voulait surtout pas que des querelles éclatent entre ses héritiers et avait paré avec Sarah à tous les risques.

— Il nous faut aussi aborder la question de la maison dans laquelle votre grand-oncle a vécu, continua-t-elle. Je l'ai visitée cette semaine avec un agent immobilier, afin d'essayer d'obtenir une estimation réaliste de sa valeur. Elle est absolument fabuleuse et je pense que vous devriez la voir vous aussi. Sa construction remonte aux années 1920 et, malheureusement, elle n'a jamais été entretenue. On dirait presque un musée, à l'heure actuelle. Votre grand-oncle n'occupait que quelques pièces sous les combles. Il n'a jamais utilisé les étages principaux, qui n'ont donc subi aucune transformation depuis 1930, date à laquelle il l'a achetée. J'ai fait venir des architectes spécialisés dans la restauration des demeures anciennes, afin qu'ils chiffrent ce qu'il faudrait pour la rendre habitable selon les normes actuelles. La fourchette qu'ils m'ont indiquée est très large et dépend des travaux que vous souhaiterez accomplir ou pas. Pour résumer, cinq cent mille dollars suffiraient à la remettre en état, et cinq millions à en faire un lieu extraordinaire. Il en va de même si vous décidez de vendre. Selon l'agent immobilier, vous pourriez aussi bien en tirer un million que vingt fois plus, en fonction de l'acheteur et des prix pratiqués sur le marché. Mais vous n'en obtiendrez probablement pas beaucoup. La maison a besoin d'être rénovée de la cave au grenier et une telle superficie n'intéresse plus personne aujourd'hui. Il faut savoir qu'il y a plus de deux mille sept cents mètres carrés. Cela suppose un grand nombre d'employés à demeure. Mon conseil serait donc de vendre, en faisant auparavant enlever les planches qui obstruent les fenêtres, cirer les parquets et peut-être redonner une couche de peinture. Le mieux serait de faire le moins de travaux possible, sans vous lancer dans la rénovation de l'électricité et de la plomberie, qui vous coûterait beaucoup trop cher. A moins, bien sûr, que l'un d'entre vous ne souhaite racheter les parts des autres pour s'y installer. J'ai pensé que nous pourrions aller visiter les lieux cet après-midi. Cela vous aidera à prendre votre décision. La maison est magnifique et vaut le détour.

Avant même qu'elle ait terminé, tous secouèrent la tête. Ils n'avaient aucune envie de venir vivre à San Francisco et un chantier de cette ampleur ne les tentait absolument pas. « Il faut la vendre... », « s'en débarrasser... » étaient les mots qui revenaient le plus souvent dans leur bouche. Même une simple couche de peinture ne présentait pas d'intérêt à leurs yeux. Sarah s'en attrista. Cette maison lui faisait l'effet d'une femme à la beauté déchue, dont plus personne ne voulait. Il restait bien sûr les autres héritiers mais, dans la mesure où ils n'avaient pas pu se déplacer pour cette réunion, il était peu probable que leur avis diffère de celui de la majorité.

— Accepteriez-vous de vous rendre sur place, cet après-midi ? s'enquit-elle.

Seul Tom Harrison répondit qu'il en avait le temps, bien que lui aussi fût partisan de la vendre. Il lui expliqua qu'il pourrait s'arrêter sur le chemin de l'aéroport. Les autres, qui prenaient tous des avions en début d'après-midi, demandèrent à Sarah de confier la maison à un agent immobilier. Leur héritage était déjà si important que ce qu'elle leur rapporterait ne changerait pas grand-chose. Même s'ils en obtenaient deux millions, chacun ne récolterait guère plus de cent mille dollars, dont il faudrait ensuite déduire des impôts. Autant dire une misère comparée aux millions qu'ils allaient toucher par ailleurs. Une heure plus tôt pourtant, cette somme aurait représenté un don du ciel pour eux. Mais il avait suffi de quelques minutes pour que leur vie soit transformée à jamais. Cette pensée fit sourire Sarah. Ils avaient l'air de gens bien, et elle avait le sentiment que Stanley les aurait appréciés. Eux, en tout cas, étaient ravis aujourd'hui de faire partie de sa famille.

Elle les rappela de nouveau à l'ordre, avec un peu plus de difficulté, cette fois. Ce qui leur arrivait était si extraordinaire qu'ils mouraient d'impatience de sortir prévenir leurs proches. Sarah leur annonça qu'ils commenceraient à toucher leur argent dans six mois, et peut-être même avant si tout se passait bien.

— J'ai un dernier point à aborder avec vous, ajouta-t-elle. J'ai été informée ce matin seulement que Stanley avait confié une lettre à l'une de mes collègues il y a quelques mois, en demandant que je vous en fasse la lecture une fois que nous en aurions fini avec le testament. Conformément à ses instructions, elle est restée scellée. Je sais juste qu'elle contient un codicille, mais qui ne modifie en rien tout ce que je vous ai dit. Avec votre permission, je vais donc vous la lire. Je ferai ensuite des copies à ceux d'entre vous qui le désirent.

Sarah supposait qu'il s'agissait d'une sorte de message posthume que Stanley avait tenu à adresser à ces hommes et à ces femmes qu'il ne rencontrerait jamais. Elle reconnaissait bien là ce côté sentimental qu'elle avait appris à déceler derrière ses dehors parfois bourrus. Elle prit un coupe-papier et ouvrit l'enveloppe.

Autour d'elle, tous s'efforçaient de rester attentifs, mais l'atmosphère était électrique. Certains avaient même du mal à tenir en place – et qui aurait pu le leur reprocher, après tout ce qu'ils venaient d'entendre ? Elle était aussi excitée qu'eux. Leur annoncer un tel héritage avait été un bonheur, même si elle ne pouvait s'empêcher de penser qu'elle aurait aimé garder un petit souvenir de Stanley. Pas grand-chose, juste un objet qui aurait eu une valeur sentimentale pour elle. Mais cela était impossible. Stanley avait donné tous ses livres et tous ses vêtements à des organisations caritatives. Il ne possédait presque plus rien au moment de son décès – rien, sinon son immense fortune et sa maison. Sans oublier ses dix-neuf héritiers, auxquels il laissait tout. Cela en disait long sur sa vie et sur l'homme qu'il avait été. Mais il avait beaucoup compté pour elle, au moins autant – sinon plus – qu'il comptait à présent aux yeux de ses parents éloignés. Elle savait, en effet, qu'elle avait été la dernière personne pour qui il avait éprouvé de l'affection. Et le moins que l'on pût dire était que cela avait été réciproque.

Sarah s'éclaircit de nouveau la voix, puis entama la lecture de la lettre. Surprise, elle constata qu'elle peinait à dissimuler son émotion. Il y avait quelque chose de profondément émouvant à voir ces pages recouvertes de l'écriture tremblée du vieil homme, même s'il s'agissait avant tout d'un document officiel à l'intention de ses héritiers. Ainsi qu'il l'avait annoncé, quelques lignes avaient été ajoutées à la fin, pour ratifier son testament. Deux de ses infirmières lui ayant servi de témoins, tout était en ordre. Mais pour Sarah, cette lettre avait une tout autre signification : ce seraient les derniers mots qu'elle lirait de lui. Même si elle ne lui était pas destinée personnellement, elle la prenait pour un message d'outre-tombe, comme un dernier adieu que Stanley leur adressait à tous, elle y compris. Jamais plus elle ne verrait cette écriture. Cette pensée lui fit monter les larmes aux yeux et elle s'efforça de parler d'une voix claire.

— « A mes chers parents et à ma chère amie, Sarah Anderson, la meilleure avocate qui soit et la plus merveilleuse jeune femme que je connaisse... » commença-t-elle.

Sa voix se brisa et elle dut prendre sa respiration avant de poursuivre.

— « Quel dommage que nous ne nous soyons jamais rencontrés. Je regrette aujourd'hui de ne pas avoir d'enfants et de ne pas avoir vieilli auprès d'eux, de leurs descendants et de vous tous. J'ai passé des années et des années à amasser l'argent dont vous allez hériter. Faites-en bon usage, utilisez-le pour des projets qui vous tiennent à cœur. Peut-être est-il encore temps pour vous de découvrir de nouvelles choses, de nouveaux horizons, de nouveaux pays, que sais-je encore. C'est à vous d'en décider. Mais ne laissez pas cette fortune gouverner votre existence, comme cela a été le cas pour moi. Ce n'est que de l'argent, ne l'oubliez jamais. Profitez-en. Améliorez votre quotidien. Partagez-le avec vos enfants – et si vous n'en avez pas, faites-en vite. Ils seront le plus beau cadeau que vous recevrez jamais. Ce que je vous offre aujourd'hui n'est pas tant un legs qu'une chance de vivre mieux, vous et tous ceux qui vous sont chers. Car, au bout du compte, l'argent ne signifie rien. Il ne vaut que par les bonheurs qu'il permet de connaître et de faire connaître. Durant toute ma vie, ou presque, je n'ai aimé personne. J'ai travaillé dur, j'ai fait fortune, et c'est tout. La seule personne que j'aie chérie au cours de ces dernières années est Sarah. J'aurais tant voulu avoir une fille ou une petite-fille qui lui ressemble. Elle est tout ce que j'aurais attendu d'un enfant, si j'en avais eu un.

» Ne soyez pas désolés pour moi. J'ai eu une existence bien remplie. J'ai été heureux. J'ai accompli tout ce que je désirais. Bâtir un empire à partir de rien a été une aventure passionnante. Je suis arrivé en Californie à seize ans, avec cent dollars en poche. Voyez ce qu'ils sont devenus aujourd'hui ; le résultat est plutôt satisfaisant, n'est-ce pas ? Ce qui montre bien tout ce que l'on peut faire avec trois fois rien. Vous qui êtes riches à présent, ne gaspillez pas vos millions. Donnez-leur un sens. Si votre travail vous étouffe, quittez-le. Devenez libres. Je ne souhaite qu'une chose : votre bonheur. Le mien a consisté à faire fructifier des bénéfices, mais avec le recul, je regrette de n'avoir jamais pris le temps de fonder un foyer. Vous êtes ma seule famille à ce jour, même si nous ne nous sommes pas connus. J'aurais pu tout léguer à une ligue de protection des animaux, mais je n'ai jamais beaucoup aimé les

chiens et les chats, et j'estime que les organisations caritatives reçoivent déjà bien assez de dons. Non, c'est à vous
que j'ai choisi de tout laisser. Consciemment. Volontairement. En espérant juste que cet héritage vous aidera à
réaliser vos rêves, quels qu'ils soient.

» J'aimerais également ajouter quelques mots au sujet
de ma très chère Sarah. Elle a été un ange pour moi et
je suis très fier d'elle, même si je trouve qu'elle travaille
trop pour son bien. Ne vous l'ai-je pas assez reproché,
Sarah ! Je forme des vœux pour que mon expérience
vous serve de leçon. Nous en avons beaucoup discuté,
mais je vous le répète encore une fois : sortez et amusez-
vous. Il est grand temps. Vous avez déjà travaillé plus que
certaines personnes durant toute leur carrière – excepté
moi, peut-être. Mais justement, je ne veux pas que vous
finissiez comme moi. Vous pouvez et vous devez accomplir bien davantage, en étant simplement vous-même et
en laissant s'exprimer vos plus belles qualités. Je n'ai
jamais dit cela à personne en cinquante ans, mais je
tiens à ce que vous sachiez que je vous aime comme si
vous aviez été ma propre fille. Je vous suis reconnaissant
de tous les moments que vous avez passés avec moi,
pour m'aider à transmettre mon patrimoine à mes héritiers tout en le protégeant du fisc. Grâce à vous, leur fortune n'en sera que plus grande.

» Je vous ai réservé quelque chose à vous aussi. Et je
veux que mes héritiers comprennent pourquoi. Parce
que je vous aime et parce que vous le méritez. Personne
ne le mérite autant que vous, d'ailleurs. J'ai envie que
vous soyez heureuse, et si jamais l'un des membres de
ma famille s'oppose à ce don, qu'il sache que je reviendrai d'entre les morts pour lui botter les fesses. Je vous
demande de profiter vous aussi du cadeau que je vous
fais, Sarah. Utilisez-le pour vous lancer dans un projet
merveilleux, ne vous contentez pas de l'investir. Je suis
sain d'esprit, à défaut de l'être totalement de corps, et
par la présente, je vous lègue, Sarah Marie Anderson, la

somme de sept cent cinquante mille dollars. J'ai pensé qu'un million vous paraîtrait beaucoup trop et que cela vous mettrait mal à l'aise – tout en risquant de contrarier mes héritiers. Comme cinq cent mille dollars me semblait un montant ridicule, j'ai coupé la poire en deux. Ma chère Sarah, je vous souhaite une longue et belle vie. Je veillerai sur vous de là-haut, avec amour et gratitude. A vous tous, je vous souhaite tout le bonheur du monde. Portez-vous bien et soyez heureux auprès de ceux que vous aimez. Stanley Jacob Perlman. »

Cette signature, que Sarah avait vue sur tant de documents, marquait le dernier au revoir de Stanley. Les larmes roulaient sur ses joues lorsqu'elle reposa la lettre pour se tourner vers eux tous. Le codicille avait été remis à l'une de ses collègues, non à elle, ce qui le rendait parfaitement légal. Jamais pourtant elle n'aurait imaginé recevoir quoi que ce soit et elle se demandait même s'il ne serait pas inconvenant d'accepter.

— J'ignorais tout de cet ajout, dit-elle. L'un de vous y voit-il une objection ?

Elle était prête à renoncer à ces sept cent cinquante mille dollars. Ces hommes et ces femmes étaient les parents de Stanley. Pas elle. Et le fait qu'elle lui eût voué une sincère affection n'y changeait rien.

— Bien sûr que non ! s'exclamèrent les femmes à l'unisson.

— Pas du tout ! renchérit Jake. Vous avez entendu : si on s'y oppose, il reviendra nous botter les fesses. Je n'ai pas envie qu'un fantôme me poursuive jusqu'à la fin de mes jours. Dix millions de dollars me suffiront amplement, à moi et à mes enfants. Peut-être même qu'il m'en restera assez pour me payer une jolie femme.

Les autres éclatèrent de rire, tout en l'approuvant. Sarah, elle, pleurait doucement. Le passage qui l'avait le plus émue était celui où Stanley expliquait combien il l'avait aimée. Bien qu'il eût été presque centenaire lorsqu'elle avait commencé à travailler pour lui, il avait été comme un père pour elle, et peut-être l'homme qu'elle avait le plus respecté jusqu'à présent. Le seul qu'elle eût jamais respecté, même.

L'une des femmes lui tendit un mouchoir, tandis que Tom Harrison lui tapotait la main.

— Il semble que vous méritiez ce legs, bien plus que nous tous réunis, Sarah, déclara-t-il. Non seulement vous avez été une source de joie pour Stanley, mais vous nous avez permis d'hériter d'une plus grosse fortune. Je suis vraiment désolé pour vous, cette perte doit être très dure.

A ces mots, ses pleurs redoublèrent.

— Ç'a été un choc énorme, avoua-t-elle.

Aucun d'eux n'en doutait. La plupart auraient même aimé la serrer dans leurs bras, mais ils n'osaient pas. Elle était l'avocate de Stanley et ils ne la connaissaient pas assez bien pour se risquer à un geste si familier. Mais tous étaient très émus. Stanley venait de bouleverser leur vie à jamais.

— Vous avez été le rayon de soleil de ses derniers jours, dit l'une des femmes pour la réconforter.

— Oui, et vous êtes presque millionnaire maintenant ! s'écria Jake.

Sarah ne put réprimer un sourire.

— J'ignore encore ce que je vais faire de cet argent...

En tant qu'associée, elle touchait un salaire confortable, ainsi qu'une participation aux bénéfices du cabinet. Elle n'avait jamais eu de gros besoins financiers, ne manquait de rien et était peu habituée à se faire plaisir. Elle ne voyait donc pas en quoi sa nouvelle fortune pourrait l'inciter à modifier son train de vie. Sans doute allait-elle passer outre aux conseils de Stanley en plaçant cet argent, songea-t-elle. En tout cas, il était hors de question qu'elle démissionne pour se mettre à collectionner les manteaux de fourrure et à faire des croisières, même si cela n'aurait certainement pas déplu à son vieil ami.

— Nous non plus, on ne sait pas ce qu'on va en faire ! lancèrent plusieurs personnes en réponse à sa remarque.

— Nous allons devoir y réfléchir, ajouta un homme assis entre Jake et le policier new-yorkais. Stanley voulait que nous vivions heureux. Et vous aussi, Sarah. Vous avez lu sa lettre. Servez-vous de cet argent pour réaliser vos rêves. Ne le placez pas.

Mais Sarah n'avait aucune idée de ce qu'étaient ses rêves. Elle n'avait jamais pris le temps de s'interroger à ce sujet.

— Je suis plus fourmi que cigale, reconnut-elle avant de se lever pour signifier la fin de la réunion.

Les poignées de main et les accolades se succédèrent, et plusieurs héritiers osèrent enfin l'étreindre. Tous étaient encore sous le choc lorsqu'ils quittèrent la salle. Au passage, la secrétaire de Sarah leur remit une enveloppe contenant une copie du testament et divers documents relatifs à leurs nouveaux biens. Seul Tom Harrison s'attarda un peu. Il avait accepté de visiter la maison de Scott Street, mais Sarah voyait bien qu'il agissait surtout par politesse envers elle. Ce legs si particulier s'apparentait pour eux à ces objets encombrants dont il faut se débarrasser. Elle seule y attachait de la valeur. D'abord, parce que la demeure était magnifique. Ensuite, parce que Stanley y avait vécu. Pourtant, elle devait bien reconnaître qu'elle n'aurait pas su quoi en faire, si elle avait eu voix au chapitre.

Sarah abandonna Tom quelques instants dans la salle de conférences, afin d'appeler Marjorie. Elle lui fit part de la décision prise pour la maison et la pria de la rejoindre là-bas dans une demi-heure pour effectuer une nouvelle visite. Ce serait une simple formalité, précisa-t-elle. Tous les héritiers avaient signé une procuration la chargeant de mettre la maison en vente, dans l'état où elle se trouvait et au prix que Marjorie et elle auraient fixé.

— Est-ce qu'ils vont au moins la rendre un peu plus présentable ? s'enquit Marjorie.

— J'ai bien peur que non. Ils ont juste demandé que les planches des fenêtres et les rideaux soient enlevés. Pour le reste, ils ne voyaient pas l'intérêt d'engager des frais.

Sarah sentait bien qu'elle s'exprimait d'une petite voix, très éloignée du ton sérieux et professionnel qui était le sien en temps normal, mais la lettre pleine d'amour de Stanley l'avait bouleversée. Ajouté à la surprise qu'il lui avait réservée – et dont elle ne s'était pas encore remise –, ce message posthume lui faisait ressentir plus cruellement que jamais l'absence du vieil homme.

— Nous allons devoir brader la maison, alors, commenta tristement Marjorie. Je déteste ça. Elle mérite mieux que de finir ainsi.

— Je sais. Je n'aime pas ça, moi non plus. Mais ils ne veulent pas s'embêter avec des travaux de rénovation. La maison n'a aucune valeur pour eux, et une fois divisée par dix-neuf, la somme qu'ils en tireront ne représentera pas grand-chose, comparée au reste.

— Quel dommage... Enfin, c'est d'accord, je vous retrouve là-bas dans une demi-heure. J'ai une visite à faire dans le quartier à 14 heures, mais ce détour ne devrait pas me retarder, surtout s'il s'agit d'une simple formalité.

— A tout à l'heure, alors, conclut Sarah avant de regagner la salle de conférences.

Occupé à discuter au téléphone avec son bureau de Saint Louis, Tom Harrison coupa vite sa conversation en la voyant revenir.

— Quelle matinée ! s'exclama-t-il.

Comme les autres, il avait encore du mal à croire à ce qui lui arrivait. Il pensait ne toucher qu'un modeste héritage et s'était déplacé avant tout par respect pour ce parent éloigné qui l'avait couché sur son testament.

— Je suis bien d'accord ! reconnut Sarah.

Pour sa part, elle commençait seulement à mesurer la fortune dont elle venait d'hériter. Sept cent cinquante mille dollars. C'était ahurissant. Stupéfiant. Avec ce qu'elle avait économisé au cours des années précédentes, elle avait désormais plus d'un million de dollars sur son compte en banque. Autant dire qu'elle était riche – moins que les dix-neuf héritiers, mais tout de même. Contrairement aux autres cependant, elle décida de ne rien dire à personne. Il serait bien temps de prévenir sa mère et Phil lorsqu'elle se serait habituée à l'idée de posséder autant d'argent.

— Voulez-vous aller déjeuner avant de voir la maison, monsieur Harrison ? demanda-t-elle.

— Merci, mais je ne me sens pas capable d'avaler quoi que ce soit, plaisanta-t-il. Il faut d'abord que je me remette de toutes ces émotions. Et puis, je suis vraiment curieux de découvrir cette splendeur que vous nous avez décrite.

Ils s'y rendirent avec la voiture de Sarah et retrouvèrent Marjorie, qui les attendait. Tom Harrison se montra très impressionné par la maison et sembla prendre grand plaisir à la visiter. Mais il confia à Sarah qu'il ne regrettait pas son choix. Même s'il la jugeait tout à fait extraordinaire et d'une valeur inestimable sur le plan historique, sa superficie était beaucoup trop grande pour les besoins d'une famille moderne.

— Plus personne ne vit sur un tel pied, aujourd'hui. J'habite dans trois cent soixante-dix mètres carrés à la périphérie de Saint Louis et je n'arrive même pas à trouver une femme de ménage digne de ce nom. Une maison comme celle-là serait un cauchemar à entretenir. Et si, en plus, il est impossible de la transformer en hôtel... A mon avis, nous risquons de l'avoir sur les bras pendant un bon moment.

— C'est possible, en effet, concéda Marjorie.

Elle savait pourtant que le marché immobilier réservait parfois de grosses surprises. Une maison réputée invendable pouvait changer de mains en l'espace de cinq minutes, et d'autres, pour lesquelles elle pensait trouver sans problème un acheteur, restaient des mois dans la vitrine de son agence. Dans ce domaine, il était impossible de faire des prévisions. Tout y était trop subjectif.

A son grand regret, elle suggéra donc de fixer le prix de vente à deux millions de dollars. Tom Harrison donna aussitôt son accord.

— Nous verrons si ce prix attire du monde, dit Marjorie, et nous étudierons les offres qui se présenteront. Je demanderai à la société de nettoyage que M. Perlman faisait venir de nettoyer toutes les pièces, afin que l'on puisse organiser des journées portes ouvertes. Tout ne sera pas prêt pour Thanksgiving, mais je vous promets que la maison sera mise en vente dès la semaine suivante. Avec un peu de chance, quelqu'un aura le coup de foudre pour elle, ou bien pensera obtenir de la ville l'autorisation de la transformer en hôtel. Elle s'y prêterait très bien, même si je doute que les voisins seraient ravis.

Sarah et elle savaient qu'une telle démarche pourrait prendre des années, sans réel espoir de succès. Les habitants de San Francisco s'opposaient généralement à l'installation de sociétés commerciales dans les zones résidentielles.

Avant de partir, Tom voulut voir les combles où Stanley avait vécu. Sarah acquiesça, le cœur lourd, et monta l'escalier de service avec lui. Pour la première fois depuis la mort du vieil homme, elle entra dans la chambre où ils avaient discuté de longues heures ensemble. Le lit médicalisé s'y trouvait toujours, telle une coquille vide. Au bord des larmes, Sarah ressortit dans le couloir, où Tom la rejoignit pour la consoler. Sa gentillesse la toucha et la conforta dans sa première impression : c'était quelqu'un de bien. Un peu plus tôt, alors qu'ils faisaient route vers la maison, il lui avait parlé de ses enfants, et en particulier de l'une de ses filles, aveugle et

123

handicapée mentale de naissance. Elle avait trente ans à présent et habitait toujours chez lui, entourée d'infirmières. La situation était difficile à gérer pour Tom depuis la mort de sa femme, qui, jusqu'au bout, avait consacré tout son temps à leur fille, mais il avait refusé de la placer dans un centre spécialisé. Fidèle à ses principes, il avait accueilli cette épreuve comme un défi – défi qu'il semblait affronter de manière remarquable, songea Sarah. A l'évidence, Tom Harrison était un bon père pour ses enfants.

— Je n'arrive pas à croire que Stanley ait dormi durant tant d'années dans une chambre de bonne, dit-il en secouant tristement la tête. Quel homme étonnant ce devait être !

— En effet, répondit doucement Sarah.

Ensemble, ils redescendirent l'escalier. Le taxi qui allait emmener Tom à l'aéroport attendait déjà devant la maison.

— En tout cas, je suis content qu'il ne vous ait pas oublié dans son testament, ajouta-t-il au moment de prendre congé d'elle. Et je serais ravi de vous voir, si un jour vous passez par Saint Louis. J'ai un fils de votre âge, vous savez. Il vient de divorcer et a trois adorables bambins.

Sarah éclata de rire à cette proposition.

— Excusez-moi, bafouilla-t-il alors avec embarras. J'avais cru comprendre, d'après la lettre de Stanley, que vous n'étiez pas mariée.

— Non, je ne le suis pas.

— Ah, très bien. Dans ce cas, venez à Saint Louis. Fred a besoin d'une gentille femme comme vous.

— Envoyez-le plutôt à San Francisco, répliqua-t-elle avec malice. Et appelez-moi vous aussi, si jamais vous avez l'occasion de séjourner ici. J'aimerais beaucoup vous présenter ma mère.

Elle plaisantait, bien sûr. Audrey était souvent pénible et Tom lui paraissait un peu trop « normal » pour elle. Il n'avait rien d'un homme à problèmes et sa mère n'aurait certainement plus aucune raison de fréquenter ses clubs de soutien, si elle sortait avec lui. A quoi s'occuperait-elle, alors ? Elle risquait de s'ennuyer. Malgré tout, son instinct soufflait à Sarah que ce ne serait peut-être pas une si mauvaise idée.

— Avec plaisir ! dit Tom en riant. Je viendrai avec Fred et nous irons dîner tous les quatre.

Puis, dans un geste très paternel, il la serra dans ses bras. Une matinée leur avait suffi pour avoir le sentiment de se connaître depuis très longtemps. Un peu comme s'ils avaient été de proches parents – ce qu'ils étaient en quelque sorte devenus, grâce à la générosité et à la bienveillance de Stanley.

— Au revoir, Sarah. Prenez soin de vous, lui lança-t-il lorsqu'elle l'eut raccompagné jusqu'à son taxi, sous le pâle soleil de novembre.

— Vous aussi !

Elle lui fit un dernier signe de la main en regardant la voiture s'éloigner, puis alla retrouver Marjorie. Elle était finalement soulagée d'être entrée dans la chambre de son vieil ami. Elle comprenait désormais qu'elle n'avait rien à pleurer dans cette pièce vide. Stanley n'était plus de ce monde, mais il vivrait à jamais dans son cœur.

Marjorie et elle discutèrent des derniers détails concernant le nettoyage de la maison et les visites qui y seraient organisées. Avant de quitter son bureau, Sarah avait envoyé un fax aux héritiers absents, afin de leur demander leur accord. Mais, comme tous les autres avaient déjà signé une procuration lui laissant toute liberté, elle n'hésita pas à confier un mandat en bonne et due forme à Marjorie. L'une et l'autre estimaient de toute façon qu'une telle vente prendrait du temps, à moins de voir surgir par miracle un acheteur plein d'imagination et passionné d'histoire.

— Bon Thanksgiving, si je ne vous revois pas d'ici là ! lui lança Marjorie en s'en allant. Je vous tiendrai au courant du résultat des premières visites.

— Merci ! Bon Thanksgiving à vous aussi !

Thanksgiving aurait lieu la semaine suivante, dans dix jours exactement, ce qui lui laissait encore un week-end avec Phil, avant qu'il ne parte en vacances avec ses enfants.

Comme par hasard, il l'appela au même moment sur son portable, pour savoir si sa réunion du matin s'était bien passée.

— Ils sont restés scotchés sur leur siège, j'imagine ? s'enquit-il avec intérêt.

Elle s'étonna qu'il s'en soit souvenu et encore plus qu'il ait pris la peine de lui téléphoner pour prendre de ses nouvelles. D'ordinaire, il oubliait souvent les dossiers sur lesquels elle travaillait.

— Et comment ! répondit-elle.

Elle ne lui avait pas indiqué le montant de la fortune de Stanley, mais il avait vite deviné qu'elle était considérable.

— Les sacrés veinards. Ils ont raflé le gros lot, commenta-t-il.

Elle se garda de lui parler du cadeau que lui avait fait Stanley et se contenta de sourire en se demandant quelle serait sa réaction s'il apprenait qu'elle aussi était une « sacrée veinarde ». Mieux que ça, même. Une femme pleine aux as. Tout à coup, elle se faisait l'effet d'une riche héritière.

C'est alors que Phil la surprit de nouveau, de façon fort désagréable cette fois.

— J'ai une mauvaise nouvelle, ma puce.

Sarah sentit son cœur se serrer. Avec lui les mauvaises nouvelles étaient en général synonymes de week-end annulé. Elle ne se trompait pas.

— Il faut que j'aille à New York et que j'y reste jusqu'à mardi ou mercredi prochain, pour assister à une série de dépositions. Et comme je dois passer prendre les enfants tout de suite après, pour les emmener à Tahoe, je ne te verrai pas avant le week-end qui suivra celui de Thanksgiving. Tu sais comment c'est, n'est-ce pas ?

— C'est vrai, dit-elle en essayant de ne pas trop montrer sa déception.

Elle venait d'hériter de près d'un million de dollars. De quoi pouvait-elle se plaindre ? Pourtant, elle était déçue. Presque trois semaines allaient s'écouler avant leur prochaine rencontre. Deux semaines et cinq jours, pour être précise. Cela faisait long.

— C'est dommage, soupira-t-elle.

— Tu seras avec ta mère et ta grand-mère à Thanksgiving, de toute façon, dit-il comme pour lui prouver qu'elle serait trop occupée pour penser à lui.

Il savait pourtant que ce n'était pas vrai. Elle déjeunerait chez sa grand-mère, comme chaque année, mais elle resterait seule les trois jours suivants. Et, bien sûr, il ne compenserait pas son absence en lui consacrant plus de temps à son retour. Elle devrait attendre une semaine complète, jusqu'au week-end d'après, pour passer une soirée avec lui. Quelle raison, en effet, aurait-il bien pu avoir pour renoncer à une seule partie de squash avec ses amis ?

— J'ai une idée ! dit-elle soudain avec un enthousiasme forcé, comme si elle n'avait jamais songé à cette solution. Et si je venais vous rejoindre à Tahoe, le vendredi ? Tes enfants sont assez grands pour ne pas être choqués par ma présence. Ce serait sympa, non ? Et je pourrais toujours prendre une chambre à part pour ne pas les gêner.

— Non, ça ne marchera pas, répondit-il d'un ton sans appel. J'ai besoin d'être seul avec eux, et puis ma vie privée ne les regarde pas. Tu sais que je n'aime pas tout mélanger. Sans compter que je n'ai pas envie qu'ils fassent un rapport à leur mère en rentrant. Je te verrai après les vacances, ce sera plus simple.

Tant pis pour elle. Chaque année, elle tentait sa chance, et chaque année elle se heurtait à un mur. Phil refusait obstinément d'afficher sa liaison avec elle devant ses enfants. Elle avait une certaine place dans son existence mais ne devait pas en sortir. En fait, elle était sa petite amie du week-end. Il y avait plus valorisant, comme statut. Elle songea alors que sa fortune lui ouvrait toutes les portes possibles et imaginables, à l'exception de celle à laquelle elle tenait le plus. Sa richesse ne changerait rien à sa vie amoureuse. Phil continuerait à ne la voir que lorsque cela l'arrangerait – et en vacances, justement, cela ne l'arrangeait pas du tout. Il réservait cette période à ses enfants et elle devait s'en accommoder. Tels étaient les termes du contrat. Son contrat à lui.

— Je suis vraiment désolé, dit-il d'un ton contrit, mais également assez pressé.

— Et moi, donc. Bon, ce n'est pas grave. Rendez-vous dans trois semaines, alors.

C'est-à-dire une éternité...

— Je te rappellerai plus tard. J'ai un client à la porte de mon bureau, déclara-t-il à la hâte.

— D'accord, pas de problème.

Elle raccrocha et partit à son bureau en voiture. Il ne fallait pas qu'elle laisse Phil lui gâcher cette journée, qui avait si bien commencé. Qu'est-ce que cela pouvait lui faire s'il avait envie de partir à New York, si elle ne passait pas Thanksgiving avec lui et si elle restait trois semaines sans le voir ? Qu'est-ce qui clochait dans ses priorités ? Comment pouvait-elle se soucier de lui, alors qu'elle venait d'hériter d'une fortune ? Mais elle sentait bien que ce n'était pas sa propre réaction qui la tourmentait, mais plutôt ce qui clochait dans ses priorités à lui.

8

Thanksgiving avait toujours eu beaucoup d'importance pour Sarah et sa famille. C'était un moment
qu'elles partageaient avec des amis hors normes. La
grand-mère de Sarah mettait en effet un point d'honneur à inviter chaque année ce qu'elle appelait « des
âmes seules », c'est-à-dire des gens qu'elle appréciait et
qui n'avaient nulle part où aller ce jour-là. Même s'ils
n'étaient pas nombreux, leur présence apportait une
note de gaieté à ces retrouvailles familiales, atténuant
ainsi leur sentiment de solitude. La venue, au fil du
temps, des soupirants de sa grand-mère n'y était pas
pour rien non plus – et au cours des dix dernières
années, il y en avait eu plusieurs.

Mimi, comme tout le monde la surnommait, était
irrésistible, jolie, adorable, drôle, chaleureuse. Les quali-
ficatifs ne manquaient pas pour décrire ses qualités, qui
faisaient d'elle la femme idéale pour bien des hommes.
A quatre-vingt-deux ans, elle croquait la vie à pleines
dents, sans jamais s'appesantir sur les choses désagréa-
bles, et cet optimisme, ajouté à son altruisme, son
ouverture d'esprit et sa joie de vivre, lui valait d'être
entourée en permanence d'une foule d'amis.

En cet après-midi de Thanksgiving, sur la route qui la
menait justement chez elle, Sarah souriait toute seule
dans sa voiture en pensant à sa chance d'avoir une telle
grand-mère.

Elle avait eu des nouvelles de Phil la veille au soir, lorsqu'il était revenu de New York. En fait, il était rentré la nuit précédente, mais n'avait pas eu le temps de lui téléphoner plus tôt. Elle lui avait souhaité un joyeux Thanksgiving, puis avait raccroché, déprimée par cette conversation qui lui rappelait tout ce qu'ils ne faisaient pas et ne feraient jamais ensemble. Pourtant, elle n'éprouvait pas de colère. Elle se sentait juste abattue.

A son arrivée, deux des amies de sa grand-mère étaient déjà là. Plus âgées que celle-ci et veuves toutes les deux, elles avaient l'air de vieilles dames à côté d'elle. Et comment aurait-il pu en être autrement ? Mimi avait de beaux cheveux blancs, de grands yeux bleus, une très belle peau, peu ridée malgré les années, et avait su entretenir sa ligne en marchant une heure tous les jours, en suivant les exercices physiques d'une émission télévisée et surtout en allant danser dès qu'elle en avait l'occasion.

Ce jour-là, elle portait une jolie robe en soie bleu turquoise, des boucles d'oreilles et une bague assorties, et des escarpins noirs. Sans être riches à proprement parler, son mari et elle avaient vécu confortablement, et elle s'était toujours habillée avec élégance. Tous deux avaient formé un beau couple durant cinquante ans. Elle se plaisait d'ailleurs à dire qu'elle était née le jour où elle l'avait épousé. C'était à ce moment-là que sa vie avait véritablement commencé. Pour le reste, Sarah savait juste qu'elle avait grandi à San Francisco. Sa grand-mère n'évoquait jamais son enfance, au point qu'elle ignorait même quelle école elle avait fréquentée, ou quel avait été son nom de jeune fille. Cela faisait partie des sujets que Mimi n'abordait pas, tout simplement. Elle refusait de vivre dans le passé et préférait de loin faire des projets d'avenir – raison pour laquelle elle séduisait tous ceux qui l'approchaient. Il n'y avait rien chez elle qui suscitât la tristesse ou la compassion.

Sarah découvrit son dernier soupirant en date dans le salon. Ancien agent de change et père de plusieurs enfants avec lesquels il s'entendait bien, il était un peu plus âgé que Mimi et jouait tous les jours au golf. Et, ce qui ne gâchait rien, lui aussi adorait danser. Dès qu'elle entra dans la pièce, il proposa aussitôt un verre à Sarah.

— Non, merci, George, répondit-elle en souriant. On m'attend à la cuisine et je ferais mieux d'y filer.

Elle supposait que sa mère était déjà en train de surveiller la cuisson de la dinde tout en se lamentant, comme chaque année. Audrey la trouvait toujours ou trop petite ou trop grosse, ou trop vieille ou trop jeune, de sorte qu'une fois cuite elle était soit trop sèche, soit trop rosée, et donc moins bonne que celle de l'année précédente. Mimi, elle, la déclarait toujours parfaite, ce qui illustrait bien la différence de caractère entre les deux femmes. Sa grand-mère se satisfaisait de tout ce que la vie lui apportait et en profitait au maximum, alors qu'Audrey se plaignait en permanence et se montrait souvent de mauvaise humeur, contrariée ou inquiète.

Toutes deux regardaient le four, lorsque Sarah les rejoignit. Le nouvel ensemble couleur marron glacé et les chaussures assorties qu'elle avait achetés pour fêter son héritage lui valurent aussitôt des compliments de la part de Mimi. Sa grand-mère était toujours fière d'elle, son unique petite-fille, et se répandait en louanges à son sujet devant tous ses proches – contrairement à Audrey, qui, même si elle était du même avis, ne réussissait pas à le lui avouer.

— On mange des hot dogs, ce soir ? plaisanta Sarah en posant son sac sur une chaise.

Sa mère se tourna vers elle en haussant les sourcils.

— Certainement pas ! Tu as une soirée prévue quelque part ? s'enquit-elle en examinant sa tenue.

— Non, je reste ici. Les soirées de Mimi sont les meilleures qui soient.

— Tu ne dis jamais ça, quand tu viens chez moi, remarqua Audrey, vexée.

Elle portait un tailleur noir rehaussé d'un collier de perles et d'une broche en or. Elle était chic mais sévère.

Depuis la mort de son mari vingt-deux ans plus tôt, elle avait banni toute couleur vive de sa garde-robe. Elle était très belle, pourtant. Plus grande que sa mère, elle avait les mêmes yeux bleus, le même teint parfait, la même silhouette élancée. Et, s'ils la faisaient paraître un peu plus âgée qu'elle ne l'était, ses cheveux blonds coiffés le plus souvent en chignon lui donnaient un faux air de Grace Kelly.

— Bien sûr que si, j'aime venir chez toi, maman, la rassura Sarah en l'embrassant.

Peu convaincue, et toujours inquiète au sujet de la dinde, Audrey retourna surveiller le four en ronchonnant. Pendant ce temps, Mimi rejoignit ses deux amies et George au salon. Il était révélateur qu'elle seule eût des invités, songea Sarah. Elle comme sa mère étaient venues seules. Audrey avait bien convié Mary Ann, mais celle-ci était tombée malade à la dernière minute. Toutes deux s'étaient connues aux réunions des Alcooliques anonymes à l'époque où leurs maris buvaient. Sarah aimait bien Mary Ann, même si elle la jugeait un peu déprimante. Elle avait toujours tendance à casser l'ambiance et surtout à démoraliser sa mère – ce qui n'était pas difficile, celle-ci étant pessimiste de nature.

— La dinde est trop petite, cette année, déclara Audrey.

A ces mots, Sarah éclata de rire et inspecta le contenu des casseroles qui mijotaient sur la cuisinière. Il y avait de la purée, des petits pois, des carottes, des patates douces et de la sauce. Sur la table étaient posés des petits pains, de la salade et une sauce aux canneberges, tandis que trois tartes – une aux fruits secs et aux épices, une autre au potiron et la dernière aux pommes – refroidissaient. Leur repas serait on ne peut plus typique de Thanksgiving.

— Tu l'as déjà dit, maman, ironisa-t-elle.

— Non, pas du tout, se hérissa Audrey en mettant un tablier. D'où vient ton nouvel ensemble ?

— De chez Neiman. Je l'ai acheté cette semaine, pour Thanksgiving.

— Il est très joli.

— Merci, maman.

Ravie, Sarah sourit à sa mère et s'approcha d'elle pour la serrer dans ses bras. Mais la trêve fut de courte durée…

— Où est Phil ?

— A Tahoe. Comme chaque année, tu ne te souviens pas ?

Elle se détourna, pour vérifier que la purée ne brûlait pas et surtout pour que sa mère ne voie pas la tristesse et la déception qui se lisaient dans son regard. Il y avait des moments plus durs que d'autres et les vacances en faisaient partie.

— Je ne comprends vraiment pas comment tu peux tolérer ça. Je suppose qu'il ne t'a pas non plus invitée à le rejoindre ce week-end ?

— En effet. De toute façon, ça m'arrange, parce qu'on m'a confié un nouveau client et que j'ai rapporté une tonne de travail à la maison. C'est toujours la folie au bureau à cette période de l'année et je n'aurais pas pu être avec lui, même s'il avait été là.

Elle mentait et toutes deux le savaient très bien. Audrey était cependant si accaparée par la cuisson de la volaille qu'elle fit mine d'accepter ce prétexte.

Une demi-heure plus tard, tous avaient pris place à table dans l'élégante petite salle à manger de Mimi. Les légumes attendaient d'être servis, de même que la dinde, découpée par George. Tout était parfait, et l'atmosphère était des plus joyeuses. Chacun évoquait ses derniers projets ; les deux amies de Mimi s'apprêtaient à partir en croisière au Mexique, George venait de vendre sa maison pour emménager dans un appartement, Audrey travaillait pour un nouveau client à Hillsborough, et Mimi parlait déjà de sa soirée de Noël. Sarah les écoutait en souriant, heureuse de les voir si enjoués. Leur enthousiasme était communicatif.

133

— Et toi, Sarah, quoi de neuf ? s'enquit Mimi, au milieu du repas. Je te trouve bien silencieuse.

— Je travaille sur une grosse affaire de succession, avec dix-neuf héritiers dispersés dans tous les Etats-Unis. Leur grand-oncle leur a légué une fortune et cela m'a beaucoup occupée ces derniers temps. Il me reste maintenant à vendre une maison pour eux, mais cela promet d'être difficile. Elle est énorme et je doute qu'elle puisse intéresser quelqu'un.

— Moi, rien ne pourrait me faire retourner vivre dans une grande maison, déclara Mimi avec emphase.

Audrey, elle, fixa sa fille d'un air entendu.

— Eh bien, toi, il faudrait que tu fasses quelque chose de ton appartement, la sermonna-t-elle pour la énième fois. Ou alors, achètes-en un ou deux. Ce serait un bon investissement.

— Je n'ai pas envie d'avoir à m'occuper d'un locataire. C'est une source permanente de problèmes, répliqua Sarah d'un ton pragmatique.

Pour rien au monde elle n'aurait avoué à sa mère qu'en fait elle y avait songé au cours de la semaine. Elle s'était même presque décidée à sauter le pas – mais en achetant un appartement où elle habiterait, elle.

La conversation dévia ensuite sur d'autres sujets. Les tartes furent servies avec de la crème Chantilly et de la glace, puis Sarah aida sa mère à débarrasser la table et à faire la vaisselle. Elle venait de nettoyer la cuisine et se dirigeait vers la salle de bains de sa grand-mère pour utiliser ses toilettes lorsque, en passant dans sa chambre, elle aperçut sur la table de chevet une série de photos dans un cadre. Il y en avait tant qu'elles se cachaient les unes les autres. Elle repéra un cliché d'elle à cinq ou six ans, sur une plage, avec Audrey. Celle-ci apparaissait également le jour de son mariage. Il y en avait une autre montrant Mimi, à son mariage durant la guerre, à la fois simple et très élégante dans une robe de satin blanc très ajustée avec de larges épaulettes. Mais ce qui retint surtout l'attention de Sarah, ce fut un autre portrait, en partie caché derrière la photo de Mimi et de son mari. Elle le prit et le fixa avec incrédulité. C'est alors que sa grand-mère entra dans la pièce. Elle se tourna vers elle, abasourdie. Elle s'expliquait à présent son impression de déjà-vu devant la photo de Lilli. C'était ici, chez Mimi, qu'elle l'avait remarquée. La photo qu'elle tenait à la main était en effet la même que celle qu'elle avait trouvée dans la maison de Stanley. Tout en sachant de qui il s'agissait, elle ne put s'empêcher de poser la question. Il fallait qu'elle soit sûre.

— Qui est-ce ? demanda-t-elle.

La mine grave, Mimi prit le portrait et le contempla avec nostalgie.

— Ma mère. Il me semblait que je t'avais déjà montré cette photo, pourtant. Je l'ai découverte dans les papiers de mon père après sa mort, et c'est la seule que j'aie d'elle. Elle est décédée quand j'avais six ans.

— Tu en es sûre ? insista doucement Sarah.

Elle connaissait la vérité à présent et prenait soudain conscience que Mimi ne lui avait jamais parlé de sa mère. Audrey lui avait dit que celle-ci était morte très jeune.

— Pourquoi cette question ? s'enquit Mimi.

— J'ai vu cette même photo il y a quelques jours, dans une maison de Scott Street. Celle dont j'ai parlé pendant le repas, tu te souviens ? Je dois la vendre pour le compte des héritiers d'un ancien client.

— Je me rappelle très bien cette rue, murmura Mimi en reposant la photo. J'y ai habité jusqu'à mes sept ans. Ma mère nous a quittés quand j'en avais six et mon frère cinq. C'était en 1930, l'année qui a suivi la grande dépression. Quelques mois plus tard, nous avons emménagé dans un appartement de Lake Street, où je suis restée jusqu'à mon mariage. Mon père est mort peu après. Il ne s'était jamais vraiment remis de sa ruine et du départ de ma mère.

C'était incroyable, songea Sarah. Son histoire correspondait à celle que lui avait racontée Marjorie sur les anciens propriétaires de la maison de Stanley. Mais le plus stupéfiant était que, pour la première fois, Mimi admettait que sa mère n'était pas morte en 1930, ainsi qu'elle l'avait fait croire. Sarah eut soudain une pensée pour Audrey. Etait-elle au courant ou Mimi lui avait-elle menti à elle aussi ?

— Je ne m'étais pas rendu compte jusqu'à aujourd'hui que j'ignorais ton nom de jeune fille, lui fit-elle remarquer. Tu ne parles jamais de ton enfance.

Ce n'était pas un reproche. Bien au contraire, elle appréciait la franchise avec laquelle sa grand-mère lui avait dit la vérité.

— Je m'appelais de Beaumont, répondit Mimi simplement. Je ne parle généralement pas de mon enfance, parce que je n'en garde pas de bons souvenirs. Mon père a tout perdu lors de la crise de 1929, ma mère est partie, la gouvernante que j'adorais a été renvoyée. Pour moi, cette période n'a été synonyme que de perte, de deuil, de séparation. Les personnes que j'aimais ont toutes disparu les unes après les autres.

Sarah savait que le frère de Mimi était mort pendant la guerre, et que c'était à la suite de ce drame qu'elle avait rencontré son futur mari. Meilleur ami de son frère, il était venu un jour lui rapporter les effets personnels de ce dernier. Mimi et lui étaient tombés amoureux et s'étaient mariés peu après. Tout cela, Sarah l'avait déjà entendu. C'était la partie précédente de l'histoire qui lui était inconnue.

— Que s'est-il passé après la disparition de Lilli ? demanda-t-elle.

Elle était touchée que sa grand-mère se confie enfin à elle. Elle ne voulait pas la bousculer, mais éprouvait le besoin de comprendre, de savoir. La maison dans laquelle Stanley avait vécu soixante-seize ans et qu'elle était à présent chargée de vendre avait été construite par son arrière-grand-père ! C'était incroyable ! Elle s'était rendue là-bas des dizaines de fois et n'avait jamais soupçonné les liens qui l'unissaient à ces lieux. Cette découverte la fascinait.

— Je ne sais pas ce qu'elle est devenue, répondit Mimi. Personne ne prononçait jamais son nom lorsque j'étais petite, et on m'avait interdit de poser des questions. Cela bouleversait trop mon père. Il ne s'en est jamais remis. Le divorce était considéré comme un acte honteux à cette époque. Je n'ai jamais revu ma mère après son départ. Durant toute mon enfance, j'ai toujours ignoré pourquoi elle était partie. On ne m'a révélé que plus tard qu'elle s'était enfuie avec un homme qui l'avait emmené chez lui, en France. C'était un marquis très séduisant, paraît-il. Ils s'étaient rencontrés lors d'une soirée dans une ambassade et avaient eu le coup de foudre l'un pour l'autre. Plusieurs années après la mort de mon père, j'ai appris qu'elle avait succombé à une pneumonie – à moins que ce ne soit la tuberculose – pendant la guerre.

Sarah était triste pour sa grand-mère. Très jeune, Mimi avait vu disparaître toute sa famille – sa mère d'abord, puis son père et son frère – ainsi que le mode de vie qui avait été le sien pendant son enfance. Et pourtant, elle était l'une des personnes les plus gaies qu'elle connaissait, toujours pleine d'entrain, contente de son sort, et qui s'employait à rendre heureux tous ses proches. Sarah saisissait mieux désormais pourquoi sa grand-mère affirmait être véritablement née le jour de son mariage. Il avait marqué le début d'une nouvelle vie pour elle. Pas aussi luxueuse que celle qu'elle avait connue durant ses premières années, certes, mais une vie solide et stable auprès d'un homme qui l'aimait et de l'enfant qu'ils avaient eu ensemble.

— Cela a dû être terrible pour mon père, soupira Mimi. Voir sa femme le quitter pour un autre, qui plus est un an après qu'il eut perdu toute sa fortune, a été le coup de grâce pour lui. En plus, il a dû vendre sa maison, après s'être séparé de la plupart de ses meubles. Après cela, il n'a plus jamais été le même. Il a travaillé dans une banque et vécu, solitaire et reclus, jusqu'à sa mort quinze ans plus tard, juste après mon mariage. Je n'en parle pas, mais je n'ai rien oublié de cette période, tu sais. Je me souviens qu'il avait fait construire la maison pour ma mère. Je la revois encore comme si c'était hier – du moins, je le crois. Je me rappelle surtout les réceptions dans la salle de bal.

Une expression rêveuse se peignit sur son visage et Sarah comprit d'autant mieux ce qu'elle ressentait qu'elle-même avait admiré cette salle, quelques jours plus tôt.

— Aimerais-tu revoir la maison, Mimi ? lui proposa-t-elle soudain. J'ai les clés, ça ne poserait aucun problème. On pourrait y aller la semaine prochaine, ou même dès ce week-end, si tu veux.

Mimi hésita, puis secoua la tête.

— Non, je te remercie, mais je pense que ce serait trop douloureux pour moi. Je n'aime pas faire des choses qui m'attristent.

Sarah comprit sa décision, émue par tout ce que sa grand-mère venait de lui raconter.

— Je suis passée devant le château où elle a vécu en France avec le marquis, reprit soudain Mimi. C'était lors d'un voyage en Europe que j'ai fait avec ton grand-père, après la naissance d'Audrey. Des planches barricadaient les fenêtres et les lieux semblaient inhabités. Je savais qu'elle était morte, mais je voulais voir l'endroit où elle avait vécu. Les gens de la région nous ont dit que son mari était mort durant la guerre, dans la Résistance. J'espérais rencontrer quelqu'un qui aurait connu ma mère ou qui aurait pu me dire quelque chose sur elle, mais personne ne savait rien, et puis ton grand-père et moi ne parlions pas français. On a juste pu apprendre qu'ils étaient morts tous les deux et qu'ils n'avaient pas eu d'enfant. Curieusement, mon père est décédé presque au même moment qu'elle.

Mimi marqua une pause, avant de poursuivre :

— Il s'était toujours comporté comme si ma mère était morte le jour de son départ, aussi j'ai toujours prétendu la même chose, y compris devant Audrey. C'était plus simple ainsi, conclut-elle d'un air contrit.

Sarah était bouleversée par le récit de sa grand-mère tout en lui étant profondément reconnaissante de ce qu'elle venait de lui confier.

— Ça a dû être très dur pour toi, dit-elle en attirant Mimi contre elle et en la serrant fort dans ses bras.

Dire que sans l'incroyable hasard qui avait fait surgir la maison d'Alexandre de Beaumont dans sa vie, et avec elle tout son cortège de secrets, elle n'aurait jamais rien su de tout cela ! Elle n'osait imaginer ce que Mimi avait souffert durant toutes ces années. Perdre sa mère, voir son père sombrer dans la dépression, apprendre la disparition de son frère à la guerre. Mimi avait toujours dit que ce drame avait achevé son père. De fait, il était mort moins d'un an plus tard.

— Que se passe-t-il ici ? lança alors Audrey en entrant dans la chambre.

Elle avait toujours été un peu jalouse de la complicité qui liait sa fille à Mimi et les surprendre dans les bras l'une de l'autre ne fit qu'accentuer son sentiment.

— Oh, rien. On discutait, répondit Mimi.

— De quoi ?

— De mes parents.

Audrey la dévisagea avec stupeur.

— De tes parents ? Mais tu n'en parles jamais ! Qu'est-ce qui a pu amener un tel sujet de conversation ?

— Je dois vendre leur maison dans le cadre d'une succession, expliqua Sarah. Elle est absolument magnifique, mais comme personne ne l'a rénovée depuis sa construction, elle n'est pas en très bon état.

Sans attendre la réaction d'Audrey, Mimi s'excusa et les laissa pour rejoindre George.

— Tu ne l'as pas bouleversée, au moins ? s'enquit Audrey lorsque sa mère eut quitté la pièce. Tu sais qu'elle n'aime pas parler de ça.

Elle-même n'était pas au courant de grand-chose. Elle avait vaguement entendu dire que sa grand-mère avait abandonné Mimi toute petite, mais comme celle-ci n'avait jamais voulu aborder le sujet, elle en savait très peu, contrairement à Sarah qui était désormais bien mieux informée qu'elle.

— Un peu, j'en ai peur. J'ai pourtant fait attention. J'ai trouvé une photo de sa mère dans la maison de mon ancien client, cette semaine. J'ignorais de qui il s'agissait, tout en ayant l'impression de l'avoir déjà vue quelque part. J'ai eu la réponse tout à l'heure, lorsque je l'ai reconnue sur la table de nuit de Mimi.

Elle prit la photo de Lilli et la montra à sa mère, sans lui répéter ce qu'elle venait d'apprendre. Elle préférait attendre que Mimi l'y autorise ou se charge elle-même de le faire.

— C'est bizarre... murmura Audrey avant de reposer la photo. Enfin, j'espère que cela ne l'a pas trop secouée.

Elles furent rassurées lorsque, en retournant dans le salon, elles la découvrirent en train de bavarder gaiement avec George. Ce dernier taquinait les trois femmes réunies autour de lui, tout en regardant Mimi avec amour – sentiment à l'évidence partagé par celle-ci.

Sarah partit une heure plus tard et Audrey fit de même quelques minutes après. Elle allait retrouver une amie, mais ne proposa pas à sa fille de l'accompagner. De toute façon, celle-ci aurait refusé, car elle n'aspirait qu'à être seule pour réfléchir à tout ce que Mimi lui avait révélé. Elle rentra donc directement chez elle, où elle fut accueillie par le triste spectacle de la vaisselle sale dans l'évier, de son lit défait et de ses vêtements qui traînaient par terre dans la salle de bains. Pour la première fois, elle comprit ce que sa mère essayait de lui dire au sujet de son appartement. C'était un taudis. Il n'y avait pas de rideaux aux fenêtres, les stores étaient cassés, des taches de vin maculaient la moquette et elle aurait dû se débarrasser depuis longtemps de son vieux canapé qu'elle traînait avec elle depuis la fac.

Elle s'y laissa tomber en poussant un soupir de découragement et pensa à Phil, qui se prélassait à Tahoe avec ses enfants. Elle se sentit soudain très seule. Tout dans sa vie lui parut triste et déprimant. Son appartement était minable et elle sortait avec quelqu'un d'égoïste, qui refusait de l'emmener en vacances avec lui. Seul son travail lui donnait satisfaction. Elle se rappela les avertissements de Stanley et s'imagina dix ou vingt ans plus tard, dans un appartement aussi laid que celui-là, et avec un homme encore pire que Phil, et peut-être même sans homme du tout. Elle était restée avec lui parce qu'elle n'aimait pas faire de vagues et qu'elle craignait de perdre le peu qu'elle avait. Mais justement, à quoi cela se résumait-il ? Une carrière prometteuse d'avocate fiscaliste, un statut d'associée dans un cabinet juridique, une mère qui la critiquait souvent, une grand-mère en or qui l'adorait, et Phil, qui usait de tous les prétextes possibles pour la tenir à distance. En clair, elle n'avait pas grandchose en dehors de son travail. Elle devait pouvoir faire mieux, tout de même.

Peut-être un appartement plus agréable serait-il un bon début, songea-t-elle en contemplant son salon. Mais après ? Quelle serait la deuxième étape ? Avec qui passerait-elle son temps libre, si jamais elle décidait de mettre fin à sa liaison avec Phil ? Cette simple perspective la terrifiait mais, chose curieuse, elle eut soudain envie de faire le ménage autour d'elle. Et pas seulement dans son appartement. Peut-être devait-elle se débarrasser de tout ce qui n'allait pas dans sa vie, et donc de Phil aussi. Son regard se posa sur ses deux plantes mortes et elle s'étonna de n'y avoir jamais prêté attention en deux ans. Etait-ce là tout ce qu'elle méritait ? Quelques meubles dépareillés dont personne n'aurait voulu, des plantes fanées et un homme qui ne l'aimait pas, contrairement à ce qu'il prétendait, sinon elle aurait été à Tahoe avec lui. Elle médita sur le courage dont avait fait preuve sa grand-mère face à la perte de sa mère, de son frère et de son père. Elle ne s'était jamais laissé abattre et avait été un véritable rayon de soleil pour ses proches, continuant à se soucier avant tout de leur bonheur. Puis ce fut l'image de Stanley, étendu dans sa chambre sous les combles, qui lui vint à l'esprit et, en un éclair, elle prit sa décision. Elle contacterait Marjorie Merriweather dès le lendemain matin, pour lui demander de lui trouver un nouvel appartement. Elle avait assez d'argent, et même si cela ne résolvait pas tout, ce serait un premier pas en avant. Elle devait agir. Elle ne voulait pas rester coincée toute sa vie dans ce cadre minable, seule au milieu de plantes crevées et d'un lit défait.

Phil ne prit pas la peine de l'appeler ce soir-là pour lui souhaiter un joyeux Thanksgiving. Il n'était même pas capable d'un geste aussi simple. Sarah savait que lui téléphoner elle-même ne servirait à rien – il n'aimait pas qu'elle le fasse lorsqu'il était avec ses enfants, car cela s'apparentait pour lui à une intrusion dans sa vie privée. Il ne se gênait d'ailleurs pas pour le lui dire. Lorsqu'il lui donnerait enfin de ses nouvelles, il aurait bien sûr une excuse compliquée mais plausible, pour se justifier de ne pas l'avoir fait plus tôt. L'accepter encore sans protester ne ferait qu'aggraver la situation, comprit-elle. Il était temps qu'elle se prenne en main. Tout d'abord, elle allait changer d'appartement. Grâce à Stanley, ce ne serait pas très compliqué. Une fois cette question réglée, le reste suivrait plus facilement.

Allongée sur son canapé, lumières éteintes, Sarah continua de réfléchir longuement. Oui, elle méritait bien mieux. Et si Mimi avait réussi à s'en sortir, elle aussi le pouvait. Quel qu'en soit le prix.

9

Sarah joignit Marjorie sur son portable, dès le vendredi matin à 9 heures. L'agent crut qu'elle appelait au sujet de la maison de Scott Street et s'empressa de la rassurer. L'entreprise de nettoyage était venue, les planches devant les fenêtres ainsi que les vieux rideaux avaient été jetés et une équipe de plusieurs personnes avait passé la semaine à nettoyer, polir et astiquer. La journée portes ouvertes aurait lieu le mardi suivant. Tous les courtiers immobiliers étaient au courant et les premières réactions étaient positives, si bien qu'elle attendait beaucoup de monde. Le prix proposé semblait attractif par rapport à la superficie et à la valeur historique de la maison.

— En fait, ce n'était pas pour ça que je voulais vous parler, lui expliqua Sarah lorsque Marjorie eut fini son rapport. Je cherche un appartement. Quelque chose de sympa à Pacific Heights. Ma mère me harcèle depuis des années pour que je quitte le mien. Vous croyez que vous pourriez m'en trouver un ?

— Bien sûr ! s'exclama Marjorie, ravie. Mais, dans ce quartier, comptez environ un demi-million de dollars – voire un million pour un appartement assez grand en bon état. Une maison vous en coûterait plutôt deux. Sauf si vous envisagez de vous installer dans une autre partie de la ville, mais dans ce cas, attendez-vous à devoir faire des travaux. A l'heure actuelle, une ruine peut atteindre un million de dollars, même située dans un quartier où vous ne mettriez pas les pieds. Le marché de l'immobilier est au plus haut à San Francisco.

— Eh bien ! Nous devrions peut-être exiger plus pour la maison de Scott Street, alors ! plaisanta Sarah.

— Ne vous inquiétez pas, on dénichera la perle rare. Je pense à deux ou trois appartements. Il faut juste que je me renseigne. Quand voulez-vous les voir ?

— Vous avez un créneau libre, aujourd'hui ? Mon cabinet est fermé jusqu'à lundi et je n'ai rien à faire.

— D'accord, laissez-moi juste un peu de temps. Je vous rappelle dans une heure.

En attendant, Sarah fit le ménage chez elle et jeta ses plantes mortes, sidérée de n'avoir jamais remarqué auparavant l'état dans lequel elles se trouvaient. Un tel laisser-aller ne lui renvoyait pas une image positive d'elle-même.

Lorsque Marjorie la rappela comme convenu, elle lui annonça qu'elle avait quatre appartements à lui montrer. Deux étaient très bien, le troisième plutôt moyen, et le dernier valait le détour même s'il était trop petit et situé sur Russian Hill, c'est-à-dire loin du quartier souhaité par Sarah. Celle-ci accepta de le voir aussi et rendez-vous fut pris à midi. La jeune femme se sentit soudain tout excitée, prête à déménager le jour même, si cela avait été possible. Elle savait bien sûr que tout ne se ferait pas du jour au lendemain, mais songea que sa mère pourrait peut-être lui donner un coup de main si jamais elle se décidait pour un appartement nécessitant quelques aménagements.

Elle avait déjà calculé qu'avec un emprunt et en fixant le montant de son apport à dix pour cent du prix d'achat, elle entamerait à peine le capital légué par Stanley. Dix pour cent de cinq cent mille dollars, à supposer qu'elle déboursât cette somme, cela ne représentait que cinquante mille dollars. Il lui en resterait donc sept cent mille à investir. Même si elle faisait une folie en achetant

144

une maison à deux millions, son apport n'excéderait pas deux cent mille dollars, de sorte qu'elle conserverait un demi-million sur son compte en banque. Et encore, il était fort peu probable que cela se produise. Qu'aurait-elle bien pu faire d'une maison ? Un appartement lui suffirait largement.

A 11 h 30, elle dévala les marches de son immeuble, fila s'acheter un café avant de retrouver Marjorie à midi, à la première adresse que celle-ci lui avait indiquée. Il s'agissait de l'appartement situé sur Russian Hill. C'était, en fait, un ancien garage reconverti. D'emblée, il ne lui plut pas. Marjorie avait raison, il ne lui convenait pas. Il en alla de même avec les trois autres qu'elles visitèrent dans Pacific Heights. Froids, petits, peu accueillants, ils ne répondaient en rien à ses exigences. Pour cinq cent mille dollars, Sarah espérait un appartement qui ait une âme et dans lequel elle se sente bien. Marjorie sentit sa déception et tenta de lui remonter le moral. Beaucoup d'autres seraient mis en vente avant la fin de l'année, surtout après Noël. Les gens attendaient en général que les fêtes soient passées pour vendre leur habitation, expliqua-t-elle. Il lui fallait être patiente. Elle était en train de découvrir ce à quoi Stanley avait fait référence dans sa lettre. Désormais, elle avait hâte d'agir et de s'engouffrer dans la voie qu'il avait tracée pour elle.

Marjorie et elle discutèrent à nouveau de l'opportunité d'acheter ou non une maison. Sarah estimait toujours que ce serait beaucoup trop grand pour elle, et que cela risquait de la déprimer, dans la mesure où elle n'avait personne avec qui partager tout cet espace.

— Vous ne resterez pas éternellement seule, Sarah, répondit Marjorie, amusée. Vous êtes très jeune encore.

Par rapport à elle, certes. Mais Sarah n'était pas d'accord avec elle.

— J'ai trente-huit ans, lui opposa-t-elle. Ce n'est pas si jeune que ça. Et je veux avant tout un appartement où je me sente bien, moi.

Après tout, il fallait voir la réalité en face. Elle vivait seule. En tout cas, la plupart du temps.

— Très bien, nous allons continuer les recherches et nous vous trouverons exactement ce que vous voulez, lui promit Marjorie. Un appartement, c'est comme une histoire d'amour, vous savez. Quand vous rencontrez le bon, vous le sentez d'emblée et les écueils disparaissent. Il n'y a pas besoin de supplier ni d'insister pour que ça marche.

Sarah hocha la tête en songeant à Phil, dont elle était sans nouvelles depuis deux jours. Elle avait beaucoup supplié et insisté durant ces quatre années, et cela commençait à lui peser. D'autant que lui, à l'évidence, ne voyait aucune raison de faire le moindre effort.

Il finit cependant par se manifester ce soir-là, alors qu'elle revenait du cinéma. Le film s'était révélé sans intérêt, le pop-corn pas frais, et elle ruminait des idées noires, allongée tout habillée sur son lit, lorsque le téléphone sonna.

— Salut, ma puce, comment ça va ? J'ai essayé de te joindre plus tôt, mais ça ne répondait pas. Où étais-tu ?

— Au cinéma. C'était un navet – un de ces films stupides où rien ne se passe et où les gens ronflent si fort qu'on n'entend plus rien.

Cela le fit rire. Contrairement à elle, il était de très bonne humeur et s'amusait beaucoup avec ses enfants.

— Merci d'avoir appelé hier, dit-elle d'un ton acide.

Après tout, il n'y avait aucune raison qu'elle soit la seule à se sentir mal. Qu'il soit si joyeux sans elle l'irritait au plus haut point.

— Désolée, ma chérie. J'en avais pourtant l'intention, mais la soirée a passé trop vite. Je suis allé en boîte avec les enfants jusqu'à 2 heures du matin et j'ai oublié mon portable à l'hôtel. Lorsque nous sommes rentrés, il était trop tard. Comment s'est passé Thanksgiving, cette année ?

— Bien. Ma grand-mère m'a raconté des choses passionnantes sur son enfance, ce qui ne lui était jamais arrivé auparavant. C'était super.

— Et aujourd'hui, qu'est-ce que tu as fait, à part aller au cinéma ?

A l'entendre, on aurait dit qu'il s'adressait à une enfant, et non à la femme dont il était censé être amoureux, songea Sarah. En plus, elle n'appréciait pas son allusion à sa soirée en boîte. Elle ne représentait décidément rien pour lui. Et ce n'était pas son appel qui allait la convaincre du contraire. Il ressemblait presque à un simple geste de politesse et elle n'en éprouvait aucune joie. Son amertume ne faisait même que s'accentuer. Elle était la femme avec qui il passait ses week-ends et rien de plus.

— J'ai visité des appartements, lui répondit-elle d'une voix blanche.

— Des appartements ? Pourquoi donc ?

Phil ne pouvait masquer sa surprise. Cela ressemblait si peu à Sarah de se préoccuper de l'endroit où elle vivait. Sans compter qu'un appartement à San Francisco coûtait une fortune. Elle devait gagner bien plus qu'il ne l'imaginait, alors. Un court instant, il fut impressionné.

— En fait, je ne supporte plus mon canapé et mes plantes mortes, lui expliqua-t-elle en souriant.

— Tu n'as qu'à t'acheter un nouveau canapé et jeter tes plantes, au lieu de chercher à déménager. C'est une solution radicale pour un petit problème, non ?

— J'ai pensé que ça pourrait être amusant.

— Et ?

— Pas tant que ça, en fait. Ça m'a même déprimée. Mais j'ai vraiment envie de déménager et l'agent immobilier m'a assuré que je trouverais quelque chose après Noël.

— Bon sang, il suffit que je te laisse seule quelques jours pour que tu n'en fasses qu'à ta tête, la taquina-t-il.

Elle n'essaya pas de le reprendre. Il ne l'avait pas laissée seule « quelques jours » seulement. Entre son déplacement à New York, ses vacances à Tahoe et son entêtement stupide à ne lui accorder que ses week-ends, cela faisait déjà près de deux semaines qu'ils ne s'étaient pas vus. Et il lui restait encore huit jours à attendre. Ils allaient finir par passer un mois sans se voir, si ça continuait.

— Bon, ne signe rien avant mon retour, lui dit-il. Il faut que j'aille surveiller les gosses. Ils sont toute une bande dans le jacuzzi de l'hôtel.

Et lui, avec qui comptait-il y aller ? s'interrogea-t-elle. Mais quelle importance, finalement ? Tout ce qu'elle savait, c'est qu'elle n'était pas avec lui. Ils vivaient dans deux mondes séparés, et ça, elle ne le supportait plus. Elle en avait assez d'être seule, sans lui.

Cette nuit-là, elle dormit mal et se réveilla à 6 heures le lendemain matin. Elle se préparait à aller travailler, lorsqu'elle se souvint qu'on était samedi et qu'elle n'avait rien d'autre à faire que retourner se coucher. Encore deux jours à tenir, avant de pouvoir se réfugier dans la routine quotidienne de son cabinet juridique. Elle avait fini d'étudier tous les dossiers qu'elle avait rapportés chez elle, avait consulté toutes les annonces immobilières du journal et vu tous les films qu'elle voulait voir. Elle avait appelé Mimi, mais elle n'était pas libre, et Sarah n'avait pas envie de voir sa mère. Quant à ses amies mariées, elles ne lui remonteraient pas non plus le moral. Elles avaient beaucoup trop à faire avec leur mari et leurs enfants. Comment avait-elle fait pour en arriver là ? Tout ce qu'elle avait accompli au cours des dix dernières années se résumait-il à travailler, perdre de vue ses amies et trouver un petit ami à temps partiel ? Dès qu'elle avait un peu de temps libre, elle ne savait pas quoi faire. Il lui fallait trouver un but. Elle décida d'aller au musée et, en cours de route, passa devant la maison de Scott Street. C'était un pur hasard, se persuada-t-elle. Elle avait juste bifurqué à l'angle d'une rue, et la demeure avait soudain surgi devant elle, plus belle que jamais, surtout maintenant qu'elle savait combien elle était étroitement liée à l'histoire de sa famille.

Une pensée en amenant une autre, elle revit sa rencontre avec les deux architectes que Marjorie lui avait présentés. Sans doute étaient-ils en train de s'amuser à Venise ou à Paris. Elle eut soudain envie de les imiter. Pourquoi n'irait-elle pas en Europe, elle aussi ? Après tout, son dernier séjour là-bas remontait à des années. L'ennui, bien sûr, était qu'elle n'aimait pas voyager seule, mais peut-être Phil accepterait-il de l'accompagner. Brutalement, elle éprouvait le besoin de combler tous les manques dont elle souffrait. Elle voulait redonner un sens à sa vie. Le moteur de son existence avait calé à un moment donné, sans qu'elle s'en aperçoive, et depuis elle essayait de le faire redémarrer sans avoir la moindre idée de la façon de s'y prendre.

Au musée, elle regarda, sans les voir, des tableaux dont elle se moquait en fait éperdument. Puis elle reprit sa voiture pour rentrer chez elle, avec toujours cette idée d'un voyage en Europe, lorsqu'elle passa de nouveau devant la maison de Stanley. Elle s'arrêta, descendit et leva les yeux vers l'imposante bâtisse. Le projet qui venait de germer dans son esprit était le plus fou qu'elle eût jamais eu. Il n'était pas simplement fou, d'ailleurs, mais carrément insensé. Phil avait raison. C'était idiot de vouloir acheter un appartement, alors qu'il lui suffisait de remplacer son canapé et ses plantes vertes. Mais au moins elle pouvait considérer cela comme un investissement. Alors que là... Ce qu'elle se proposait de faire représentait un gouffre financier, qui engloutirait à la fois ce que lui avait légué Stanley et toutes ses économies. En même temps, si Marjorie disait vrai, une petite maison sans cachet particulier à Pacific Heights lui coûterait autant, sinon plus. Avec celle-là au moins, elle retrouverait ses racines. Son arrière-grand-père l'avait fait construire. Sa grand-mère y était née. Un homme qu'elle avait aimé et respecté y avait vécu. Et si pour se sentir mieux, il lui fallait un projet, alors aucun ne surpasserait jamais celui-là.

— Pas question de laisser filer cette chance, dit-elle à voix haute en sortant les clés de la maison de son sac à main.

Elle monta les marches du perron, contempla un instant la lourde porte, puis, comme poussée par une force contre laquelle elle ne pouvait lutter, elle entra.

Ainsi que Marjorie le lui avait affirmé, tout était impeccable. Les parquets brillaient, les lustres étincelaient et les marches de marbre blanc miroitaient dans la lumière de l'après-midi. Le vieux tapis qui les recouvrait avait disparu, mais, heureusement, pas les baguettes en bronze qui le maintenaient en place. Quant aux rampes, elles avaient été parfaitement astiquées. L'entreprise de nettoyage avait fait du bon travail, même s'il restait de nombreux problèmes. Le circuit électrique et la plomberie devaient être remis aux normes, la cuisine installée au rez-de-chaussée, la chaudière remplacée. En dehors des parquets et des boiseries, tout devait être refait. Jeff Parker lui avait assuré qu'avec cinq cent mille dollars quelqu'un de bricoleur faisant attention à ses dépenses pouvait s'en sortir. Sauf qu'elle ne connaissait rien à la restauration des vieilles demeures. Elle avait déjà du mal à s'occuper d'un simple deux-pièces, alors une maison de deux mille sept cents mètres carrés... Qu'est-ce qu'elle s'imaginait ? Durant un moment, elle demeura immobile à se demander si elle n'avait pas perdu la tête. Et pourtant... Peut-être était-ce la faute à sa trop grande solitude, à ses disputes avec Phil, à un excès de travail, à la mort de Stanley, ou encore à l'héritage faramineux qu'elle allait toucher, mais elle ne pouvait penser à rien d'autre qu'au rapide calcul qu'elle venait d'effectuer. Si elle proposait deux millions aux héritiers et si elle contractait un emprunt avec un apport de deux cent mille dollars, il lui en resterait cinq cent cinquante mille pour payer les travaux.

— Mon Dieu ! s'exclama-t-elle en plaquant une main sur sa bouche. Je deviens folle.

Le plus drôle cependant était qu'elle n'en avait pas du tout l'impression. Au contraire, son idée lui apparaissait de plus en plus sensée.

— Mon Dieu, répéta-t-elle en éclatant de rire et en levant les yeux vers l'énorme lustre qui surplombait le grand escalier. Stanley, je vais le faire !

Elle se mit à danser comme une enfant, avant de courir à sa voiture pour appeler Marjorie.

Anticipant ce qu'elle allait lui dire, l'agent la rassura aussitôt :

— Ne vous découragez pas, nous finirons par vous dénicher quelque chose.

— Je crois que c'est fait, lui annonça Sarah d'une voix à peine audible tant elle tremblait.

Sa joie lorsqu'elle avait été admise au barreau n'était rien comparée à celle qu'elle éprouvait à cet instant.

— Vous avez repéré un appartement ? Donnez-moi l'adresse et je vais regarder mon listing. Il est peut-être mis en vente par notre agence.

— Gagné, répondit Sarah en réprimant le fou rire qui montait en elle.

— Où est-il situé ?

Marjorie la trouvait de plus en plus bizarre et se demandait si elle n'avait pas bu. Cela ne l'aurait pas surprise outre mesure tant la jeune femme lui avait paru déprimée la veille.

— Annulez la journée portes ouvertes dans la maison de Scott Street, déclara Sarah.

— Quoi ?

— Annulez la journée portes ouvertes.

— Pourquoi ? Il y a un problème ?

— Je crois que je suis devenue folle. Je veux acheter la maison.

Elle avait déjà réfléchi au montant exact qu'elle allait leur proposer. Sachant qu'ils étaient prêts à accepter la première offre venue, elle aurait sans doute pu réduire la somme, mais cela ne lui aurait pas paru juste.

— Je leur en donne un million neuf cent mille dollars. Cela leur fera cent mille dollars chacun.

Marjorie en resta d'abord muette de stupéfaction. Jamais elle ne se serait attendue à cela de la part de Sarah. Celle-ci ne lui avait-elle pas affirmé, quelques heures plus tôt, qu'elle préférait un appartement à une maison ? Et qu'allait-elle bien pouvoir faire de toutes ces pièces, dont la restauration exigerait au bas mot deux années de travail et coûterait près d'un million de dollars ?

— Vous êtes sûre de vous ?

— Tout à fait. J'ai appris hier qu'Alexandre de Beaumont était mon arrière-grand-père et que, par conséquent, la fameuse Lilli dont nous avons parlé n'était autre que mon arrière-grand-mère.

— C'est incroyable ! Et vous n'aviez jamais fait la relation ?

— Je l'ignorais. Je savais juste que j'avais déjà vu la photo de Lilli quelque part et j'en ai eu la confirmation quand je l'ai retrouvée sur la table de nuit de ma grand-mère, avant-hier. Lilli était sa mère et elle ne l'a jamais revue après son départ.

— Je n'en reviens pas. Mais si vous êtes sûre de vous, Sarah, je vais préparer les papiers et nous soumettrons votre offre dès lundi.

— Parfait. Cela peut paraître insensé, mais je suis persuadée de prendre la bonne décision. Je crois que c'est le destin qui a fait surgir cette maison dans ma vie. Et puis, Stanley m'a laissé de l'argent en héritage et cela m'aidera à payer les travaux, à condition que je suive les conseils de Jeff Parker, bien sûr.

Marjorie devait s'interroger sur sa santé mentale, songea Sarah, mais elle voyait enfin s'ouvrir devant elle un horizon fait d'espoir et de vie. Jamais elle n'avait vécu quelque chose d'aussi fort. La maison de Stanley était un rêve devenu réalité.

— Je suis désolée, Marjorie, je dois vous paraître folle. Mais je suis si heureuse ! Je n'ai jamais rien fait de tel dans ma vie.

— Quoi ? Acheter une maison de deux mille sept cents mètres carrés, vieille de quatre-vingt-dix ans et bonne à retaper de la cave au grenier ? Vous plaisantez ? Je croyais que vous faisiez ça tous les jours, moi.

A ces mots, elles éclatèrent de rire.

— En tout cas, je suis ravie que vous ayez refusé tout ce que je vous ai montré hier, poursuivit Marjorie.

— Moi aussi. Cette maison est faite pour moi, je le sens.

— Tant mieux, alors. Je vous apporterai demain les documents relatifs à la vente, pour que vous ayez le temps de les lire. Vous serez chez vous ?

— Oui. J'ai l'intention de jeter toutes mes affaires à la poubelle.

— Ne vous pressez pas, dit Marjorie en souriant. N'agissez pas dans la précipitation. Examinez tranquillement les papiers et, si tout vous semble en ordre, signez-les.

— Et de mon côté, je faxerai mon offre aux héritiers lundi matin.

Elle ne pensait pas qu'ils la refuseraient, mais qui sait ? Elle préférait ne pas trop se réjouir tant que tous n'avaient pas donné leur accord.

— Et il faut aussi que je contacte mon banquier, ajouta-t-elle en réfléchissant à voix haute.

Peut-être pourrait-il lui accorder une avance en attendant qu'elle touche l'héritage de Stanley. Après tout, elle comptait parmi ses meilleurs clients et avait de très bonnes relations avec lui.

— Vous vous rappelez ce que je vous ai dit ? lança Marjorie d'un air entendu. Un logement, c'est comme une histoire d'amour, Sarah. Quand vous trouvez le bon, vous le savez tout de suite. Je suppose que c'est le cas pour vous.

— J'en suis même persuadée.

— Vous savez quoi ? continua l'agent, sincèrement ravie pour elle. Je crois moi aussi que cette maison est faite pour vous. C'est comme une évidence.

— Merci, dit Sarah, qui avait enfin recouvré son calme.

Marjorie lui promit de venir avec les papiers dès le lendemain matin et Sarah rentra chez elle. Jamais elle ne s'était sentie aussi sereine et sûre d'elle – ni surtout aussi heureuse. Alors qu'elle gravissait les marches de son immeuble, un large sourire éclairait son visage. Son avenir venait de s'éclaircir grâce à la maison de Scott Street et elle mourait d'impatience de découvrir ce qui l'attendait là-bas.

10

Comme convenu, Marjorie apporta les documents le dimanche matin. Après les avoir lus attentivement, Sarah les signa et en conserva un exemplaire, afin de l'envoyer par fax, le lendemain, aux héritiers. Elle éprouvait une certaine gêne, car elle était l'avocate en charge de la succession de Stanley, mais elle veilla à ce qu'absolument tout fût fait dans les règles.

Elle s'était gardée d'en parler à Phil lorsqu'il l'avait appelée la veille au soir. Il ne l'avait déjà pas approuvée le vendredi quand elle lui avait dit son intention d'acheter un appartement, aussi était-elle certaine que si elle lui annonçait à présent qu'elle avait fait une offre pour une maison de deux mille sept cents mètres carrés, il penserait qu'elle était devenue complètement folle.

Elle sortit prendre son petit déjeuner à l'extérieur, lut le *New York Times*, puis rentra chez elle. Elle repensa alors à ce que lui avait conseillé Marjorie avant de partir. Appeler Jeff et Marie-Louise. Elle prit la carte de visite que lui avait remise Jeff Parker et décida de lui laisser un message. Ils seraient ainsi plus vite au courant et pourraient immédiatement la contacter à leur retour. Elle voulait faire le tour de la maison avec eux, sans négliger le moindre détail. Dès que son offre aurait été acceptée – en espérant qu'elle le fût –, il lui faudrait en effet établir la liste de tous les travaux à entreprendre. Elle avait prévu de confier l'électricité et la plomberie à des entreprises spécialisées, mais comptait bien effectuer elle-même les tâches les moins compliquées. Et, pour cela, elle avait besoin de l'aide des deux architectes. Elle espérait juste qu'ils ne seraient pas trop chers. De toute façon, elle n'avait pas le choix. Elle ne savait pas où elle allait, pour le moment.

Elle appela leur bureau et attendit que la messagerie se mette en route. Jeff lui avait également donné un numéro où le joindre en Europe mais, à cette distance, il ne pourrait rien faire pour elle. Autant patienter jusqu'à leur retour. D'ici là, la vente aurait peut-être été conclue et il serait alors temps de fixer un rendez-vous avec eux. Sarah entendit le répondeur se mettre en marche, en même temps qu'un homme, dont elle ne reconnut pas la voix, prenait la communication. Tous deux tentèrent de parler par-dessus la bande, jusqu'à ce que l'inconnu arrête l'appareil et leur permette de s'exprimer sans problème.

— Bonjour, dit Sarah. Je suis Sarah Anderson et je voulais laisser un message à Jeff Parker et Marie-Louise Fournier. Pourriez-vous leur demander de me rappeler à mon bureau lorsqu'ils rentreront, s'il vous plaît ?

Elle était prête à traiter avec n'importe lequel des deux, même si elle espérait avoir affaire à Jeff plutôt qu'à son associée.

— Bonjour, Sarah ! C'est moi, Jeff, répondit celui-ci de sa voix chaleureuse.

— Jeff ? Que faites-vous ici ? Je vous croyais en Italie ou à Paris.

— Nous y sommes allés, en effet. Marie-Louise est encore là-bas, d'ailleurs. Mais j'ai dû écourter mon séjour pour boucler un chantier qui commençait à prendre du retard.

Sarah inspira alors profondément et se lança :

— J'ai fait une offre pour la maison.

— Quelle maison ? s'enquit Jeff, perplexe.

— Celle de Scott Street, déclara-t-elle fièrement.

156

Un silence stupéfait s'ensuivit.

— *Celle-là* ? Ça alors, c'est une surprise ! Vous n'avez pas froid aux yeux, vous !

La manière dont il avait prononcé ces mots fit soudain peur à Sarah.

— Vous me trouvez folle ?

— Non, pas du tout, répondit-il gentiment. Pas si vous aimez cette maison.

— Je l'adore. Elle a été construite par mon arrière-grand-père, vous savez.

— Alors ça, c'est génial. J'adore les histoires comme la vôtre, où tout retrouve sa place, finalement. Vous êtes prête à retrousser vos manches, au moins ? ajouta-t-il d'un ton amusé.

— Oh, que oui ! Et j'espère que vous aussi, parce que je ne pourrai pas m'en sortir sans vous et vos conseils. J'ai décidé de suivre le plan A.

— Le plan A ?

— Celui qui consiste à dépenser un demi-million pour restaurer la maison en faisant un maximum de choses moi-même et en surveillant toutes les dépenses.

— Je vois. J'agirais exactement comme vous à votre place, surtout si ma famille avait été propriétaire de la maison à l'origine.

— La différence entre nous est que vous êtes architecte et moi avocate. Je connais le droit fiscal de A à Z, mais pour ce qui est de rénover une maison, ou même tout simplement de planter un clou...

— Vous apprendrez. La plupart des gens qui décident de retaper leur maison n'ont pas la moindre idée de la manière dont procéder. Vous trouverez les solutions au fur et à mesure que vous avancerez, et si vous faites des erreurs, vous les corrigerez.

Jeff était aussi encourageant et amical que lors de leur première rencontre. C'était une chance que Marie-Louise ne soit pas là. Elle n'aurait certainement pas été aussi agréable que son compagnon.

— J'aimerais que vous reveniez voir la maison, quand vous le pourrez – si toutefois vous n'êtes pas trop occupé. Et cette fois, je vous paierai pour le déplacement, bien sûr. J'aurais besoin que vous m'indiquiez par où commencer en ce qui concerne la plomberie et l'électricité et aussi ce que je devrai faire par la suite.

— Nous sommes là pour ça. Aurez-vous un moment, cette semaine ? Je ne pense pas que Marie-Louise sera de retour avant un mois, au moins. Je la connais, quand elle est à Paris, elle repousse sans cesse son départ. On peut attendre qu'elle soit là, si vous voulez, ou alors je peux commencer tout seul avec vous.

— Pour être honnête, je préférerais m'y mettre tout de suite.

— Très bien. Vous pourrez vous libérer dans les prochains jours ?

— Ça va être la course, comme d'habitude.

Elle songea aux rendez-vous prévus avec ses clients ; au travail qu'il lui restait à faire concernant la succession de Stanley ; à sa convocation, mardi matin, au tribunal pour valider le testament. La semaine promettait d'être infernale.

— Pour moi aussi, dit Jeff en consultant son agenda. J'ai une idée. Seriez-vous disponible, cet après-midi ?

— Oui, mais je doute que vous le soyez, répondit-elle, soudain gênée. Vous n'étiez probablement pas assis en train de lire ou de regarder la télévision, quand je vous ai appelé.

— Non, mais j'ai bien avancé hier et ce matin. Je peux m'accorder quelques heures. Et puis, vous êtes ma cliente, désormais. Peut-on se retrouver devant la maison dans une demi-heure ?

— Super !

Elle qui désespérait de trouver la moindre occupation ce jour-là constatait avec plaisir que la maison remplissait déjà tout son temps libre.

— Parfait. Au fait, voulez-vous aller grignoter quelque chose avant ? Nous pourrions discuter de vos projets devant un bon sandwich.

— Avec plaisir, acquiesça-t-elle, ravie.

— Je passe vous prendre dans dix minutes, alors. Où habitez-vous ?

Elle lui donna son adresse et, un quart d'heure plus tard, il sonna à l'interphone. Elle descendit l'escalier en courant et monta dans sa Jeep.

— Qu'est devenue votre Peugeot ? s'enquit-elle.

— Je n'ai pas le droit de la conduire, répliqua-t-il avec bonne humeur.

Ils s'arrêtèrent chez un petit traiteur de Fillmore Street. Moins d'une heure plus tard, ils arrivaient devant la maison, dont Sarah espérait devenir bientôt propriétaire. Elle prévint Jeff que rien n'était signé, mais cela ne parut pas l'inquiéter.

— Elle sera très vite à vous. Je le sens.

— Moi aussi ! s'exclama-t-elle en ouvrant la porte d'entrée.

Jeff se mit aussitôt au travail. Il avait apporté deux appareils photo, un mètre, un carnet à dessins et différents outils de mesure. Il expliqua à Sarah que les parquets et les boiseries devraient être protégés le temps que dureraient les travaux, et il lui indiqua ensuite plusieurs entreprises spécialisées dont les prix, de son point de vue, n'étaient pas excessifs. Pour ses propres honoraires, il lui proposa d'être payé à l'heure et non au pourcentage par rapport aux coûts de rénovation. Cela lui reviendrait moins cher, lui assura-t-il. Sarah m'en douta pas, surtout qu'il ne ménagea pas sa peine, n'hésitant pas à se plier en deux et à grimper sur une chaise, pour tester les murs, les parquets et les carrelages.

— Vu son ancienneté, la maison est encore en très bon état, remarqua-t-il au bout d'une heure.

Certes, la plomberie et l'électricité étaient à refaire, mais il fut surpris de ne constater aucune fuite ou trace d'humidité.

— Stanley en a pris soin. Il ne voulait pas vivre dans les pièces principales, mais il ne tenait pas non plus à ce que la maison s'écroule. Il a fait rénover la toiture, l'année dernière.

— Bon réflexe. L'eau endommage tout et il n'est pas toujours facile de trouver l'origine d'une fuite.

Il était près de 18 heures lorsqu'ils terminèrent leur inspection, à la lueur de leurs lampes torches. Sarah se sentait déjà chez elle. Elle avait passé un excellent après-midi en compagnie de Jeff et savait que ce n'était qu'un début.

— Je ne vous facturerai rien pour aujourd'hui, lui dit-il lorsqu'ils regagnèrent sa voiture.

— Vous plaisantez ? Nous sommes restés cinq heures à l'intérieur !

— C'est dimanche. Je n'avais rien de mieux à faire et j'ai passé un après-midi très agréable. Considérez ça comme un cadeau. C'était tellement intéressant que c'est vous qui devriez me faire payer, plaisanta-t-il.

— Nous sommes quittes, alors.

— Bien. Voulez-vous aller dîner quelque part ? Nous pourrions en profiter pour étudier mes notes. J'aimerais vous faire un premier compte-rendu, dès demain matin.

— Vous me supportez encore ?

Sarah se réjouissait que tout aille si vite, mais ne voulait pas abuser de son temps – surtout qu'elle comptait faire un maximum de choses par elle-même. Jeff le savait puisque c'était lui qui le lui avait suggéré, et ne semblait pas s'en formaliser.

— J'ai plutôt intérêt ! répondit-il en riant. Et réciproquement, d'ailleurs. Nous allons nous voir souvent au cours des six prochains mois, et peut-être même plus, si les travaux durent plus longtemps que prévu. Des sushis, ça vous tente ?

— C'est parfait.

Il l'emmena dans un restaurant japonais situé près d'Union Street et ils continuèrent de discuter avec animation et enthousiasme de la maison. Cela allait être un plaisir de travailler avec lui. Jeff aimait son métier, c'était évident, et le projet qu'elle lui proposait le passionnait. Cela lui rappelait ses chantiers en Europe, lui expliqua-t-il.

Il la déposa chez elle peu après 20 h 30 en promettant de lui donner de ses nouvelles le lendemain, dans la matinée. Lorsqu'elle ouvrit la porte, le téléphone sonnait. C'était Phil.

— Où étais-tu ? lui demanda-t-il d'un ton anxieux.

— Dans un restaurant japonais, répondit-elle calmement.

— Toute la journée ? J'essaie de te joindre depuis 14 heures ! J'ai ramené les enfants assez tôt et je t'ai laissé plusieurs messages sur ton portable.

Elle n'avait pas pensé à le regarder, tant elle avait été occupée.

— Désolée, je ne m'attendais pas à ton coup de fil.

— Je comptais t'inviter à dîner, dit-il, visiblement vexé.

— Un dimanche ! Quel scoop !

— J'y ai renoncé vers 19 heures et je me suis commandé une pizza. Tu veux que je vienne ?

— Là, maintenant ?

Elle était sale. Jeff et elle avaient inspecté la maison de fond en comble et en étaient sortis couverts de poussière.

— Tu as prévu autre chose ?

— Non, mais je ne ressemble à rien, c'est tout. Viens, si tu en as envie. Je vais vite prendre une douche.

Sarah n'avait rien à lui cacher. Si bancale que fût leur histoire, elle lui avait toujours été fidèle et était certaine que lui aussi. Elle se demanda alors quelle raison pouvait bien le pousser à bousculer ses habitudes. Il ne dormait jamais chez elle, le dimanche soir.

— Que se passe-t-il ? dit-il en arrivant alors qu'elle émergeait de la douche en s'essuyant les cheveux. Tu n'es jamais là quand je t'appelle. Tu vas manger des sushis, alors que tu ne dînes jamais seule au restaurant. Tu es allée au cinéma vendredi, tu visites des appartements...

Sarah sourit devant sa mine à la fois inquiète et contrariée. Elle pensait à la maison de Scott Street.

— Bref, tu es bizarre, conclut-il.

— Merci ! s'exclama-t-elle en riant.

Que s'imaginait-il ? Il s'était offert un week-end avec ses enfants sans l'inviter et il croyait qu'elle resterait enfermée chez elle à se morfondre jusqu'à leur prochain rendez-vous ? C'était ce qui se passait auparavant, mais désormais, c'était terminé.

— J'ai trouvé des occupations, c'est tout. Et j'ai décidé de ne pas acheter d'appartement, finalement.

— Ah, tu reviens sur terre. Je commençais à penser que tu avais rencontré quelqu'un d'autre.

Amusée, elle le serra dans ses bras.

— Pas encore, répliqua-t-elle en toute honnêteté. Mais cela risque de se produire un de ces jours, si on ne se voit pas plus souvent.

— Arrête, Sarah, ne remets pas ça sur le tapis.

— Je ne remets rien du tout sur le tapis. C'est toi qui as abordé le sujet.

— Je trouvais juste que tu te conduisais bizarrement, ces derniers temps.

Plus encore qu'il ne le soupçonnait, songea-t-elle. Et si tout se déroulait comme elle l'espérait, il n'était pas au bout de ses surprises. Elle mourait d'impatience de lui annoncer la nouvelle, mais préférait attendre la réponse de sa banque et des héritiers.

Phil s'allongea sur le canapé et alluma la télévision avant de l'attirer contre lui. Très vite, il devint plus tendre

162

et, une demi-heure plus tard, l'entraîna vers la chambre. Sarah n'avait pas changé les draps, ni même fait le lit, mais cela ne sembla pas le gêner. Pas plus que d'habitude, en tout cas. Chose exceptionnelle pour un dimanche soir, il passa la nuit là, blotti contre elle. Et il lui fit de nouveau l'amour le lendemain matin. C'était amusant de voir comment les gens réagissaient au moindre changement, réfléchit Sarah en se rendant à son travail, ce lundi-là. Et ce n'était qu'un début. Si elle achetait la maison, sa vie tout entière allait se trouver complètement bouleversée.

11

Sarah rédigea une lettre aux héritiers de Stanley afin de leur exposer son offre et la leur envoya aussitôt soit par fax, soit par courrier express, en y ajoutant le document officiel préparé par Marjorie. A 10 heures, tout était parti.

Une heure plus tard, Tom Harrison l'appela de Saint Louis. Il riait.

— Je me demandais si vous alliez le faire ou non, Sarah. Vos yeux brillaient tellement, quand nous avons visité la maison ! Je suis ravi pour vous. A mon avis, c'est exactement ce que Stanley avait en tête, quand il nous invitait à explorer de nouveaux horizons. Moi, je vous avoue que je serais prêt à payer pour ne pas m'encombrer d'une telle bâtisse, mais si vous l'aimez, alors foncez. Vous avez mon entière approbation et votre offre me convient parfaitement.

— Merci, Tom, répondit-elle, touchée de sa réaction.

Ce jour-là, elle reçut quatre autres réponses positives, et neuf le mardi. Sur les cinq héritiers restants, deux lui firent part de leur accord le mercredi. Entre-temps, Sarah avait pris contact avec sa banque, qui ne voyait aucun inconvénient à lui accorder un crédit, ainsi qu'une avance pour couvrir son apport, jusqu'à ce qu'elle touche l'argent légué par Stanley.

Sur les conseils de Marjorie, elle avait demandé à un expert de vérifier qu'il n'y avait pas de termites. Stanley avait fait réaliser les tests antisismiques pour être sûr que la maison ne s'écroulerait pas en cas de tremblement de terre. En fait, elle ne découvrit aucune des mauvaises surprises auxquelles elle aurait pu s'attendre étant donné l'état des lieux.

Le jeudi, les trois derniers héritiers l'informèrent qu'ils acceptaient son offre. Tous étaient enchantés. Chose rarissime, le délai pour la réalisation de la vente fut réduit à trois jours. En clair, cela signifiait que Sarah serait officiellement propriétaire de la maison dès le dimanche suivant. Elle prévint aussitôt sa banque, puis Marjorie et enfin Jeff Parker, les seules personnes à être au courant de sa folle entreprise. A cette nouvelle, Jeff poussa un cri de joie. Il l'avait appelée le mardi pour savoir où elle en était, mais il lui manquait alors encore cinq réponses.

— Il faut fêter ça, déclara-t-il. Que diriez-vous d'un nouveau restaurant japonais ?

C'était une solution pratique et rapide, et ils se fixèrent rendez-vous à 19 h 30, après leur travail. Sarah découvrait combien il était agréable d'avoir quelque chose à faire, et surtout quelqu'un avec qui dîner durant la semaine. C'était beaucoup plus plaisant que d'avaler un sandwich seule à son bureau ou de s'affaler devant la télévision.

Jeff et elle bavardèrent pendant deux heures. Il avait pensé à mille choses depuis qu'ils s'étaient vus, comme l'aménagement de l'escalier de service pour lui conférer un peu plus d'allure. Il avait également esquissé les plans d'une nouvelle cuisine qui plut d'emblée à Sarah, et envisagé d'installer une salle de sport au sous-sol avec un sauna et un hammam. La jeune femme songea que Phil allait adorer cette idée, lorsqu'elle lui dévoilerait enfin tous ses projets, le week-end suivant.

— Ça va coûter une fortune, non ? s'inquiéta-t-elle.

— Pas forcément, la rassura Jeff. On peut utiliser des éléments préfabriqués, et même caser un jacuzzi, si vous voulez.

— Ce serait le grand luxe ! s'écria-t-elle en riant.

Elle raffolait surtout de la cuisine qu'il avait imaginée. Jolie et fonctionnelle, elle libérerait assez de place devant les fenêtres donnant sur le jardin pour accueillir une grande table. Jeff avait visiblement beaucoup réfléchi à l'agencement de cette pièce et, un court instant, elle se demanda à combien s'élèveraient ses honoraires. Tant pis. L'important était qu'il soit aussi passionné qu'elle par ce chantier.

— J'aime de plus en plus cette maison. Pas vous, Jeff ? lança-t-elle, radieuse.

— Si, répondit-il d'un ton joyeux et détendu.

Ils avaient fini de dîner et buvaient tranquillement une tasse de thé.

— Je n'ai pas pris autant de plaisir à travailler depuis des années, ajouta-t-il. J'ai hâte de commencer.

Sarah lui apprit alors qu'elle avait contacté les entreprises qu'il lui avait recommandées pour la plomberie et l'électricité. Toutes viendraient la semaine suivante afin d'établir des devis, mais elles l'avaient d'ores et déjà avertie qu'elles ne pourraient intervenir qu'après Noël – autant dire une éternité pour Sarah, tant elle bouillait d'impatience.

— Attendez un peu qu'on ait tout arraché, nettoyé et réagencé, et vous n'en reviendrez pas, lui promit Jeff.

— Vous me faites presque peur !

Mais il affichait un tel calme et une telle assurance que ses craintes s'évanouirent très vite. Si quelqu'un pouvait restaurer cette maison, c'était bien lui.

— Cela vous paraîtra parfois effrayant, concéda-t-il, mais vous verrez, quand tout sera terminé, vous serez sur un petit nuage.

D'après lui, la maison serait restaurée pour l'été ou au plus tard pour le Noël de l'année suivante. Il régla l'addition et la dévisagea d'un air interrogateur. A quarante-quatre ans, il semblait à la fois mûr et gamin. Il ne pouvait s'empêcher de la comparer à Marie-Louise. Le côté racé et piquant de celle-ci la faisait paraître beaucoup plus jeune que ses quarante-deux ans – et même plus jeune que Sarah, dont l'allure était plutôt stricte et sérieuse, du moins les jours où elle se rendait à son bureau. Pourtant, bien qu'il appréciât le look sexy de Marie-Louise, il devait reconnaître que la jeune avocate le charmait par sa simplicité et son naturel. Qu'elle portât un tailleur-pantalon bleu marine, comme ce soir-là, ou un jean, un sweat-shirt et des baskets, comme le dimanche précédent, elle était toujours ravissante. En fait, elle l'avait intrigué dès leur première rencontre, et cette curiosité n'avait fait que croître depuis qu'elle lui avait annoncé son désir d'acheter la maison. Il fallait une bonne dose de courage pour se lancer dans une telle aventure et il l'admirait beaucoup pour ça.

— Dites-moi... commença-t-il. Nous allons passer beaucoup de temps ensemble, alors je me demandais si vous m'autoriseriez à vous poser quelques questions personnelles.

— Bien sûr, répondit-elle avec cette innocence et cette franchise qu'il aimait tant chez elle.

Elle avait toujours l'air de n'avoir rien à cacher, contrairement à Marie-Louise, dont le comportement laissait parfois penser qu'elle avait de nombreux secrets.

— Allez-y, l'encouragea-t-elle.

— Qui va habiter avec vous, dans cette maison ?

— Personne. Pourquoi ?

— Vous plaisantez ? *Pourquoi ?* Vous allez emménager dans une maison de deux mille sept cents mètres carrés et ma question vous étonne ? Mais, Sarah, vous pourriez héberger un village entier !

A ces mots, ils éclatèrent de rire.

— Eh bien non, il n'y aura que moi.

— Vous préféreriez qu'il en soit autrement ?

— C'est un sujet assez délicat, dit-elle en le fixant par-dessus sa tasse de thé. Ça dépend de ce que vous entendez par là. Est-ce que je cherche un mari ? Non, je ne crois pas. Je n'ai jamais été convaincue d'être faite pour le mariage. Je trouve qu'il occasionne tellement d'ennuis qu'il n'en vaut pas la peine. Enfin, j'imagine que tout dépend de qui on épouse, évidemment. Est-ce que je veux des enfants ? Là encore, je ne crois pas. Je n'en ai jamais eu envie en tout cas, et je suis même terrifiée rien que d'y penser. Est-ce que j'aimerais vivre avec quelqu'un ? Sûrement, ou au moins avoir un compagnon qui soit souvent présent, même s'il conserve son indépendance. Ça, ça me plairait beaucoup. J'adore l'idée de partager les petites choses du quotidien. Mais j'ai l'impression que ça ne m'arrivera jamais. J'ai dû rater le coche, quelque part.

Jeff l'écouta avec attention, amusé par sa réponse.

— A votre âge ? Ne vous inquiétez pas. Aujourd'hui, la plupart des gens que je connais attendent d'avoir quarante ans pour se caser.

— Pas vous, objecta Sarah. Vous êtes avec Marie-Louise depuis longtemps, d'après ce que Marjorie m'a dit.

— C'est différent. J'ai peut-être été stupide. Mes amis ne se sont pas mariés aussi tôt, eux. Bien sûr, Marie-Louise et moi sommes ensemble depuis la fac, mais nous avons eu des hauts et des bas. Comme tout le monde, certainement. Parfois, je pense que travailler avec elle complique la situation. J'aime être avec elle tout le temps et, du coup, elle me trouve trop possessif, trop en manque d'affection et pas assez sûr de moi.

Sarah ne put réprimer un sourire devant cette description si peu flatteuse.

— Elle exagère, non ?

— Pas forcément. Vous me connaissez peu. Elle a sûrement raison. De mon côté, je lui dis qu'elle est trop intransigeante et trop indépendante. Et puis, elle déteste San Francisco, ce qui n'est pas facile à gérer parce qu'elle retourne en France dès qu'elle en a l'occasion et prolonge à chaque fois son séjour de plusieurs semaines.

— Cela doit vous poser des problèmes, sur le plan professionnel, répondit Sarah avec compassion.

— Nos clients ne s'en plaignent pas, pour le moment. Grâce à Internet, Marie-Louise peut travailler depuis la France. Non, le seul véritable problème, c'est qu'elle n'aime pas les Etats-Unis. C'est dur pour moi.

Sarah sourit de nouveau. Le portrait qu'il lui brossait de Marie-Louise n'était pas méchant, mais probablement fidèle à la réalité. Lorsqu'elle l'avait rencontrée, celle-ci ne lui avait pas paru très heureuse en effet et elle comprenait qu'il devait en souffrir.

— Et vous ? reprit-il. Vous n'avez personne dans votre vie ?

Si indiscrète fût-elle, sa question ne la contraria pas. Elle n'avait pas l'impression qu'il profitait de l'absence de Marie-Louise pour tenter de la séduire. Il semblait seul lui aussi et devait avoir envie de nouer une nouvelle amitié.

— Si, il y a quelqu'un que je vois le week-end. Un avocat, comme moi. Mais nous avons des besoins très différents. Il est divorcé depuis douze ans et déteste son ex-femme tout comme sa propre mère, ce qui ne serait pas dramatique s'il n'avait pas tendance parfois à déverser toute cette colère sur moi. Il a trois enfants, avec qui il dîne une ou deux fois par semaine. Il les emmène aussi en vacances, et à part ça, c'est tout. Il ne fait jamais rien avec eux le week-end parce qu'ils sont trop occupés, et aussi parce que ça l'ennuie, je crois. Il travaille énormément et considère par conséquent son temps libre comme sacré, une sorte d'espace privé qu'il se garde pour lui tout seul – en tout cas durant la semaine, et de temps en temps le week-end. Il ne supporte pas d'être envahi. Résultat, on ne passe que nos vendredis et nos samedis soir ensemble. Il refuse catégoriquement de me voir en dehors de ces moments-là, y compris pendant ses vacances.

— Et cela vous convient ?

Jeff en doutait. Marie-Louise aurait été ravie d'un tel arrangement avec lui mais, pour sa part, il ne voulait même pas l'envisager. Jamais il n'aurait toléré le dixième de ce que Sarah venait de lui décrire et il était d'ailleurs surpris d'apprendre qu'elle se contentait de si peu. Elle lui donnait l'image d'une femme qui aspirait à bien plus que ça. Peut-être l'avait-il mal jugée, finalement.

— Pour être franche, non, avoua-t-elle. Ça ne me convient pas du tout. Je ne supporte plus de ne le voir que deux fois par semaine. Au début, ça allait, mais depuis deux ans, j'ai de plus en plus de mal à l'accepter. Je lui en ai parlé plusieurs fois, mais il ne veut rien entendre. C'est à prendre ou à laisser, point final. C'est un redoutable négociateur et un très bon avocat, quand il s'agit de plaider sa cause.

— Pourquoi restez-vous avec lui, si cela vous rend malheureuse ? lui demanda Jeff, curieux.

— Qu'est-ce que je peux espérer d'autre ? répliqua-t-elle tristement. Je ne suis plus si jeune et les célibataires intéressants de mon âge ne courent pas les rues. La plupart fuient toute forme d'engagement, voire toute relation sérieuse, parce qu'ils ont été échaudés par un premier mariage et qu'ils ont juré qu'on ne les y reprendrait plus. Quant à ceux qui n'ont jamais été mariés, ce sont souvent des hommes à problèmes, incapables de vivre avec qui que ce soit. Les types bien sont mariés, eux, et ont des enfants. Et puis, je suis trop prise par mon travail. Quand voulez-vous que je fasse des rencontres ? Et où ? Je ne vais ni dans les bars, ni dans les soirées. Mes collègues masculins sont tous mariés et je ne chasse pas sur ce terrain-là. Conclusion, je dois faire avec ce que j'ai. Je me dis toujours que ça ira mieux avec le temps, mais rien n'a changé jusqu'à maintenant. Et peut-être que rien ne changera jamais. Après tout, il ne souhaite pas

171

autre chose, contrairement à moi. Indépendamment de cela, c'est quelqu'un de bien, même s'il est un peu égoïste par moments. Et j'apprécie beaucoup sa compagnie. Quand j'ai le chance de le voir, bien entendu.

— Vous ne le verrez jamais davantage, assena Jeff, lui parlant comme à une amie. Pourquoi le ferait-il ? Il a une femme toujours disponible et certainement peu contrariante, parce que j'imagine que vous n'aimez pas les conflits. Il est donc assuré de se faire dorloter deux soirs par semaine et d'avoir une totale liberté le reste du temps. Pour un homme qui a encore des enfants à élever et qui ne veut pas s'engager davantage, c'est le paradis. Il ne trouvera jamais mieux que vous.

Sarah sourit et reconnut qu'il n'avait pas tort.

— Je n'ai pas encore eu le courage de le quitter, avoua-t-elle. Ma mère me tient le même discours que vous, mais je sais ce que c'est que de passer le week-end seule, et je déteste ça. Depuis toujours. Je ne suis tout simplement pas capable d'affronter la solitude.

— Vous ne rencontrerez jamais quelqu'un, si vous n'acceptez pas d'en passer par là.

— Oui, sans doute, mais ce n'est pas facile.

— A qui le dites-vous ! C'est pour cette raison que Marie-Louise et moi finissons toujours par nous réconcilier. Et aussi parce qu'il y a la maison que nous avons achetée ensemble, notre appartement parisien et notre petite entreprise. Chaque fois que nous nous séparons, nous regardons autour de nous et cela nous effraie tellement que nous nous remettons très vite ensemble. Au bout de quatorze ans, chacun sait au moins ce qu'il peut attendre de l'autre. Elle n'est pas schizophrène, je ne suis pas invivable. On ne se bat pas et on ne se trompe pas non plus, du moins je l'espère. Si elle retournait définitivement à Paris, il faudrait qu'on liquide notre affaire, ce qui ne profiterait à aucun de nous. Nous gagnons très correctement notre vie, et puis c'est quelqu'un de bien. Nous sommes juste très différents, ce qui, en soi, n'est pas forcément un problème. Le seul gros point noir, en fait, c'est qu'elle ne veut pas rester ici, et que moi, je ne me vois pas vivre à Paris. D'abord, parce que je ne maîtrise pas assez bien le français. Je me débrouille, mais pas au point de pouvoir m'intégrer là-bas. Ensuite, parce qu'il faudrait que nous soyons mariés pour que j'obtienne un permis de séjour. Or, Marie-Louise est aussi opposée au mariage qu'elle ne veut pas d'enfant. C'est catégoriquement exclu pour elle.

Sarah pouvait le comprendre. Marie-Louise et elle avaient au moins quelque chose en commun.

— Pourquoi faut-il que tout soit aussi compliqué ? remarqua-t-elle. Les gens ont des idées tellement tordues sur les relations amoureuses. A croire que tout le monde a des problèmes, alors que ce serait si simple s'il suffisait de dire oui et de s'éloigner dans la lumière du soleil couchant pour vivre heureux en ayant beaucoup d'enfants. Mais non, on se retrouve avec des arrangements insensés, qui marchent plus ou moins bien. Je me demande s'il en a toujours été ainsi.

— Nous agissons probablement comme ça parce que nous n'avons pas vu beaucoup de mariages harmonieux lorsque nous étions enfants. Nos parents restaient ensemble même quand ils ne s'entendaient pas. Aujourd'hui, soit on ne se marie plus, soit on divorce au premier accrochage. Qui se donne encore la peine de sauver son couple ? Dès qu'une situation devient un peu difficile, on se sépare.

— Vous avez peut-être raison, déclara Sarah, pensive.

— Vos parents s'entendaient bien ? s'enquit-il en l'observant.

Il avait envie de mieux la connaître. A l'évidence, Sarah était quelqu'un de droit, qui attachait de l'importance à certains principes. Marie-Louise aussi, certes, mais elle était d'un abord plus difficile. Elle avait eu une enfance malheureuse dont elle ne s'était jamais vraiment remise, même si elle refusait de l'admettre.

— Bien sûr que non, sourit Sarah. Mon père buvait et ma mère lui trouvait toujours des excuses. Elle travaillait pour nous faire vivre tous les trois, pendant que lui traînait au lit, trop ivre pour faire quoi que ce soit. Rien que pour ça, je le détestais. J'avais seize ans quand il est mort et je ne peux pas dire que je l'aie regretté. J'ai toujours eu l'impression qu'il n'avait jamais été là, de toute façon.

Elle n'avoua cependant pas à Jeff qu'elle avait longtemps souhaité ne pas avoir de père du tout, et qu'elle avait ensuite culpabilisé durant des années d'avoir nourri de telles pensées.

— Votre mère s'est-elle remariée ? Elle devait être jeune, lorsqu'elle s'est retrouvée veuve.

— Elle avait un an de plus que moi aujourd'hui. D'agent immobilier, elle est devenue décoratrice d'intérieur. Cela lui a permis de payer mes études à Harvard et ensuite à Stanford. Mais elle ne s'est jamais remariée. Elle a eu quelques liaisons très épisodiques toujours avec des alcooliques ou des hommes à problèmes. Maintenant, elle fréquente surtout les clubs de lecture avec ses amies.

— Quel dommage !

— Elle prétend pourtant être heureuse. Personnellement, j'ai du mal à le croire. Je ne le serais pas, à sa place, et c'est bien pour ça que je m'accroche à mon ami. Je n'ai pas envie de finir comme elle.

— Cela vous arrivera, ne vous leurrez pas, lui répondit Jeff sans ménagement. Vous vous imaginez vraiment qu'il sera encore là dans vingt ans ?

— Probablement pas. Mais pour le moment il est là et c'est déjà ça. Je sais bien qu'un de ces jours, on se séparera, seulement je ne suis pas pressée.

— C'est tout à fait compréhensible. Je ne voulais pas vous froisser en disant cela. Après tout, je suis dans la même position, et je n'ai pas de solution miracle.

Ils discutèrent encore un peu puis quittèrent le restaurant et regagnèrent chacun leur voiture. Lorsqu'elle arriva chez elle, Sarah entendit le téléphone sonner. Un coup d'œil à sa montre lui fit alors constater avec stupeur qu'il était déjà 23 heures.

— Mais où étais-tu passée ? hurla Phil dès qu'elle eut décroché.

— Hé, du calme ! Je suis sortie dîner, ce n'est quand même pas un drame !

— Encore ! Et avec qui ?

Il semblait hors de lui, au point qu'elle se demanda s'il était jaloux ou simplement ivre. Il avait peut-être dîné dehors lui aussi et bu plus que de raison.

— Qu'est-ce que ça peut te faire ? rétorqua-t-elle d'un ton contrarié. Tu n'es jamais là en semaine. Je suis allée manger des sushis avec un type qui travaille sur un projet avec moi, c'est tout. Il s'agissait d'un repas d'affaires.

— A quoi tu joues, là ? Tu cherches à te venger ? Tout ça parce que j'ai besoin de faire du sport après le boulot ? Tu essaies de me punir ou quoi ? C'est puéril, Sarah !

— Ce n'est pas moi qui crie, lui fit-elle remarquer. Qu'est-ce qui te dérange, au juste ?

— Depuis quatre ans, tu rentres tous les soirs chez toi pour regarder la télévision et là, tout à coup, tu n'arrêtes pas d'aller au restaurant. Qu'est-ce que tu fabriques ? Tu te fais sauter par tes clients ?

— Tu vas trop loin, Phil. Fais attention à ce que tu dis. Je vais au restaurant avec toi aussi. Là, c'était pour le travail. Depuis quand n'avons-nous plus le droit, l'un et l'autre, d'avoir des dîners d'affaires ?

Elle se sentait vaguement coupable, tant elle avait apprécié la compagnie de Jeff et le fait de pouvoir lui parler comme à un ami. Dans le même temps, elle ne mentait pas. Ils avaient également discuté de la maison.

— Si tu tiens tellement à me surveiller, reprit-elle, pourquoi ne viendrais-tu pas plus souvent me retrouver

175

au lieu d'aller faire du sport tous les jours ? Tu seras toujours le bienvenu. J'aurais préféré aller manger des sushis avec toi, tu sais.

— Ça suffit ! cria-t-il avant de lui raccrocher au nez.

Il n'avait rien d'autre à répondre, parce qu'elle avait raison et qu'il ne pouvait le nier. Il n'espérait quand même pas avoir une totale liberté en semaine et l'assurance qu'elle, de son côté, resterait tranquillement sur son canapé à attendre que le week-end arrive ? Pourquoi ne pas lui imposer une ceinture de chasteté, pendant qu'il y était ? Il pouvait s'estimer heureux que Jeff Parker ait déjà quelqu'un dans sa vie, rumina-t-elle, parce qu'elle le trouvait de plus en plus sympathique. Toutes ses remarques sur Phil et la relation qu'elle entretenait avec lui étaient justes.

Phil la rappela un peu plus tard, mais elle laissa le répondeur enregistrer ses excuses. Elle avait passé un très bon moment avec Jeff et n'avait pas l'intention de ternir cette soirée avec une énième dispute. Phil était allé trop loin en l'accusant de le tromper, chose qu'elle n'avait jamais faite et ne ferait jamais. Ce n'était pas son genre.

Il lui téléphona de nouveau le lendemain matin, alors qu'elle était en train de s'habiller pour aller au travail. On était vendredi et il semblait anxieux.

— On se voit toujours ce soir ?

— Pourquoi ? Tu as d'autres projets ? demanda-t-elle froidement.

— Non, mais j'avais peur que toi, tu en aies.

Lui aussi s'était exprimé d'un ton peu amène, qui fit craindre à Sarah un week-end désastreux.

— J'avais prévu de faire quelque chose avec toi. Je te rappelle qu'on ne s'est vus qu'une seule fois en trois semaines, dit-elle non sans une certaine amertume.

— Ne revenons pas là-dessus, s'il te plaît. Il fallait que j'aille à New York assister à des dépositions et ensuite que je passe la semaine avec mes enfants. Tu le sais.

— Objection retenue, maître. On se voit à quelle heure ?

— Je viendrai chez toi après le sport.

— OK. A ce soir, alors.

Et elle raccrocha. Leurs retrouvailles s'annonçaient mal, tant chacun en voulait à l'autre. Elle parce qu'elle jugeait sa crise de jalousie injustifiée, lui parce qu'il n'appréciait pas qu'elle soit sortie avec un autre. En plus, elle comptait lui annoncer le lendemain qu'elle avait acheté la maison de Scott Street, et peut-être même la lui montrer. La colère de Phil n'atténuait heureusement en rien la joie qu'elle éprouvait à devenir bientôt propriétaire.

En route vers son bureau, elle téléphona à Jeff pour le remercier de la soirée qu'ils avaient passée ensemble.

— J'espère que je n'ai pas été trop dur dans mes propos, dit-il. Ça m'arrive, quand je bois trop de thé.

Elle le rassura, amusée, et l'écouta ensuite lui exposer ses nouvelles idées pour la cuisine et la salle de gym.

— Vous aurez cinq minutes ce week-end, pour que je vous en parle plus en détail ? s'enquit-il. Ou est-ce que vous serez avec lui ?

— Il s'appelle Phil, répondit-elle. Et comme il part toujours à midi le dimanche, on pourra se retrouver l'après-midi.

— Super. Prévenez-moi quand vous serez libre.

Elle ne lui raconta pas la scène que lui avait faite Phil la veille au soir. Elle était encore furieuse rien que d'y penser et préférait se concentrer sur des choses plus positives, comme sa future maison. L'idée d'avoir enfin un but la réjouissait. Cela rendrait ses soirées en semaine et ses dimanches après-midi solitaires nettement moins déprimants. De plus, l'ampleur des travaux à réaliser était telle qu'elle n'était pas près de s'ennuyer.

Ce soir-là, après avoir quitté son bureau, elle fit quelques courses et rentra chez elle en réfléchissant au repas qu'elle allait préparer. Elle fut surprise de voir Phil arriver peu après 19 heures.

— Tu n'es pas allé au sport ?

— Je me suis dit que tu aimerais peut-être dîner dehors, ce soir, expliqua-t-il gentiment.

Il s'excusait rarement, mais trouvait toujours un moyen de se faire pardonner, lorsqu'il s'était montré particulièrement mufle envers elle.

— Ça me ferait très plaisir, répondit-elle, ravie, avant de l'embrasser.

Elle s'étonna de la fougue avec laquelle il la serra contre lui et de l'intensité de son baiser. Peut-être avait-il vraiment été jaloux. L'espace d'un instant, Sarah en fut attendrie. Elle avait intérêt à sortir et à débrancher son téléphone portable plus souvent, si cela avait un tel effet sur lui.

— Tu m'as manqué, murmura-t-il avec tendresse.

Elle sourit. Quelle étrange relation que la leur ! Phil refusait la plupart du temps de la voir, mais dès qu'elle lui donnait l'impression de s'éloigner de lui, il ne le supportait pas, piquait une crise et, pour finir, la couvrait de mots doux. En somme, il fallait toujours que l'un des deux soit insatisfait. C'était à se demander s'ils parviendraient jamais à un équilibre.

Phil l'emmena dans un restaurant qu'elle aimait bien et fit des efforts pour lui être agréable. Sitôt de retour à l'appartement, il prétendit être fatigué et insista pour qu'elle vienne se coucher avec lui. Elle comprit ce qu'il avait en tête et ne protesta pas. Ils s'étaient si peu vus en un mois... Et à en juger par la façon dont il lui fit l'amour cette nuit-là, il était clair que cette longue abstinence avait accru son désir pour elle. De son côté, elle avait souffert de leur séparation, évidemment, mais moins que d'habitude, car elle avait été accaparée par la maison. Elle se demandait comment elle allait lui annoncer la nouvelle, le lendemain matin. Elle espérait qu'il serait de meilleure humeur à ce moment-là et qu'il ne lui ferait pas trop de critiques. Car elle était certaine qu'il lui en ferait. Phil détestait trop le changement pour en accepter un aussi énorme.

Le samedi matin, elle lui prépara des œufs brouillés au bacon et un cappuccino. Elle y ajouta des muffins aux myrtilles et un cocktail mimosa, à base de champagne et de jus d'orange, et lui apporta le tout au lit avec le journal.

— Ouah, s'amusa-t-il. Qu'est-ce que tu mijotes ?

— Qu'est-ce qui te fait croire que je mijote quelque chose ? répondit-elle avec un sourire espiègle.

— Le petit déjeuner est royal, le cappuccino parfait. J'ai le journal au lit. Et je ne parle même pas du cocktail – c'est le comble du luxe !

Il la fixa soudain d'un air inquiet.

— Soit tu comptes me larguer, soit tu vois quelqu'un d'autre.

— Ni l'un ni l'autre, déclara-t-elle en s'asseyant au bord du lit.

Elle ne pouvait contenir sa joie plus longtemps. Elle mourait d'envie de partager ce qui lui arrivait avec lui et de connaître sa réaction.

— J'ai quelque chose à t'annoncer, commença-t-elle.

— Sans blague. J'avais compris. Qu'est-ce que tu as fait ?

— Je vais déménager.

— Tu quittes San Francisco ? s'exclama-t-il, paniqué.

Elle éclata de rire devant sa tête. Cette idée semblait vraiment lui faire peur, ce qui était plutôt bon signe.

— Non, je m'installe à quelques rues d'ici seulement.

— Tu as acheté un appartement ? s'enquit-il, à la fois soulagé et surpris. Tu m'avais pourtant dit que tu y avais renoncé.

— En effet. Je n'ai pas acheté un appartement, mais une maison.

— Une maison ? Rien que pour toi ?

— Oui. Et pour toi aussi le week-end, si tu en as envie.

— Où est-elle située ?

Il paraissait sceptique et Sarah le connaissait suffisamment pour deviner qu'il désapprouvait son choix. Il avait déjà eu une maison avec son ex-femme. Cela ne lui avait visiblement pas laissé de bons souvenirs, puisqu'il refusait à présent de quitter son appartement, qui ne comprenait que deux chambres – une grande pour lui et une autre, plus petite, avec trois lits superposés, pour ses enfants. Ces derniers n'y dormaient presque jamais tant ils y étaient à l'étroit. Phil les voyait donc surtout en dehors de chez lui. Le reste du temps, ils habitaient chez leur mère, ce qui l'arrangeait certainement.

— Elle est située sur Scott Street, répondit Sarah. On pourra y aller cet après-midi, si tu veux.

— La vente est faite ?

— Elle le sera demain.

— Tu plaisantes ? Quand l'affaire a-t-elle été conclue ?

— Jeudi. J'ai fait une offre, qui a été aussitôt acceptée. Il est vrai que la maison a besoin d'être entièrement rénovée, précisa-t-elle.

— Enfin, Sarah, pourquoi t'embêtes-tu avec ça ? As-tu la moindre compétence en restauration ?

— Non, mais j'apprendrai. Je compte effectuer une grande partie des travaux moi-même.

— Mais tu rêves ! Tu étais malade, quand tu as pris ta décision ?

— Même pas. J'avoue que ce projet est un peu fou, mais dans le bon sens du terme. C'est un rêve pour moi.

— Depuis quand ? Tu n'as commencé les recherches que la semaine dernière.

— La maison appartenait à mes arrière-grands-parents. Ma grand-mère y est née.

— Ce n'est pas une raison pour l'acheter ! s'écria-t-il avec l'air de n'avoir jamais rien entendu d'aussi stupide de toute sa vie.

Et encore ne savait-il pas tout, pensa Sarah, inquiète devant son scepticisme grandissant.

— C'est une maison ancienne ? demanda-t-il comme un procureur interrogeant une accusée.

— Mon arrière-grand-père l'a fait construire en 1923.

— Et quand a-t-elle été rénovée pour la dernière fois ?

— Elle ne l'a jamais été, admit-elle avec un sourire penaud. Tout est d'origine. Comme je te l'ai dit, il y a beaucoup de travaux à réaliser. Cela devrait prendre entre six mois et un an, donc je ne vais pas emménager là-bas de sitôt.

— J'espère bien ! Tout ça promet d'être une gigantesque catastrophe. Sans compter que tu vas te ruiner !

Elle ne lui avoua pas qu'elle pouvait se permettre une telle dépense, à présent. Phil ne la questionnait jamais sur ses finances, et elle non plus.

— Il y a combien de mètres carrés ?

Sarah sourit. Le moment le plus drôle était arrivé.

— Deux mille sept cents, répondit-elle en riant presque.

— Tu es folle ! cria-t-il en bondissant hors du lit. Deux mille sept cents mètres carrés ? Qu'est-ce que c'est ? Un ancien hôtel ? Le Fairmont ? Le Ritz ?

— Elle est bien plus belle, rétorqua fièrement Sarah. J'aimerais beaucoup que tu viennes la voir.

— Ta mère est au courant ?

Comme si cela avait la moindre importance ! Il ne parlait jamais d'Audrey d'habitude, pour la simple et bonne raison qu'il ne l'aimait pas et qu'elle le lui rendait bien.

— Pas encore. Je l'annoncerai à ma famille à Noël. Je tiens à faire la surprise à ma grand-mère. Elle n'a pas revu sa maison depuis l'âge de sept ans.

— J'ignore vraiment ce qui te prend tout à coup, s'énerva Phil. Tu n'es pas dans ton état normal. Ça fait des semaines, d'ailleurs, que tu es bizarre. On n'achète pas une telle maison du jour au lendemain à moins de vouloir faire un investissement et de la revendre plus cher après l'avoir restaurée. Mais même là, ça n'aurait aucun sens. Tu n'as pas le temps de t'occuper d'un tel projet. Tu bosses autant que moi. Tu es avocate, pas entrepreneur ni décoratrice !

— J'ai plus de temps libre que toi, lui fit-elle tranquillement remarquer.

Elle commençait à en avoir assez de ses commentaires. Il se comportait comme si elle exigeait une aide financière de sa part, ce qui était loin d'être le cas.

— Ah oui ? Je serais curieux de savoir comment tu es parvenue à cette conclusion. Aux dernières nouvelles, tu travaillais quatorze heures par jour.

— Je ne vais pas au sport, moi. Ça me laisse cinq soirées libres par semaine, sans oublier les week-ends.

— Et moi, je suis censé faire quoi, pendant ce temps-là ? s'insurgea-t-il. Me tourner les pouces, pendant que tu laveras les carreaux et que tu ponceras les planchers ?

— Tu pourrais m'aider. Tu n'es jamais là les samedis et dimanches après-midi, de toute façon. Tu dois toujours partir.

— C'est nul ! Je n'arrive pas à croire que tu aies pu faire une telle bêtise. Tu as vraiment l'intention de vivre dans une maison aussi grande ?

— Elle est magnifique. Attends au moins de la voir.

Elle était vexée par sa réaction et blessée par ce qu'il venait de lui dire. Si au moins il avait fait un effort et accepté de se mettre à sa place. Mais non. Il était bien trop occupé à la critiquer.

— Il y a même une salle de bal, ajouta-t-elle.

— Génial ! Tu n'auras qu'à la louer à une école de danse, ça paiera peut-être les travaux, railla-t-il en se rasseyant sur le lit. Sarah, je pense sincèrement que tu fais une grosse erreur.

— C'est ce que je vois. Merci pour ton soutien.

— Normalement, à notre âge, on cherche à se simplifier la vie. On se débarrasse de tout ce qui est encombrant. On s'engage moins. En résumé, on en fait moins. As-tu la moindre idée du casse-tête que tu vas devoir gérer ?

— Oui, tout à fait. J'en ai discuté pendant quatre heures avec l'architecte, jeudi soir.

— Ah, c'était donc ça... dit-il d'un air entendu.

En même temps, il paraissait soulagé, comme si la sortie inexpliquée de Sarah au restaurant, ce jour-là, l'avait vraiment inquiété.

— Tu as déjà engagé un architecte ? reprit-il. Tu ne perds pas de temps, ma parole. Tu aurais pu me demander conseil avant.

— Pour m'attirer ce genre de réflexions ? Merci bien !

— Tu dois avoir de l'argent à jeter par les fenêtres, en tout cas. Je ne savais pas que les affaires marchaient aussi bien dans ton cabinet.

Sarah ignora la remarque. Ses finances ne le regardaient pas et elle n'avait pas l'intention de lui parler du legs de Stanley.

— Ecoute-moi bien, Phil, déclara-t-elle d'un ton cassant. Tu préfères peut-être simplifier les choses, comme tu dis, et en faire moins. Pas moi. Tu as été marié, tu as habité une grande maison, tu as des enfants. Tu as déjà tout vécu. Mais moi, je te rappelle que je n'ai encore rien fait de tout ça. Depuis la fin de mes études, je vis dans un appartement minable avec les mêmes meubles pourris que j'avais quand j'ai quitté Harvard. Je n'ai même pas une plante verte digne de ce nom dans mon salon. Alors, oui, j'ai envie de quelque chose de grand, de beau, de passionnant. Je n'ai pas l'intention de rester éternellement ici avec mes plantes crevées, à attendre que tu veuilles bien venir le week-end.

— Ça veut dire quoi, au juste ? fit-il en élevant la voix.

— Ça veut dire que je suis emballée par ce projet, répliqua-t-elle sans se laisser intimider. J'adore cette maison. Je suis impatiente de m'y mettre. Et si tu n'es pas fichu de comprendre ça, de me soutenir, ou même tout simplement d'être poli, alors va au diable. Je ne te demande ni de payer les travaux, ni de m'aider. Tout ce que tu as à faire, c'est sourire, répondre « d'accord », et m'encourager un peu. Ce n'est pourtant pas difficile !

Il demeura silencieux durant quelques minutes qui semblèrent interminables à Sarah, puis se leva et partit en trombe dans la salle de bains, dont il referma violemment la porte derrière lui. Elle ne supportait pas la façon dont il avait réagi et ne la comprenait pas. Peut-être était-il jaloux, ou se sentait-il menacé, ou détestait-il ce qui allait arriver ? Mais quelle qu'en fût la cause, son comportement était inacceptable.

Lorsqu'il sortit de la salle de bains un peu plus tard, les cheveux mouillés et une serviette enroulée autour de la taille, Sarah avait enfilé un jean et un sweat-shirt. Elle le dévisagea tristement, encore blessée par son attitude.

— Je suis désolé de ne pas avoir montré plus d'enthousiasme pour ta maison, dit-il froidement. Mais je maintiens que ce n'est pas une bonne idée. Je m'inquiète pour toi, tu sais.

— Ça ne sert à rien. Si je vois que je ne m'en sors pas, je pourrai toujours la revendre. Seulement, j'aimerais au moins essayer. Tu veux aller la voir ?

— Pour être franc, non.

Encore une fois, il refusait d'être entraîné dans quelque chose qu'il n'avait pas décidé seul. Tout était affaire de contrôle avec lui. Peu lui importait qu'elle souffrît de la solitude. Il préférait qu'elle reste tous les soirs de la semaine chez elle, dans cet appartement qui lui était familier, afin d'être sûr de savoir où elle était. Sarah prit soudain toute la mesure de son égoïsme. En fait, il ne voulait pas qu'elle s'émancipe. Il tenait à rester libre et indépendant, mais ne voulait pas qu'il en soit de même pour elle.

— Je risquerais de m'énerver encore plus, ajouta-t-il avec honnêteté. C'est l'histoire la plus ridicule que j'aie jamais entendue. De toute façon, je joue au tennis avec un copain aujourd'hui et je suis déjà en retard. Grâce à toi.

Elle se tut et alla s'enfermer à son tour dans la salle de bains, où elle fondit en larmes. Lorsqu'elle en ressortit vingt minutes plus tard, Phil était parti en lui laissant un message, pour la prévenir qu'il serait de retour vers 18 heures.

— Merci pour cette super journée, murmura-t-elle en lisant son mot.

Leur relation se détériorait de jour en jour. Elle avait même l'impression qu'il la poussait délibérément à bout, pour voir jusqu'où il pouvait aller. Pour autant, elle n'était pas prête à rompre. Pas encore, du moins, songea-t-elle en déposant la vaisselle sale dans l'évier. Elle hésita ensuite un instant, puis décida de ne pas faire le lit. A quoi bon s'en donner la peine ? Phil n'était qu'un salaud. Rien de ce qu'il venait de lui dire ne traduisait le moindre respect pour elle. Ni même la moindre gentillesse. Affirmer qu'il l'aimait ne signifiait rien, dès lors qu'il se comportait ainsi. Les paroles de Jeff résonnèrent alors à ses oreilles. Lorsqu'il avait voulu savoir ce qui pourrait l'inciter à quitter Phil, elle avait répondu qu'elle ne le savait pas vraiment. Mais aujourd'hui, cela se précisait dangereusement. Phil avait dépassé les bornes, cette fois.

Cet après-midi-là, Sarah se rendit dans la maison de Scott Street et en fit de nouveau le tour. Elle commençait à se demander si Phil n'avait pas raison. Peut-être visait-elle trop haut ? Pour la première fois, elle éprouva les doutes propres à tout acheteur. Mais, alors qu'elle traversait les chambres du deuxième étage, elle repensa à la belle jeune femme qui avait vécu là, avant de s'enfuir en abandonnant mari et enfants derrière elle, et aussi au vieil homme qui avait habité des années sous les combles, sans jamais profiter de la vie. Presque aussitôt, elle retrouva toute sa détermination. Elle voulait rendre cette maison joyeuse et agréable à vivre. L'histoire le justifiait et elle avait bien le droit de se faire plaisir.

Elle rentra chez elle peu avant 18 heures, sans la moindre idée de ce qu'elle allait dire à Phil. Toute la journée, elle avait envisagé de le quitter. La situation lui semblait sans issue et elle estimait mériter mieux que ce qu'il lui donnait. Tel était du moins son état d'esprit lorsque, en ouvrant la porte, elle découvrit avec stupéfaction que son appartement avait été rangé, la vaisselle faite, et qu'une douzaine de roses rouges l'attendaient dans un vase sur l'horrible table du salon. Au même moment, Phil sortit de la chambre.

— Je croyais que tu devais jouer au tennis, déclara-t-elle d'une voix plate, déprimée après avoir ruminé leur dispute des heures durant.

— J'ai annulé. Je suis revenu m'excuser de ma conduite, mais tu étais déjà partie. Et je n'ai pas réussi à te joindre sur ton portable. Je suis désolé, Sarah. Ta décision d'acheter cette maison ne me regarde absolument pas. J'ai peur que tu te sois emballée trop vite, voilà tout. Pour le reste, c'est ton affaire.

— Merci, dit-elle avec lassitude.

Elle vit alors qu'il avait également fait le lit. C'était la première fois que cela lui arrivait et elle se demanda s'il s'agissait d'une tentative de manipulation ou s'il était sincèrement désolé. Une chose était claire, cependant. Il détestait l'idée de la perdre. Pour lui, il fallait que tout reste à l'identique, sans possibilité d'évolution, alors qu'elle aspirait à une relation qui s'épanouisse et se renforce avec le temps. Mais comment le lui faire comprendre, alors qu'elle était touchée par ses efforts pour se réconcilier avec elle ?

— J'ai préparé le dîner, dit-il en l'enlaçant. Je t'aime, Sarah.

— Moi aussi, je t'aime, répondit-elle en détournant la tête pour qu'il ne la voie pas pleurer.

12

Le lendemain matin, Phil l'emmena prendre un brunch dans un café de Steiner Street. Ils s'installèrent en terrasse, sous le soleil hivernal, et il lut le journal pendant qu'elle mangeait en silence. Ils n'avaient pas fait l'amour cette nuit-là, préférant regarder un film à la télévision et se coucher tôt. La journée du samedi avait été si éprouvante que, ce matin encore, Sarah luttait de toutes ses forces contre la fatigue et le découragement.

Elle ne l'invita pas une nouvelle fois à venir voir la maison – Phil l'avait tellement blessée par ses précédents commentaires qu'elle ne tenait pas à en entendre davantage. Et elle ne protesta pas non plus lorsqu'il lui annonça qu'il devrait aller travailler après leur brunch. Bien au contraire, elle éprouva un certain soulagement à le voir partir. Leur histoire touchait à sa fin, elle le savait, même si lui ne pouvait – ou ne voulait – l'admettre. Ils vivaient de moins en moins de bons moments, alors que la rancœur et la colère ne cessaient de grandir entre eux. La violente réaction de Phil, la veille, le prouvait bien. Leurs envies et leurs besoins s'opposaient de plus en plus, et la maison n'en était finalement qu'un exemple révélateur. Il ne supportait plus qu'elle cherche à empiéter sur son temps libre et elle, de son côté, en avait assez de le supplier. Ils étaient dans une impasse.

A midi, Sarah appela Jeff ainsi qu'elle le lui avait promis. L'architecte travaillait chez lui en attendant son coup de fil.

— Rendez-vous devant la maison dans une demi-heure, lui dit-elle.

Au ton de sa voix, il devina qu'elle avait passé un mauvais week-end. La Sarah qui venait de lui téléphoner semblait triste et découragée – tout le contraire d'une femme soutenue et aimée. Il partit rapidement avec un panier dans lequel il avait glissé du pâté, du fromage, du pain, des fruits et une bouteille de vin.

— J'ai pensé qu'on pourrait faire un petit pique-nique, lui expliqua-t-il en souriant.

Il ne lui demanda pas comment elle allait, tant la réponse se lisait sur son visage. Ils sortirent dans le jardin et s'installèrent sur un muret de pierre. Il n'y avait plus de fleurs. Seules des mauvaises herbes poussaient encore là. Après avoir mangé, Sarah retrouva des couleurs. Le geste de Jeff l'avait touchée, et les nouvelles idées qu'il lui exposa au sujet de la cuisine lui firent vite oublier Phil.

— J'adore ! s'exclama-t-elle, les yeux brillants.

Etre dans sa maison en compagnie de Jeff lui mettait du baume au cœur. Elle ignorait si le mérite en revenait à lui, à la bâtisse, ou aux deux, mais c'était en tout cas beaucoup plus agréable qu'écouter les critiques de Phil.

Une heure plus tard, ils parcoururent de nouveau les étages en réfléchissant à ce qu'ils allaient faire des placards. Sarah n'avait pas assez de vêtements pour les remplir.

— Vous devriez agrandir votre garde-robe, plaisanta-t-il.

Marie-Louise, elle, n'avait pas assez de place pour ranger ses affaires. Elle rentrait toujours de Paris avec des valises entières pleines de nouveaux vêtements et de paires de chaussures. Ils en étaient au point où ils ne savaient plus où les mettre.

— Je suis désolée d'avoir été si morose en arrivant, s'excusa Sarah tandis qu'ils traversaient l'une des chambres d'enfant. J'ai passé un mauvais week-end.

— Je m'en suis douté. Il était avec vous ?

— Oui, comme toujours. Mais on a eu une grosse dispute au sujet de la maison. Il trouve que je suis folle.

— C'est vrai, répliqua Jeff en souriant. Mais délicieusement folle. Il n'y a pas de mal à avoir des rêves, Sarah. Nous en avons tous besoin. Ce n'est pas un crime.

— Non, bien sûr.

Elle lui retourna un pauvre sourire. En quelques jours, Jeff était devenu un véritable ami, et le fait qu'elle le connût à peine ne changeait rien à la confiance qu'elle lui accordait. Son instinct lui soufflait qu'il en était digne.

— Mais avouez que ce rêve-là est particulièrement imposant, non ?

— Où est le problème ? objecta-t-il. Les grands hommes ont de grands rêves. Les petits n'en ont pas du tout.

Sans être devin, il voyait à sa mine abattue combien elle souffrait et, rien que pour ça, il détestait Phil. A en juger par le peu que lui avait révélé Sarah, ce type était un crétin qui ne se rendait pas compte de la chance qu'il avait.

— Il y a de l'eau dans le gaz entre nous, admit Sarah lorsqu'ils redescendirent au rez-de-chaussée.

Ils avaient moins travaillé que la dernière fois, mais leur but était surtout de se familiariser davantage avec la maison. Jeff appréciait de pouvoir en explorer les moindres recoins, seul avec la jeune femme. Lorsque Marie-Louise l'avait appelé ce matin-là, il lui avait dit qu'il devait déjeuner avec un client, sans préciser qui. Il ne lui avait jamais rien caché jusqu'alors et n'était pas sûr des raisons qui l'avaient poussé à le faire cette fois – si ce n'est peut-être l'aversion affichée de Marie-Louise envers Sarah. Après leur première rencontre, elle ne s'était pas gênée pour la critiquer et avait même continué à Venise.

Elle trouvait l'avocate trop américaine à son goût. Et puis, elle détestait la maison, une sombre ruine qu'il aurait mieux valu démolir, selon elle. Jeff ne comptait donc pas lui demander de l'aider à la restaurer. Cela n'aurait pas été correct vis-à-vis de Sarah.

— J'ai bien compris que ça n'allait pas, quand vous êtes arrivée, dit-il alors qu'ils étaient retournés dehors ranger les restes du pique-nique dans son panier et qu'ils reprenaient la direction de la maison.

— Je ne sais pas pourquoi je reste avec lui. Il a été si odieux hier que j'ai même envisagé de le quitter. Mais quand je suis rentrée à la maison en fin de journée, il était en train de préparer le dîner. Il avait nettoyé tout l'appartement, acheté des roses, et il s'est excusé. C'était la première fois qu'il faisait ça, alors forcément, rompre devient difficile dans de telles conditions.

— Il a peut-être senti que vous en aviez assez. Certaines personnes ont un instinct étonnant. Il devait sûrement s'inquiéter plus pour lui que pour vous. Comme il n'est pas disposé à vous laisser partir, il a paniqué, c'est tout.

Sarah sourit devant cette affirmation si tranchée.

— Peut-être, répondit-elle. Mais j'aurais préféré qu'il m'encourage dans mon projet au lieu de m'offrir des roses. Je ne suis pas près d'oublier toutes les horreurs qu'il m'a balancées à la figure. Quand j'y repense, je m'en veux de ne pas avoir eu le courage de l'envoyer promener.

— Vous le ferez, quand vous serez prête. A ce moment-là, vous ne vous poserez plus de questions. Cela ira de soi.

— Comment pouvez-vous en être si sûr ?

— Je suis plus vieux que vous et je suis déjà passé par là. Mais je n'ai pas plus de cran pour autant. Marie-Louise a téléphoné ce matin et m'a encore répété qu'elle n'avait aucune envie de revenir ici. Ça me fatigue, à la longue. Si elle déteste tant San Francisco, elle n'a qu'à rester à Paris. Je sais qu'elle sautera le pas tôt ou tard, de toute façon.

C'était la seconde fois que Sarah l'entendait faire cette remarque, mais cette fois il semblait particulièrement déprimé.

— Pourquoi ne pas rompre ? s'étonna-t-elle.

— Reconnaître qu'on s'est trompé n'est pas évident, surtout quand on n'en est pas totalement sûr. Et on n'efface pas comme ça quatorze années de vie commune.

— J'imagine. Déjà au bout de quatre, j'ai du mal...

— Essayez d'en ajouter dix, alors. Plus un couple s'installe dans la durée, plus les choses deviennent difficiles.

— Et moi qui croyais qu'elles s'amélioraient !

— Seulement quand on est avec la bonne personne.

— Et comment le savoir ?

— Aucune idée. Ma vie serait bien plus simple, si j'avais la réponse à cette question. Je m'interroge autant que vous, vous savez. Peut-être faut-il toujours faire des ajustements et des concessions. Enfin, c'est ce que je me dis.

— Moi aussi. Je trouve sans cesse des excuses à Phil.

— Il ne faut pas. Voyez-le au moins pour ce qu'il est.

Sarah hocha la tête en réfléchissant à ce qu'ils venaient de dire. Elle contemplait le jardin par une fenêtre du salon, perdue dans ses pensées, quand elle sentit que Jeff se tenait tout près d'elle. Lorsqu'elle se tourna et leva la tête vers lui, leurs yeux se rencontrèrent ; il la prit dans ses bras et leurs lèvres s'unirent en un long baiser. Tous deux avaient oublié quel plaisir cela pouvait être, mais ils ne pouvaient oublier que ce plaisir si simple, si innocent était aussi un plaisir défendu. Si malheureux fussent-ils, chacun d'eux avait déjà quelqu'un dans sa vie.

— Je crois que c'était une erreur, murmura-t-elle ensuite.

Elle se sentait un peu coupable, mais pas trop. Elle aimait beaucoup Jeff et le jugeait bien plus charmant que Phil.

— Je craignais de vous entendre dire ça, répliqua-t-il. Mais je ne suis pas certain que ce soit une erreur. Je

191

n'en ai pas eu l'impression, en tout cas. Qu'en penses-tu ?

— Je ne sais pas, balbutia-t-elle, désorientée.

— On devrait peut-être recommencer, alors. Juste pour vérifier.

Tout en prononçant ces mots, il se pencha vers elle et l'embrassa à nouveau. Cette fois, elle se laissa aller contre lui et s'abandonna à cette étreinte si douce, si rassurante.

— Alors, erreur ou pas ? demanda-t-il.

Elle se mit à rire.

— On va s'attirer des ennuis avec Phil et Marie-Louise, observa-t-elle tandis qu'il la serrait dans ses bras.

— Ils le méritent peut-être. Ils n'ont pas le droit de nous traiter comme ils le font.

— Peut-être que c'est nous qui devrions avoir le courage de nous séparer d'eux, lui opposa-t-elle.

— Oh, ça ! dit-il. Je l'ai déjà fait. Plus d'une fois même. Et elle aussi. Mais on finit toujours par revenir à la case départ.

Il lui sourit, ravi de la tournure particulièrement agréable que prenait l'après-midi.

— Pourquoi ?

— L'habitude. La peur. La paresse. Le confort.

— L'amour ? ajouta-t-elle.

Elle se posait la même question au sujet de Phil. L'aimait-elle encore vraiment ? A cet instant précis, elle n'aurait pu le jurer.

— Je ne sais pas. Après quatorze ans, c'est parfois difficile de faire la part des choses. Je pense que nous sommes surtout liés par l'habitude et le travail. Scinder notre entreprise en deux provoquerait trop de problèmes. Ce serait différent si nous vendions des chaussures, mais nos clients paient pour avoir une équipe d'architectes à leur service. Et il faut reconnaître qu'on forme un bon duo, tous les deux.

— Ce n'est pas une raison suffisante pour rester ensemble, déclara Sarah. Pourrais-tu continuer à travailler avec elle, si vous étiez séparés ?

— Probablement pas. Elle rentrerait à Paris. Son frère aussi est architecte et elle me répète souvent qu'elle rêve de s'associer avec lui. Il possède un gros cabinet là-bas.

— Ce serait bien pour elle.

— Je n'ai pas peur de travailler seul. C'est juste la perspective des multiples tracas à surmonter pour y arriver qui me déprime.

Sarah hocha la tête en silence. Elle comprenait. Mais, en même temps, elle n'avait pas envie d'être « l'autre femme » dans sa vie. Ce serait encore plus pénible que ce qu'elle vivait avec Phil.

— Parfois, il faut laisser faire le temps, reprit Jeff avec philosophie. On le sent, quand une bonne chose arrive. En ce qui me concerne, malheureusement, j'ai plutôt tendance à être attiré par les mauvaises. J'aimais les filles difficiles, quand j'étais jeune. Celles qui avaient un caractère impossible. Marie-Louise est comme ça.

— Pas moi, l'avertit Sarah.

— Je sais, répondit-il en souriant. C'est d'ailleurs ça qui me plaît chez toi. Je dois être enfin en train de grandir.

— C'est gentil. Et tu n'es pas tordu, contrairement à Phil. Par contre, tu n'es pas libre. C'est ma spécialité, ça. Je crois qu'il serait dangereux de poursuivre ce qu'on a fait tout à l'heure. Tu vis avec quelqu'un et je mettrais ton couple en danger. C'est donc doublement hors de question.

Jeff reconnaissait qu'elle avait raison, mais la tentation était grande, il avait adoré la douceur de leurs baisers.

— Attendons de voir comment la situation évolue, conclut-il.

Ils allaient passer beaucoup de temps ensemble, au cours des mois à venir, et ne devaient rien précipiter.

— Quand rentre-t-elle ? demanda Sarah, alors qu'ils quittaient la maison.

— Elle m'a dit dans huit jours, ce qui signifie pas avant deux ou trois semaines.

— Elle ne reviendra même pas pour Noël ?

— C'est vrai, j'oubliais les fêtes de fin d'année, murmura-t-il. On ne peut jamais rien prévoir avec elle. Elle débarquera sans doute sans prévenir, le jour où elle aura épuisé tous les prétextes possibles et imaginables pour différer son retour.

— Elle me fait penser à Phil. Si elle est toujours à Paris à ce moment-là, voudrais-tu passer Noël avec ma famille et moi ? Il y aura juste ma mère, ma grand-mère et son ami.

Jeff ne put réprimer un nouveau sourire.

— Je pourrais accepter, même si elle était là. Marie-Louise déteste les fêtes et refuse systématiquement de faire quoi que ce soit, alors que moi, j'adore ça.

— Moi aussi. Mais je préfère ne pas te mettre dans une position délicate, si elle rentre entre-temps. Ce serait incorrect de ne pas l'inviter et j'avoue que je n'en ai pas envie. Ça ne t'ennuie pas ?

Jeff l'embrassa doucement sur les lèvres en guise de réponse et lui ouvrit la porte de sa voiture.

— Tout ce que tu fais me convient, Sarah.

Il y avait tant de choses qui le séduisaient chez elle ! Elle était droite, intelligente, et surtout foncièrement généreuse. A ses yeux, elle était parfaite.

Sarah le remercia pour le pique-nique et partit après un dernier signe de la main. Tandis qu'elle retournait à son appartement, elle se demanda ce qu'elle devait faire avec Phil. Elle ne voulait pas prendre de décision par rapport à Jeff. C'était Phil, le cœur du problème. Sans compter que Jeff vivait avec Marie-Louise et qu'elle ne pouvait pas l'oublier. Si charmant et séduisant fût-il, elle ne voulait pas passer d'une relation impossible à une autre. Quoi qu'elle décidât, il fallait que son choix soit le bon. Phil n'était pas l'homme idéal pour elle, elle l'avait bien compris. Et elle ne savait pas encore ce qu'il en était de Jeff.

13

Comme chaque année, Phil et Sarah fêtèrent Noël ensemble, juste avant qu'il n'emmène ses enfants à Aspen. Il partait toujours avec eux le premier samedi des vacances scolaires et y restait jusqu'au lendemain du jour de l'an. Sarah se prépara donc à être seule pendant cette période déprimante et aussi à entendre sa mère lui dire, pour la énième fois, ce qu'elle en pensait. Ce serait, en effet, son cinquième Noël sans Phil à ses côtés.

Il l'emmena dîner dans un grand restaurant réputé, puis ils rentrèrent chez elle, échangèrent leurs cadeaux et firent l'amour. Cette année, il lui avait choisi une nouvelle machine à café – l'ancienne commençant à montrer des signes de fatigue – et un joli bracelet en argent de chez Tiffany. Elle, de son côté, lui offrit un nouvel attaché-case et un pull Armani en cachemire bleu. Tout se passa bien, et ce fut avec un pincement au cœur qu'elle lui dit au revoir, le lendemain matin. Ils allaient rester deux semaines sans se voir. Deux très longues semaines, pendant lesquelles il serait en vacances sans elle.

— Je t'aime, lui répéta-t-elle en l'embrassant juste avant qu'il ne s'en aille.

Cette fois pourtant, elle ne lui reprocha pas de la laisser seule à San Francisco. Il était clair que cela ne servirait à rien et, à la différence des autres années, elle avait maintenant sa maison pour l'occuper.

Elle y avait déjà passé presque tous ses week-ends, à poncer les parquets, à nettoyer, à prendre des mesures et à établir des listes de toutes sortes. Elle avait même acheté une caisse à outils et projetait de monter elle-même une bibliothèque pour sa future chambre – en suivant les conseils de Jeff, bien sûr.

Marie-Louise était rentrée de Paris, la semaine précédente. Sarah l'avait parfois au téléphone, mais la Française était revenue avant tout pour ses propres clients, qui la réclamaient sur divers chantiers, et ne s'intéressait donc pas à sa maison. Jeff supervisait seul les travaux et discutait avec Sarah presque tous les jours. De plus en plus proches, ils s'étaient pourtant mis d'accord pour couper court à leur idylle naissante. S'ils devaient un jour retrouver leur liberté, alors ils pourraient envisager la situation sous un autre angle. En attendant, Sarah lui avait expliqué qu'elle ne pouvait pas envisager quoi que ce soit avec lui alors qu'il vivait avec Marie-Louise – ce qu'il avait parfaitement compris.

Le lendemain du départ de Phil, ils déjeunèrent ensemble. C'était un dimanche, et Marie-Louise était restée à son bureau pour rattraper son retard. Ils venaient de terminer une omelette au Rose's Café lorsque Jeff posa sur la table une petite boîte emballée avec un beau ruban qu'il poussa vers Sarah. Touchée, elle l'ouvrit avec soin et retint son souffle en découvrant une superbe broche en or représentant une maison avec de petits diamants en guise de fenêtres. Jeff avait trouvé le cadeau parfait.

— Elle n'est pas aussi grande que la vraie, dit-il d'un air un peu embarrassé, mais je l'ai trouvée jolie.

— Elle est magnifique ! s'exclama Sarah, émue par tant de générosité.

Elle pourrait la porter sur les tailleurs qu'elle mettait pour aller travailler, et cela lui rappellerait à la fois Jeff et la maison. Il l'aidait beaucoup et lui avait déjà appris bon nombre de choses. Il lui offrit aussi un livre sur le bricolage. Rien n'aurait pu lui faire davantage plaisir.

Elle non plus ne l'avait pas oublié. Elle avait réussi à trouver des livres sur l'architecture reliés en cuir, des éditions originales hors de prix qu'elle avait dénichées dans une vieille librairie et qui ne dépareraient pas sa bibliothèque personnelle.

— Que vas-tu faire pendant les deux prochaines semaines ? lui demanda-t-il à la fin du repas, après le café.

Il semblait fatigué et surmené. Il avait plusieurs projets à boucler, et maintenant que Marie-Louise était de retour à San Francisco, sa vie avait perdu beaucoup de son calme. La Française se comportait comme une vraie tornade. Elle était fonceuse, dynamique, et possédait un caractère redoutable. Elle faisait toujours tout avec passion – le bien comme le mal.

— J'aimerais avancer dans la maison, répondit Sarah.

Elle en mourait d'impatience. Phil étant parti, elle pourrait y passer plus de temps. Peut-être la fin de l'année arriverait-elle plus vite ainsi.

— Je passerai la soirée du réveillon avec ma mère et ma grand-mère et ensuite, je serai dans la maison. Nos bureaux seront fermés entre Noël et le jour de l'an.

— Officiellement, les nôtres le seront aussi. Peut-être que je viendrai te donner un coup de main. Marie-Louise déteste tellement la période des fêtes qu'elle est toujours insupportable à ce moment-là. Non seulement elle ne veut pas sacrifier aux traditions, mais elle estime que tout le monde devrait l'imiter – moi, en particulier.

Il se mit à rire en disant cela et Sarah sourit. Quelles que soient les apparences, rien n'était jamais simple pour personne, songea-t-elle.

— Elle envisage de partir faire du ski pour le nouvel an, continua Jeff. Comme je n'aime pas les sports d'hiver, je resterai sûrement ici pour avancer mon tra-

197

vail. Je l'accompagnais avant, mais je passais mes journées à l'attendre au chalet et, le soir, elle était trop fatiguée pour sortir. Elle a failli participer aux jeux Olympiques autrefois, c'est te dire si elle sait skier. Elle a essayé de m'apprendre il y a longtemps, mais cela ne m'attire pas. D'abord, je ne suis pas doué. Ensuite, je ne supporte pas le froid. Et enfin, j'en avais assez de la voir rire chaque fois que je me cassais la figure – ce qui m'arrivait souvent. Aujourd'hui, elle va skier toute seule à Squaw Valley et c'est beaucoup mieux comme ça.

— Dans ce cas, viens quand tu veux, dit Sarah, ravie de sa proposition.

Elle savait toutefois qu'ils devaient faire attention à ne pas se laisser aller. Jeff ne l'avait plus embrassée depuis le pique-nique. Ils étaient convenus de ne pas recommencer. Cela ne ferait que leur attirer des problèmes et forcément de la souffrance. Mais il leur était difficile de ne pas céder à la tentation lorsqu'ils se retrouvaient seuls côte à côte durant plusieurs heures. Jeff, surtout, devait se faire violence pour ne pas la prendre dans ses bras. Cependant, il respectait sa décision. De plus, il ne tenait pas à compliquer davantage ses rapports avec Marie-Louise.

— Que faites-vous le jour de Noël, si elle ne célèbre aucune fête ? demanda Sarah, curieuse de savoir comment deux êtres aussi différents parvenaient à s'entendre au quotidien.

— Le plus souvent, on se dispute. Je lui reproche de gâcher mes vacances et elle m'accuse d'être hypocrite, rustre et matérialiste. Selon elle, je suis la victime consentante d'un système qui m'a mis un tiroir-caisse dans le crâne dès mon enfance et je suis trop faible et trop stupide pour m'en détacher et prendre mes distances. Tu vois le genre.

Sarah hocha la tête en riant.

— Pour sa défense, il faut dire qu'elle a eu une enfance malheureuse, avec des parents qui la détestaient et la maltraitaient. Les liens familiaux, les traditions et les fêtes religieuses n'ont donc aucune signification pour elle. Même si elle passe beaucoup de temps avec ses parents quand elle est à Paris, leurs relations ne se sont pas améliorées.

— Quel dommage pour elle…

— En effet. Sa colère lui sert à masquer sa douleur. C'est sa façon à elle de se protéger.

Ils quittèrent alors le restaurant pour marcher tranquillement dans Union Street, jusqu'à l'endroit où ils avaient garé leurs voitures. Les magasins avaient leurs décorations de Noël et des guirlandes lumineuses étaient accrochées aux arbres, ce qui donnait un air de fête à la rue.

— Je t'appellerai dès que nous aurons fermé nos bureaux, lui promit-il. Tu me diras quand tu voudras que je vienne t'aider.

— Ça n'ennuiera pas Marie-Louise ? s'enquit prudemment Sarah.

Elle craignait d'empiéter sur le territoire de la Française. Cette femme avait beau être une vipère, elle était la compagne de Jeff.

— Elle ne s'en apercevra même pas, lui assura-t-il.

De toute façon, il ne comptait pas lui en parler, mais il ne le dit pas à Sarah. Ses rapports avec Marie-Louise ne regardaient que lui. Il connaissait ses points forts et ses faiblesses. Par ailleurs, il ne voulait pas se laisser emporter par ses sentiments pour Sarah. Et il en allait de même pour elle. Ils étaient convenus de rester amis et ils s'y tiendraient.

Ils se remercièrent encore pour leurs cadeaux respectifs et chacun rentra chez soi. Un peu plus tard, Sarah retourna dans la maison de Scott Street avec le livre de bricolage que Jeff lui avait donné et elle travailla jusque tard dans la nuit. Le lendemain, en allant chez sa grand-mère pour le réveillon de Noël, elle mit la broche qu'il lui avait offerte mais oublia le bracelet de chez Tiffany sur sa table de nuit. Elle n'avait aucune nouvelle de Phil depuis trois jours, mais ne s'en étonnait pas. Il s'amusait toujours beaucoup trop à Aspen pour penser à l'appeler.

La broche n'échappa pas à Audrey, qui la remarqua avant même que Sarah ait eu le temps de s'asseoir.

— J'aime beaucoup ce bijou, dit-elle. Où l'as-tu trouvé ?

— On me l'a offert, répondit vaguement Sarah, qui, à cet instant, ne songeait qu'à la surprise qu'elle se préparait à leur faire.

— Phil ? J'ignorais qu'il avait si bon goût.

— Non, ce n'est pas lui.

Et, sans en dire plus, Sarah se tourna vers George, qui venait d'acheter une maison à Palm Springs et ne cachait pas sa joie. Il l'avait montrée à Mimi, à qui elle plaisait beaucoup, et les avait toutes invitées à venir la voir.

Le repas fut chaleureux et convivial. Audrey avait préparé un rôti de bœuf et un Yorkshire pudding, sa spécialité. Mimi s'était chargée des légumes et des tartes, qui lui valurent des compliments, et Sarah avait apporté le vin, qui plut à tout le monde. Ensuite, Mimi fit admirer le bracelet en saphirs que George venait de lui offrir, et tous s'extasièrent devant ce magnifique cadeau.

Sarah attendit pour parler que le calme fut revenu après le dessert. Tandis qu'Audrey servait le café, elle les regarda tour à tour, avant de se lancer.

— Tu as l'air d'un chat qui a avalé un canari, fit remarquer sa mère, craignant que sa fille ne leur apprenne qu'elle s'était fiancée à Phil.

Puis elle se raisonna : si tel avait été le cas, il serait venu. De plus, Sarah ne portait pas de bague, Dieu merci.

— Ce n'est pas tout à fait un canari, répliqua Sarah, incapable de contenir plus longtemps son enthousiasme. J'ai fini par suivre le conseil de maman.

— Ce serait bien la première fois ! s'exclama Audrey en s'asseyant.

Sarah lui sourit gentiment. Rien ne pouvait entamer son bonheur, ce jour-là.

— J'ai acheté une maison, déclara-t-elle, les yeux brillants.

— C'est vrai ? s'écria Audrey, enchantée. Quand ? Et pourquoi ne m'as-tu rien dit ?

— J'ai préféré attendre aujourd'hui. Tout s'est passé très vite, sans que rien n'ait été planifié. J'avais commencé à rechercher un appartement, quand une occasion en or s'est présentée. C'est comme un rêve devenu réalité. Je n'y pensais même pas jusqu'à ce que je découvre cette maison et que j'en tombe amoureuse.

— C'est fantastique, ma chérie !

Comme toujours, Mimi était la première à manifester sa joie. Elle fut vite suivie par George, qui comprenait d'autant mieux son émotion qu'il vivait la même chose. Seule Audrey se montra plus prudente.

— Elle n'est pas située dans un quartier mal famé, au moins ? Tu n'as pas l'intention de changer le monde en emménageant là-bas ? demanda-t-elle, sachant que Sarah en était tout à fait capable.

— Non, je pense que tu approuveras mon choix. Elle est à quelques rues de là où j'habite, à Pacific Heights. C'est un quartier sûr et bien fréquenté.

— Où est le problème, alors ? Je sens qu'il y en a un, insista Audrey, égale à elle-même.

Si seulement elle pouvait se trouver quelqu'un, songea Sarah, agacée. Mais il faudrait d'abord lui donner des calmants pour la faire taire. Audrey avait si peu l'habitude de faire attention à ce qu'elle disait qu'elle faisait fuir tous ses prétendants. Et Sarah ne comptait plus le nombre de fois où ses remarques cinglantes l'avaient profondément blessée.

— Non, maman. Tout va bien. J'ai fait une véritable affaire. La maison nécessite juste des travaux. Beaucoup de travaux, pour être exacte, mais ça ne me dérange pas.

— Ah, c'est un taudis !

— Pas du tout, se défendit Sarah. Elle est magnifique. Il me faudra entre six mois et un an pour la restaurer, mais je suis sûre que vous serez tous soufflés, quand vous la visiterez.

Elle se tourna alors vers sa grand-mère, qui hochait la tête en silence. Contrairement à Audrey, Mimi ne demandait qu'à la croire.

— Qui va t'aider à la rénover ? voulut savoir Audrey.

— J'ai engagé un architecte et je compte faire un maximum de choses moi-même.

— Je suppose que Phil ne viendra pas souvent t'aider le week-end, n'est-ce pas ? dit sa mère en pinçant les lèvres. Les affaires doivent vraiment bien marcher dans ton cabinet d'avocats, pour que tu puisses te permettre d'engager un architecte.

Sarah ne répondit pas. Le legs de Stanley ne la regardait pas plus que Phil.

— Quand la vente aura-t-elle lieu ?

— C'est déjà fait, répliqua Sarah avec un grand sourire.

— C'est du rapide !

— En effet. Ç'a été un coup de foudre. Je connaissais cette maison depuis longtemps, quand elle a été mise en vente. Simplement, je n'avais jamais imaginé l'acheter un jour.

— Combien y a-t-il de mètres carrés ?

Sarah éclata de rire devant l'éternel pragmatisme de sa mère.

— Deux mille sept cents, déclara-t-elle fièrement.

Tous la dévisagèrent avec incrédulité.

— Tu plaisantes ? s'exclama Audrey, les yeux écarquillés de surprise.

— Pas du tout. C'est pour ça que j'ai eu la maison à un si bon prix. Plus personne ne veut d'une telle superficie, aujourd'hui.

Sarah se tourna alors vers Mimi et ajouta doucement :

— Tu la connais, Mimi. C'est là que tu es née. C'est celle que possédaient tes parents sur Scott Street. C'est en grande partie pour cette raison que je l'ai achetée. Elle signifie beaucoup pour moi, et pour toi aussi, j'espère.

— Oh, ma chérie… balbutia Mimi, au bord des larmes.

Elle ne savait pas si elle avait vraiment envie de retrouver ces lieux. Elle en doutait, en fait. Tant de douloureux souvenirs y étaient attachés. Elle revit soudain son père, juste avant qu'il ne sombre dans la dépression, puis sa mère, avant qu'elle ne disparaisse. L'inquiétude le disputait en elle à la peur, comme si un fantôme du passé venait d'apparaître devant elle. Un fantôme qui avait le visage de sa mère, Lilli.

— Tu es sûre de toi ? Je veux dire… Entretenir toute seule une si grande maison… Mes parents avaient une trentaine d'employés, alors…

— Ma foi, je n'en aurai pas autant, c'est certain, plaisanta Sarah, malgré le regard réprobateur de sa mère et la mine paniquée de Mimi.

Même George était estomaqué. Sa nouvelle maison à Palm Springs faisait plus de quatre cent soixante mètres carrés et il craignait que cela ne soit trop grand pour lui. Deux mille sept cents mètres carrés défiaient l'imagination.

— Je prendrai peut-être une femme de ménage, une fois par semaine, reprit Sarah. Pour le reste, je me débrouillerai. Mais la maison est si belle ! Quand j'aurai fini de lui rendre son cachet d'autrefois, je pense que vous l'adorerez. Moi, en tout cas, je l'aime déjà.

Sa mère secouait la tête, comme si elle était certaine à présent que sa fille était folle.

— Qui en était le propriétaire ?

— Mon ancien client, Stanley Perlman.

— Il te l'a léguée ? l'interrogea Audrey sans ambages.

Elle s'était retenue à temps de demander à Sarah si elle avait couché avec lui, mais uniquement parce qu'elle se rappelait l'avoir entendue dire que cet homme était presque centenaire.

— Non, pas du tout. Ses héritiers l'ont mise sur le marché à un prix très intéressant et je l'ai achetée. Elle m'a coûté moins cher que n'importe quelle petite maison dans le même quartier et elle me plaît beaucoup plus. Et surtout, je trouvais important qu'elle réintègre la famille, pas vous ?

Mais Audrey et Mimi restèrent silencieuses.

— Je voulais vous proposer de venir la voir demain, continua Sarah, en proie à une déception grandissante devant l'absence de réaction des deux femmes. Cela me ferait vraiment très plaisir.

Sa mère fut la première à réagir.

— Je n'arrive pas à croire que tu aies fait ça, dit-elle d'un ton sans appel. As-tu la moindre idée de la fortune que tu vas devoir dépenser pour la rendre habitable, et ensuite pour la décorer et la meubler ?

— Parfaitement. Mais même si je dois y passer des années, c'est un projet qui me tient à cœur. Et je pourrai toujours la revendre, si je ne m'en sors pas.

— En y laissant toutes tes économies au passage, soupira Audrey.

Au même moment, Mimi se pencha pour serrer la main de Sarah.

— Ton projet me paraît merveilleux, ma chérie. Nous sommes juste un peu surpris, c'est normal. Tu peux compter sur moi, en tout cas. Je n'avais jamais pensé revoir cette maison un jour – en fait, je n'avais même jamais pensé que je pourrais en avoir envie –, mais maintenant qu'elle t'appartient, c'est différent…

Sarah n'en demandait pas davantage. Mimi avait su trouver exactement les mots qu'il fallait.

— Tu es d'accord pour y aller demain, alors ?

Ce serait le jour de Noël, et elle se sentait comme une enfant sur le point de montrer à sa grand-mère son dernier dessin ou un chiot qu'on lui aurait offert. Elle voulait tant que Mimi et Audrey soient fières d'elle, même si elle savait que gagner l'approbation de sa mère serait très difficile.

— Nous irons dès demain matin, répondit Mimi d'un ton décidé, tout en luttant contre le flot d'émotions et de craintes que cette nouvelle avait fait naître en elle.

Retourner là-bas ne serait pas chose facile, mais elle n'aurait reculé devant rien pour le bonheur de sa petite-fille. George accepta aussitôt de l'accompagner, et il ne resta plus alors qu'Audrey à se décider.

— Très bien, capitula celle-ci. Mais n'espère pas que j'applaudirai des deux mains une fois sur place. Je maintiens que tu commets une très grosse erreur.

— Je n'en attendais pas moins de toi, maman.

Soulagée, Sarah les quitta un peu plus tard et rentra chez elle. En chemin, elle fit un détour par Scott Street, où la vue de sa maison et de la couronne de houx qu'elle avait accrochée à la porte lui fit du bien. Bientôt, c'est là qu'elle habiterait. Très bientôt.

Phil l'appela à minuit, pour prendre de ses nouvelles. Il s'amusait bien, tout comme ses enfants qui étaient contents de leur séjour, mais Sarah lui manquait. Elle répondit qu'il lui manquait lui aussi. Lorsqu'ils eurent raccroché, elle se demanda tristement si un jour elle partirait en vacances avec quelqu'un. Elle espérait que oui, souhaitant même que ce soit avec Phil.

Le lendemain matin, elle envisagea de téléphoner à Jeff pour lui souhaiter un joyeux Noël, mais sa crainte de tomber sur Marie-Louise l'en dissuada. Elle se rendit alors dans la maison de Scott Street, où elle bricola en attendant l'arrivée de Mimi, Audrey et George. Elle leur avait demandé de venir à 11 heures. Ils arrivèrent avec quelques minutes de retard. Audrey était allée chercher sa mère et son compagnon, tout en faisant mine d'ignorer qu'ils avaient passé la nuit ensemble. George avait définitivement distancé tous les autres soupirants de Mimi, et ils étaient devenus inséparables. Sarah le taquinait en affirmant qu'il avait séduit sa grand-mère avec ses leçons de golf, tandis qu'Audrey optait plutôt pour la maison de Palm Springs. Quelle qu'en fût la raison en tout cas, leur histoire semblait de plus en plus sérieuse et Sarah s'en réjouissait. Au moins y avait-il une femme dans sa famille qui vivait une histoire d'amour digne de ce nom. Et elle était ravie que ce soit Mimi. Celle-ci était si adorable qu'elle méritait bien de vivre heureuse jusqu'à la fin de ses jours.

Sa grand-mère fut la première à franchir le seuil de la maison. Elle contempla l'entrée d'un air craintif, puis s'avança lentement vers le grand escalier et le regarda longuement. Lorsque, enfin, elle se tourna vers Sarah, des larmes roulaient sur ses joues.

— C'est exactement comme dans mon souvenir, souffla-t-elle. Je n'ai jamais oublié quand ma mère descendait ces marches, vêtue d'une somptueuse robe du soir, portant de magnifiques bijoux et une étole en fourrure. Mon père l'attendait ici, en queue-de-pie et chapeau haut de forme, souriant de la voir si belle.

Sarah la croyait sans peine. A en juger par l'unique photo qu'elle avait vue de son arrière-grand-mère, Lilli avait quelque chose de magique et d'envoûtant : elle ressemblait à une princesse ou à une star de cinéma. Et entendre Mimi lui en parler faisait soudain surgir devant elle des images d'un passé à jamais révolu.

Ils restèrent au rez-de-chaussée durant près d'une heure, le temps pour Sarah de leur expliquer les travaux qu'elle comptait effectuer et l'endroit où serait située la nouvelle cuisine. Audrey examina longuement les lambris, les moulures et les boiseries et s'extasia sur la beauté des parquets. George, lui, tomba en admiration devant les lustres. Ils ne fonctionnaient pas, mais Jeff avait fait venir quelqu'un pour s'assurer qu'ils étaient solidement accrochés au plafond et ne risquaient pas de tomber.

— Mon père les a fait venir de l'étranger, expliqua Mimi. Deux d'entre eux de Russie et les autres d'Autriche.

Par contre celui dans la chambre de ma mère a été rapporté de Paris. Mon père a dévalisé des châteaux dans toute l'Europe, quand il a construit cette maison.

Ils passèrent ensuite une demi-heure au premier étage, à admirer les salons et surtout l'immense salle de bal, avec ses dorures, ses miroirs et ses lambris. Puis ils montèrent au deuxième étage. Là, Mimi se dirigea directement vers les chambres où son frère et elle avaient dormi enfants et les contempla longuement, sans un mot, soutenue par George, qui avait passé un bras autour de ses épaules. A l'évidence, cette visite la bouleversait et Sarah s'en voulut de lui avoir imposé une telle épreuve, tout en espérant que cela l'aiderait à panser ses blessures.

Mimi leur décrivit la chambre de sa mère, telle qu'elle était autrefois, avec ses meubles, ses rideaux de satin rose et son inestimable tapis d'Aubusson. Elle avait appris qu'il avait atteint une fortune lors d'une vente aux enchères en 1930, malgré le contexte économique de l'époque. Elle leur parla aussi des toilettes de Lilli et des extraordinaires chapeaux qu'elle commandait à Paris. L'écouter raconter tous ces détails était comme toucher du doigt une légende – en particulier pour Audrey qui, durant tout ce temps, demeura étonnamment silencieuse. Jamais sa mère ne s'était autant épanchée sur son enfance et elle était étonnée de découvrir à quel point Mimi avait gardé des souvenirs précis de cette période. Tout ce que sa mère lui avait dit jusqu'à présent était que sa famille maternelle avait été ruinée par le krach de 1929 et que son grand-père était mort peu après. Les gens qu'avait côtoyés Mimi, les détails de la disparition de Lilli, et même l'existence de cette maison, tout lui était resté inconnu jusqu'à ce jour. Sa mère compensait des années de silence par une foule d'anecdotes, qui se succédaient comme des bijoux se déversant d'un coffre rempli de merveilles.

Ils montèrent également sous les combles et descendirent à la cave, bien qu'il n'y eût pas grand-chose à admirer. La vue de l'ascenseur rappela à Mimi le plaisir qu'elle prenait à l'utiliser avec son père, et aussi une domestique qu'elle adorait et qu'elle montait voir en cachette, chaque fois qu'elle parvenait à échapper à la surveillance de sa gouvernante.

Il était près de 14 heures lorsqu'ils regagnèrent l'entrée, épuisés. Bien plus qu'une simple promenade, cette visite avait été pour eux une leçon d'histoire, une véritable remontée dans le temps. Grâce à Sarah et à son obstination à réaliser son rêve, le passé semblait soudain avoir ressuscité devant eux.

— Alors, qu'en pensez-vous ? s'enquit Sarah.

— Merci, ma chérie, répondit Mimi en la serrant dans ses bras. Dieu te bénisse. J'espère que tu seras heureuse, ici. Il fut un temps où mes parents l'ont été, mais je prierai pour que toi, tu le sois toute ta vie. Tu le mérites. Faire revivre cet endroit est un projet merveilleux et j'aimerais beaucoup t'aider à le réaliser.

Emu lui aussi, George l'étreignit à son tour en la félicitant.

— Merci, dit Sarah avant de se tourner vers sa mère, emplie de cette angoisse qu'elle éprouvait toujours lorsqu'elle quêtait son approbation.

Audrey parut hésiter, puis prit la parole d'une voix enrouée et nouée par l'émotion.

— Je m'apprêtais à te répéter que tu étais folle. Vraiment... Mais maintenant, je comprends. Tu as raison. C'est important pour nous tous... Et cette maison est magnifique. Tu peux compter sur moi, si tu as besoin de conseils pour la décoration.

Elle sourit à Sarah avec tendresse, avant de poursuivre :

— Il te faudra beaucoup de tissu... Les rideaux à eux seuls vont te ruiner... Mais j'aimerais te donner un coup de main, moi aussi. J'ai déjà quelques idées pour les salons du rez-de-chaussée. Une fois qu'ils seront restaurés, tu pourrais les louer une fortune comme salles de réception. Cela te ferait un joli complément de revenu. Les gens recherchent toujours des endroits chics pour se marier ou fêter un événement particulier. Celui-là serait parfait.

— Je trouve ton idée géniale, maman, répondit Sarah, les larmes aux yeux. Je n'y aurais jamais pensé.

C'était la première fois que sa mère proposait de l'épauler, au lieu de lui dire simplement ce qu'elle devait faire. Etrangement, la maison venait de les rapprocher. Sarah n'aurait jamais osé l'imaginer, mais elle en était ravie.

Avant de partir, les trois femmes se sourirent avec l'air complice de celles que lie un secret très particulier. Les descendantes de Lilli de Beaumont étaient enfin de retour chez elles, dans la maison qu'Alexandre avait fait construire pour sa femme adorée. Une maison autrefois emplie d'amour et qui, entre les mains de Sarah, n'allait pas tarder à le redevenir. Elles en étaient persuadées.

14

Sarah passa toutes ses vacances à travailler dans la maison, aidée par sa mère qui avait pris l'habitude de passer à l'improviste. Non seulement Audrey lui donnait d'excellentes idées sur la future décoration des pièces, mais elle avait entamé des recherches en bibliothèque et découvert des informations intéressantes sur l'histoire de la demeure. Pour la première fois depuis des années, Sarah était heureuse d'être avec sa mère. Mimi lui apportait des sandwiches de temps à autre, pour être sûre qu'elle se nourrissait un minimum. Peu à peu, le fruit de ses efforts commença à apparaître. La bibliothèque prenait forme, les boiseries et les lambris retrouvaient leur éclat.

Profitant du fait que Marie-Louise était au ski, Jeff vint souvent l'aider le soir. Il ne facturait à Sarah que les plans et le temps qu'il passait à discuter et à négocier avec les artisans engagés pour le gros œuvre. Pour le reste, il balayait ses protestations en prétendant que cela le détendait de travailler avec elle. C'est ainsi qu'il la rejoignit un soir, pour juger de l'effet d'une nouvelle cire sur les lambris d'un salon. Les quelques lampes disposées autour d'eux n'éclairaient qu'une partie de la pièce, et même si Sarah n'éprouvait jamais de sentiment d'insécurité chez elle, elle apprécia la présence de Jeff à ses côtés, surtout à cet instant où elle se sentait complètement épuisée.

— J'ai l'impression que mes bras vont tomber, dit-elle en s'asseyant par terre pour boire la bière qu'il lui tendait.

Jeff la regarda avec un grand sourire. Vêtue d'une salopette, les mains sales et les cheveux coiffés à la va-vite en chignon, Sarah lui paraissait plus jolie que jamais.

— Tu sais quel jour on est ? demanda-t-il en posant sa ponceuse.

— Non, je n'en ai aucune idée.

Elle perdait toute notion du temps, lorsqu'elle travaillait dans la maison.

— C'est la Saint-Sylvestre.

— Vraiment ? s'exclama-t-elle. Ça veut dire que je retrouverai mon bureau dans deux jours. Et que je ne pourrai plus bricoler ici que le week-end. C'était génial d'avoir toutes mes journées libres, cette semaine. Peut-être qu'en venant aussi le soir après le travail, j'arriverai à avancer un peu.

Plus vite elle terminerait, plus vite elle pourrait emménager. Elle avait tellement hâte ! En mettant les bouchées doubles, ce serait peut-être envisageable pour le printemps, calcula-t-elle avant de prendre soudain conscience du sens des paroles de Jeff.

— Quelle heure est-il ? s'enquit-elle.

— 23 h 53. Encore sept minutes à attendre.

Sarah leva sa bière pour lui porter un toast. Elle aimait cette façon de passer le réveillon. Une façon simple, conviviale. Et au côté d'un homme qui était devenu pour elle un ami très cher.

— J'espère que cette nouvelle année nous comblera tous les deux, déclara Jeff.

— Moi aussi. L'année prochaine à la même heure, je vivrai enfin ici et je pourrai donner une grande fête dans la salle de bal.

Un tel scénario était peu probable, mais cela l'amusait de l'imaginer.

— Tu m'inviteras, au moins ?

— Oui, bien sûr, rétorqua-t-elle. Et Marie-Louise aussi. Je vous enverrai un carton à tous les deux.

— Faites, madame, je vous en prie, dit-il en effectuant une courbette.

Marie-Louise skiait à Squaw Valley et se moquait bien du réveillon de la Saint-Sylvestre. Quant à Phil, il était toujours à Aspen avec ses enfants et ne rentrerait que la semaine suivante, juste avant la fin des vacances scolaires. Il avait appelé Sarah la veille, mais n'avait pas parlé du nouvel an.

— 23 h 58, annonça Jeff en regardant sa montre.

Sarah se redressa, posa sa bière sur sa caisse à outils et s'essuya les mains sur sa salopette. La vue de son reflet dans un miroir la fit alors éclater de rire. Elle était sale de la tête aux pieds et avait même des traces de cire sur la figure.

— Belle tenue de soirée, n'est-ce pas ?

Jeff se mit à rire lui aussi et elle remercia le ciel qu'il fût venu. La soirée aurait été triste sans lui, même si elle se sentait moins seule, à présent que la maison occupait tous ses loisirs.

— 23 h 59, dit-il, les yeux rivés sur sa montre.

Il fit un pas vers elle et Sarah, au lieu de reculer, hocha simplement la tête en signe d'assentiment. Juste pour cette fois. Pour le nouvel an.

— Bonne année, Sarah, murmura-t-il.

— Bonne année à toi aussi, Jeff, répondit-elle tandis qu'il l'enlaçait et se penchait pour l'embrasser.

Leur dernier baiser remontait à plusieurs semaines et ils ne pensaient pas recommencer ce soir-là. Un long moment s'écoula avant qu'ils ne s'écartent lentement l'un de l'autre.

— Merci d'être là, souffla-t-elle.

— Pour rien au monde je ne voudrais être ailleurs, Sarah.

Ils se remirent au travail en silence et ne quittèrent la maison qu'à 3 heures du matin, sans avoir fait, à aucun moment, la moindre allusion à ce qui s'était passé.

A son retour chez elle, un message de Phil attendait Sarah. Il avait téléphoné à minuit, pour lui souhaiter une bonne année, mais n'avait pas essayé de la joindre sur son portable. Lorsqu'il retenta sa chance, il était 8 heures et Sarah dormait encore. Lui, en revanche, se trouvait déjà sur un télésiège, prêt à dévaler les pentes enneigées d'Aspen.

— Où étais-tu, cette nuit ? demanda-t-il, curieux.

— Je bricolais dans ma maison. Je n'ai eu ton message qu'à 3 heures en rentrant. Merci d'avoir appelé, dit-elle en bâillant.

— Toi et cette baraque, marmonna-t-il. Tu m'as manqué...

Elle ne l'entendit plus. En raison de l'altitude, la communication était mauvaise et Sarah dut patienter quelques secondes avant que tout fonctionne à nouveau.

— Toi aussi, tu m'as manqué, répondit-elle tout en ayant conscience que cela ne l'avait pas empêchée d'embrasser Jeff à minuit et de savourer pleinement ce baiser.

— On se verra à mon retour, conclut Phil juste avant que la ligne ne soit coupée.

Sarah se leva et, deux heures plus tard, retourna à la maison.

Jeff l'y rejoignit en fin de matinée, juste après avoir eu une violente altercation avec Marie-Louise au téléphone. Elle avait voulu savoir à quoi il avait occupé son réveillon et il lui avait dit la vérité en précisant qu'il s'agissait d'une soirée de travail. Mais elle ne l'avait pas cru. Elle trouvait qu'il passait trop de temps avec Sarah. Et, lorsqu'il lui avait rappelé qu'il n'avait rien eu de mieux à faire que travailler puisqu'elle n'était pas là, elle l'avait copieusement injurié avant de lui raccrocher au nez. Jeff se préparait donc à des retrouvailles houleuses, d'autant que Marie-Louise devait rentrer le soir même et que sa colère ne se serait sûrement pas apaisée. Il ne parla pas de cette dispute à Sarah et l'aida jusqu'à

18 heures. Aucun d'eux ne fit la moindre allusion au baiser de la veille, alors même que son souvenir demeurait vivace dans leur esprit. Sarah, en particulier, ne cessait d'y songer, tout en se forçant à se répéter que Jeff n'était pas libre. Mais il était si séduisant, si charmant, si intelligent... C'était plus fort qu'elle, elle fondait devant lui.

Malgré cela, elle passa une bonne journée en sa compagnie. Les lambris qu'elle avait vernis étaient très réussis et elle comptait faire de même sur tous ceux de la maison. Et tant pis si elle ne parvenait plus à avoir les mains complètement nettes. Elle s'en moquait. Sa maison en valait la peine.

— Je crois que je n'aurai plus d'ongles avant un an, plaisanta-t-elle. Il va falloir que je trouve une explication pour mes clients, ou ils vont s'imaginer que je suis avocate le jour et fossoyeuse la nuit !

Après le départ de Jeff, elle continua jusqu'à 21 heures, puis rentra chez elle s'affaler devant la télévision. Les vacances avaient été parfaites, cette année. Enfin, presque. Peut-être auraient-elles été encore plus réussies si Phil avait été là – et encore n'était-ce pas certain. Heureusement, Jeff avait pu venir souvent. Ils avaient eu de la chance que Marie-Louise soit allée faire du ski.

Elle reprit son travail le matin suivant et Phil rentra le lendemain. Il l'appela aussitôt, mais ne proposa pas de venir et elle se garda de l'inviter. Elle avait compris la leçon. Il prétendrait être trop occupé, avoir des tonnes de dossiers à étudier ou avoir besoin d'aller au sport. Plutôt que d'être encore déçue, elle préféra attendre le week-end. C'était plus simple ainsi. Pourtant, si habituée fût-elle, elle éprouva un étrange sentiment à le savoir si proche et en même temps si loin d'elle.

Pour éviter de trop y penser, elle passa tous les soirs dans la maison à vernir les lambris – à l'exception du jeudi, où elle s'attela à la bibliothèque qu'elle avait commencé de monter. Après plusieurs essais malheureux, elle dut cependant tout défaire, pour repartir de zéro. Enervée à 23 heures, elle décida d'arrêter et de rentrer chez elle. L'idée lui vint alors de passer voir Phil. Il habitait à deux pas et, même s'ils devaient se retrouver le lendemain, elle avait envie de l'embrasser et aussi de se glisser dans son lit en attendant qu'il revienne du sport. Phil lui avait confié un double de ses clés l'année précédente – soit un an après qu'elle lui eut donné les siennes, et uniquement parce qu'il savait qu'elle n'en abuserait pas. Hormis quelques rares exceptions, en effet, jamais elle n'était allée dans son appartement en son absence. Elle ne se le permettait pas et il en allait de même pour lui. Si cela devait se produire, ils se passaient presque toujours un coup de fil avant. Ce respect mutuel expliquait d'ailleurs en partie que leur couple durât depuis si longtemps.

Elle se gara en bas de son immeuble et leva les yeux vers les fenêtres de son salon. Les lumières étaient éteintes, signe qu'il n'était pas encore là. Sarah éprouvait une joie presque enfantine à l'idée de la tête qu'il ferait à son retour. En riant, elle monta à son étage, ouvrit la porte et avança dans l'entrée sans allumer – elle ne voulait pas risquer de trahir sa présence, au cas où il aurait débouché dans la rue au même moment. Sans bruit, elle se dirigea vers sa chambre. La pénombre lui permit tout juste de distinguer que le lit était défait. Mais, alors qu'elle finissait de se déshabiller, un gémissement la fit soudain sursauter. On aurait dit une personne blessée et Sarah manqua mourir de peur lorsque, en se tournant vers l'endroit d'où provenait la plainte, elle vit deux silhouettes se redresser sous la couette.

— Merde ! lâcha une voix d'homme.

La lampe de chevet s'alluma et Sarah découvrit alors Phil nu au côté d'une blonde aussi dénudée que lui. Elle les fixa sans comprendre, stupéfaite, parvenant juste à remarquer que la fille était très belle et très jeune.

— Oh, mon Dieu, balbutia-t-elle en serrant son tee-shirt et sa salopette d'une main tremblante.

Un court instant, elle craignit de s'évanouir.

— Qu'est-ce que tu fais là ? hurla Phil d'une voix mauvaise.

Après coup, Sarah réalisa que la situation aurait pu être pire encore. Elle aurait très bien pu les surprendre en plein acte sexuel au lieu d'interrompre les petits jeux érotiques auxquels ils se livraient. Heureusement, il faisait froid ce soir-là et l'appartement de Phil était très mal chauffé, de sorte qu'ils étaient restés au chaud sous les couvertures.

— J'étais venue te faire une surprise, dit-elle d'une voix tremblante, luttant pour retenir les larmes de rage, de désespoir et d'humiliation qui lui montaient aux yeux.

— Tu as réussi ton coup, grinça-t-il en se passant une main dans les cheveux.

Muette, la fille ne bougeait pas. Elle savait que Phil n'était pas marié, mais il n'avait pas jugé bon de la prévenir qu'il avait déjà une femme dans sa vie. Mortifiée, Sarah songea qu'elle devait ressembler à un épouvantail.

— Qu'est-ce qu'on faisait à ton avis ? poursuivit-il, faute d'une remarque plus intelligente à formuler.

— Tu me trompais, voilà ce que tu faisais, répliqua Sarah en le fixant au fond des yeux. Je suppose que toutes tes salades sur l'intérêt de ne se voir que le week-end ne servaient qu'à ça. Tu me dégoûtes !

Elle enfila rapidement son tee-shirt et sa salopette, en n'attachant qu'une bretelle. Elle voulait partir d'ici le plus vite possible mais ne tenait pas à se retrouver dans la rue en petite tenue.

— Ecoute, rentre chez toi, lui conseilla Phil. Je t'appellerai. Ce n'est pas ce que tu crois.

Son regard allait de Sarah à la blonde à côté de lui. La raison pour laquelle il ne se levait pas était évidente : il était nu.

217

— Tu plaisantes, je suppose ! s'écria Sarah, tremblante. *Ce n'est pas ce que je crois ?* Tu me prends pour
une idiote ou quoi ? Elle était à Aspen avec toi ? Est-ce
que tu te fiches de moi depuis quatre ans ?

— Non... je... Ecoute, Sarah...

La fille se redressa alors, l'air déconcerté.

— Tu veux que je m'en aille ? demanda-t-elle.

— C'est inutile, répondit Sarah sans laisser à Phil le
temps de répondre.

Sur ce, elle quitta la chambre, claqua la porte d'entrée
en jetant le double des clés par terre, dévala les escaliers
et courut à sa voiture. Elle tremblait si fort qu'elle eut
du mal à conduire jusque chez elle. Quatre ans. Elle
avait gâché quatre ans de sa vie pour ce salaud. Au
moins savait-elle à quoi s'en tenir maintenant. Finis les
manipulations, les mensonges et les déceptions. Finies
aussi les questions pour comprendre ce qui la poussait à
supporter ses mauvaises excuses. Tout ça était terminé.
Elle avait beau se dire que c'était aussi bien comme ça,
les larmes inondaient ses joues lorsqu'elle arriva devant
chez elle. Le choc était rude à encaisser.

Le téléphone sonnait lorsqu'elle poussa la porte, mais
elle ne répondit pas. Il n'y avait rien à ajouter. Absolument rien. Elle l'entendit laisser un message sur son
répondeur de sa voix conciliante, celle qu'il utilisait en
général pour se faire pardonner. Sans même l'écouter,
elle l'effaça.

Elle se coucha mais ne put trouver le sommeil. Elle
revoyait sans cesse cet instant cauchemardesque où elle
avait découvert Phil avec une autre. C'était un peu
comme observer un bâtiment imploser de l'intérieur. La
relation bancale qu'elle partageait avec lui depuis quatre
ans venait de s'écrouler, et il n'y avait aucun espoir de la
faire renaître – aucun espoir, ni surtout aucune envie.
Même dans l'état où elle se trouvait, elle sentait que
cette soirée marquait le début de sa renaissance. Elle
aurait probablement continué à accepter le mode de vie

qu'il lui imposait depuis des années, si elle n'avait pas eu sous les yeux la preuve de sa trahison.

Son téléphone sonna toute la nuit, jusqu'à ce qu'elle le débranche. D'une certaine façon, cela lui plaisait que Phil se donne cette peine, même s'il le faisait pour ne pas perdre la face. Ou peut-être avait-il réfléchi et trouvé que leurs week-ends à deux lui convenaient plutôt bien finalement et voulait-il la retenir. Peu importait. L'infidélité était une chose qu'elle ne pouvait tolérer. Elle avait déjà supporté trop de choses de sa part. Cette fois, cela suffisait.

Au matin, elle tenta de se persuader qu'elle allait mieux. Elle savait que c'était faux, bien sûr, mais, dans le même temps, elle était certaine que tôt ou tard elle redresserait la tête. Phil ne lui avait pas laissé d'autre choix.

A peine arrivée à son bureau, elle reçut un coup de fil inquiet de sa mère.

— Tu vas bien ? s'enquit Audrey.

— Oui, pourquoi ?

— J'ai essayé de t'appeler hier soir, mais ta ligne était en dérangement.

— J'avais débranché mon téléphone pour me concentrer sur un dossier épineux. Je vais bien, ne te fais pas de souci.

— Bon, bon, je voulais juste m'en assurer. Il faut que je file chez le dentiste, on se verra plus tard.

Après avoir raccroché, Sarah appela Phil chez lui en sachant qu'il serait déjà parti travailler et laissa un message sur son répondeur pour lui réclamer ses clés.

— Je ne veux pas que tu me les rapportes ni que tu les postes, dit-elle simplement. Envoie-les-moi par coursier, c'est tout. Merci.

Il essaya de la joindre à six reprises, ce jour-là. A chaque fois, elle refusa de répondre, avant de céder à sa septième tentative. Elle n'avait aucune raison de se cacher, après tout. C'était lui le fautif. Pas elle.

Elle se contenta d'un « bonjour » sec lorsque sa secrétaire lui passa la communication, et constata alors avec surprise que Phil semblait paniqué. Il était si sûr de lui d'ordinaire qu'elle s'attendait à ce qu'il ait une nouvelle mauvaise excuse à lui faire avaler.

— Ecoute, Sarah, commença-t-il. Je suis désolé... C'est la première fois en quatre ans... Ça arrive... Je ne sais pas... Il faut qu'on parle... On devrait se voir en semaine aussi, tu as raison... Je viendrai ce soir et on en discutera... Chérie, je suis désolé... Je t'aime tant...

— Vraiment ? le coupa-t-elle froidement. Tu as une drôle de façon de le montrer. C'était de l'amour par procuration, j'imagine. Cette fille jouait sûrement mon rôle.

— Allons, chérie, s'il te plaît... C'est humain, ce que j'ai fait... Ça aurait pu t'arriver à toi aussi et je t'aurais pardonné...

— Faux. Ça n'aurait pas pu m'arriver. Et tu sais pourquoi ? Parce que je suis tellement stupide que j'ai cru tous les bobards que tu m'as racontés. J'ai accepté que tu me laisses à San Francisco chaque fois que tu partais en vacances ou en week-end avec tes enfants. J'ai accepté de passer seule tous les Noëls et tous les jours de l'an de ces quatre dernières années, et aussi toutes mes soirées en semaine, parce que tu prétendais avoir besoin de travailler ou de faire du sport. Et tout ça pour quoi ? Pour que tu t'envoies en l'air avec une autre. La différence entre toi et moi, Phil, c'est que je suis honnête. Toi non. Au bout du compte, tout se résume à ça. C'est fini maintenant. Je ne veux plus te voir. Contente-toi de me redonner mes clés.

— Ne sois pas idiote, Sarah, protesta-t-il avec une pointe d'agacement dans la voix. On a mis quatre années de notre vie dans cette histoire.

— Tu aurais dû y penser la nuit dernière, *avant* de coucher avec elle, pas après.

Sarah tremblait de nouveau. Elle l'aimait encore, elle le sentait, mais il lui était impossible de faire marche arrière. Pas question. Il était grand temps qu'elle le quitte.

— Parce que c'est de ma faute, peut-être, si tu as débarqué chez moi sans prévenir ? Tu aurais dû m'appeler.

— Et toi, tu n'aurais pas dû coucher avec cette fille. Que j'aie débarqué sans prévenir ou pas ne change rien. Je regrette de ne pas l'avoir fait plus tôt, à vrai dire. Je me serais épargné cette humiliation et tout ce temps perdu avec toi. Au revoir, Phil.

— Tu t'en mordras les doigts, Sarah, la prévint-il. Tu as trente-huit ans, ne l'oublie pas. Tu finiras seule, à ce rythme-là. Arrête, ne sois pas si stupide !

Mais il aurait pu être le dernier homme sur terre qu'elle n'aurait plus voulu de lui.

— J'étais déjà seule quand j'étais avec toi, Phil, déclara-t-elle calmement. Maintenant, je le serai sans toi. Merci pour tout.

Et elle raccrocha. Phil attendit la fin de la journée pour la rappeler chez elle, mais elle avait débranché le répondeur, afin de ne plus avoir à entendre sa voix.

Après avoir encore passé une partie de la nuit à pleurer et à tenter de chasser de son esprit l'horrible scène de la veille, Sarah s'éveilla un peu plus apaisée le lendemain matin. On était samedi. Un coursier lui apporta ses clés, comme convenu, avec un message de Phil disant qu'il serait toujours là pour elle, qu'elle pouvait le joindre à n'importe quel moment et qu'il espérait qu'elle le ferait. Elle jeta le mot à la poubelle, puis, sans plus tarder, emballa les affaires qu'il avait laissées chez elle. Cela ne lui prit pas longtemps. Il y avait sa trousse de toilette, quelques jeans, des sous-vêtements, des chemises, une paire de Nike, des tongs et des mocassins. Plus un blouson de cuir qu'il gardait là pour le week-end. Sarah comprit alors que leur histoire avait été plus imaginaire que réelle. Elle avait projeté sur lui ses espoirs et ses névroses, en particulier sa peur panique d'être abandonnée par un homme, comme elle l'avait été par son père. C'était pour cette raison qu'elle s'était contentée des miettes que Phil daignait lui donner, sans jamais rien exiger de plus. Elle l'avait supplié, bien sûr, mais avait toujours accepté qu'il lui accorde moins que ce qu'elle méritait. Finalement, il lui avait rendu un immense service en couchant avec la blonde, l'autre soir. A présent, elle voyait clair en lui et constatait avec surprise qu'elle souffrait moins qu'elle ne s'y attendait. Elle retrouva même assez d'énergie en fin d'après-midi pour aller travailler dans la maison. Taper avec un marteau la défoulerait, pensa-t-elle. C'est ce qui se produisit, et sa tâche l'absorba tant qu'il lui fallut un moment pour se rendre compte que quelqu'un sonnait à la porte. Craignant une visite impromptue de Phil, elle regarda par une fenêtre du premier étage et aperçut Jeff. Elle dévala aussitôt l'escalier pour lui ouvrir.

— Salut, dit-il. J'ai vu ta voiture dans l'allée et j'ai eu envie de m'arrêter cinq minutes.

Au même moment, il nota sa mine défaite et la dévisagea plus attentivement.

— Ça va ? s'inquiéta-t-il.

— Oui, très bien, le rassura-t-elle.

Elle n'en avait pas l'air cependant. Quelque chose n'allait pas, mais il n'arrivait pas à trouver quoi.

— Rude semaine, au bureau ?

— Oui. Plus ou moins, répondit-elle.

Préférant ne pas la brusquer, il abandonna le sujet et la suivit à l'étage, afin d'examiner la bibliothèque qu'elle était en train de monter. Pour une amatrice, elle se débrouillait vraiment bien. Le regard de Sarah croisa alors le sien et il lui sourit.

— Qu'y a-t-il, Sarah ? Tu n'es pas obligée de me le dire, mais je vois bien que ça ne va pas fort.

Elle hocha la tête et réussit à ne pas pleurer.

— J'ai rompu avec Phil avant-hier, lui confia-t-elle en posant son marteau un instant et en repoussant les cheveux qui lui tombaient dans les yeux. J'aurais dû le faire depuis longtemps.

— Que s'est-il passé ? Vous vous êtes disputés à son retour d'Aspen ?

— Non, pas vraiment. Je l'ai surpris chez lui avec une autre. Pour moi, ça a été une première. Une expérience nouvelle et différente de toutes celles que j'avais connues jusqu'alors.

Elle s'était exprimée d'une voix monocorde mais, compte tenu des circonstances, Jeff estima qu'elle tenait plutôt bien le coup.

— Eh bien, ça n'a pas dû être agréable.

— En effet. J'avais l'air d'une imbécile. Peut-être qu'il me trompe depuis le début, finalement. Je suis aussitôt repartie et je lui ai renvoyé toutes ses affaires ce matin. Depuis, il n'arrête pas d'appeler.

— C'est vraiment terminé à ton avis, ou y a-t-il une chance pour que tu passes l'éponge ?

Marie-Louise aussi l'avait trompé quelques années plus tôt et il n'avait cessé de lui en vouloir que lorsqu'elle était revenue en le suppliant de lui pardonner. Il l'avait amèrement regretté par la suite, parce qu'elle avait recommencé une fois mais, ensuite, plus jamais. Il avait été suffisamment clair pour lui faire comprendre qu'elle avait dépassé les bornes.

— Non, je ne veux plus entendre parler de lui, déclara-t-elle tristement. C'est fini. Ce type est un menteur et un faux jeton. Dire qu'il m'a fallu si longtemps pour ouvrir les yeux...

— Il ne renoncera pas à toi si facilement.

— Peut-être. Mais moi, j'ai tiré un trait. Je ne pourrai jamais oublier ce qu'il m'a fait. Si tu avais vu la scène... C'était horrible. Je m'apprêtais à me glisser dans son lit pour lui faire une surprise, quand je me suis rendu compte que quelqu'un m'avait précédée. Je ne me suis jamais sentie aussi stupide de toute ma vie – ni aussi choquée. J'ai cru que j'allais avoir une attaque quand je suis partie. Enfin, l'avantage, c'est que je vais avoir plus de temps pour travailler ici, maintenant. Tout est pour le mieux dans le meilleur des mondes. J'ai tellement hâte d'emménager.

Elle avait délibérément changé de sujet de conversation et Jeff le comprenait. Il était néanmoins curieux de voir si elle tiendrait parole. Sa rupture ne remontait qu'à deux jours, après tout.

— Quand penses-tu t'installer ici ? s'enquit-il.

— Je ne sais pas. A ton avis, ce sera possible bientôt ?

Les électriciens devaient venir la semaine suivante et seraient suivis par les plombiers. Les différents corps de métier allaient se succéder durant plusieurs mois et la cuisine ne serait pas posée avant que le gros des travaux fût terminé ou en voie de l'être, c'est-à-dire au plus tôt en mars.

— Je tablerais sur le mois d'avril, déclara-t-il après réflexion. Tout dépend de la vitesse à laquelle le chantier avance. Si on s'en tient au planning, tu pourras emménager ici dès mars, à condition d'aimer la poussière et le bruit.

— Ce serait génial ! s'exclama-t-elle en souriant. Je rêve de quitter mon appartement.

Elle ne le supportait plus, surtout maintenant que Phil était sorti de sa vie. Désormais, elle n'aspirait qu'à passer à autre chose. Désespérément.

Jeff s'attarda un moment pendant qu'elle se remettait au travail. Il ne pouvait pas rester pour l'aider, car il avait des choses à faire, mais il ne pouvait pas se résoudre à la laisser seule en sachant ce qu'elle venait de traverser. Deux heures plus tard, il finit par partir en lui disant qu'il essaierait de venir le lendemain. Sarah continua de monter sa bibliothèque jusqu'à près de minuit, puis rentra chez elle. Son répondeur était débranché, son téléphone portable éteint. Elle n'avait envie de voir personne et donc aucune raison de répondre au moindre appel. Au moment de se coucher, elle pensa à Phil et à la fille avec qui il était l'autre soir. Elle se demanda s'il était avec elle à cet instant précis ou avec une autre. Elle se demanda aussi avec combien de femmes il l'avait trompée en quatre ans. L'idée qu'elle ait pu être aussi naïve la déprimait, mais il était trop tard pour revenir en arrière. La seule chose qu'il lui restait à faire était de le rayer de sa vie à jamais.

15

Fin janvier, Sarah se sentait déjà beaucoup mieux. Elle était débordée de travail pendant la semaine et passait tous ses week-ends à bricoler dans la maison. Jeff avait vu juste. Phil n'avait pas renoncé facilement à elle. Il l'avait très souvent appelée, lui avait écrit, envoyé des roses, et était même venu chez elle à l'improviste. L'ayant aperçu depuis une fenêtre, elle ne l'avait pas laissé entrer. De même, elle n'avait répondu à aucun de ses appels, ne l'avait pas remercié pour les roses et avait jeté toutes ses lettres. Elle n'était pas revenue sur sa décision. Il n'y avait plus rien à dire. De plus, elle était persuadée qu'il lui avait été souvent infidèle – il en avait eu largement l'occasion, étant donné la façon dont il avait arrangé leurs rencontres. Il fallut près d'un mois à Phil pour comprendre que tout était terminé et lorsque, enfin, il cessa de lui téléphoner, elle sut qu'il avait tiré un trait sur elle. Il lui avait dit un jour qu'il avait trompé sa femme à la fin de leur mariage, en précisant toutefois que c'était elle, par son comportement, qui l'y avait poussé. Non sans amertume, Sarah songeait qu'il devait maintenant rejeter sur elle toute la responsabilité de leur séparation.

Heureusement, en dehors de sa vie amoureuse, tout allait bien. La succession de Stanley était presque réglée, et les héritiers – elle y compris – avaient déjà touché une grosse partie de leur legs. Elle faisait pourtant attention à ses dépenses et vérifiait toutes les factures des corps de métier engagés par Jeff. Elle avait ainsi réussi à ne pas dépasser son budget, et ce d'autant plus facilement qu'elle faisait beaucoup de choses par elle-même, sans que cela lui pèse, car elle adorait se consacrer à sa maison. Non seulement le travail manuel était gratifiant, mais il lui permettait aussi d'évacuer le stress et la fatigue intellectuelle de son métier d'avocate. Sans compter que cela l'aidait à oublier Phil.

Au cours de la dernière semaine de janvier, elle eut l'agréable surprise d'avoir des nouvelles de Tom Harrison. Le banquier devait se rendre à San Francisco pour affaires quelques jours plus tard et souhaitait l'inviter à dîner. Sarah accepta avec joie et, après être convenue de passer le prendre à son hôtel le soir de son arrivée, lui proposa de venir voir les transformations déjà apportées à la maison.

Il pleuvait à seaux ce jour-là, comme souvent à cette période de l'année, mais Tom lui affirma que cela valait encore mieux que les chutes de neige de Saint Louis. Une fois dans la maison, il se montra très impressionné par ce qu'elle avait réussi à accomplir en si peu de temps. Sarah avait du mal à s'en rendre compte car elle venait presque tous les jours et n'avait plus le recul nécessaire pour juger de son travail.

— C'est incroyable, Sarah ! dit-il avec un large sourire. Pour être honnête, je pensais que vous étiez folle de vous lancer dans un tel projet, mais maintenant, je comprends pourquoi vous l'avez fait. Cette maison sera magnifique, quand vous aurez terminé.

Et aussi dix fois trop grande, se retint-elle d'ajouter. Mais elle était heureuse de sauver un endroit aussi chargé d'histoire – qui plus est de son histoire familiale.

Elle emmena ensuite Tom dans un nouveau restaurant spécialisé dans la cuisine française. Au cours du repas, elle lui raconta ses liens de parenté avec les anciens propriétaires de la maison et lui retraça la vie de

Lilli, ce qui le passionna. Leur dîner se déroula de manière très agréable, ce qui ne surprit pas Sarah. Dès leur première rencontre, elle avait apprécié Tom. Il respirait l'intelligence et la gentillesse. De plus, il la traitait comme sa propre fille et non comme une femme à séduire, de sorte qu'elle se sentait très à l'aise en sa compagnie. Tellement, même, que, au moment de prendre congé, elle osa lui parler de l'idée qui lui avait déjà traversé l'esprit.

— Vous seriez libre demain, pour déjeuner ? s'enquit-elle prudemment.

— Peut-être. Qu'avez-vous en tête ?

— Je vais vous paraître ridicule, mais j'aimerais vous présenter ma mère. Je vous en avais parlé au mois de novembre, l'année dernière, vous vous souvenez ? Elle est adorable. J'ai l'impression que vous pourriez bien vous entendre tous les deux.

— Ma foi, s'exclama-t-il avec bonne humeur, vous me rappelez l'une de mes filles. Elle n'arrête pas de m'organiser des rendez-vous avec les mères de ses amies. Pour être honnête, certaines sont de drôles de phénomènes, mais je suppose qu'il faut avoir le sens de l'humour, quand on se retrouve seul à soixante-trois ans.

Sarah fut ravie d'apprendre qu'il fréquentait des femmes de son âge plutôt que leurs filles. Pour ce qu'elle en savait, la plupart des hommes mûrs aimaient s'afficher avec des jeunettes dont ils auraient pu être le père, voire le grand-père. C'est pourquoi, à soixante et un ans, même si elle ne faisait pas son âge, Audrey n'avait guère de prétendants. Une grande partie de ses amies avaient tenté leur chance sur des sites de rencontres Internet – parfois avec succès –, mais il fallait bien reconnaître que la plupart des hommes d'une soixantaine d'années préféraient les femmes beaucoup plus jeunes. A tous points de vue, Tom Harrison semblait donc l'homme idéal, à condition cependant qu'Audrey ne le fasse pas fuir en se montrant trop agressive.

Sarah lui donna rendez-vous le lendemain midi au Ritz-Carlton et, sitôt rentrée chez elle, appela sa mère pour la prévenir. Leurs relations s'étaient considérablement améliorées depuis Noël, la maison leur ayant permis de se découvrir un intérêt commun et de développer de nouveaux liens, beaucoup plus affectueux.

— Sarah, je ne peux pas, voyons ! protesta Audrey, embarrassée. Je ne connais même pas cet homme. Si ça se trouve, c'est toi qui l'intéresses et il se contente d'être poli pour te faire plaisir.

— Pas du tout. Je te jure que celui-là est normal. Il est veuf, très sympathique, séduisant, intelligent et s'habille bien. Et il me traite comme une enfant.

— Mais tu es une enfant, rétorqua sa mère en riant.

Elle était tout de même heureuse de l'idée de Sarah. Elle n'avait rencontré personne depuis des mois, et le dernier rendez-vous auquel elle s'était rendue s'était révélé un fiasco total. Elle s'était retrouvée face à un vieillard de soixante-quinze ans, sourd comme un pot et affligé d'un dentier qui ne cessait de tomber. Farouchement conservateur, il détestait tout ce en quoi elle croyait et n'avait pas laissé de pourboire au serveur. Elle avait eu envie d'étrangler l'amie qui l'avait attirée dans ce traquenard et qui, par-dessus le marché, avait été étonnée qu'elle ne juge pas cet homme « adorable ». Pour Audrey, « grippe-sou » était un adjectif qui lui convenait beaucoup mieux. Elle n'avait aucune raison de penser que ce Tom Harrison serait plus sympathique, si ce n'est peut-être les affirmations répétées de Sarah. Elle finit par céder lorsque celle-ci lui rappela qu'il ne s'agissait ni d'une mission d'espionnage, ni d'une opération à cœur ouvert, ni même d'un mariage, mais d'un déjeuner. Un simple déjeuner.

— D'accord, d'accord, dit-elle. Comment dois-je m'habiller alors ? Sobre ou sexy ?

— Classique, mais pas triste. Evite ton tailleur noir, lui conseilla Sarah en se gardant de préciser qu'il la vieillissait. Choisis une tenue gaie, dans laquelle tu te sens à l'aise.

— Ma veste façon léopard ? J'ai vu un mannequin la porter avec des chaussures dorées, dans un magazine.

— Non, surtout pas ! s'étrangla Sarah. Tu aurais l'air d'une racoleuse... Heu, désolée, maman.

— Je n'ai jamais eu l'air d'une racoleuse de toute ma vie !

— Je sais, maman. Excuse-moi. Simplement, ça me semble un peu osé pour un banquier de Saint Louis.

— Il est peut-être de Saint Louis, mais pas moi, répliqua Audrey d'un ton hautain avant de se détendre un peu. Ne t'inquiète pas. Je me débrouillerai.

— Je te fais confiance. Tu vas l'épater.

— Ça m'étonnerait, dit Audrey avec une modestie affectée.

Sarah était particulièrement nerveuse, lorsqu'elle arriva le lendemain au Ritz-Carlton. Elle était en retard. Par chance, Tom avait tout de suite deviné qui était Audrey et tous deux bavardaient déjà agréablement quand elle les rejoignit. Sarah se sentit fière en voyant sa mère. Celle-ci avait trouvé la tenue parfaite ; une robe en laine rouge à col roulé et manches longues qui mettait sa silhouette en valeur sans pour autant la faire paraître vulgaire, des escarpins, un collier de perles, les cheveux coiffés en chignon banane et un manteau noir pour compléter l'ensemble. Tom, lui, portait un costume rayé bleu marine, une chemise blanche et une cravate. Tous deux allaient très bien ensemble, pensa Sarah. Et, visiblement, le courant passait entre eux. Ils avaient même tant de sujets de conversation que c'est à peine si elle parvint à placer un mot pendant le repas. Ils parlèrent de leurs enfants, de leurs voyages, de leurs anciens conjoints respectifs, de leur passion pour le jardinage, de musique, de danse, de cinéma et d'art. Ils semblaient d'accord sur presque tout, et Sarah, enchantée, les observait avec délice. Le temps fila ainsi très vite, si vite qu'elle dut les abandonner pour retourner travailler. Elle était déjà en retard pour une réunion. Gagné ! se dit-elle en souriant après les avoir laissés poursuivre leur discussion en tête-à-tête. Cette rencontre était un succès.

Elle appela sa mère en fin d'après-midi, pour en savoir plus, et Audrey reconnut qu'elle avait eu raison. Tom était un homme charmant.

— Peut-être pas idéal géographiquement parlant, nuança Sarah.

Saint Louis n'était pas la porte à côté, ce qui ne faciliterait pas d'éventuelles retrouvailles. Mais au moins sa mère s'était-elle fait un nouvel ami.

— Au fait, maman, j'ai oublié de te dire qu'il avait une fille aveugle et handicapée mentale.

Elle ne l'avait pas avertie avant le repas, mais estimait préférable que sa mère le sache à présent.

— Oui, la petite Debbie, répliqua Audrey comme si elle était au courant depuis longtemps. Nous en avons discuté, après ton départ. Quelle tragédie pour lui ! Elle est née avant terme et a subi de grosses lésions cérébrales au moment de l'accouchement. Une chose pareille serait impensable aujourd'hui. Tom m'a expliqué qu'il avait trouvé du personnel remarquable pour s'occuper d'elle, mais ce doit être dur pour lui, maintenant que sa femme n'est plus là.

Sarah en resta bouche bée. Jamais elle n'aurait pensé qu'ils échangeraient si vite de telles confidences.

— Je suis contente qu'il t'ait plu, maman.

— Il est très bel homme, en effet. Et très gentil aussi, confirma Audrey.

— Je suis sûre qu'il t'appellera, la prochaine fois qu'il viendra à San Francisco. Il a eu l'air de t'apprécier lui aussi.

Sa mère pouvait être charmante quand elle le voulait, surtout avec les hommes. Il n'y avait qu'avec elle, sa fille, qu'elle se montrait parfois dure et impitoyable. Sarah se souvenait encore de la tolérance dont elle avait fait preuve autrefois envers son mari, même lorsqu'il était ivre mort.

— Nous dînons ensemble ce soir, avoua Audrey.

— Vraiment ?

— Il avait prévu de sortir avec ses associés, mais il a annulé. Quel dommage qu'il doive repartir demain, ajouta-t-elle avec mélancolie.

— A mon avis, tu le reverras très vite.

— Peut-être.

Audrey ne paraissait pas convaincue, mais Sarah aurait parié qu'elle était ravie de cette rencontre. Pour elle aussi, la journée avait été parfaite, même si elle regrettait de ne pas savoir mieux se débrouiller pour elle-même. Sans doute était-il encore trop tôt, se dit-elle. Elle avait besoin de temps pour oublier Phil, la douleur et les désillusions qu'il lui avait infligées. Heureusement, sa maison l'occupait entièrement. Elle n'était pas prête à faire la connaissance d'un nouvel homme pour le moment, alors que sa mère, elle, n'avait rencontré personne d'intéressant depuis une éternité.

— Amuse-toi bien ce soir, alors. Tu étais parfaite, à midi.

— Merci, ma chérie, dit Audrey avec, dans la voix, une chaleur et une douceur inhabituelles. Il ne faudrait quand même pas qu'il n'y en ait que pour Mimi !

A ces mots, elles éclatèrent de rire. Mimi passait beaucoup de temps avec George désormais, au point de ne sembler plus voir que lui. Ainsi qu'elle l'avait avoué après Noël, entre eux « c'était sérieux ». Ils étaient si attendrissants tous les deux, si pleins de fraîcheur et d'innocence que Sarah se réjouissait avec eux de leur bonheur.

Après cela, elle n'eut pas de nouvelles d'Audrey durant plusieurs jours. Entre-temps, Tom avait regagné Saint Louis, non sans lui avoir laissé un message, pour la remercier de lui avoir présenté sa très charmante mère et en lui promettant de la contacter lors de son prochain séjour à San Francisco. Pour Sarah, les choses en étaient là, mais lorsqu'elle fit un saut chez Audrey, le samedi suivant, après être allée lui chercher des vêtements au pressing, son attention fut tout de suite attirée par un énorme bouquet de roses rouges disposées dans un vase.

— Laisse-moi deviner, dit-elle. Mmm… Qui a bien pu te les offrir ?

— Un admirateur, répondit Audrey en souriant et en la débarrassant de son fardeau. Bon, oui, j'avoue, c'est Tom.

— Eh bien, maman ! Il t'a appelée depuis qu'il est parti ?

— On s'envoie des e-mails.

— Ah oui ? J'ignorais que tu avais un ordinateur !

— J'ai acheté un portable, le lendemain de son départ, lui confia Audrey en rougissant. Je trouve ça amusant.

— Je devrais peut-être ouvrir une agence matrimoniale, commenta Sarah, abasourdie par la rapidité des événements.

— Commence par t'occuper de toi, alors.

Sarah lui avait dit que Phil et elle s'étaient séparés, mais sans lui en donner les raisons. Elle avait juste évoqué une lassitude de part et d'autre et, pour une fois, Audrey n'avait pas cherché à en savoir davantage.

— Je suis trop occupée avec la maison, se défendit-elle.

— Ne te sers pas de ça comme excuse, tu le fais déjà avec ton travail.

— Pas du tout !

— Tom m'a dit qu'il aimerait beaucoup te présenter son fils. Il a un an de plus que toi et est divorcé depuis peu.

— Peut-être, mais il habite Saint Louis et c'est trop loin pour moi.

Le problème était le même pour Audrey, mais au moins sa rencontre avec Tom avait-elle remonté le moral de sa mère.

— Et l'architecte que tu as engagé ? Comment est-il ?
Célibataire et séduisant ?

— Il est très bien, et la femme avec qui il vit depuis
quatorze ans aussi. Ils sont associés et possèdent une
maison sur Potrero Hill.

— Rien à espérer de ce côté-là, alors. Mais tu verras,
je suis sûre que tu trouveras quelqu'un, au moment où
tu t'y attendras le moins.

— Mouais. Jack l'Eventreur, par exemple, répliqua
Sarah avec ironie. J'ai hâte de faire sa connaissance.

Les hommes ne lui inspiraient que de l'amertume, ces
temps-ci. La plaie laissée par Phil n'était pas près de se
refermer.

— Ne sois pas si négative, la réprimanda Audrey. On
dirait que tu es déprimée.

— Non, juste fatiguée. J'ai eu beaucoup de travail
cette semaine.

— Ça, c'est nouveau ! se moqua sa mère en la raccompagnant à la porte.

Au même instant, son ordinateur fit entendre un bip
signifiant qu'elle avait reçu un mail.

— L'appel de l'amour ! plaisanta Sarah en souriant
avant de l'embrasser et de reprendre sa voiture pour
Scott Street.

Elle était enchantée que Tom et Audrey se soient
découvert autant d'affinités. Même si la distance qui les
séparait les empêchait d'aller plus loin, cette amitié leur
faisait du bien à tous les deux. Quelque chose lui soufflait que Tom souffrait de sa solitude, tout comme
Audrey. Un bouquet de roses de temps en temps ne
pouvait faire de mal à personne. Pas plus qu'un e-mail
envoyé par un ami.

16

Fin février, la maison disposait d'une nouvelle tuyauterie et l'installation électrique était presque terminée. Ils procédaient étage par étage. En mars, ils commencèrent l'installation de la cuisine au rez-de-chaussée. Jeff lui avait prêté des catalogues spécialisés et s'était chargé ensuite d'acheter au prix de gros les appareils qu'elle avait choisis. Les livraisons se succédaient, pour la plus grande joie de Sarah. Certes, il lui faudrait attendre encore un peu pour emménager, mais ce n'était plus qu'une question de semaines à présent, puisque les électriciens lui avaient assuré qu'ils auraient tout terminé en avril.

— Pourquoi ne partirais-tu pas en vacances ? suggéra Jeff un soir qu'ils faisaient des essais dans la cuisine pour vérifier qu'ils n'avaient pas fait d'erreur de mesure.

Malgré les réserves de Jeff, Sarah soutenait qu'il y avait assez de place pour installer un grand plan de travail au milieu de la pièce, sans que cela l'écrase – et elle avait raison.

— Tu veux te débarrasser de moi ? s'amusa-t-elle. Je te rends fou ?

Elle, non, mais Marie-Louise, oui, lui expliqua-t-il. Cette dernière était dans l'une de ces périodes noires où un rien la mettait hors d'elle, lui y compris. Ne supportant plus les Etats-Unis, elle l'avait de nouveau menacé de retourner en France. De toute façon, c'était chaque année la même chose à cette période. Elle regrettait de ne pas passer le printemps à Paris. Son prochain séjour là-bas n'était pas prévu avant juin, et Jeff comptait presque les jours, même s'il refusait de l'admettre. Marie-Louise se montrait particulièrement insupportable, ces temps-ci. En comparaison, les moments où il travaillait avec Sarah lui semblaient presque reposants, d'autant qu'ils lui rappelaient l'époque où il avait rénové sa propre maison, sur Potrero Hill. Même si les superficies n'étaient pas comparables, la manière de procéder était la même et il aimait découvrir les particularités propres à chaque vieille demeure.

— Il n'y a pas grand-chose que tu puisses faire tant qu'on n'aura pas fini l'électricité et la cuisine, dit-il. En partant quelques semaines, tu devrais pouvoir t'installer ici à ton retour. Ce serait bien, non ?

— Je ne peux pas m'éloigner aussi longtemps du bureau !

— Donne-nous quinze jours, alors. Si tu pars à la mi-avril, je te promets que tu pourras emménager le 1er mai.

Cette perspective la rendit si heureuse qu'elle commença le soir même à étudier la proposition de Jeff. Pourtant, prendre des vacances ne la tentait guère. Elle n'avait nulle part où aller, personne pour l'accompagner, et détestait quitter son bureau. Elle appela une amie à Boston, mais celle-ci venait d'entamer une procédure de divorce et ne voulait pas laisser ses enfants. L'une de ses collègues, vers qui elle se tourna ensuite, avait trop de travail pour pouvoir s'absenter deux semaines. En désespoir de cause, elle se rabattit sur sa mère, qui lui expliqua qu'elle venait malheureusement d'accepter un voyage à New York avec des amis. Sarah se consola en se disant que, même si elle n'avait pas rompu avec Phil, elle n'aurait pas pu compter sur lui. Quand avait-elle jamais pu le faire, d'ailleurs ? Après avoir beaucoup hésité, elle se décida donc à partir seule. Mais où ? Le Mexique ? Elle tombait toujours malade là-bas. Hawaï ? Elle aimait bien y séjourner, mais ne se voyait pas y rester deux semaines. New York ? y aller seule ne serait pas amusant. Elle envisagea ainsi plusieurs destinations, jusqu'à ce que, le samedi suivant, son regard se pose par hasard sur la photo de Lilli. Aussitôt, elle sut où elle voulait aller. En France, sur les traces de son arrière-grand-mère. Peu lui importait que Mimi ait déjà entrepris ce pèlerinage des années plus tôt, sans rien trouver d'autre qu'un vieux château abandonné aux fenêtres condamnées. Lilli la fascinait et elle mourait d'envie de découvrir les lieux où son aïeule avait passé les quinze dernières années de sa vie.

Le lendemain, en discutant avec sa grand-mère, elle apprit que le château de Mailliard, où avait vécu Lilli, se trouvait en Dordogne. Elle en fut ravie. Elle avait toujours rêvé de visiter cette région, ainsi que les châteaux de la Loire, si elle en avait le temps. De plus, elle était déjà allée à Paris et adorait cette ville. C'est ainsi qu'elle décida de partir deux semaines en France, juste après Pâques. Elle annonça à Jeff qu'elle l'avait pris au mot et qu'elle comptait donc bien emménager le 1er mai, comme il le lui avait promis. Cela lui laissait six semaines, ce qu'il jugea tout à fait raisonnable. Une fois installée, elle envisageait de poser de la moquette avec son aide dans les dressings, un bureau et une petite chambre d'amis. Et, partout où cela serait possible, elle peindrait elle-même les murs. Outre qu'elle pensait que cela l'amuserait de le faire, cela lui permettrait de réaliser des économies et, par conséquent, de tenir son budget.

Bien évidemment, elle fit part de son projet à sa mère et à Mimi. Celle-ci lui indiqua où se trouvait le château, mais elle ne se souvenait plus de grand-chose tant le voyage qu'elle avait effectué des années plus tôt s'était révélé décevant. Sarah lui assura que cela n'avait pas d'importance. Elle avait de toute façon envie d'y aller et elle espérait que, avec un peu de chance, elle rencontrerait quelqu'un qui avait connu Lilli, même si cela remontait à plus de soixante ans, à présent.

Durant le mois qui suivit, elle travailla encore plus que d'habitude à son bureau, afin de régler tous les dossiers en cours avant son départ, puis commença à faire ses cartons en prévision de son déménagement. Elle avait décidé de jeter une partie de ses meubles, de donner le reste à des associations caritatives, et de ne conserver que ses livres et ses vêtements. Tout lui semblait si affreux qu'elle se demandait comment elle avait pu s'en accommoder si longtemps.

Le jour de Pâques, elle déjeuna avec sa mère et sa grand-mère au Fairmont. Elles trinquèrent ensemble à ses vacances, mais aussi à celles d'Audrey et de Mimi puisque sa mère s'envolait le lendemain pour New York et sa grand-mère pour Palm Springs, afin de s'entraîner au golf avec George. Toutes deux étaient impatientes de partir, et ce fut donc ravie pour elles que Sarah les laissa peu après à leurs derniers préparatifs. Elle-même n'allait pas tarder à leur emboîter le pas. Elle devait dîner avec Jeff le soir même. Il l'emmena pour l'occasion dans un restaurant indien. Grand amateur de cette cuisine, il lui avait avoué un jour qu'il aimait les femmes piquantes comme le curry, même si ses goûts évoluaient en ce qui concernait ces dernières. Le côté piquant de Marie-Louise lui donnait de plus en plus d'aigreurs d'estomac, semblait-il...

— Au fait, merci de m'avoir conseillé de prendre des vacances, dit Sarah au cours du repas. Je suis emballée à l'idée de découvrir le château de mon arrière-grand-mère.

— Où se trouve-t-il ?

Jeff connaissait l'histoire de Lilli, mais seulement dans les grandes lignes, et il était aussi intrigué que Sarah par cette femme étonnante. Son souvenir était présent partout dans la maison de Scott Street et conférait à celle-ci toute son âme. Lilli avait été une jeune femme particulièrement libre et audacieuse pour son temps, surtout si on songeait qu'elle n'avait que vingt-quatre ans lorsqu'elle s'était enfuie. Sarah savait qu'elle était née le soir du grand tremblement de terre de 1906, sur un ferry dont les passagers fuyaient l'incendie qui ravageait la ville. Un tel point de départ ne pouvait qu'annoncer une vie passionnante et tumultueuse. Mais son existence avait aussi été tragique, puisqu'elle était morte à trente-neuf ans seulement, sans avoir jamais revu ses enfants.

— Le château est en Dordogne, expliqua Sarah.

— Tu as de la chance, tes ancêtres sont bien plus intéressants que les miens !

— Lilli me fascine, c'est vrai. Mais c'est un miracle que ma grand-mère soit aussi équilibrée avec une mère qui l'a abandonnée, un père dépressif et un frère tué à la guerre. Malgré tout cela, elle n'a jamais renoncé à être heureuse.

Jeff n'avait pas encore fait la connaissance de Mimi, mais Sarah lui avait souvent parlé d'elle et semblait l'adorer. Aussi espérait-il faire sa connaissance un jour.

— Elle vient de partir pour Palm Springs avec son ami. Elle a une vie autrement plus excitante que la mienne ! continua Sarah.

Elle n'avait rencontré personne depuis Phil, mais cela ne la préoccupait pas outre mesure. Pour le moment, elle ne pensait qu'à son voyage.

— Où en es-tu avec Marie-Louise ? s'enquit-elle soudain.

De même qu'elle s'était souvent confiée à lui avant sa rupture, Jeff avait pris l'habitude de lui raconter les hauts et les bas de son couple. Travailler ensemble les avait beaucoup rapprochés. Sarah portait en permanence la petite broche qu'il lui avait offerte. Elle y voyait le symbole non seulement de sa libération et de sa passion pour sa maison, mais aussi de l'amitié qui la liait à l'architecte.

— On peut dire que ça va, je suppose, répondit-il.
Marie-Louise a une approche des choses différente de la
mienne. Pour elle, une vie sans disputes serait comme
un plat sans sel. Moi, j'avoue que je me laisserais bien
tenter par un régime sans sel, un de ces jours. Enfin
bon, je pense qu'elle se sentirait délaissée si on ne se
battait pas en permanence.

Il l'aimait, bien sûr, mais vivre avec elle était un défi
permanent. Elle menaçait de partir chaque fois qu'il la
contredisait et cela devenait stressant. Parfois même il se
demandait si elle ne jouait pas volontairement avec ses
nerfs. Elle, en revanche, ne se posait pas de questions.
C'était sa manière d'être, et toute sa famille était comme
ça. Quand Jeff se rendait avec elle chez ses parents, il
avait l'impression que tous mettaient un point d'honneur, le matin, à claquer les portes sans la moindre raison. Il en allait de même avec ses tantes, ses oncles et
ses cousins, qui ne se parlaient jamais autrement qu'en
criant. A la décharge de Marie-Louise, Jeff reconnaissait
qu'elle avait eu une enfance malheureuse, mais il trouvait ce genre de comportement pénible et ne se voyait
pas supporter ça jusqu'à la fin de ses jours.

— Ce doit être comme pour Phil et toi, dit-il. Au bout
d'un certain temps, on s'habitue et on oublie qu'on peut
vivre autrement. C'est surprenant de voir tout ce qu'on
est capable d'accepter. Au fait, as-tu des nouvelles de lui ?

— Pas depuis quelques mois. Il a fini par laisser tomber.

Fidèle à sa promesse, elle ne lui avait plus jamais
adressé la parole. Il y avait bien des moments où
l'absence d'un homme dans sa vie lui pesait, mais, pour
le reste, elle ne regrettait rien – et surtout pas lui.

— A l'heure qu'il est, il doit avoir une nouvelle petite
amie qu'il trompe allègrement, ajouta-t-elle. Ça ne
m'étonnerait pas de lui, en tout cas.

Elle haussa les épaules comme pour le chasser de son
esprit, puis Jeff et elle discutèrent de nouveau de ses

vacances, jusqu'à ce qu'il la dépose au pied de son immeuble.

— J'espère que tu m'enverras une carte, lui lança-t-il avant de lui dire au revoir.

En la quittant, il ne l'embrassa pas. A présent qu'elle était libre, Sarah lui avait bien fait comprendre qu'elle ne voulait pas tenter le diable. Elle savait d'avance qu'elle en souffrirait, et lui tenait trop à elle pour ne pas respecter ses désirs. Et puis, il y avait Marie-Louise, qui partageait toujours sa vie pour le meilleur et pour le pire – plus souvent pour le pire que pour le meilleur depuis quelque temps, mais cela pouvait changer d'une minute à l'autre. Chaque matin, Jeff se demandait s'il allait se réveiller au côté de Bambi ou de Godzilla.

— Appelle-moi, s'il y a le moindre problème ou une décision urgente à prendre, lui recommanda Sarah.

Elle avait donné à Jeff son itinéraire, tout comme à ses collègues et à sa grand-mère. Elle louerait un téléphone portable à son arrivée en France et avait promis de lui communiquer le numéro dès qu'elle l'aurait. De plus, elle emporterait son ordinateur, au cas où son cabinet aurait besoin de la joindre par e-mail.

— Ne t'inquiète pas, dit-il. Oublie tout et profite de ton séjour. Je t'aiderai à déménager, quand tu rentreras.

A ces mots, un sourire radieux éclaira le visage de Sarah. Encore deux semaines et elle toucherait au but. Mais d'abord, elle allait faire un merveilleux voyage.

— Je t'enverrai des mails pour te tenir au courant de l'avancement des travaux, lui assura Jeff.

Elle n'en douta pas un instant. Jeff lui faisait toujours part de tout et, jusqu'à présent, elle n'avait eu aucune mauvaise surprise. Comme si ce projet attendait depuis des années d'être enfin réalisé. Comme si Lilli et Stanley avaient tous deux souhaité qu'elle prenne possession de cette maison, chacun pour des raisons différentes, bien sûr. Déjà, elle s'y sentait chez elle. Emménager serait juste la cerise sur le gâteau. Elle avait décidé de s'installer dans la chambre de Lilli et s'était commandé un grand lit en bois rose pâle, qui lui serait livré à son retour.

— Bonnes vacances ! lui lança Jeff, tandis qu'elle montait en courant les marches de son immeuble.

Elle se retourna pour lui faire un signe de la main, puis disparut dans le hall d'entrée. Jeff s'éloigna alors, en pensant au voyage qu'elle s'apprêtait à faire. Il espérait que tout se passerait bien pour elle en France.

17

L'avion de Sarah atterrit à l'aéroport Charles-de-Gaulle à 8 heures du matin. Deux heures plus tard, après avoir franchi la douane et récupéré ses bagages, elle descendait les Champs-Elysées en taxi. Elle avait bien dormi durant le vol et se faisait à présent l'effet d'une héroïne de cinéma, tandis qu'elle traversait la place de la Concorde, le pont Alexandre-III et les Invalides avant d'arriver au petit hôtel du boulevard Saint-Germain qu'elle avait réservé, au cœur du Quartier latin. C'est Jeff qui le lui avait indiqué sur les conseils de Marie-Louise, et ce choix se révéla parfait.

Après avoir déposé ses bagages dans sa chambre, Sarah sortit se promener. Le soir, elle dîna dans un bistrot. Le lendemain, elle se rendit au Louvre et fit un tour en bateau-mouche, comme toute bonne touriste. Elle visita également Notre-Dame, le Sacré-Cœur et l'Opéra Garnier. Ce n'était pas son premier séjour à Paris, mais, sans qu'elle sût pourquoi, tout lui paraissait plus beau et plus excitant, cette fois-ci. Portée par un sentiment d'insouciance et de liberté tel qu'elle n'en avait jamais connu, elle passa trois jours magiques dans la capitale, avant de prendre, comme prévu, un train pour la Dordogne. Le réceptionniste de l'hôtel lui avait recommandé un établissement sur place, en lui disant que l'endroit était simple et propre, ce qui lui convenait parfaitement. Elle n'était pas venue dans l'intention de jeter l'argent par les fenêtres et ne craignait pas de se retrouver dans un lieu moins fréquenté, à présent qu'elle se savait capable de voyager seule. Cela avait d'ailleurs été une surprise pour elle. Malgré ses maigres connaissances en français, elle s'était sentie à l'aise, durant ces trois premiers jours, et avait toujours croisé des gens serviables pour la renseigner et la guider.

A sa descente du train, elle prit un taxi qui lui fit traverser la magnifique campagne environnante. C'était une région de chevaux et elle en vit beaucoup. Elle aperçut également de nombreux châteaux, souvent en mauvais état. Elle avait hâte de découvrir celui de Lilli et elle en indiqua le nom au réceptionniste de l'hôtel, dès son arrivée. L'homme hocha la tête, répondit quelque chose en français puis, devant les difficultés de Sarah à le comprendre, sortit une carte de la région et lui demanda, dans un anglais hésitant, si elle souhaitait que quelqu'un la conduise là-bas, ce qu'elle accepta volontiers. Comme l'après-midi était déjà bien avancé, il lui promit de lui trouver une voiture avec chauffeur pour le lendemain matin.

Ce soir-là, Sarah dîna au restaurant de l'hôtel. Elle se régala de foie gras servi avec des pommes cuites, d'une salade et de fromage. Elle dormit ensuite comme un bébé et, n'ayant pas fermé les volets, fut réveillée au matin par la douce lumière du soleil qui inondait sa chambre. Elle s'habilla rapidement, avant d'aller prendre son petit déjeuner. Le café au lait fut délicieux, les croissants chauds et croustillants. Bref, tout était parfait, si ce n'est qu'elle n'avait personne avec qui partager ses impressions, que ce soit sur la nourriture ou, lorsqu'elle partit un peu plus tard dans la voiture réservée par l'hôtel, sur la beauté du paysage.

Le trajet dura une demi-heure et lui permit d'admirer au passage une très belle église, qui, l'informa son chauffeur, dépendait autrefois du domaine des Mailliard. Puis ils prirent un chemin étroit et, soudain, Sarah vit le château se dresser devant elle, splendide avec ses tourelles, sa grande cour et ses dépendances. Construit au XVIe siècle, il était en cours de restauration, comme en témoignaient les nombreux échafaudages qui entouraient le bâtiment principal et les ouvriers qui travaillaient.

— Nouveau propriétaire, expliqua le chauffeur dans son anglais approximatif. Homme riche. Vin... très bon !

Sarah lui sourit. Elle avait compris qu'un nouveau propriétaire venait d'acquérir le château, après avoir fait fortune dans le vin.

Elle sortit et regarda autour d'elle. Des vergers et des vignes entouraient la propriété mais, malgré la présence d'une grande écurie, elle ne vit aucun cheval. L'endroit avait dû être magnifique autrefois, songea-t-elle. Lilli avait eu le chic pour vivre dans des demeures extraordinaires et aussi pour trouver des hommes qui la gâtaient. Elle se demanda, cependant, si son arrière-grand-mère avait été heureuse en France. Ce château était si différent, si éloigné de tout ce qu'elle avait connu. Avait-elle regretté sa maison de San Francisco, son mari et ses enfants ? Bien qu'elle n'ait pas d'enfants, Sarah ne pouvait s'imaginer abandonnant deux jeunes bambins, et, à cette pensée, son cœur se serra de nouveau pour Mimi.

Personne ne lui prêtait attention et elle se promena durant près d'une heure autour du château, sans toutefois oser y entrer. Alors qu'elle levait une nouvelle fois les yeux vers la façade, elle aperçut un homme qui l'observait derrière l'une des fenêtres. Elle craignit qu'il ne lui ordonne de partir, mais, quelques instants plus tard, il sortit sur le perron et se dirigea vers elle, l'air plus intrigué que furieux. Habillé d'un jean, d'un pull et d'une paire de bottes, il était grand, avec des cheveux gris, et frappa Sarah par sa beauté virile et l'autorité naturelle qui émanait de lui. Il lui parut évident qu'il ne s'agissait pas d'un ouvrier, surtout lorsqu'elle remarqua la lourde montre en or à son poignet.

— Puis-je vous aider, mademoiselle ? s'enquit-il poliment.

Il l'observait depuis un moment et, même si elle lui semblait inoffensive, il craignait qu'elle ne soit journaliste. Les touristes venaient rarement jusqu'au château, mais la presse régionale s'intéressait beaucoup à lui.

— Je suis désolée, je ne parle pas français, s'excusa-t-elle avec un sourire penaud, cette phrase étant la seule qu'elle connût. Je suis américaine.

— Puis-je vous aider, mademoiselle ? répéta-t-il alors dans un anglais irréprochable, malgré un fort accent. Vous cherchez quelqu'un ?

— Non, je voulais juste voir le château. Mon arrière-grand-mère y a habité, il y a longtemps.

— Elle était française ? demanda-t-il avec intérêt.

— Non, elle était américaine elle aussi et avait épousé le marquis de Mailliard, l'ancien propriétaire. Elle s'appelait Lilli, précisa-t-elle comme si cela avait pu lui servir de lettre de recommandation.

Cela fit sourire l'inconnu.

— Mon arrière-grand-mère a habité ici, elle aussi, dit-il. De même que ma grand-mère et ma mère. Elles étaient employées au château. Ma grand-mère a probablement travaillé pour votre aïeule.

— Sûrement. Je suis navrée de vous avoir dérangé. J'avais juste envie de voir où elle avait vécu.

— Mais je vous en prie. Les visites sont si rares ! répliqua-t-il en la dévisageant avec attention.

Avec son jean, ses baskets, son pull négligemment jeté sur ses épaules et ses longs cheveux rassemblés en natte, Sarah lui faisait l'effet d'une toute jeune fille.

— Peu de gens s'aventurent jusqu'ici. Le château est resté inoccupé pendant soixante ans, expliqua-t-il. Quand j'en suis devenu propriétaire il y a un an, il était dans un état lamentable. Personne ne l'avait entretenu depuis la guerre, c'est vous dire l'ampleur des travaux à réaliser !

— Oh, je vous comprends parfaitement, réagit-elle avec chaleur. Je suis moi-même en train de restaurer l'ancienne maison de Lilli, à San Francisco. Elle n'est pas aussi vaste que ce château, mais cela représente un énorme chantier, là aussi. Elle n'a pas été habitée depuis 1930, à l'exception de quelques chambres de bonne sous les combles, alors vous imaginez... Mon arrière-grand-père l'a vendue quand Lilli l'a quitté après le krach de 1929. Je l'ai rachetée, il y a quelques mois, et je compte m'y installer à mon retour.

— Votre arrière-grand-mère devait aimer les grandes demeures, mademoiselle. Et aussi les hommes capables de les lui offrir !

Sarah acquiesça en silence. Telle était Lilli, en effet.

— Nous avons beaucoup en commun, vous et moi, ajouta son interlocuteur. Nous effectuons le même travail sur les lieux où elle a vécu. J'espère qu'elle apprécie nos efforts. Aimeriez-vous visiter le château ?

Sarah hésita avant d'accepter. Elle mourait d'envie d'y entrer, afin de pouvoir tout décrire en détail à Mimi, à sa mère et à Jeff.

— Juste quelques minutes, alors. Je ne veux pas vous ennuyer. Ma grand-mère m'a dit qu'elle était venue ici, il y a des années, mais que les fenêtres étaient murées à l'époque. Pourquoi le château est-il resté inoccupé si longtemps ?

— Par manque d'héritiers. Le dernier marquis de Mailliard est mort sans descendance. La propriété a été vendue au lendemain de la guerre, mais le nouvel acquéreur est mort peu après et les membres de sa famille se sont disputé son héritage pendant vingt ans. Pour finir, ils ont laissé le château à l'abandon. Ceux qui le voulaient au départ sont partis sans y avoir jamais habité et les autres n'étaient pas intéressés. Des années se sont alors écoulées sans qu'ils trouvent personne d'assez fou pour l'acquérir – jusqu'à ce que je me présente.

Il ne put s'empêcher de rire en disant cela, tout en se

dirigeant avec elle à l'intérieur du château. Immense et quelque peu lugubre, celui-ci possédait de très hauts plafonds et un large escalier menant aux étages supérieurs. Sarah aperçut au passage de longs couloirs, où devaient être accrochés autrefois les portraits des maîtres des lieux et où des tapis roulés étaient à présent posés contre les murs. Un peu plus loin, de grandes fenêtres laissaient entrer un peu de la lumière du jour. Même si elle était bien plus petite, sa maison de San Francisco lui paraissait plus jolie, plus gaie – à l'opposé de cette demeure triste et sombre. Bien sûr, on ne pouvait comparer les deux, mais elle se demanda de nouveau si Lilli avait été heureuse en ces lieux.

Son hôte la conduisit ensuite à l'étage et lui fit visiter les chambres, ainsi que plusieurs bibliothèques remplies de vieux livres et un salon doté d'une cheminée si imposante qu'un homme pouvait y tenir debout, comme il le lui prouva.

— Honte à moi, s'exclama-t-il soudain. Je ne vous ai même pas dit qui j'étais !

Il lui serra aussitôt la main en déclinant son nom, Pierre Pettit, et Sarah se présenta à son tour.

— Attention, je ne suis pas le nouveau marquis de Mailliard, ironisa-t-il. Si vous, vous êtes l'arrière-petite-fille d'une aristocrate, moi je ne suis que l'arrière-petit-fils d'un paysan et le petit-fils d'une cuisinière. Ma mère travaillait ici comme employée de maison, lorsqu'elle était jeune. J'ai eu envie d'acheter le château, parce que ma famille y a vécu aussi longtemps que les Mailliard. A l'origine, les Pettit étaient des serfs, et j'ai estimé qu'il était grand temps que l'un d'eux prenne la tête du domaine. Les paysans sont des durs à cuir, vous savez. Un jour, ils domineront le monde !

Riant de sa propre plaisanterie, il enchaîna aussitôt :

— Je suis ravi de faire votre connaissance, mademoiselle Anderson. Voudriez-vous prendre un verre de vin avec moi ?

Devant son hésitation, il insista et elle le suivit jusqu'à une gigantesque cuisine. La pièce, restée telle qu'autrefois, avait conservé une cuisinière vieille d'au moins quatre-vingts ans, semblable à celle dont Sarah venait de se débarrasser à San Francisco. Pierre se dirigea vers une étagère pour y attraper une bouteille.

Sarah l'ignorait encore, mais Pierre Pettit comptait parmi les négociants en vins les plus importants de France – un négociant international qui plus est, habitué à traiter avec de nombreux pays à travers le monde. C'est donc avec stupéfaction qu'elle découvrit le cru qu'il avait choisi pour elle.

— Château-margaux 1968... C'est l'année de ma naissance, dit-elle avec un sourire timide.

Il lui servit un verre puis, jugeant que le vin avait besoin de s'aérer un peu, l'emmena voir le reste du château. Une demi-heure plus tard, ils étaient de retour dans la cuisine. La pièce, certainement magnifique un siècle plus tôt, semblait sinistre à présent. Pierre expliqua à Sarah comment il comptait l'aménager et en profita pour l'interroger sur les travaux qu'elle-même avait entrepris. Elle lui expliqua alors ce qu'elle faisait et, une chose en entraînant une autre, lui raconta aussi l'histoire de Lilli.

— C'est incroyable qu'elle ait abandonné ses enfants ! s'écria-t-il. J'ai beau ne pas en avoir, j'imagine mal qu'on puisse faire ça. Est-ce que votre grand-mère la déteste aujourd'hui ?

— Elle n'en parle jamais, mais je ne pense pas. Elle n'avait que six ans quand sa mère est partie, ce qui fait qu'elle ne se souvient pas très bien d'elle.

— Lilli a dû briser le cœur de son mari, en tout cas.

— C'est certain. Après avoir perdu sa fortune et sa femme, il n'a plus jamais été le même, selon ma grand-mère. Il a vécu le restant de ses jours comme un reclus et a fini par mourir de chagrin.

Pierre Pettit secoua la tête tout en buvant son vin.

— Certaines femmes sont cruelles, soupira-t-il. C'est pour ça que je ne me suis jamais marié. Et puis, je préfère avoir le cœur brisé par plusieurs femmes que par une seule.

Sarah éclata de rire. Pierre ne lui paraissait pas avoir le cœur brisé, loin de là. Elle le soupçonnait même de faire des ravages et d'y prendre grand plaisir. Il était séduisant, possédait beaucoup de charisme et, vu ce que devait coûter la restauration du château, se débrouillait certainement très bien en affaires.

— Il faudrait que je vous présente ma grand-mère, dit-il soudain d'un air pensif. Elle était cuisinière au château, à l'époque où votre arrière-grand-mère y est arrivée. Elle a quatre-vingt-treize ans et ne peut plus marcher, mais elle a une mémoire fantastique. Aimeriez-vous la rencontrer ?

— Oui, beaucoup !

— Elle habite à une demi-heure d'ici. Voulez-vous que je vous y emmène ?

— C'est-à-dire... Je ne voudrais pas vous déranger. J'ai un chauffeur, vous savez. Si vous nous indiquez la direction...

— Il n'en est pas question, la coupa-t-il. Je n'ai rien d'autre à faire, de toute façon. J'habite à Paris et je suis juste venu passer quelques jours ici, pour voir où en étaient les travaux.

Ainsi qu'il l'avait expliqué à Sarah, cela faisait un an qu'il avait commencé la restauration et il ne prévoyait pas d'emménager avant deux ans.

— Je vous servirai de chauffeur, trancha-t-il. J'aime beaucoup ma grand-mère et elle me reproche toujours de ne pas lui rendre visite assez souvent. Vous venez de me donner une bonne raison d'aller la voir. Et, comme elle ne parle pas anglais, je ferai office d'interprète.

Sans attendre sa réponse, il sortit du château d'un pas décidé. Sarah jubilait. Grâce à lui, elle allait pouvoir discuter avec quelqu'un qui avait connu Lilli. Elle espérait juste que la grand-mère de Pierre Pettit avait une aussi bonne mémoire qu'il le prétendait – elle tenait tant à rentrer aux Etats-Unis en ayant quelque chose de nouveau à apprendre à Mimi ! C'était ce qu'elle pouvait lui rapporter de plus beau.

Pierre la laissa seule dans la cour, le temps d'aller chercher sa voiture, et réapparut cinq minutes plus tard au volant d'une superbe Rolls noire décapotable. Visiblement, il ne se refusait rien. Ses ancêtres avaient peut-être été des domestiques, mais lui s'était élevé largement au-dessus de sa condition.

Sarah prévint son chauffeur que Pierre la ramènerait directement à l'hôtel et monta dans la Rolls. Elle était ravie de la tournure prise par les événements. Pierre lui était très sympathique et elle appréciait sa gentillesse. De quoi aurait-elle pu se plaindre, du reste ? Elle se trouvait en France, par une magnifique journée d'avril, et roulait de surcroît dans une Rolls-Royce conduite par un séduisant Français qui possédait un château. C'en était presque irréel. Le temps fila très vite, tandis qu'ils discutaient agréablement. Pierre l'interrogea sur son travail, sa vie à San Francisco, et voulut savoir si elle était mariée.

— Vous êtes encore jeune, déclara-t-il lorsqu'elle lui eut répondu par la négative. Ça viendra un jour.

Il avait prononcé ces mots avec une telle assurance qu'elle réagit aussitôt.

— Qu'est-ce qui vous fait dire ça ? Vous n'êtes pas marié, vous non plus. Pourquoi devrais-je forcément l'être ?

— Ah... Vous êtes une de ces femmes très attachées à leur indépendance, si je comprends bien. Qu'avez-vous contre le mariage ?

— Ça ne m'apporterait rien. Je suis très heureuse comme je suis, répliqua-t-elle d'un ton léger.

— Je ne crois pas. Il y a une heure, vous étiez seule, sans personne à qui parler, alors que maintenant, vous êtes dans une Rolls-Royce, vous bavardez avec moi, vous riez et vous découvrez de jolies choses. N'est-ce pas mieux comme ça ?

— Mais je ne vous ai pas épousé, lui fit-elle remarquer. Et on ne s'en porte pas plus mal, vous et moi, vous ne trouvez pas ?

Il éclata de rire, amusé par sa vivacité et son sens de la repartie.

— Vous avez peut-être raison. Et les enfants ? Vous en voulez ?

Elle secoua négativement la tête.

— Pourquoi pas ? La plupart des gens qui en ont semblent très heureux.

— Je travaille tellement que je ne pense pas pouvoir être une bonne mère, dit-elle en usant de son excuse habituelle. Je n'aurais pas assez de temps à leur consacrer.

— Vous travaillez peut-être trop, alors, suggéra-t-il.

L'espace d'un instant, il lui rappela Stanley. Mais Pierre était très différent. Il aimait le plaisir et la fête, sa vie n'était pas uniquement tournée vers le travail. Il n'avait pas attendu d'être vieux pour comprendre combien cela était important.

— Peut-être, admit-elle. Et vous ? Vous avez dû beaucoup travailler pour en arriver là.

— C'est vrai, j'en fais parfois trop, moi aussi. Mais je m'amuse tout autant. J'alterne les deux, en fait. Il faut travailler pour pouvoir se donner du bon temps. Moi, par exemple, je me suis offert un yacht qui est amarré dans le sud de la France en ce moment. Vous aimez faire du bateau ?

— Je n'en ai pas eu l'occasion depuis des lustres.

Pas depuis l'université, en tout cas. Elle avait alors fait une sortie en mer avec des amis au large de Martha's Vineyard, mais était prête à parier que le bateau de l'époque n'avait rien à voir avec le sien.

Quelques minutes plus tard, ils s'arrêtèrent devant une petite maison bien entretenue et entourée d'une barrière, avec un jardin planté de rosiers et de quelques pieds de vigne. Pierre ouvrit galamment la portière à Sarah, puis alla sonner et entra sans attendre. Une femme s'avança vers lui en s'essuyant les mains sur son tablier. Il échangea quelques mots avec elle et, après qu'elle lui eut montré du doigt le jardin de derrière, il invita Sarah à le suivre. La jeune femme découvrit un intérieur petit, mais rempli de meubles anciens et égayé par de jolis rideaux aux fenêtres. Pierre lui raconta que sa grand-mère avait toujours vécu dans la région et qu'il lui avait acheté cette maison des années plus tôt. Pour elle, plaisanta-t-il, c'était un palace. Elle donnait sur les vignes et la campagne environnante, qu'elle aimait contempler depuis son fauteuil roulant – ce qu'elle faisait justement, lorsqu'ils la rejoignirent. Le visage de la vieille dame s'éclaira à l'approche de son petit-fils et elle posa sur lui un regard débordant d'amour et de fierté.

— Bonjour, Pierre ! s'exclama-t-elle.

— Bonjour, mamie, répondit-il avant de faire les présentations et de lui expliquer la raison de sa venue.

Sa grand-mère parut très intéressée et hocha la tête à plusieurs reprises en dévisageant Sarah avec gentillesse, comme pour lui souhaiter la bienvenue. Tandis qu'elle et Pierre parlaient avec animation, la gouvernante réapparut avec un plateau chargé d'une assiette de biscuits et d'une carafe de limonade. Elle porta le tout jusqu'à une table proche d'eux et remplit leurs verres.

Pierre se tourna alors vers Sarah.

— Ma grand-mère vient de me dire qu'elle avait bien connu votre arrière-grand-mère – « madame la marquise », comme elle l'appelle. Elle avait dix-sept ans et était déjà employée comme domestique, quand votre aïeule est arrivée. Elle en a gardé le souvenir d'une femme extrêmement agréable. C'est grâce à elle qu'elle est devenue la cuisinière du château, quelques années plus tard. Mais elle a longtemps ignoré que Lilli avait des enfants. Elle ne l'a découvert que le jour où elle l'a surprise en train de pleurer dans le jardin, avec leur photo entre les mains. A part ça, votre arrière-grand-mère donnait l'impression d'être heureuse ici. Elle avait une nature enjouée et adorait son mari, qui la vénérait comme une reine. Tout a basculé quand les Allemands ont débarqué. Ils ont réquisitionné les écuries, les dépendances, et se sont montrés parfois très grossiers. Lilli s'est apparemment efforcée d'être correcte avec eux, mais elle ne les aimait pas. Elle est tombée malade à la fin de la guerre, et comme il n'y avait plus de médicaments pour la soigner, son état s'est peu à peu aggravé. Il semblerait qu'elle ait succombé à la tuberculose ou à une pneumonie...

Pierre avait prononcé ces derniers mots doucement, comme pour ménager Sarah. A la fois captivée et bouleversée, celle-ci se représentait sans peine Lilli, le jour où elle avait pleuré sur la photo de ses enfants. Curieusement, s'aperçut-elle alors, le frère de Mimi était mort la même année que sa mère, en 1945. Tout comme Alexandre de Beaumont. Il lui était cependant difficile de concevoir que Lilli ait pu vivre si longtemps, sans jamais prendre de nouvelles de sa famille ni de tous les êtres qui lui avaient été chers. N'avait-elle pas regretté d'avoir refermé à jamais les portes de son passé ?

— Ma grand-mère me dit aussi que Lilli était la plus belle femme qu'elle ait jamais vue, reprit Pierre après un nouvel échange avec la vieille dame. Sa mort a laissé le marquis inconsolable. Personne ne sait de façon certaine s'il était entré dans la Résistance dès le début de la guerre, mais ce qui est sûr, c'est qu'il s'est absenté de plus en plus souvent à partir de ce moment-là, probablement pour remplir des missions de sabotage avec les cellules locales. Les Allemands l'ont tué une nuit, non loin d'ici. Selon eux, il s'apprêtait à faire sauter un train. Ma grand-mère affirme que c'était un homme bon et juste, qui n'aurait jamais accepté de causer la mort d'innocents. Elle pense plutôt qu'il s'est laissé abattre, parce qu'il ne supportait plus de vivre sans sa femme. Finalement, tous les deux sont morts à quelques mois d'intervalle. Ils sont enterrés dans le cimetière, près du château. Je vous y emmènerai, si vous voulez.

Sarah acquiesça en silence, trop émue pour parler.

— Tout le monde les a beaucoup regrettés. Les Allemands n'étaient pas tendres avec les employés du château et cela ne s'est pas arrangé lorsque leur commandant s'est installé dans les appartements du marquis. Et puis un jour, ils sont partis, la guerre s'est arrêtée, le personnel a trouvé du travail ailleurs, le château a été fermé... et vous connaissez la suite. Cette histoire est vraiment étonnante.

Sarah se pencha pour serrer les mains de la grand-mère de Pierre entre les siennes. C'était la seule façon pour elle de la remercier et de lui signifier combien tout ce qu'elle venait de lui raconter avait de la valeur à ses yeux. Elle avait désormais un cadeau inestimable à offrir à Mimi – le récit des dernières années de sa mère en France.

— Merci... Merci, répéta-t-elle d'une voix brisée par l'émotion.

La vieille dame était le seul lien vivant avec Lilli, cette femme énigmatique dont le souvenir planait toujours sur sa maison de San Francisco. Une femme que deux hommes avaient aimée si passionnément qu'aucun d'eux n'avait survécu à sa disparition. Lilli les avait épousés, elle avait porté leur nom, sans jamais renoncer cependant à être d'abord elle-même. Comme un bel oiseau qui accepte d'être admiré, mais pas de se laisser enfermer dans une cage. Sarah méditait sur son incroyable destin, lorsque la grand-mère de Pierre fronça soudain les sourcils. Elle ajouta alors quelques mots que Pierre traduisit aussitôt à Sarah :

— Elle vient de se rappeler un autre détail concernant Lilli. Elle l'a souvent vue écrire des lettres et pense que celles-ci étaient adressées à ses enfants. Le garçon chargé de les poster lui a expliqué un jour qu'elles étaient toutes à destination des Etats-Unis, mais qu'elles revenaient systématiquement sans avoir été ouvertes. Il les rapportait lui-même à votre aïeule, qui semblait alors très triste et les rangeait à chaque fois dans une petite boîte. Ma grand-mère n'a découvert ces lettres qu'après la mort de Lilli, au moment où elle aidait à trier ses affaires. Elle les a montrées au marquis, qui lui a ordonné de les jeter – ce qu'elle a fait. Lilli avait sûrement tenté de renouer avec ses enfants, mais quelqu'un s'y est opposé. Peut-être était-ce son ancien mari. Il devait être furieux contre elle. A sa place, en tout cas, je l'aurais été.

Sarah avait du mal à comprendre que Lilli ait pu abandonner Alexandre et ses deux enfants, mais, selon la grand-mère de Pierre, l'amour qu'elle vouait au marquis était vraiment plus fort que tout. La vieille dame n'avait jamais vu deux êtres aussi épris l'un de l'autre. Les larmes de Lilli devant les photos de ses enfants et les lettres qu'elle leur avait envoyées tendaient à prouver qu'elle avait peut-être regretté son choix – du moins Sarah l'espérait-elle –, mais rien n'avait pu venir à bout de cette passion. Ses sentiments pour le marquis étaient de ceux qui défient la raison.

Pierre discuta encore un peu avec sa grand-mère, puis repartit avec Sarah. Comme il le lui avait proposé, il fit un détour par le cimetière, où ils trouvèrent sans peine les tombes d'Armand et de Lilli de Mailliard. Tous deux étaient morts à trois mois d'intervalle à peine, lui à quarante-quatre ans, elle à trente-neuf. Le cœur lourd, Sarah se demanda pourquoi ils n'avaient pas eu d'enfants ensemble. Cela aurait peut-être pu consoler Lilli. A moins bien sûr qu'elle n'ait pas supporté l'idée de redevenir mère après avoir abandonné sa fille et son fils. Malgré tout ce qu'elle venait d'apprendre sur elle, Sarah constatait que son aïeule demeurait un mystère.

Ce qui la motivait, ce qu'elle avait détesté ou désiré, ce qu'elle avait été, tout cela représentait autant de secrets emportés dans sa tombe. A l'évidence, sa passion pour le marquis avait dirigé sa vie, mais quand et comment avait-elle décidé de s'enfuir avec lui ? Avait-elle souvent pleuré sur ses enfants, ensuite ? Cela, personne ne le saurait jamais.

— Je crois que je suis tombé amoureux de votre arrière-grand-mère, plaisanta Pierre en reconduisant Sarah à son hôtel. Ce devait être une femme remarquable – passionnée, ensorcelante, et dangereuse aussi, d'une certaine manière. Les hommes qui l'ont aimée ne s'en sont jamais remis.

Il lui jeta un coup d'œil, puis la questionna d'un ton amusé :

— Risque-t-on gros à vous fréquenter, vous aussi ?

— Non, pas du tout ! répondit Sarah en souriant.

Rencontrer Pierre avait été une chance pour elle. Jamais son voyage n'aurait été aussi fructueux si leurs routes ne s'étaient pas croisées. Pleine de reconnaissance, elle le remercia vivement, lorsqu'ils arrivèrent à l'hôtel.

— Je n'aurais jamais découvert tout ça sans vous. Merci du fond du cœur, Pierre.

— Tout le plaisir fut pour moi. Je n'étais pas né quand ces événements ont eu lieu et c'est sans doute pour cette raison que ma grand-mère ne m'en a jamais parlé, mais j'avoue que cette histoire m'a captivé, moi aussi.

Il se pencha soudain vers elle et lui effleura la main, alors qu'elle sortait de la voiture.

— Je rentre à Paris, demain, dit-il. Accepteriez-vous de dîner avec moi, ce soir ? Il n'y a qu'un petit bistrot dans le coin, mais la cuisine y est bonne. J'apprécie beaucoup votre compagnie, vous savez.

— C'est réciproque. Seulement... Vous êtes sûr de vouloir encore me supporter ?

Elle craignait d'avoir abusé de son temps et ne voulait surtout pas qu'il se sente obligé de l'inviter.

— Sûr et certain, affirma-t-il. Je vous ramènerai à l'hôtel, si jamais vous m'ennuyez.

— Dans ce cas, j'accepte volontiers.

— Parfait ! Je viendrai vous chercher à 20 heures, alors.

Une fois qu'il fut parti, Sarah monta s'allonger dans sa chambre. Le récit de la grand-mère de Pierre avait été si prenant qu'il résonnait encore à ses oreilles, tel un air nostalgique et entêtant surgi du passé. Plus de soixante ans après sa disparition, Lilli exerçait autant de fascination qu'autrefois sur ceux qui tentaient de percer ses mystères. Et sans doute continuerait-elle longtemps encore...

Le soir venu, Sarah apprécia de retrouver Pierre. Le bistrot où ils dînèrent ne payait effectivement pas de mine, mais la nourriture y était bonne et, surtout, Pierre avait apporté une excellente bouteille, choisie dans sa cave. Passionnant et plein d'humour, il lui raconta des anecdotes savoureuses sur ses voyages. En discutant et en riant avec lui, elle eut l'impression d'être sur une autre planète. Bien qu'il eût quinze ans de plus qu'elle, il posait sur le monde un regard d'une étonnante fraîcheur. Peut-être parce qu'il ne s'était jamais marié et n'avait pas eu d'enfants. D'une certaine façon, lui expliqua-t-il, il était un grand gamin.

— Et vous, ma chère, la sermonna-t-il, vous êtes bien trop sérieuse. Vous devriez vous amuser davantage et prendre la vie du bon côté. Vous travaillez comme une forcenée, vous vous tuez à la tâche dans votre maison... Où sont vos distractions dans tout ça ?

Elle réfléchit à sa question, puis haussa les épaules.

— Je n'en ai pas, reconnut-elle. Ma maison est mon seul passe-temps. Mais vous avez raison, je ne m'amuse pas assez.

En revanche, ce ne devait pas être son cas.

— Vous devriez vous y mettre, Sarah.

— C'est bien pour ça que je suis ici, répliqua-t-elle. Et à mon retour, j'emménagerai enfin dans la maison de Lilli.

— Ce n'est pas sa maison, mais la vôtre, la corrigea-t-il. Ne vous laissez pas impressionner par votre arrière-grand-mère, Sarah. Lilli a mené sa vie à sa guise, sans se soucier de ceux qu'elle blessait ou abandonnait derrière elle. Elle savait ce qu'elle voulait et l'obtenait toujours – son parcours le prouve. Sans doute était-elle extraordinaire, mais moi, je la dirais avant tout égoïste. Les hommes ont souvent tendance à tomber amoureux de ce genre de femme, et pas de celles qui sont douces, gentilles et qui pourraient les rendre heureux. Comme vous, par exemple. Essayez d'être un peu moins gentille, Sarah. Vous risquez de souffrir, sinon.

Un instant, elle se demanda s'il parlait par expérience. Mais le fait est qu'il avait bien cerné la personnalité de Lilli.

— Qui vous attend chez vous ? s'enquit-il soudain.

— Ma grand-mère, ma mère. Quelques amis, ajouta-t-elle en pensant à Jeff. Vous trouvez ça pathétique ?

Pierre avait deviné qu'elle vivait seule, mais cela l'attrista qu'elle l'avoue sans aucun état d'âme.

— Non, je trouve ça touchant. Un peu trop, peut-être. Vous devriez être plus cruelle avec vos hommes.

— Mes hommes ? Mais je n'en ai aucun ! s'écria-t-elle en riant.

— Ça viendra. Un jour, le bon finira par se présenter.

— Je me suis trompée pendant quatre ans.

— Quatre ans avec une mauvaise pioche, c'est une perte de temps, dit-il comme si elle avait été une jeune fille innocente qu'il aurait voulu prendre sous son aile. Qu'est-ce que vous cherchez ?

— Je ne sais pas. Une présence, une amitié, du rire, de l'amour, quelqu'un qui partage ma vision des choses et mes valeurs. Quelqu'un qui ne me blessera pas et ne me décevra pas. Quelqu'un qui me traitera avec respect, aussi. J'attache plus d'importance à la tendresse qu'à la passion. En fait, je veux quelqu'un qui m'aime et que j'aime.

— Vous êtes exigeante, commenta-t-il. Je ne suis pas sûr que vous puissiez avoir tout ça.

— Quand je trouve quelqu'un qui semble posséder les qualités que je recherche, il est déjà marié.

— Et alors ? Ça ne me pose aucun problème, à moi !

Elle éclata de rire, tout en étant certaine qu'il ne plaisantait pas. Beau, riche et sûr de lui comme il l'était, cela ne devait certainement pas le gêner d'avoir une aventure avec une femme mariée.

— Je suis un homme de principes, déclara-t-il. Sinon, je vous aurais déjà enlevée. Mais vous m'en voudriez après coup et vous seriez triste en repensant à votre séjour ici, et ça, je m'y refuse. Vous perdriez tout le bénéfice de vos vacances. Or, je tiens à ce que vous rentriez chez vous heureuse.

— Moi aussi. Merci d'être si gentil avec moi, murmura-t-elle avec des larmes dans les yeux.

Elle ne pouvait s'empêcher de songer à Phil et à sa muflerie. Pierre était tout son contraire, et c'était probablement pour cette raison que les femmes l'adoraient, qu'elles fussent mariées ou non.

— Trouvez-vous quelqu'un de bien, Sarah. Vous le méritez, même si vous n'en êtes pas persuadée. Ne perdez plus votre temps avec des types sans intérêt. Le prochain sera le bon, je le sens.

— Je l'espère.

C'était drôle. Stanley n'avait cessé de lui répéter de ne pas gâcher ses plus belles années à trop travailler, et voilà que Pierre l'exhortait à trouver un compagnon. Comme si tous deux avaient été des anges gardiens envoyés par le destin, pour l'aider à bien vivre sa vie.

— Voulez-vous rentrer à Paris avec moi, demain ? lui proposa-t-il un peu plus tard en la raccompagnant à son hôtel.

— J'avais prévu de prendre le train, répondit-elle d'un ton hésitant.

— Vous plaisantez ? Voyager dans un wagon rempli de gens insupportables ? Le trajet est plus long en voiture, mais il est plus agréable. Je serais ravi de vous avoir pour passagère.

— Alors, d'accord. Mais vous êtes trop gentil avec moi.

— Si ce n'est que ça, je me montrerai désagréable pendant au moins une heure, la taquina-t-il. Marché conclu ?

Il convint de la prendre à 9 heures, le lendemain matin. Selon lui, cela les ferait arriver à Paris vers 17 heures. Il la laisserait alors pour rejoindre des amis, mais comptait bien l'emmener dîner dans la capitale avant qu'elle ne regagne les Etats-Unis, ce que Sarah accepta avec joie.

Le retour fut aussi plaisant qu'elle pouvait s'y attendre. Pierre l'emmena déjeuner dans un délicieux restaurant, où il s'arrêtait souvent lorsqu'il allait en Dordogne. Il fit de ces quelques heures de voyage un nouveau moment de plaisir partagé, au point que Sarah se retrouva devant son hôtel parisien sans avoir vu le temps passer. Une fois Pierre parti – avec la promesse de la rappeler très vite –, elle monta dans sa chambre en se sentant comme Cendrillon au retour du bal. Son carrosse s'était envolé, de même que son prince charmant. Un moment, elle se demanda si ces deux jours avaient vraiment existé. Mais non, elle ne rêvait pas. Elle en savait un peu plus sur Lilli, elle avait vu son château, s'était recueillie sur sa tombe et avait même gagné un nouvel ami au passage. A tous points de vue, son séjour était une réussite.

18

Pendant ses vacances à Paris, Sarah admira les monuments, les églises et les musées. Elle mangea dans des bistrots, se prélassa à la terrasse des cafés, se promena le long des rues, découvrit des parcs et des jardins cachés, courut les boutiques d'antiquités. Bref, elle fit tout ce qu'elle avait toujours voulu faire dans la capitale – et même plus. Elle comprenait mieux désormais pourquoi Marie-Louise tenait tant à y revenir. Paris était une ville magique, où elle aussi aurait volontiers habité, si elle l'avait pu.

Pierre l'invita à dîner à la Tour d'Argent, puis l'emmena aux Bains-Douches, où elle dansa et s'amusa comme jamais auparavant. Il avait le sens de la fête et, plongé dans son milieu habituel, lui apparut comme un redoutable Casanova, mais pas avec elle. Il était 4 heures du matin lorsqu'il la ramena à son hôtel. Il devait bientôt aller à Londres pour affaires et tous deux savaient qu'ils n'auraient pas l'occasion de se revoir avant longtemps. Grâce à lui, elle venait de passer les plus belles vacances de sa vie et se sentait plus riche de tout ce qu'elle avait vécu durant ces deux semaines. Avant de la quitter, Pierre l'embrassa et promit de lui envoyer des photos de son château, pour qu'elle puisse les montrer à Mimi. Il lui assura également qu'il l'appellerait si jamais il venait en Californie, ce dont elle ne douta pas un instant. Plus qu'une simple connaissance, elle avait en effet un ami de plus, à présent. Un ami qui, à sa manière, lui avait autant apporté que Stanley. « Quand vous rentrerez chez vous, trou-vez-vous quelqu'un de bien », lui avait-il conseillé. C'était plus facile à dire qu'à faire, mais à défaut d'avoir « quelqu'un de bien », elle avait découvert qu'elle était capable de voyager seule, ce qui n'était déjà pas si mal.

Elle n'avait reçu que deux e-mails très brefs de Jeff durant son séjour – le premier au sujet d'un petit pro-blème d'électricité et le second pour lui demander de choisir un nouveau réfrigérateur à la place de celui qu'elle avait commandé et qui ne pourrait pas être livré avant plusieurs mois. Quant à ses collègues, ils ne l'avaient pas contactée une seule fois. Elle avait donc pu profiter totalement de ses vacances et, malgré sa tristesse à l'idée de quitter la France, elle était prête à rentrer.

Elle prit l'avion vers 16 heures et atterrit à San Francisco à 18 heures, heure locale. C'était un vendredi, le temps était magnifique. Elle ne devait reprendre le travail que le mardi suivant, ce qui lui laissait tout le week-end pour emballer ses affaires et en transporter une partie dans sa voiture, avant que les déménageurs viennent cher-cher le reste, le lundi matin. Mais peut-être n'atten-drait-elle pas jusque-là pour dormir dans son nouveau lit, songea-t-elle. Elle aspirait tant à déménager ! Si Jeff avait tenu parole, le plus gros des travaux devait être achevé.

Elle avait hâte aussi de voir sa grand-mère, pour lui raconter son séjour, mais devrait patienter encore un peu. Audrey lui avait envoyé un mail, pour lui dire que Mimi était encore à Palm Springs avec George et qu'elle-même était allée à un bal à New York avec des amis. Amusée par la vitesse avec laquelle sa mère avait appris à se servir d'Internet, Sarah s'était demandé si elle avait eu des nouvelles de Tom ou si la distance avait eu raison de leur amitié naissante. L'éloignement était un vrai problème, elle en savait quelque chose pour l'avoir vécu durant ses études. Depuis, il s'agissait pour elle de quelque chose d'insurmontable.

Après avoir récupéré ses bagages, elle prit un taxi jusqu'à son appartement et le trouva plus laid que jamais. Elle ne se sentait plus du tout chez elle, dans ce taudis. Les cartons qu'elle avait remplis avant son départ s'empilaient un peu partout et une partie de ses affaires gisait à même le sol. Une organisation caritative passerait le lendemain de son déménagement pour récupérer tout ce dont elle ne voulait plus et qui était en si mauvais état qu'elle avait presque honte de le donner. Sa mère n'avait pas tort, songea-t-elle en grimaçant avant de l'appeler pour la prévenir qu'elle était bien rentrée. Cependant, Audrey parut pressée et lui expliqua qu'elle était sur le point de partir pour Carmel pour le week-end. Mimi, elle, serait de retour le mercredi suivant. Leur conversation fut si rapide que Sarah eut tout juste le temps de l'inviter à dîner à la fin de la semaine prochaine. Qu'arrivait-il à sa mère ?

Elle fut surprise que Jeff ne se manifeste pas. Il savait pourtant qu'elle revenait ce soir-là. Peut-être était-il trop pris par son travail. Epuisée par le décalage horaire, Sarah se coucha tôt et dormit d'une traite jusqu'à 5 heures le lendemain matin. Elle se leva, prit une douche, but une tasse de café et fila sans plus attendre vers Scott Street. Il était 6 heures et la journée s'annonçait splendide.

Dès qu'elle entra dans la maison, elle eut l'impression d'y habiter déjà. Elle en fit le tour avec ravissement. L'électricité fonctionnait, la plomberie était neuve, les boiseries avaient retrouvé tout leur éclat. Quant à la nouvelle cuisine, elle était divine, dépassant même tout ce qu'elle avait espéré. Une fois la peinture refaite dans les pièces, c'est-à-dire en juin si tout allait bien, la maison serait méconnaissable. Il ne lui resterait plus que de menus travaux qu'elle effectuerait au fur et à mesure. Cela signifiait donc que, dès l'été, elle pourrait commencer à courir les salles des ventes et les magasins pour dénicher ses meubles. Là encore, cela nécessiterait du temps et surtout beaucoup d'argent, mais jusqu'à présent elle avait réussi à ne pas dépasser son budget. Même le jardin ne lui avait pas coûté une fortune, grâce à Jeff, qui lui avait recommandé le jardinier que Marie-Louise et lui employaient. Elle avait ainsi fait débroussailler le terrain et planter de nouvelles bordures de fleurs et des haies tout autour de la maison, sans se ruiner.

— Superbe ! s'exclama-t-elle en s'asseyant à la table de la cuisine.

Elle était là depuis deux heures lorsque le carillon de l'entrée retentit. Regardant par l'une des fenêtres, elle aperçut Jeff qui se tenait derrière la porte avec, dans chaque main, une tasse de café de chez Starbucks.

— Je me doutais que tu serais là de bonne heure, déclara-t-il en lui tendant une tasse d'un double cappuccino, exactement comme elle les aimait.

— J'ai l'impression d'être sur une autre planète, dit-elle, la mine si radieuse que cela le fit sourire.

— Tu t'es bien amusée pendant tes vacances ?

— C'était génial… et je suis enchantée de ma nouvelle cuisine !

Ils y retournèrent pour boire leur café et discuter tranquillement. Jeff lui apprit qu'il avait fait venir une entreprise de nettoyage la veille, afin que tout fût impeccable pour son retour. Elle avait devant elle un spécimen très rare d'architecte multifonctions, plaisanta-t-il avant de changer brusquement de sujet en lui demandant si, par hasard, elle avait croisé Marie-Louise, à Paris.

— Non, pourquoi ? Elle s'y trouve ? Ce n'est pas un peu tôt pour son séjour d'été ?

— Pas cette fois. Elle m'a quitté, répondit-il en la regardant droit dans les yeux.

— Comment ça, elle t'a quitté ? répéta-t-elle, stupéfaite. Tu veux dire, *vraiment* quitté ? Ou est-elle juste partie pour quelques semaines ?

— Elle est définitivement repartie. Je vais mettre en vente la maison de Potrero Hill, et l'argent que je toucherai me permettra de lui racheter sa part de la société. Financièrement, je ne peux pas conserver les deux.

Il lui avait annoncé cette nouvelle d'un ton très calme, mais elle imaginait tout ce qu'il pouvait ressentir. Voir s'envoler quatorze années de sa vie devait être dur à digérer. Pourtant, il semblait tenir le coup. Comme s'il était apaisé, en fait.

— Je suis désolée pour toi, murmura Sarah. Que s'est-il passé ?

— On a juste fait ce qu'on aurait dû faire il y a longtemps. Elle ne supportait pas San Francisco et je ne suffisais plus à son bonheur. Enfin, je le suppose, parce qu'elle serait encore là, sinon.

Il savait que c'était mieux ainsi. Depuis Noël ils ne cessaient de se disputer et il n'en pouvait plus. Si douloureux fût-il, ce départ avait donc été un soulagement.

— Tu n'as rien à te reprocher, le consola Sarah. A mon avis, c'est plutôt elle et son refus de vivre ici qui sont en cause.

— Je lui avais proposé d'aller nous installer en Europe, il y a quelques années, mais ça ne lui convenait pas non plus. En fait, j'ai l'impression qu'elle n'est heureuse nulle part et qu'elle ne sait qu'être en colère.

Et cela s'était vérifié jusqu'à la dernière minute, puisqu'elle était partie en claquant la porte, à croire qu'elle était incapable d'agir autrement. C'était peut-être ce qui peinait le plus Jeff, d'ailleurs. Il n'aurait pas voulu que les choses se terminent ainsi, entre eux.

— Et toi ? demanda-t-il d'un air anxieux. Tu as rencontré l'homme de tes rêves, à Paris ?

Sarah lui raconta alors sa visite au château de Mailliard, sa rencontre avec Pierre Pettit et sa grand-mère, et ce que cette dernière lui avait révélé. En même temps, les paroles de Pierre résonnèrent dans sa tête. « Quand vous rentrerez chez vous, trouvez-vous quelqu'un de bien. » Elle se garda d'en parler à Jeff, cependant. Il avait certainement autre chose en tête après sa rupture avec Marie-Louise. Comme elle, lorsqu'elle avait rompu avec Phil.

Même en sachant que c'était pour le mieux, elle avait eu du mal à l'accepter au début.

— J'ai passé de très bonnes vacances, conclut-elle.

— Je m'en suis douté, quand j'ai vu que tu n'écrivais pas, dit-il tristement.

— Je profitais de chaque minute là-bas, et puis je pensais que tu étais débordé, s'excusa-t-elle.

Soucieuse de lui changer les idées, elle se leva brusquement et l'entraîna à sa suite dans toute la maison, afin qu'il lui explique en détail les travaux effectués en son absence. Fidèle à sa promesse, Jeff n'avait pas chômé durant ces deux semaines et il se fit un plaisir de lui montrer tout ce qui avait été réalisé.

— Je dormirai ici, ce soir, décréta-t-elle fièrement quand il eut terminé.

Jeff sourit de la voir si heureuse. Elle était plus belle que jamais et il mesura soudain combien elle lui avait manqué. Cela faisait déjà une semaine que Marie-Louise était partie, mais il avait préféré attendre que Sarah soit là pour le lui annoncer. Il avait eu besoin de temps pour se faire à l'idée qu'il vivait seul, désormais, dans une grande maison vide. Marie-Louise avait emporté avec elle tout ce à quoi elle tenait et lui avait dit de garder ou de vendre le reste. Son détachement et sa froideur l'avaient peiné, tant ils étaient révélateurs du peu de sentiments qu'elle éprouvait pour lui à présent. Au bout de quatorze ans, cela faisait mal. Les premières nuits, ironiquement, il en était presque arrivé à regretter leurs disputes.

— Que comptes-tu faire aujourd'hui ? demanda-t-il.

— Mettre mes vêtements dans les cartons et commencer à les apporter ici.

— Tu veux un coup de main ?

— Tu me le proposes par politesse ou tu es sérieux ? répliqua-t-elle, sachant qu'il était très occupé.

— Je suis sérieux.

— Alors, volontiers. Il me faut quelques affaires pour cette nuit. Et pour les suivantes aussi, en fait. Je ne veux plus dormir ailleurs qu'ici.

Cette fois, elle avait définitivement tourné la page. Son nouveau lit avait été livré et elle n'était pas déçue. Avec son bois rose, il aurait, à coup sûr, beaucoup plu à Lilli.

Jeff l'accompagna jusqu'à son ancien appartement et l'aida à charger divers cartons dans sa voiture et la sienne, avant de regagner Scott Street et de tout monter dans sa chambre. Bien que Sarah eût effectué un tri aussi impitoyable dans ses vêtements que dans ses meubles, ils durent faire quatre voyages – ce dont il ne se plaignit pas du tout. D'une certaine façon, il appréciait de pouvoir se dépenser ainsi. Cela lui changeait les idées.

A midi, ils s'arrêtèrent pour déjeuner. Sarah mourait de faim.

— Tu crois que Marie-Louise reviendra ? s'enquit-elle tout en remarquant qu'il n'avait presque pas touché au sandwich qu'elle lui avait préparé.

— Non, pas cette fois. Nous nous sommes mis d'accord tous les deux pour dire que tout était terminé. Je mettrai la maison en vente la semaine prochaine.

Le cœur de Sarah saignait pour lui. Jeff adorait cette maison et l'avait restaurée avec passion. Le seul point positif était qu'il en tirerait certainement un très bon prix, ce qui lui permettrait de s'acquitter de la somme exorbitante réclamée par Marie-Louise en échange de sa part dans leur société.

— Où habiteras-tu ensuite ?

— Je vais chercher un appartement à Pacific Heights, près de mon bureau. Ce sera plus pratique. On n'avait pas pu l'installer à Potrero Hill, parce que ça faisait trop loin pour nos clients. Peut-être que je devrais reprendre ton logement, d'ailleurs.

— Surtout pas ! Même avec tes meubles à l'intérieur, tu t'y sentirais mal.

— Je dois en visiter quelques-uns, demain. Ça te dirait de venir avec moi ?

Il avait désespérément besoin de compagnie. Marie-Louise n'avait peut-être jamais passé beaucoup de temps avec lui, mais savoir qu'elle était définitivement partie changeait tout. Elle laissait derrière elle un vide qu'il ne savait pas encore comment combler.

— Oui, bien sûr, répondit Sarah. Tu ne veux pas d'une nouvelle maison ?

— Pas tout de suite. J'ai envie d'attendre un peu, de vendre d'abord celle de Potrero Hill et de voir ce que j'en obtiens. Avec un peu de chance, il me restera assez, après avoir payé ce que je dois à Marie-Louise, pour m'offrir un grand appartement.

— C'est plus raisonnable, en effet.

Jeff l'aida à porter encore quelques cartons et resta avec elle jusqu'au dîner, qu'ils commandèrent chez un traiteur chinois. Il partit en fin de soirée, avec le sentiment que parler avec Sarah lui avait fait beaucoup de bien. D'ailleurs, il dormit mieux cette nuit-là et était nettement plus en forme lorsqu'il revint la chercher le lendemain matin.

— Alors, heureuse ? lui demanda-t-il en souriant.

— Fantastique ! J'adore mon nouveau lit, et la salle de bains est incroyable. On pourrait tenir à dix dans la baignoire !

Il en fut ravi pour elle. Sarah venait de réaliser son rêve, et la voir aux anges lui fit oublier une partie de ses ennuis. Ensemble, ils visitèrent plusieurs appartements et finirent par en trouver un qui lui convenait. Bien que petit et sans charme particulier, il présentait l'avantage d'être en bon état et très bien situé, à deux pas de son bureau et de la maison de Scott Street. Jeff y disposerait même d'un jardin. C'était la solution idéale, et pourtant il avoua que cela lui faisait tout drôle de s'imaginer vivre là, lui qui avait habité durant des années dans une maison.

Après cela, il déposa Sarah devant chez elle et partit préparer son déménagement. Il prévoyait de laisser de petites choses au futur propriétaire de sa maison et de louer un garde-meubles, pour entreposer tout ce qui ne tiendrait pas dans l'appartement. Pour lui aussi, le moment était venu de faire ses cartons.

Lorsqu'il lui téléphona en fin de journée, Sarah devina à sa voix qu'il était déprimé. Elle s'efforça de son mieux de lui remonter le moral, mais douta d'y être arrivée lorsqu'elle raccrocha un peu plus tard. En fait, elle se sentait aussi déstabilisée que lui, depuis qu'il l'avait mise au courant de sa rupture. Après cinq mois de flirt intermittent et quelques baisers passionnés au goût d'interdit, elle ne savait plus très bien où se situer par rapport à lui. Jeff et elle avaient réussi à lutter contre leur attirance et étaient devenus très proches au fil du temps, mais comment cela allait-il évoluer, à présent qu'il était libre ? Elle tenait beaucoup à leur amitié et craignait de la gâcher avec une liaison peut-être sans lendemain.

Deux jours s'écoulèrent avant qu'elle n'ait de ses nouvelles. Il l'appela à son bureau le mardi pour lui dire qu'il avait un rendez-vous dans le quartier et qu'il l'invitait à déjeuner. Ils se retrouvèrent à 13 heures, lui très séduisant en blouson et pantalon en lin, et elle très professionnelle avec son tailleur strict, égayé par sa jolie broche en forme de maison.

— Je voulais te demander quelque chose, déclara-t-il au cours du repas avec l'air de peser ses mots avec soin. Qu'est-ce que ça t'inspire de sortir avec quelqu'un ?

Sarah le dévisagea, surprise, sans comprendre.

— D'une manière générale ? Spécifique ? Ou en tant que coutume sociale ? En ce moment, par exemple, je ne suis même pas sûre de savoir encore comment on fait. Je suis un peu rouillée.

— Moi aussi. Je parlais du sens spécifique, en fait. Toi et moi, par exemple.

— Nous ? Maintenant ?

— Oui, enfin, si tu estimes que ce déjeuner compte pour un premier rendez-vous. Mais je pensais plutôt à aller dîner ou au cinéma en amoureux, à s'embrasser... Tous ces trucs que les gens font dans ces cas-là, quoi.

Il guettait sa réaction avec inquiétude, mais Sarah lui sourit et posa sa main sur la sienne.

— J'aime beaucoup l'idée de t'embrasser. Cela dit, aller dîner ou voir un film avec toi me plairait aussi.

— Super ! s'écria-t-il, visiblement soulagé. Est-ce qu'on considère ce déjeuner comme un premier rendez-vous, ou juste comme un entraînement ?

— Je ne sais pas. A ton avis ?

— Un entraînement. On devrait plutôt commencer par un dîner en tête-à-tête, il me semble. Tu es libre demain ?

— Oui, acquiesça-t-elle, amusée. Mais pourquoi pas ce soir ?

— Je ne voudrais pas paraître trop pressé ou trop collant.

— Tu te débrouilles très bien.

— Tant mieux, parce que la dernière fois remonte à quatorze ans pour moi. Ça fait un sacré bail.

Rassurés l'un et l'autre, et croyant à peine à leur chance, ils quittèrent le restaurant en se tenant par la main. Marie-Louise lui avait finalement rendu un fier service en retournant à Paris, songea Jeff tout en raccompagnant Sarah jusqu'à son travail. Il aurait certainement attendu longtemps encore, avant de la quitter. Beaucoup trop longtemps. C'est détendu et heureux qu'il vint chercher Sarah à 20 heures, pour l'emmener dans un petit restaurant italien de Fillmore Street. Il la ramena ensuite chez elle et, au moment de lui dire au revoir, prit tout son temps pour l'embrasser.

— Je crois que ça marque notre première sortie officielle, non ?

— Absolument, murmura Sarah, grisée de bonheur et se rappelant les paroles de Pierre. « Trouvez-vous quelqu'un de bien. Vous le méritez. »

Désormais, pensa-t-elle, c'était chose faite. Elle en avait la certitude.

19

Sarah invita sa mère, Mimi et George à venir dîner chez elle, le week-end qui suivit son emménagement. Jeff serait lui aussi présent, mais comme leur histoire était encore très récente et qu'elle n'avait pas envie d'en parler, elle prévoyait de le présenter simplement comme l'architecte qui l'aidait à restaurer la maison. Cela suffirait à justifier sa présence, tout en leur permettant à tous de faire sa connaissance. La veille, Jeff lui avoua qu'il était nerveux à l'idée de rencontrer sa famille et ne se montra que moyennement rassuré quand elle lui expliqua que sa grand-mère était adorable et qu'il n'avait presque rien à craindre d'Audrey. Ce repas était important pour lui. Il tenait à faire bonne impression.

Cette semaine-là, Sarah et lui s'étaient revus à trois reprises. Il était d'abord passé un soir avec des plats indiens et l'avait surprise en train de repeindre son dressing. Hilare devant ses cheveux couverts de peinture rose, il avait commencé par lui donner des conseils avant de l'aider, tant et si bien qu'ils avaient travaillé jusqu'à minuit, sans même penser à manger. Il était revenu le lendemain. Sarah avait préparé à dîner et ils avaient passé la soirée à discuter. Le vendredi, il l'avait emmenée au restaurant et au cinéma, afin de « maintenir leur statut d'amoureux officiels », comme il disait. Là encore, la soirée avait été très agréable et s'était achevée par de longs baisers devant la maison de Scott Street. Tous deux préféraient ne rien précipiter.

Le samedi, ils travaillèrent toute la journée dans la maison avant de mettre la table pour leur première réception. Sarah avait préparé un gigot d'agneau avec de la purée et de la salade, et Jeff était allé acheter des pâtisseries. Lorsque tout fut prêt, Sarah admira le résultat. La table, dressée dans la cuisine, avait très belle allure avec le bouquet de fleurs qu'elle y avait placé.

Sa grand-mère arriva la première, accompagnée de George. Aussi charmante qu'à l'accoutumée, elle se déclara ravie de rencontrer Jeff et le félicita de tout ce qu'il avait accompli, surtout lorsqu'elle découvrit la cuisine.

— Mon Dieu ! C'est magnifique ! s'exclama-t-elle. Je n'ai jamais rien vu d'aussi beau !

Bien conçue, avec des plans de travail en marbre blanc, des meubles clairs et une grande table ronde, la pièce était lumineuse et paisible. Sa vue directe sur le jardin ajoutait encore à son charme en donnant l'impression que l'on mangeait sous les arbres.

— Je me souviens de la vieille cuisine qu'il y avait au sous-sol, quand j'étais petite, dit Mimi. Il y faisait toujours sombre, mais les gens qui y travaillaient étaient si gentils avec moi que je venais me cacher là chaque fois que je voulais échapper à ma nourrice. Ils m'offraient des biscuits pendant qu'elle me cherchait partout.

Sarah fut soulagée de l'entendre évoquer gaiement ses souvenirs d'enfance. Elle avait craint que voir la maison transformée ne la bouleverse, mais Mimi semblait au contraire enchantée. Prenant Jeff par le bras, elle entreprit de faire le tour de la maison avec lui en lui racontant les histoires et les anecdotes que chaque recoin faisait surgir dans sa mémoire. Ils étaient encore au premier étage lorsque Audrey arriva. Sarah alla accueillir sa mère et accrocha son manteau dans l'immense penderie de l'entrée, où les Beaumont rangeaient autrefois les fourrures et les capes de leurs invités. Au passage, elle la complimenta sur sa nouvelle coiffure qui lui allait très bien, ainsi que sur ses magnifiques boucles d'oreilles en perle.

— Je suis désolée d'être en retard, s'excusa Audrey.

— Ne t'inquiète pas, maman. Mimi vient juste d'arriver. George me tient compagnie, pendant qu'elle visite la maison avec mon architecte.

— Tu as invité ton architecte ?

— J'ai pensé que tu aimerais faire sa connaissance. Et puis, ça me paraissait la moindre des choses, après tout ce qu'il a fait ici. Grâce à lui, j'ai pu avoir du matériel à prix de gros et il a travaillé sans compter.

L'air un peu distraite, Audrey hocha la tête sans répondre et suivit Sarah dans la cuisine, où elle sourit en voyant George qui buvait tranquillement un verre.

— Bonjour, George, le salua-t-elle. Comment allez-vous ?

— Très bien. Nous rentrons tout juste de Palm Springs, votre mère et moi. Elle se débrouille de mieux en mieux au golf, vous savez.

— Je n'en doute pas ! D'ailleurs, j'ai décidé de l'imiter et de prendre des cours, moi aussi.

Sarah la fixa avec des yeux ronds.

— Des cours de golf, toi ? Depuis quand ?

— Depuis quelques semaines, en fait, avoua Audrey.

Sarah se disait qu'elle ne l'avait jamais vue si radieuse, lorsque Jeff et Mimi les rejoignirent. A l'évidence, quelques minutes leur avaient suffi pour sympathiser. Mimi s'était extasiée sur tout ce qui avait été réalisé depuis sa dernière visite. Même sans meubles, la maison commençait à ressembler de nouveau à ce qu'elle était auparavant.

Peu après, chacun prit place à table. Jeff écouta Mimi raconter son séjour à Palm Springs et répondit volontiers aux questions qu'on lui posa sur son travail. Tous le trouvèrent séduisant et remarquèrent que Sarah et lui étaient de très, très bons amis, même si Audrey doutait qu'il y eût quoi que ce soit entre eux, dans la mesure où sa fille lui avait dit un jour qu'il n'était pas libre. Leur relation n'était donc sûrement que professionnelle.

— Et toi, maman, quoi de neuf ? demanda Sarah en rangeant les assiettes dans le lave-vaisselle, pendant que Jeff s'occupait du dessert.

Il était vraiment très à l'aise dans la cuisine, fit remarquer Mimi avec malice – à quoi Sarah répliqua que cela n'avait rien d'étonnant, puisque c'était lui qui en avait dessiné les plans.

— Ma semaine à New York a été fabuleuse, répondit Audrey. J'ai vu de très bonnes pièces de théâtre et il faisait un temps superbe. Le rêve ! Et toi, la France, comment c'était ?

Sarah leur dévoila alors tout ce qu'elle avait découvert. Elle craignit un instant de gêner Mimi en parlant si ouvertement de son passé devant les autres – en particulier lorsqu'elle évoqua les photos sur lesquelles Lilli pleurait autrefois et ses lettres à ses enfants –, mais, si elle ne put retenir quelques larmes, sa grand-mère parut plus soulagée que triste.

— Je ne comprenais pas pourquoi elle n'avait jamais essayé de nous contacter, murmura-t-elle. Je me sens mieux maintenant que je sais qu'elle l'a fait. C'est sans doute mon père qui lui a renvoyé ses lettres.

Mimi resta silencieuse un moment, le temps de digérer ce que Sarah venait de lui révéler. Elle lui avait demandé des précisions à plusieurs reprises et avait eu les larmes aux yeux plus d'une fois. Mais elle confia à Sarah qu'elle était enfin apaisée. Apprendre que cette mère qu'elle adorait l'avait aimée en retour, et qu'elle avait vécu heureuse durant ses dernières années, était tout ce qu'elle désirait entendre. Peut-être même se rendrait-elle au château de Mailliard avec George, afin de se recueillir elle aussi sur la tombe de Lilli. Tant de bonté et de générosité envers celle qui l'avait abandonnée n'était pas surprenant de la part de Mimi, mais tous l'admirèrent d'être capable d'une telle réaction.

La soirée avait été particulièrement agréable et chacun regrettait de la voir s'achever. Ils s'apprêtaient à se lever de table, lorsque Audrey s'éclaircit la voix et fit tinter son verre. Supposant qu'elle voulait lui souhaiter tout le bonheur possible dans sa nouvelle maison, Sarah lui sourit, tandis que Jeff interrompait sa conversation avec Mimi. Il avait bavardé avec elle durant une grande partie de la soirée et était visiblement tombé sous son charme.

— J'ai quelque chose à vous annoncer, commença Audrey.

Son regard se posa tour à tour sur Sarah, Mimi, George, puis sur Jeff. Elle ne s'était pas attendue à ce que sa fille invite son architecte ce soir-là, mais elle ne pouvait garder son secret plus longtemps.

— Je vais me marier, dit-elle d'une traite.

Sarah ouvrit grands les yeux, tandis que Mimi, elle, se contentait de sourire. Contrairement à sa petite-fille, elle n'était pas surprise.

— Te marier ? s'exclama Sarah. Mais avec qui ?

Elle n'en croyait pas ses oreilles. Pas un instant elle n'avait soupçonné que sa mère fréquentait quelqu'un, et encore moins qu'elle allait se marier.

— Tout est de ta faute, expliqua Audrey. C'est toi qui me l'as présenté. Je vais épouser Tom Harrison et m'installer chez lui, à Saint Louis.

Elle se tourna vers Mimi, l'air désolé.

— Je déteste l'idée de vous quitter toutes les deux, mais c'est l'homme le plus merveilleux que j'aie jamais rencontré, avoua-t-elle, émue. Une telle chance n'arrive pas deux fois, je ne peux pas la laisser passer. J'aurais préféré rester à San Francisco, bien sûr, seulement Tom n'est pas prêt à prendre sa retraite et j'ai l'impression qu'il lui faudra du temps encore avant de l'envisager. Peut-être qu'à ce moment-là nous pourrons revenir ici. En attendant, je vais vivre à Saint Louis.

Tous étaient encore sous le choc, lorsque Jeff se leva pour la féliciter.

— Merci, Jeff, murmura-t-elle, touchée.

— Je suis ravi pour vous ! déclara George en se penchant vers elle pour l'embrasser. Quand le mariage est-il prévu ?

Sachant qu'il n'aimait rien tant que danser et s'amuser, tous éclatèrent de rire.

— Très bientôt, répondit Audrey. Tom ne veut pas trop attendre. Nous envisageons de faire un voyage en Europe cet été et il aimerait que cela soit notre lune de miel. La cérémonie devrait avoir lieu fin juin. C'est très banal, mais l'idée de me marier aux beaux jours me plaît beaucoup.

Sarah ne put s'empêcher de sourire en la voyant rougir. Elle était enchantée. Jamais elle n'aurait imaginé que sa rencontre avec Tom connaîtrait un tel dénouement. Elle avait espéré qu'Audrey et lui deviendraient bons amis, pas qu'ils tomberaient amoureux l'un de l'autre.

— Il était avec toi à New York ? s'enquit-elle.

— Oui. C'est là qu'il m'a demandé ma main, reconnut Audrey.

Tom était vraiment un homme extraordinaire. En rentrant de New York, ils s'étaient arrêtés chez lui, afin qu'elle fasse la connaissance de ses enfants. Tous l'avaient accueillie chaleureusement et elle avait passé de longues heures avec Debbie, à lui raconter quelques-unes des histoires qu'elle lisait à Sarah quand celle-ci était petite. Elle se sentait prête à s'occuper d'elle et à faire tout son possible pour soulager Tom.

— Je m'en veux de vous laisser toutes les deux, répéta-t-elle à Sarah et Mimi. Mais je ne peux pas renoncer à lui... Il me rend si heureuse.

Sarah et Mimi se levèrent pour la serrer dans leurs bras, sous le regard à la fois attendri et gêné de Jeff et de George.

278

— Quelle soirée fantastique ! s'exclama ce dernier alors que Sarah allait chercher une bouteille de champagne pour fêter l'événement.

— Toutes mes félicitations ! ajouta Jeff.

Ils trinquèrent au bonheur d'Audrey et de Tom, jusqu'à ce que Sarah réalise qu'ils avaient très peu de temps pour préparer la noce.

— Tu as prévu de te marier dans un endroit précis, maman ?

— Mon Dieu, non, pas du tout, répondit Audrey. Tom et moi n'en avons pas encore discuté. Quelque part dans la région, évidemment, mais où ? Ce qui est sûr, c'est que ses enfants seront là, à l'exception de Debbie. Nous voulons faire ça en famille, avec juste quelques amis très proches.

Pour Audrey, cela signifiait une douzaine d'amies, avec lesquelles elle avait eu l'habitude de sortir ces vingt dernières années.

— La fille de Tom veut donner une grande réception pour nous à Saint Louis, reprit-elle, aussi je pense qu'on fera quelque chose de beaucoup plus simple à San Francisco. De toute façon, Tom ne connaît personne ici.

— J'ai une idée, dit Sarah. La maison sera terminée d'ici là. Pourquoi ne pas organiser la cérémonie ici ? Elle pourrait avoir lieu dans l'un des salons. On n'aurait qu'à louer des meubles, et peut-être aussi quelques plantes pour la décoration ; on servirait les boissons dans le jardin... Le cadre serait parfait, et puis c'est la maison familiale, après tout.

— Ce serait formidable ! Tom n'est pas très pratiquant et il se sentira plus à l'aise ici que dans une église, à mon avis. Je lui poserai la question, mais je crois qu'on ne trouvera pas mieux. Et toi, maman, qu'est-ce que tu en dis ?

— J'en serais ravie, affirma Mimi. Ce serait merveilleux si tu pouvais te marier ici. Cela signifierait beaucoup pour moi.

Audrey ajouta qu'elle ferait venir un traiteur, ainsi que des musiciens. Tom et elle se chargeraient des invitations, de sorte que Sarah n'aurait rien d'autre à faire qu'être présente le jour J. Celle-ci n'en revenait toujours pas. Sa mère allait se marier et partir vivre à Saint Louis !

— Tu vas me manquer, maman, lui souffla-t-elle en la raccompagnant à la porte un peu plus tard. Tu m'avais conseillé de louer la maison pour ce genre d'événement, lorsqu'elle serait restaurée, mais je n'aurais jamais imaginé que ton mariage serait le premier de la liste !

— Moi non plus, admit Audrey. Eh bien, je jouerai les cobayes. Et j'espère qu'un de ces jours ce sera ton mariage qu'on célébrera ici. Au fait, j'aime beaucoup ton architecte. Il a l'air adorable. C'est vraiment sérieux entre sa petite amie et lui ?

Fidèle à ses habitudes, elle tentait de jouer les entremetteuses, mais Sarah se garda de lui dire qu'elle l'avait cette fois devancée. Elle n'avait pas envie de rendre officielle sa liaison avec Jeff, elle voulait profiter de lui en privé quelque temps encore.

— Ils ont vécu quatorze ans ensemble, répondit-elle simplement.

Elle s'était exprimée au passé mais, toute à sa joie, Audrey ne le remarqua même pas.

— Quel dommage... Et si je me souviens bien, ils possèdent une maison et travaillent ensemble, n'est-ce pas ? Ma foi, il reste Fred, le fils de Tom. Tu le verras au mariage. C'est un garçon charmant qui vient juste de divorcer. Les femmes lui courent toutes après.

— A t'entendre, il faudra que je me batte pour arriver jusqu'à lui ! Et tu sais que je ne peux pas avoir d'histoire d'amour avec quelqu'un qui vit à l'autre bout du pays, maman. J'ai un statut d'associée dans mon cabinet, je ne peux pas y renoncer comme ça.

— D'accord, d'accord. Nous te trouverons quelqu'un d'autre, alors, la rassura Audrey.

Mais Sarah ne s'inquiétait pas. Elle était heureuse avec Jeff et ne cherchait pas à faire de nouvelles rencontres. Il lui convenait parfaitement et elle ne lui voyait que des qualités.

— On en rediscutera, maman, conclut-elle en l'embrassant.

Mimi et George prirent congé quelques minutes plus tard. Eux aussi formaient un joli couple, songea Sarah, qui ne put résister au plaisir de taquiner sa grand-mère en prophétisant qu'elle ne tarderait pas à suivre l'exemple d'Audrey. Cela les fit rire, et Mimi lui répondit qu'elle disait des bêtises. George et elle faisaient beaucoup de choses ensemble – ils jouaient au golf, allaient à Palm Springs, sortaient – et n'avaient pas besoin de se marier pour ça. Audrey en revanche était encore assez jeune pour souhaiter un mari. Pour sa part, Mimi se sentait très bien comme elle était.

La maison parut étrangement silencieuse à Sarah, lorsque tout le monde fut parti. Elle retourna dans la cuisine en songeant à sa mère, triste à l'idée qu'elle allait partir. Leurs rapports s'étaient tellement améliorés au cours des mois précédents que son futur départ lui apparaissait comme une sorte d'abandon.

— Eh bien, quelle soirée ! s'exclama-t-elle en rejoignant Jeff, qui remplissait le lave-vaisselle en l'attendant. Si on m'avait dit un jour que ma mère se remarierait !

— Tu tiens le coup ? demanda-t-il en l'observant attentivement.

Il la connaissait mieux qu'elle ne le supposait et devinait quand quelque chose n'allait pas.

— Ce Tom, c'est un type bien, au moins ? s'inquiéta-t-il soudain, soucieux du bonheur d'Audrey même s'il la connaissait peu.

— Lui ? Ma mère ne pouvait pas rêver mieux. C'est l'un des héritiers de Stanley Perlman et c'est moi qui les ai présentés l'un à l'autre. Je n'aurais pourtant pas cru qu'ils s'entendraient aussi bien. Je savais qu'ils avaient dîné ensemble et que Tom lui avait envoyé des mails, mais ma mère ne m'avait rien dit de plus. Je suis sûre qu'elle sera heureuse avec lui, et qu'il en sera de même pour lui. Elle est merveilleuse quand elle le veut.

Sarah la respectait et l'aimait profondément. Leurs rapports avaient eu beau être difficiles pendant des années, cette période était révolue et elles s'étaient beaucoup rapprochées l'une de l'autre ces derniers temps. Aussi était-elle triste de son départ.

— Elle va me manquer. Je me sens comme une enfant abandonnée.

Jeff sourit et laissa la vaisselle pour l'embrasser.

— Ne t'inquiète pas. Tu pourras lui rendre visite quand tu voudras, et je suis certain qu'elle reviendra vous voir, Mimi et toi. Vous allez lui manquer, vous aussi. A propos de Mimi, au fait, j'ai un aveu à te faire.

— Lequel ?

Jeff n'avait pas son pareil pour la réconforter. Il y avait chez lui quelque chose de solide et de rassurant qui la faisait fondre. Un homme comme lui ne s'enfuyait pas à la première contrariété. Au contraire, il était du genre à s'accrocher et à se battre – comme il l'avait fait avec Marie-Louise. Et cela lui plaisait beaucoup.

— Je sors peut-être avec toi, dit-il, mais je suis tombé fou amoureux de Mimi. J'ai l'intention de l'enlever et de l'épouser, même s'il faut pour ça que je me batte en duel avec George. C'est la femme la plus douce, la plus drôle, la plus charmante que j'aie jamais rencontrée – après toi, bien sûr. Je tiens donc à te prévenir que je compte prochainement lui demander sa main. J'espère que tu n'y vois pas d'inconvénient.

Sarah éclata de rire, heureuse qu'il apprécie autant Mimi.

— N'est-ce pas qu'elle est incroyable ? C'est la plus merveilleuse des grands-mères. Je ne l'ai jamais entendue dire la moindre méchanceté sur quiconque. Elle aime la vie et voit toujours le bon côté des choses, où qu'elle soit. C'est bien pour ça qu'elle a un tel succès auprès des gens. Elle est toujours si positive !

— Je suis entièrement d'accord. Tu ne m'en voudras donc pas, si je l'épouse ?

— Pas du tout. On organisera le mariage ici. Tu deviendras mon grand-père par alliance, alors. Comment faudra-t-il que je t'appelle ? Beau-papy ?

— Papy Jeff serait plus sympa, à mon avis, répondit-il sérieusement, avant de lui adresser un sourire moqueur. Ça fera de moi un vieux pervers qui sort avec une petite jeune.

A ces mots, Sarah éclata de rire et ils s'embrassèrent. Ils continuèrent à discuter en prenant un dernier verre dans la cuisine. Elle avait constaté qu'elle manquait de sièges. En général, cela ne leur posait pas de problème, puisqu'ils passaient le plus clair de leur temps à bricoler, mais, un soir comme celui-là, cela avait failli devenir gênant. Elle n'avait pas le moindre fauteuil dans sa chambre. Elle avait commandé un canapé, mais il ne serait pas livré avant plusieurs mois. Et elle n'osait pas encore demander à Jeff de venir regarder la télévision sur son lit.

Il devina son embarras, mais n'y fit pas allusion. Il savait qu'elle avait d'autres priorités qu'acheter des chaises. Il la regarda et la surprit en train d'étouffer un bâillement.

— Tu as besoin de dormir, dit-il en souriant. Je vais y aller.

Parvenu à la porte, il s'arrêta et prit un air perplexe.

— Au fait, combien de fois sommes-nous sortis ensemble ?

— Aucune idée, murmura-t-elle en l'embrassant.

Elle ne voyait pas où il voulait en venir, mais ce n'était pas grave. Elle aimait sa façon de faire le pitre par moments. Cela lui donnait le sentiment de retomber en enfance.

— Si le déjeuner de mardi compte comme une première sortie officielle... s'était-on mis d'accord là-dessus, d'ailleurs ? commença-t-il tout en la couvrant de baisers. Il y a eu ensuite trois soirées... deux ici et une au restaurant... Cela fait donc quatre... cinq avec ce soir... Oui, c'est ça, cinq fois.

— Mais de quoi parles-tu ? s'amusa-t-elle. Qu'est-ce que ça change qu'on en soit à notre quatrième ou cinquième rendez-vous ?

Elle ne pensait qu'à l'embrasser et ne voyait pas du tout où il voulait en venir. Et de toute façon cela lui était égal. Elle n'avait qu'une envie, qu'il reste, et il en allait de même pour lui.

— En fait, expliqua-t-il d'une voix rauque, je me demandais s'il était encore trop tôt pour que je passe la nuit avec toi... Qu'est-ce que tu en penses ?

Elle sourit. Elle avait le même désir.

— Je croyais que Mimi et toi étiez fiancés, papy Jeff...

— Mmmm. C'est vrai... Mais rien n'est encore officiel. Et on n'est pas obligés de le lui dire. Enfin, à moins que...

Soudain, il la fixa droit dans les yeux. Il ne voulait pas la brusquer, mais rêvait de rester.

— Sérieusement, Sarah, tu veux que je rentre ?

— Non, j'ai envie que tu restes, répondit-elle alors avec un sourire timide. Mais ce n'est pas si facile que ça... Ma chambre n'est pas à côté...

Les deux étages à monter empêchaient tout débordement passionnel...

— On fait la course ? lança-t-il alors qu'elle verrouillait la porte et éteignait les lumières. J'aimerais bien te porter jusque là-haut, mais j'ai des problèmes de dos depuis l'université. Je m'étais blessé au foot et il en est toujours resté quelque chose.

Elle se contenta de lui sourire et c'est main dans la main qu'ils gravirent les marches du grand escalier.

Dans sa chambre, les deux lampes de chevet jetaient sur le lit une douce lumière tamisée.

— Bienvenue, murmura-t-elle en se tournant vers lui.

Ses grands yeux bleus le regardaient avec confiance et Jeff lut une telle attente et un tel abandon qu'il se sentit ému au plus profond de lui-même en ôtant la barrette qui libéra ses cheveux sur ses épaules.

— Je t'aime, Sarah, souffla-t-il. Je t'aime depuis le premier jour où je t'ai vue... Jamais je n'aurais cru que cela deviendrait réalité.

— Moi non plus, avoua-t-elle.

— Je me souviendrai toujours de notre cinquième rendez-vous, murmura-t-il.

— Chut...

Elle le fit taire d'un baiser. Et dans cette chambre qui avait été celle de Lilli, ils laissèrent la passion les emporter, après s'être déshabillés et glissés sous les couvertures.

20

Plus le temps passait, plus Jeff et Sarah étaient amoureux l'un de l'autre. Jeff ne dormait plus chez lui que les soirs où il devait travailler tard. Le reste du temps, il partageait ses nuits avec Sarah dans la maison de Scott Street. Elle finit par lui proposer d'installer son bureau chez elle. Elle disposait de tant de pièces qu'il aurait été dommage de ne pas en profiter. Jeff accepta aussitôt et trouva une table d'architecte qu'il rapporta un vendredi soir. Cela lui permit de travailler pendant que Sarah, continuait de s'activer dans la maison. De son côté, l'équipe de peintres qui s'occupait des pièces d'apparat avançait vite, de sorte que la demeure devenait chaque jour plus belle.

Jeff était un excellent cuisinier et il prit peu à peu l'habitude de préparer leur petit déjeuner avant qu'ils ne partent le matin. Pancakes, pain grillé, œufs brouillés, omelettes, il réussissait tout à la perfection, si bien que Sarah menaça de le jeter dehors s'il avait le malheur de la faire grossir. Qu'il prît autant soin d'elle la touchait et elle était aux petits soins pour lui aussi. Mais le soir, en général, ils avaient recours à des traiteurs, car ils rentraient tard. Elle ne cuisinait que le week-end, sauf quand il l'emmenait au restaurant. Ils avaient depuis longtemps arrêté le compte de leurs sorties en amoureux mais savaient qu'il y en avait eu beaucoup. Jeff n'avait pas officiellement emménagé chez elle, mais c'était tout comme. L'un des dressings du deuxième étage lui était d'ailleurs entièrement dévolu, et il n'avait passé que quelques jours dans son appartement depuis qu'il l'avait loué. A tous points de vue, ils étaient parfaitement heureux.

Lorsque le 1er juin arriva, les préparatifs du mariage d'Audrey et de Tom s'accélérèrent. Audrey s'occupait de tout et avait loué le mobilier et les plantes. Même s'ils avaient déjà été mariés, elle tenait à ce qu'ils gardent de cette journée un souvenir impérissable. Elle avait ainsi engagé quatre musiciens qui joueraient de la musique de chambre et un photographe professionnel chargé d'immortaliser l'événement. Elle avait aussi commandé des fleurs pour les salles de réception, prévu un petit bouquet d'orchidées blanches pour Sarah et Mimi, un autre de gardénias pour la fille de Tom, et des boutonnières pour celui-ci et ses deux fils. Bref, elle avait pensé à tout, absolument tout... sauf à sa robe. Tout comme Sarah, qui avait eu trop de travail pour s'en préoccuper. Prise de panique, Audrey la persuada de prendre un après-midi de congé pour l'accompagner dans les boutiques.

Après quelques heures de recherches intenses, elle trouva une robe de cocktail ivoire brodée de petites perles, des escarpins en satin blanc et un sac assorti. Avec les boucles d'oreilles en diamant et le magnifique solitaire que Tom lui avait offerts, ainsi que le bouquet d'orchidées blanches qu'elle tiendrait à la main, elle serait l'élégance incarnée.

Mais, si Audrey était à présent rassurée, Sarah, elle, commençait à paniquer. Il était cinq heures et elle n'avait toujours rien trouvé. Sa mère refusait qu'elle porte la petite robe noire qu'elle avait mise les deux années précédentes pour la fête de Noël organisée par son travail. En tant que demoiselle d'honneur, elle devait faire un effort. C'est alors qu'Audrey repéra chez Valentino une ravissante robe-bustier en satin bleu vif.

Moulante et très décolletée dans le dos, elle mettait Sarah en valeur tout en faisant ressortir la couleur de ses yeux. Avec une petite veste et des escarpins argentés, l'ensemble serait parfait. Sarah était aussi ravie que sa mère de ses achats.

— Au fait, qu'est-ce qu'il y a entre Jeff et toi ? la questionna Audrey en regagnant leur voiture. Chaque fois que je viens chez toi, que ce soit le soir ou le week-end, il est là. Ne me fais pas croire que c'est uniquement pour le travail. Ça ne dérange pas sa compagne qu'il s'implique autant dans ton projet de restauration ?

— Plus maintenant.

— Ce qui veut dire ?

Inquiète, Audrey pria pour que sa fille ne se soit pas lancée dans une aventure sans espoir qui la ferait de nouveau souffrir, même si elle aimait beaucoup Jeff.

— Ils se sont séparés, répondit tranquillement Sarah.

Bien qu'elle fût plus proche de sa mère, à la fois parce que les préparatifs du mariage l'exigeaient et parce qu'elle avait envie de profiter d'elle au maximum avant son départ, il y avait des choses qu'elle préférait garder pour elle.

— Intéressant. Ils ont rompu à cause de toi ?

— Non. C'était avant nous deux.

— « Nous deux » ? Parce que Jeff et toi, vous êtes ensemble maintenant ?

Pour une nouvelle, c'était une nouvelle, même si Sarah ne faisait que confirmer ses soupçons.

— Peut-être, répondit Sarah. On évite d'aborder la question.

Ce qui n'était pas faux. Chacun d'eux sortait d'une longue liaison qui s'était mal terminée et qui les avait quelque peu échaudés. Ils préféraient donc ne rien précipiter et vivre de bons moments ensemble, sans chercher plus loin. Et cela leur convenait très bien.

— Pourquoi n'en parlez-vous pas ?

— Ça ne nous paraît pas nécessaire.

— Pourquoi ? insista Audrey. Sarah, tu as trente-neuf ans. Tu ne vas pas gâcher encore plusieurs années de ta vie avec une histoire qui ne te mènera nulle part.

Elle ne prononça pas son nom, mais il était évident qu'elle faisait allusion à Phil, et Sarah le comprit parfaitement.

— Je n'ai envie d'aller nulle part, maman. Je suis très bien comme je suis, et Jeff aussi. On ne projette pas de se marier.

Audrey l'avait souvent entendue dire cela mais était persuadée qu'elle changerait d'avis le jour où elle rencontrerait l'homme qu'il lui fallait. Et il semblait qu'elle l'eût trouvé, cette fois. Jeff était intelligent, charmant et droit. Que voulait-elle de plus ? Parfois, Audrey en arrivait à se faire du souci pour sa fille. Sarah était beaucoup trop indépendante.

— Qu'est-ce que tu as contre le mariage ? demandat-elle.

Sarah hésita un instant, puis décida d'être franche.

— Papa et toi. Je ne veux pas subir ce que tu as vécu avec lui. Je ne le supporterais pas.

— Jeff est alcoolique ? s'alarma Audrey.

— Non, maman, pas du tout. C'est juste que le mariage entraîne trop de complications. Les gens se mettent à se détester, alors ils divorcent, puis doivent payer des pensions alimentaires, et du coup se détestent encore plus. Qui a envie de cela ? Pas moi. Je suis beaucoup plus heureuse ainsi, je t'assure. Pour moi, rien ne va plus, dès qu'on parle de mariage.

Réalisant soudain ce qu'elle venait de dire, alors que sa mère était sur le point de se remarier, elle se reprit aussitôt :

— Excuse-moi, maman. Tom est quelqu'un de très bien. Jeff aussi, d'ailleurs. Mais ce n'est pas pour moi, tout ça. Et je ne crois pas que Jeff y soit très favorable. Il est tout de même resté quatorze ans avec son associée, sans jamais l'épouser.

— Elle lui tenait peut-être le même discours que toi. Les jeunes femmes d'aujourd'hui sont très étranges. Aucune de vous ne veut se marier. Il n'y a plus que les vieilles comme moi qui le font.

— Tu n'es pas vieille, maman. Tom va tomber à la renverse quand il te verra dans ta robe. C'est peut-être simplement moi qui suis trouillarde.

— Je regrette que ton père et moi t'ayons rendue ainsi, dit Audrey, les larmes aux yeux. La plupart des couples ne ressemblent pas à celui que nous formions, tu sais.

— Peut-être, seulement il y en a beaucoup pour qui l'expérience vire au cauchemar. Le risque me paraît élevé.

— A moi aussi, et pourtant regarde-moi, je meurs d'impatience de recommencer.

— J'y réfléchirai quand j'aurai ton âge, alors. Je ne suis pas pressée pour l'instant.

Audrey était désolée pour sa fille, surtout lorsqu'elle songeait que Sarah n'aurait peut-être jamais d'enfants. Car, tout en étant consciente du temps qui passait, sa position ne variait pas d'un iota. Ni mari. Ni bébé. La seule chose qu'elle avait vraiment souhaitée jusqu'à présent était sa maison. Celle-ci représentait sa seule passion dans la vie – avec son travail, bien sûr. Sans doute aimait-elle Jeff, Audrey en était persuadée, mais elle refuserait longtemps encore de se l'avouer.

En quoi elle se trompait. Sarah savait qu'elle était amoureuse de Jeff, et c'était bien ce qui la terrifiait. Elle n'était pas prête à s'engager et ne pensait pas l'être un jour. Par chance, Jeff ne lui mettait aucune pression. Il n'y avait qu'Audrey pour vouloir que tout le monde se marie autour d'elle.

— Pourquoi n'essaierais-tu pas plutôt de persuader Mimi et George de sauter le pas ? la taquina-t-elle.

— Ils n'ont pas besoin de ça à leur âge, répliqua Audrey en souriant.

— Ils ne sont peut-être pas de cet avis. Tu devrais lancer ton bouquet à Mimi, après le mariage. Surtout pas à moi, en tout cas. Je te le renverrai aussitôt, si tu fais ça.

— J'ai compris, soupira sa mère.

Elles se séparèrent alors et chacune repartit au volant de sa voiture. Lorsque Sarah arriva chez elle, Jeff parlait aux peintres. Ils avaient pratiquement terminé. Même s'il restait de nombreux détails à régler, le chantier avait beaucoup avancé en six mois. Elle avait fini depuis longtemps de monter sa bibliothèque, dont les rayons ployaient désormais sous les livres de droit, et réfléchissait aux rideaux qu'elle mettrait dans les salons. Jeff et elle avaient prévu d'aller ensemble à des ventes aux enchères, afin d'y trouver des meubles anciens. Petit à petit, la maison recouvrait sa splendeur passée, pour la plus grande joie de Sarah, qui éprouvait toujours le même émerveillement à la contempler, chaque fois qu'elle en franchissait le seuil.

Ce soir-là, cependant, la première chose qu'elle fit en entrant fut de poser ses sacs par terre et d'ôter ses chaussures. Elle avait oublié qu'Audrey ne faisait jamais rien à moitié, y compris ses courses…

— Alors ? s'enquit Jeff.

— Rude journée, avoua-t-elle. Je suis éreintée. Mais on a nos robes.

— Super. Joe et moi étions en train de discuter de la couleur des murs de la salle de bal. Je pense qu'un blanc crème serait très bien. Qu'est-ce que tu en dis ?

Ils avaient déjà convenu qu'un blanc pur donnerait un côté trop froid à la pièce. Sarah avait bien imaginé du bleu pâle, mais l'idée de Jeff lui plaisait davantage. Et puis elle faisait confiance à son instinct et à son goût. Jusqu'à présent, elle n'avait jamais regretté d'avoir suivi ses conseils et appréciait beaucoup qu'il sollicitât toujours son avis.

— D'accord pour un blanc crème.

— Parfait. Maintenant, va prendre un bain et prépare-toi. Je t'emmène dîner dehors, ce soir.

— Oui, chef ! plaisanta-t-elle en allant ramasser ses affaires, pendant qu'il montait au premier étage avec le peintre pour faire des essais.

Lorsqu'il la rejoignit une demi-heure plus tard, elle était étendue sur son lit et regardait les informations à la télévision, l'air détendu. Il s'allongea à côté d'elle et lui passa un bras autour des épaules.

— J'ai dit à ma mère qu'on était ensemble, lui annonça-t-elle sans détacher ses yeux de l'écran.

— Qu'a-t-elle répondu ?

— Pas grand-chose. Elle t'aime bien et Mimi aussi. Elle m'a juste sorti son refrain habituel sur mon âge, la dernière chance, les gamins, bla bla bla.

— Traduis-moi le « bla bla bla », demanda-t-il avec intérêt. Qu'est-ce que tu entends par là ?

— Elle pense que je devrais me marier et avoir des enfants. Moi pas. Je n'en ai jamais eu envie.

— Pourquoi ?

— Je ne crois pas au mariage. Je trouve que ça fiche tout en l'air.

— Ah. Ma foi, les choses sont plus simples ainsi, n'est-ce pas ?

— Il me semble, oui. Ça te dérange ? s'enquit-elle en se tournant vers lui, vaguement inquiète.

Ils n'avaient jamais abordé ce sujet, et comme Marie-Louise et lui ne s'étaient pas mariés, elle avait toujours plus ou moins supposé qu'il partageait son point de vue.

— Je ne sais pas, répondit-il. Si je n'ai pas le choix, je ferai avec. Je ne détesterais pas avoir un ou deux enfants, et ce serait bien pour eux que leurs parents soient mariés, mais si c'est un motif de rupture pour toi, je ne considère pas ça comme essentiel.

— Je ne veux pas d'enfants, déclara-t-elle fermement avec toutefois une pointe d'appréhension dans la voix.

— Pourquoi ?

— C'est terrifiant. La vie des gens est bouleversée, quand ils en ont. Je ne vois plus mes anciennes amies. Elles sont toutes trop occupées à changer les couches de leurs bébés et à les promener dans leur poussette. Explique-moi quel plaisir on peut y prendre.

— Il y en a pourtant qui ne s'en plaignent pas, fit-il prudemment remarquer.

Alarmée, elle le fixa droit dans les yeux.

— Dis-moi la vérité, tu nous vois vraiment avec un enfant ? Je ne crois pas qu'on soit faits pour ça. Moi pas, en tout cas. J'aime mon travail. J'aime l'idée de pouvoir rester allongée sur mon lit, à regarder la télévision en attendant que tu m'emmènes dîner, sans qu'il faille réserver une baby-sitter des heures à l'avance. Je t'aime, toi… Et j'aime ma maison. Pourquoi risquer de tout gâcher ? Pourquoi tenter le diable ? Imagine qu'on se retrouve avec un gamin qui se drogue, qui vole des voitures, ou que sais-je encore. Ou bien un enfant aveugle et handicapé, comme la fille de Tom. Je ne serais pas capable d'y faire face.

— Tu peins un tableau particulièrement noir.

— Oui, eh bien, tu aurais dû voir la vie que ma mère a menée avec mon père. Il était ivre en permanence et ne décollait jamais de son lit. Mon enfance a été un cauchemar. J'avais toujours peur qu'il débarque en titubant et qu'il me couvre de honte quand mes amis venaient à la maison. Après sa mort, c'est devenu pire encore. Ma mère n'arrêtait pas de pleurer et moi je culpabilisais, parce que j'avais souhaité pendant des années qu'il meure ou qu'il s'en aille. J'ai réussi à tirer un trait sur cette période, alors ce n'est pas pour revenir en arrière. J'ai détesté mon enfance et il n'est pas question que j'inflige une épreuve pareille à qui que ce soit.

— Aucun de nous deux ne boit, Sarah.

— Serais-tu en train de me dire que tu veux des enfants ? s'exclama-t-elle, horrifiée.

Elle ne s'attendait pas à ça et le choc était rude.

— Un jour peut-être, reconnut-il. Avant que je sois trop vieux.

— Et si je refuse ?

L'aveu de Jeff la paniquait, mais elle préférait savoir à quoi s'en tenir avant d'aller plus loin avec lui. De sa réponse dépendait leur avenir.

— Si tu n'en veux pas, tant pis, je n'insisterai pas. Je préfère t'avoir toi plutôt qu'un enfant... Mais ça me plairait bien d'avoir les deux.

Stupéfaite, Sarah resta quelques instants silencieuse.

— Même si j'avais un enfant, je ne me marierais pas, le défia-t-elle enfin.

Jeff éclata de rire et se pencha pour l'embrasser.

— Je n'en attendais pas moins de toi, mon amour. Ne t'inquiète pas. Ce qui arrivera arrivera.

Tous deux prenaient leurs précautions, mais Sarah songea qu'il lui faudrait être encore plus prudente à l'avenir. Elle ne voulait surtout pas risquer de tomber enceinte. Jeff tiendrait certainement à ce qu'elle garde le bébé, alors que pour elle ce serait inenvisageable. Ils n'avaient pas besoin d'une telle source de conflit, quand tout allait si bien entre eux.

— Je suis trop vieille pour avoir des enfants, de toute façon, s'entêta-t-elle. J'aurai quarante ans à mon prochain anniversaire, j'ai passé l'âge.

C'était faux et elle le savait, mais Jeff ne fit aucun commentaire. Il sentait bien que cette question la bouleversait et, pour l'heure, rien ne pressait.

Abandonnant le sujet, ils partirent au restaurant. Là, Sarah parla à Jeff de l'idée qu'avait eue Audrey de louer la maison à des personnes en quête d'un cadre original pour leur mariage. Plus elle y réfléchissait et plus cela lui plaisait. L'argent qu'elle en tirerait lui permettrait de s'offrir les meubles dont elle rêvait. Jeff l'approuva, mais lui fit remarquer qu'il serait peut-être déplaisant de voir des inconnus se promener partout dans la maison, y compris là où ils n'auraient rien à faire. Il avait, de son côté, un projet qui lui semblait tout aussi bon, à condition d'investir beaucoup au départ. Il adorait tout ce qu'elle avait réalisé chez elle et il avait remarqué qu'elle était douée pour cela, aussi son idée était d'acheter de vieilles demeures en mauvais état pour les restaurer ensemble, puis de les revendre avec une grosse plus-value. Sa proposition plut à Sarah, mais elle s'inquiéta des dépenses à engager, alors qu'elle en avait encore beaucoup à faire pour la maison. De plus, même si elle ne l'avouait pas, ce projet lui faisait peur. Comme le mariage et les bébés.

Ce soir-là, Jeff lui annonça qu'il avait reçu une offre sérieuse pour sa maison de Potrero Hill et que Marie-Louise lui avait demandé d'accepter. Ils s'étaient mis d'accord pour qu'elle touche l'intégralité du montant de la vente en échange de sa part dans leur société. De son côté, elle lui avait remboursé la moitié de leur appartement parisien et projetait d'y ouvrir son propre cabinet d'architecte. Leurs quatorze années de vie commune s'étaient délitées si rapidement que cela confortait Sarah dans son opinion. Il était beaucoup plus simple de ne pas se marier. Et encore Marie-Louise avait-elle de la chance. Jeff s'était occupé de tout, sans chercher à l'escroquer, et lui avait cédé tout ce qu'elle voulait. Jusqu'au bout, il s'était comporté en parfait gentleman, et cela impressionnait Sarah. Les dieux étaient avec elle, cette fois. Du moins jusqu'à présent. Elle n'avait aucune envie de réfléchir à l'avenir.

21

Le mois de juin passa si vite que le mariage d'Audrey arriva sans laisser à personne le temps de souffler. Du jour au lendemain, sembla-t-il, les traiteurs envahirent la cuisine, les fleuristes apportèrent plantes et fleurs, et les musiciens s'installèrent avec leurs instruments. Un photographe fut chargé d'immortaliser la mise en place de l'ensemble, les derniers préparatifs, et les invités au fur et à mesure de leur arrivée. Sarah et Jeff discutaient avec Tom et ses enfants – dont le fameux Fred, venu finalement avec sa nouvelle compagne –, lorsque Mimi et George firent leur entrée. Très élégante dans une robe en soie bleu pâle qui s'accordait très bien avec l'ensemble d'un bleu plus soutenu de Sarah, Mimi affichait une mine radieuse et, plus que jamais, formait un couple parfaitement assorti avec George.

Bientôt, tous n'attendirent plus qu'Audrey. Celle-ci apparut alors en haut du grand escalier, qu'elle descendit lentement, au son des Water Music de Haendel. Jamais elle n'avait été aussi belle. Mimi la regardait avec fierté, tandis que Sarah pressait le bras de Jeff avec émotion. Tom, lui, ne pouvait détacher son regard de la femme qu'il allait épouser, et c'est très ému qu'il lui offrit son bras, lorsqu'elle arriva au bas des marches.

Le juge qui procéda à leur union fit un très beau discours sur le mariage, sur ce qu'il apportait de bon et sur son importance lorsqu'il découlait d'un choix voulu et partagé. La cérémonie fut émouvante et tout se déroula de manière inoubliable. Le repas fut parfait et la maison subjugua tous ceux qui ne la connaissaient pas encore. Même le mobilier loué par Audrey paraissait à sa place. Tom et elle n'auraient pu imaginer un mariage plus réussi. Puis vint le moment où, du haut du grand escalier, Audrey lança son bouquet vers les invités. C'est Mimi qui le reçut, au grand soulagement de Sarah, à qui sa mère fit un clin d'œil complice. Peu après, tous se retrouvèrent sur le trottoir devant la maison, pour dire au revoir aux nouveaux mariés et jeter des pétales de rose sur la Rolls qui les emmenait au Ritz-Carlton. Ils avaient prévu d'y passer leur nuit de noces, avant de prendre l'avion pour Londres le lendemain matin et, de là, s'envoler pour Monte-Carlo puis l'Italie pour trois semaines.

Une fois que leur voiture eut disparu au coin de la rue, tous regagnèrent la maison, où ils retrouvèrent Mimi, assise sur un canapé.

— Je serai la prochaine ! plaisanta-t-elle en brandissant le bouquet d'Audrey, tandis que, à ces mots, George faisait mine de s'évanouir.

— Hé, ce n'est pas vous qu'elle épousera ! le corrigea Jeff. C'est moi !

Mimi, ravie, se leva et dansa avec George, au milieu du brouhaha général. Le champagne coulait à flots. Sarah et Jeff discutaient avec les deux fils et la fille de Tom, avec qui ils s'étaient liés d'amitié. Ils les invitèrent à venir chaque fois qu'ils en auraient envie. Deux d'entre eux étaient mariés et tous avaient des enfants, présents eux aussi pour l'occasion. Audrey avait donc une nouvelle famille et six petits-enfants. L'espace d'un instant, Sarah ressentit un pincement de jalousie en pensant qu'à l'avenir ils verraient sa mère beaucoup plus souvent qu'elle. Audrey avait déjà quitté son appartement et fait transporter tout ce qu'elle possédait à Saint Louis, à l'exception de quelques meubles qu'elle lui avait offerts. Cela allait faire un grand vide pour elle et Mimi, mais elles étaient heureuses pour Audrey.

Coupant court à ces réflexions, Sarah assuma son rôle de maîtresse de maison jusqu'au départ des derniers invités. Les traiteurs avaient tout rangé et le fleuriste ne passerait récupérer ses arbustes que le lendemain, si bien que Sarah n'avait plus rien à faire.

— C'était réussi, hein ? dit-elle en bâillant, alors que Jeff et elle montaient ensemble dans leur chambre.

Jeff lui sourit avec amour. Dans sa robe qui faisait ressortir le bleu de ses yeux, elle lui semblait encore plus belle que d'habitude.

— Et comment ! approuva-t-il. Audrey et Tom étaient si touchants pendant la cérémonie que j'en ai eu les larmes aux yeux.

— Moi, je pleure toujours pendant les mariages. Mais de terreur, ironisa-t-elle.

— Tu es un cas désespéré...

— Et toi, un incurable romantique, et c'est pour ça que je t'aime, répliqua-t-elle en l'embrassant.

La journée avait été parfaite. Pour Audrey, pour Tom et pour tous ceux qui les chérissaient. Et lorsque sa mère l'appela pour la remercier d'une voix vibrante de bonheur, elle lui souhaita d'être heureuse le plus longtemps possible. Elle le méritait tant...

Cette nuit-là, Sarah se lova tout contre Jeff. Elle adorait se serrer dans ses bras sous la couette, autant que faire l'amour.

— Bonne nuit, ma chérie, murmura-t-il alors qu'ils sombraient tous deux dans le sommeil.

— Je t'aime, répondit-elle avant de sourire en pensant au bouquet qui avait atterri dans les mains de Mimi.

22

Sarah et Jeff travaillèrent dans la maison tout l'été tout en commençant à consulter des catalogues de meubles et à se rendre à des ventes aux enchères. Ils ne voyaient pas le temps passer, tant ils étaient pris également par leur métier. Jeff s'occupait d'un important chantier de rénovation à Pacific Heights et Sarah, elle, était toujours aussi débordée à son bureau.

En août, ils s'accordèrent une semaine de vacances au lac Tahoe, faisant des balades, du vélo, du ski nautique et nageant. Cela faisait quatre mois qu'ils étaient ensemble. Quatre mois de bonheur, sans le moindre nuage. De peur de provoquer un désaccord, aucun d'eux n'avait osé soulever de nouveau la question du mariage et des enfants. De toute façon, ils avaient encore beaucoup trop de choses à faire avant de s'en soucier – ce qui, du point de vue de Sarah, était aussi bien.

Après son voyage de noces, Audrey les appela souvent. Elle découvrait Saint Louis, apprenait à mieux connaître les enfants de Tom et réfléchissait déjà à une nouvelle décoration pour sa maison. Elle pensait beaucoup à Mimi et à Sarah. Elle savait qu'elle ne pourrait malheureusement pas les rejoindre pour Thanksgiving. Elle avait promis à Tom de rester avec lui et les siens. Sarah la rassura en lui disant qu'elle serait avec Mimi. Elle avait envie que la fête se passe chez elle et espérait que cela deviendrait une tradition. Même s'ils n'étaient pas nombreux – juste Mimi, George et Jeff –, ce serait un début.

Les semaines suivantes furent très chargées pour elle. Elle dut s'occuper de trois successions tout en continuant à travailler dans sa maison le week-end. Jeff et elle avaient acquis de très beaux meubles chez Sotheby's et Christie's, de sorte que la maison était moins vide maintenant. En octobre, Jeff abandonna pour de bon son appartement et apporta les dernières affaires qu'il avait laissées là-bas. Il avait à présent son bureau et son dressing et affirmait que cela ne le dérangeait pas de dormir dans une chambre rose. Tout était réglé avec Marie-Louise et il n'avait plus aucune nouvelle d'elle. A sa grande surprise, il n'en éprouvait pas de tristesse. En fait, il savait que leurs quatorze années ensemble avaient été une erreur. Il en était d'autant plus conscient depuis qu'il vivait avec Sarah. Ils étaient faits l'un pour l'autre. Chaque matin, il se réveillait émerveillé d'avoir autant de chance et se rappelait un vieux dicton que lui répétait souvent son grand-père, selon lequel il existait un couvercle pour chaque pot et un pot pour chaque couvercle. Il était désormais certain d'avoir trouvé le sien. Et s'il y avait bien une personne qui partageait cet avis, c'était Sarah.

Bientôt, Thanksgiving arriva et, comme elle l'avait promis, Sarah prépara le repas. Un canapé, des fauteuils, une table basse et un superbe bureau meublaient depuis peu le salon, si bien que tous eurent, cette fois, un endroit où s'asseoir confortablement en arrivant. Comme chaque année, Mimi avait demandé à Sarah d'inviter ses deux meilleures amies ; un ami de Jeff, de passage à San Francisco, était également présent. Ils se retrouvèrent donc sept à bavarder tranquillement, pendant que Jeff et Sarah se relayaient pour surveiller la cuisson de la dinde. Sarah craignait que celle-ci soit ou trop cuite ou pas assez. Plus rien n'était pareil sans Audrey, mais, à sa grande surprise, tout se déroula sans problème. Ce fut

Jeff qui découpa la volaille, à la satisfaction de George, trop heureux de ne plus avoir à s'en charger.

Mimi et lui rentraient de Palm Springs, et Sarah se fit la remarque qu'ils passaient de plus en plus de temps là-bas. Comme ils le leur expliquèrent, ils appréciaient le climat de la région et surtout les nombreuses sorties entre amis qu'ils avaient l'occasion d'y faire. A quatre-vingt-trois ans tout juste pour Mimi, et un peu plus pour George, tous deux semblaient bien partis pour faire un bout de chemin ensemble.

Comme si elle avait lu dans les pensées de sa petite-fille, Mimi les regarda soudain tous avec fébrilité.

— J'ai quelque chose à vous dire, déclara-t-elle timidement après que George lui eut adressé un signe d'encouragement.

Occupée à servir les tartes, pendant que Jeff apportait la glace et la crème fouettée, Sarah la fixa d'un air surpris. Sa grand-mère était en parfaite santé et sa vie suivait son cours normal. Quelle nouvelle pouvait-elle avoir à leur annoncer ?

— George et moi allons nous marier, poursuivit Mimi les yeux brillants.

Elle comprenait que cela puisse paraître ridicule, mais George et elle s'aimaient vraiment et voulaient passer leurs dernières années ensemble. La seule ombre au tableau était qu'ils comptaient aller vivre à Palm Springs. George avait déjà vendu sa maison de San Francisco et Mimi allait confier la sienne à une agence. Ils conserve-raient juste l'appartement de George pour s'y installer chaque fois qu'ils viendraient leur rendre visite – ce qui, songea tristement Sarah, n'arriverait sans doute plus très souvent. Ils s'amusaient beaucoup trop à Palm Springs pour ça.

— Vous l'épousez lui et pas moi ? s'insurgea Jeff, faus-sement choqué, ce qui les fit tous rire.

— Je suis désolée, dit Mimi en lui tapotant la main pour le consoler. Vous devrez épouser Sarah.

— Certainement pas ! réagit aussitôt celle-ci.

— Elle n'acceptera que le jour où les poules auront des dents, se plaignit-il. Elle ne veut pas de moi.

— Vous le lui avez demandé, au moins ? s'enquit Mimi d'un ton plein d'espoir.

Comme Audrey, avec qui elle en avait déjà discuté, elle rêvait de voir un jour sa petite-fille se marier.

— Non, avoua honnêtement Jeff en s'asseyant pour déguster lui aussi sa part de tarte.

Sarah avait commencé à servir le champagne. Elle pensait à Audrey, qui, à cette même table, leur avait annoncé, en mai, son intention de s'unir à Tom. A présent, Mimi suivait son exemple. A croire que toutes les femmes de la famille s'étaient donné le mot pour convoler en justes noces et déménager. Il ne resterait bientôt plus qu'elle et Jeff à San Francisco, et même si elle se réjouissait pour Mimi, elle éprouvait une pointe de tristesse à l'idée de la perdre, elle aussi. Elle avait presque l'impression d'être abandonnée.

— Si je demandais à Sarah de m'épouser, reprit Jeff, elle serait capable de me jeter à la porte. Elle tient à vivre dans le péché.

Sa remarque amusa Mimi. Elle savait bien sûr qu'ils vivaient ensemble et ne s'en offusquait pas du tout. Sa petite-fille était assez grande pour faire ce qu'elle voulait.

Sarah ignora les regrets bon enfant de Jeff en revenant à des questions plus sérieuses, parmi lesquelles la date du mariage. Mimi et George ne l'avaient pas encore fixée, mais ils tenaient à ce que cela soit le plus tôt possible.

— A notre âge, on ne peut plus se permettre d'attendre ! lança gaiement Mimi. Je pense que George a envie que ça se passe sur un terrain de golf, mais on n'arrive pas à se décider entre San Francisco et Palm Springs.

— Pourquoi ne pas le faire ici, vous aussi ? suggéra Sarah.

— Ce serait une grosse source de tracas pour toi, objecta Mimi. Je ne veux pas que tu te donnes tout ce mal. Tu es déjà débordée !

— Ça ne me dérangerait pas. Je n'aurais qu'à engager les mêmes traiteurs que pour maman. Ils étaient très bien et ont tout rangé avant de partir.

— Tu es sûre ?

Mimi semblait encore hésiter, mais George, lui, était enthousiaste. Il lui rappela qu'elle était née dans cette maison et qu'organiser là son mariage était logique. Ce serait comme un retour aux sources. L'ami de Jeff, resté jusqu'alors silencieux, intervint à cet instant pour leur raconter que sa propre grand-mère s'était remariée l'année précédente et avait emménagé à Palm Beach. Jamais il ne l'avait vue si heureuse, affirma-t-il.

— Quelle date souhaitez-vous ? dit Sarah, très terre à terre, pendant que Jeff continuait de jouer les amants éconduits, pour la plus grande joie de Mimi.

— Nous pensions au 31 décembre, répondit George. Comme ça, on aura quelque chose à fêter chaque année, pour le réveillon du nouvel an. Et je trouve qu'organiser le mariage ici est une très bonne idée. Cela signifierait beaucoup pour Mimi.

Celle-ci rougit. Elle lui avait avoué le matin même à quel point cela lui ferait plaisir, tout en lui confiant sa crainte de causer trop de tracas à sa petite-fille.

— Maman est au courant ? demanda soudain Sarah.

Mimi hocha la tête.

— Oui, nous l'avons prévenue ce matin, quand nous l'avons appelée pour lui souhaiter un joyeux Thanksgiving. Elle nous a félicités, elle aussi.

— Traître, bougonna Jeff en jetant un regard indigné à George. J'étais pourtant un bien meilleur parti que lui, Mimi. Je lui reconnais tout juste un plus grand talent de danseur. Il ne doit pas vous écraser les pieds en valsant, contrairement à moi, lors du mariage d'Audrey. Je ne peux donc pas vous en vouloir, mais sachez que vous me brisez le cœur.

— Je suis désolée, mon garçon, dit Mimi en l'embrassant. Vous viendrez nous voir à Palm Springs. Vous pourrez même emmener Sarah.

— J'espère bien ! s'écria celle-ci avant d'aller chercher un carnet pour noter tout ce qu'ils voulaient.

Ils n'avaient que six semaines pour tout organiser, mais ce mariage s'annonçait moins compliqué que celui d'Audrey. Mimi et George souhaitaient une cérémonie religieuse toute simple, suivie d'un repas sans chichis avec la famille proche. Mimi assura à Sarah que le pasteur accepterait de venir et qu'ils pourraient par exemple se marier à 20 heures, le 31 décembre, et dîner une heure plus tard. Audrey lui avait déjà dit que Tom et elle seraient présents et qu'ils en profiteraient pour aller passer le week-end à Pebble Beach ensuite. George et Mimi n'avaient pas l'intention de partir en voyage de noces. Ils envisageaient juste un week-end au très chic hôtel Bel Air, à Los Angeles. Mimi avait toujours adoré cet endroit, qui présentait, de plus, l'avantage de ne pas être trop éloigné de San Francisco.

La discussion se poursuivit ainsi durant deux heures, jusqu'à ce que, la fatigue aidant, chacun prenne congé.

— Que leur arrive-t-il, à tous ? se plaignit Sarah une fois leurs invités partis. Je suis donc la seule à avoir encore envie de vivre à San Francisco ?

— Il semble bien que oui, répondit Jeff. Ça n'a rien de personnel, tu sais. Ils s'amusent simplement davantage ailleurs.

Il ne le lui avoua pas, mais bien qu'il adorât Mimi et Audrey, il se réjouissait à l'idée d'avoir enfin Sarah pour lui tout seul.

— Ça me fait tout drôle, admit-elle.

— Quoi ? Que ta grand-mère se marie ? Je suis ravi pour elle, moi. Il y a tellement de gens qui souffrent de la solitude, à son âge.

— Oui, bien sûr. Et de ce point de vue, Mimi est unique. Elle aimait tant mon grand-père que ma mère a eu peur pour elle, quand il est mort. Mais regarde-la aujourd'hui, elle a entamé une deuxième vie et j'ai parfois l'impression qu'elle l'apprécie autant que la première. Non, ce qui me déprime, c'est qu'ils s'en vont tous loin d'ici. Alors que je les ai eues près de moi pendant des années, ma grand-mère va vivre à Palm Springs et ma mère habite maintenant à Saint Louis.

— Je suis là, moi, fit-il doucement remarquer.

— Je sais, répondit-elle en l'embrassant. Je suppose que leur départ va m'obliger à être enfin adulte. Je me sentais toujours comme une enfant entre elles deux. C'est peut-être pour ça que je trouve la situation bizarre.

— Certainement, conclut-il.

Sarah appela sa mère le lendemain matin, pour lui reprocher de ne pas l'avoir mise dans la confidence lorsqu'elle l'avait eue la veille au téléphone.

— Je ne voulais pas trahir Mimi, expliqua Audrey. Elle m'avait fait jurer de garder le secret. C'est formidable pour elle, en tout cas. Le climat de Palm Springs lui conviendra mieux que celui de San Francisco. Tom et moi serons là pour le mariage, bien sûr.

— Voudrez-vous dormir à la maison ?

— Avec plaisir !

— Ce sera amusant d'être tous sous le même toit.

Sarah lui demanda ensuite des précisions sur les démarches à entreprendre pour la cérémonie et entama celles-ci dès le lundi suivant. Elle avait décidé de s'occuper de tout, de façon que Mimi n'ait à se soucier que de sa robe. Deux jours plus tard, ce détail était réglé. Sa grand-mère lui passa un coup de fil pour lui annoncer d'une voix triomphante qu'elle avait trouvé un ensemble couleur champagne absolument ravissant, et beaucoup plus approprié pour son âge qu'une robe blanche. Cela rappela à Sarah qu'elle aussi avait besoin d'une nouvelle robe pour l'occasion. Comme le mariage aurait lieu la veille du nouvel an, elle décida de la choisir longue et en trouva une en velours vert foncé. Sa mère, elle, serait en bleu marine.

Les cinq semaines qui précédèrent Noël furent si remplies qu'elle eut l'impression d'une course folle. Entre les préparatifs du mariage, les inévitables soirées professionnelles en cette période et les cadeaux à acheter, elle manquait de temps pour tout. Jeff, en revanche, était sur un petit nuage. Après des années passées à supporter les humeurs de Marie-Louise et à craindre l'approche des fêtes, il pouvait enfin sacrifier à toutes les traditions sans crainte de déclencher une scène. Chaque soir, il rentrait à la maison les bras chargés de guirlandes, de présents, de CD de Noël. A la mi-décembre, il revint même avec un immense sapin qu'il fit installer au pied du grand escalier et qu'il entreprit aussitôt de décorer. Sarah éclata de rire lorsque, en rentrant, elle le vit perché sur son échelle, en train d'accrocher une étoile au sommet de l'arbre. Les chants qu'il avait mis étaient si forts qu'ils durent crier pour s'entendre.

— On se croirait dans l'atelier du père Noël ! dut-elle lui hurler à trois reprises, sans parvenir à ses fins. Aucune importance. Ton sapin est superbe !

Il finit cependant par comprendre et la remercia d'un sourire radieux. Il n'était pas mécontent de lui, il fallait bien l'avouer. Quant à Sarah, elle était touchée par tout ce qu'il faisait. Elle n'était pas en reste non plus côté surprises. Elle avait réussi à lui dénicher une vieille table d'architecte de toute beauté dans une vente aux enchères. Elle fut livrée le 24 décembre et plut tant à Jeff qu'il faillit tomber à la renverse quand il la vit.

— C'est une merveille ! s'exclama-t-il.

Grâce à lui, Sarah était heureuse de fêter Noël malgré l'absence d'Audrey et de Mimi. Le soir du réveillon, tandis qu'ils dînaient en buvant une très bonne bouteille, elle se revit un an plus tôt exactement, au moment où elle avait annoncé à sa mère et à sa grand-mère qu'elle avait acheté la maison de Scott Street. A l'époque, elle s'apprêtait à vivre son cinquième Noël toute seule, pendant que Phil skiait à Aspen avec ses enfants. Sa vie actuelle n'avait plus rien de commun avec celle d'alors. Sa mère et sa grand-mère avaient quitté San Francisco, ce qui l'attristait, mais elle avait désormais Jeff et la maison.

Tous deux passèrent la journée du lendemain à se reposer. Jeff lui avait offert un bracelet serti de diamants et, en plus de la table d'architecte, elle lui avait préparé plusieurs petits cadeaux dans une grande chaussette et y avait joint une lettre signée du père Noël, disant à Jeff qu'il avait été bien sage toute l'année, mais qu'il devait cesser de laisser traîner ses vêtements sales par terre en espérant que quelqu'un se chargerait de les ramasser à sa place. C'était son seul défaut. Jeff fut touché de ces marques d'affection, qui le changeaient tant de ce qu'il avait connu avec Marie-Louise. De toutes les bonnes choses survenues dans sa vie, Sarah était assurément la meilleure.

Cinq jours plus tard, Audrey et Tom arrivèrent de Saint Louis, suivis le soir même par Mimi et George. Les trois femmes passèrent de longues heures dans la cuisine à préparer des plats, papoter et surtout écouter Audrey leur raconter sa nouvelle vie dans le Missouri. Sarah adorait avoir sa mère et sa grand-mère autour d'elle. Cela lui donnait le sentiment d'être de nouveau une enfant.

Le matin du 31 décembre, ils allèrent tous prendre leur petit déjeuner dehors. Les traiteurs s'affairaient déjà en cuisine et, même s'il s'agissait d'un mariage très intime, les préparatifs semblaient ne pas finir. Mimi et George affichaient cependant un calme remarquable. Tous étaient heureux d'être ensemble, discutant et riant. Jeff était en grande conversation avec la future mariée, pendant que Tom et George parlaient golf et que Sarah et Audrey dressaient la liste des derniers détails à régler.

Ils rentrèrent à 13 heures à la maison. Mimi disparut alors dans sa chambre, après avoir interdit à George de s'aventurer à l'étage. Un coiffeur et une manucure devaient venir dans l'après-midi, et elle tenait à ce qu'il ne la voie qu'une fois qu'elle serait prête.

L'après-midi passa très vite et l'effervescence augmentait, à mesure que le grand moment approchait. Sarah et Audrey montèrent aider Mimi à s'habiller, mais eurent la surprise de la découvrir assise sur son lit, en robe de chambre, la photo de Lilli à la main. Les larmes aux yeux, elle fixa sa fille et sa petite-fille, avant de reposer le cadre.

— Tout va bien, maman ? s'enquit Audrey.

— Oui, soupira-t-elle. Je pensais juste au bonheur que mes parents avaient connu au début... Au fait que je suis née ici... Je suis si contente de pouvoir épouser George au même endroit. D'une certaine façon, ça me paraît un juste retour des choses. Je crois que cela aurait fait plaisir à ma mère.

Elle se tourna vers Sarah et poursuivit d'une voix rendue tremblante par l'émotion :

— Je suis heureuse que tu aies acheté cette maison, ma chérie. Je ne me doutais pas qu'elle avait autant d'importance pour moi. Ça peut sembler idiot à mon âge, mais après la douleur causée par le départ de ma mère quand j'étais petite, j'ai l'impression d'être revenue chez moi et de l'avoir enfin retrouvée.

A ces mots, Sarah la serra dans ses bras.

— Je t'aime tant, Mimi, murmura-t-elle. Merci du fond du cœur. Tu ne peux pas savoir comme tes paroles me touchent.

Plus que jamais, elle mesurait ce que cette maison lui avait apporté et qui n'avait pas de prix.

23

Malgré le caractère intime de la cérémonie, il avait été décidé que chacun serait en tenue de soirée, en smoking pour les hommes et robe longue pour les femmes. Pour le plus grand plaisir de tous, Jeff avait proposé de conduire la mariée devant le pasteur, ce qu'elle avait accepté. Elle craignait de trébucher sur sa robe si elle descendait seule le grand escalier et se sentait plus rassurée à l'idée d'avoir un bras solide pour la soutenir.

— Vous devriez avoir honte de m'avoir donné tant de faux espoirs pendant six mois, plaisanta-t-il. Mais puisque vous ne voulez toujours pas m'épouser – ce qui, soit dit en passant, témoigne d'un manque étonnant de bon sens de votre part –, j'ai résolu de faire contre mauvaise fortune bon cœur. Sachez juste que je serai là, si vous changiez d'avis à la dernière minute.

Le moment venu, il monta l'attendre devant sa chambre. Elle en sortit dans sa robe ivoire et ses escarpins dorés. Elle tenait un bouquet de muguet à la main, la fleur préférée de Lilli. George, lui, en portait un brin accroché au revers de sa veste. Il était très élégant, avec son nœud papillon rouge et ses boutons de manchette assortis, mais Audrey et Tom remarquèrent surtout combien il paraissait fébrile.

Tous trois discutaient avec le pasteur, lorsque la harpe et les violons de l'orchestre commencèrent à jouer. Sarah avait allumé des bougies et c'est dans leur lumière que Mimi fit son apparition. Elle descendit lentement les marches, avec la grâce d'une reine. A son côté, Jeff, la mine grave, prenait son rôle très au sérieux. Elle leva les yeux vers lui, attendrie, puis son regard se porta vers George. A cet instant, un doux sourire illumina son visage et Sarah prit soudain conscience de sa ressemblance frappante avec Lilli. Mimi était plus âgée, évidemment, mais c'était bien de sa mère qu'elle tenait sa beauté. Elle avait la même lueur espiègle dans le regard, la même passion de vivre. Comme si Lilli était sortie de la photo qui trônait sur sa table de nuit, pour se réincarner en elle. Sarah ressentit alors toute la force du lien qui unissait les femmes de sa famille, depuis Lilli jusqu'à elle.

Parvenue au bas des marches, Mimi lâcha le bras de Jeff pour prendre celui de l'homme qui allait devenir son mari. Ils se dirigèrent vers le pasteur pour échanger leurs vœux d'une voix claire et assurée. Puis George embrassa Mimi et la musique reprit, tandis que tous riaient et les félicitaient.

Le dîner commença peu après et le champagne coula à flots jusqu'à minuit. Aux douze coups, Mimi, Audrey et Sarah embrassèrent chacune leur conjoint, puis tous dansèrent pour fêter le mariage de Mimi et George et la nouvelle année. Il était plus de 2 heures du matin lorsqu'ils montèrent se coucher. Tout avait été parfait.

— Je vais devenir une professionnelle des mariages, confia Sarah à Jeff quand ils se retrouvèrent au lit. C'était réussi, non ? Tu étais magnifique, quand tu as descendu l'escalier avec Mimi.

— Elle ne tremblait même pas. En fait, je crois que j'étais plus nerveux qu'elle.

— George aussi avait l'air très ému, fit-elle remarquer avant de se lover contre lui. Bonne année, mon amour.

— Bonne année à toi aussi, ma chérie.

Ils s'endormirent dans les bras l'un de l'autre et se levèrent tôt le lendemain matin, pour préparer le petit déjeuner. Dès qu'ils l'eurent pris, Audrey, Tom, Mimi et George préparèrent leurs valises. Vêtue d'un tailleur rouge vif, Mimi quittait sa chambre avec son manteau de vison sur le bras, lorsqu'elle se rappela qu'elle avait oublié quelque chose. Laissant George rejoindre Jeff et Sarah au bas des marches, elle retourna sur ses pas et réapparut bientôt avec son bouquet de muguet de la veille.

— Je n'y pensais plus du tout, dit-elle en souriant.

Au milieu de l'escalier, elle s'arrêta pour le humer une dernière fois et le lança gracieusement à Sarah. Celle-ci l'attrapa par réflexe, puis sursauta et, comme s'il lui brûlait les mains, le renvoya aussitôt à Mimi, qui l'envoya cette fois à Jeff, heureux de le garder, lui.

— Bravo ! le complimenta George.

— J'espère que, contrairement à Sarah, vous saurez quoi en faire, le taquina Mimi.

Peu après, George et elle montèrent dans le taxi qui devait les emmener à l'aéroport. Audrey et Tom partirent quelques minutes plus tard pour Pebble Beach, où ils avaient l'intention de passer le week-end à jouer au golf.

De retour dans la maison, Jeff posa doucement le bouquet sur une table et attira Sarah dans ses bras.

— Tu réussis bien les mariages, dit-il avec un grand sourire.

— Merci. Mais toi aussi, tu sais, répliqua-t-elle en l'embrassant.

24

Le reste de la journée fut très calme. Jeff alla travailler dans son bureau, pendant que Sarah commençait à repeindre une nouvelle pièce. Vers 14 heures, elle lui apporta un sandwich, puis tous deux se remirent au travail jusqu'au soir. Ils allèrent alors au cinéma et, en rentrant, Jeff regarda un match de foot qu'il avait enregistré. La soirée s'acheva ainsi, pour leur plus grand bonheur. Après l'agitation qui avait précédé le mariage de Mimi et George, ils appréciaient la tranquillité de ce nouvel an, qui leur permettait de se reposer.

— Que veux-tu que je fasse du bouquet de Mimi ? demanda Sarah en découvrant les fleurs dans le réfrigérateur, le lendemain matin.

Jeff les avait mises là au cas où elle aurait voulu les conserver, et leur parfum embaumait la cuisine chaque fois qu'ils ouvraient la porte du réfrigérateur.

— Ça porte malheur de les jeter, non ?

— Je crois, oui, répondit-il d'un air innocent. Tu ne veux pas les garder ? C'est un joli souvenir du mariage.

— Bien sûr ! Pour que tu puisses me les lancer pendant mon sommeil !

— Je n'oserais jamais ! Je risquerais de mourir sur-le-champ, se moqua-t-il. Pourquoi ne pas les faire sécher ? Comme ça, tu pourras les offrir à Mimi pour son premier anniversaire de mariage.

— Bonne idée. Tu as raison.

Sarah rangea soigneusement le bouquet dans une boîte et retourna à ses pots de peinture.

Le dimanche soir, ils allèrent à une soirée à laquelle les avaient conviés de vieux amis de Sarah, puis reprirent chacun leur travail le lundi, où l'année démarra sur les chapeaux de roue pour Sarah. Tous ses clients semblaient vouloir modifier leur testament. De nouvelles mesures fiscales avaient été adoptées et un vent de panique soufflait sur le cabinet. Jamais elle n'avait été aussi débordée. Elle qui avait promis à sa mère d'aller lui rendre visite à Saint Louis ne voyait plus quand elle pourrait le faire, d'autant que Jeff avait autant de travail qu'elle. Il avait l'impression que tout le monde avait acheté une vieille maison pendant les vacances de Noël, et qu'ils tenaient tous à lui en confier la restauration. Les affaires marchaient très bien pour lui mais, sans Marie-Louise pour l'aider, tout reposait entièrement sur ses épaules et il avait du mal à s'en sortir.

Au bout de deux semaines de ce rythme infernal, Sarah, qui n'était pourtant pas de santé fragile, attrapa une méchante grippe. Elle dut rester au lit, épuisée et brûlante de fièvre, pour se retrouver ensuite avec une gastro-entérite. Inquiet, Jeff lui apportait de la soupe, du jus d'orange et du thé, mais son état ne faisait qu'empirer.

— Je n'en peux plus, lui dit-elle un matin, les larmes aux yeux.

Ne sachant que faire, il lui conseilla de consulter un médecin. Elle y avait déjà pensé et avait rendez-vous le lendemain matin. Cet après-midi-là, elle appela sa mère pour lui dire combien elle se sentait mal.

— Tu es peut-être enceinte, répliqua Audrey après l'avoir écoutée lui décrire ses symptômes.

— Très drôle. J'ai une gastro, maman. Pas des nausées.

— Qu'en sais-tu ? J'étais tout le temps malade, quand je t'attendais. C'est normal, le système immunitaire s'affaiblit, afin que le corps ne rejette pas le bébé. Tu m'as bien dit que tu vomissais depuis quatre jours ?

— C'est une grippe intestinale, pas un bébé, insista Sarah, agacée par les inepties de sa mère.

— Fais au moins un test, pour être sûre. Ça ne coûte rien.

— Inutile. J'ai une mauvaise grippe, rien de plus. Tout le monde l'a au bureau.

— Bon, bon, je disais ça comme ça. Va voir le médecin, alors.

— J'y vais demain.

Après avoir raccroché, Sarah resta allongée. Contrariée par les paroles de sa mère, elle fit un rapide calcul. Ses règles avaient plusieurs jours de retard, mais ce n'était pas inhabituel chez elle. Il n'y avait pas de quoi s'alarmer. Sauf si Audrey avait raison... L'estomac noué, elle pria pour que ce ne soit pas le cas. Elle avait une carrière prometteuse, un homme qui l'aimait, une maison qu'elle adorait. Une vie parfaite, en somme. Un enfant serait la pire chose qui pût lui arriver.

Cette pensée la rendit si nerveuse qu'elle se leva pour foncer jusqu'à la pharmacie la plus proche acheter un test de grossesse. Lorsqu'elle revint à la maison, Jeff n'était pas encore rentré. Tout en se sentant ridicule, elle suivit le mode d'emploi et laissa le petit bâtonnet sur le bord du lavabo avant d'aller se recoucher devant la télévision. Une demi-heure plus tard, détendue, elle retourna dans la salle de bains. Le résultat allait être négatif, c'était certain. Elle avait toujours été prudente et, à l'exception d'une ou deux frayeurs lorsqu'elle était étudiante, ne s'amusait pas à jouer à la roulette dans ce domaine. Elle ne prenait pas la pilule, certes, mais Jeff et elle faisaient attention – sauf durant les moments du mois où il n'y avait rien à craindre.

Elle prit le test, y jeta un coup d'œil, puis un deuxième, et s'empara de la boîte pour relire le mode d'emploi. Deux lignes apparaissaient sur le bâtonnet, et elle ne savait plus à quoi elles correspondaient. Sur la notice, cependant, les explications étaient très claires : une ligne

317

signifiait qu'on n'était pas enceinte, deux lignes, qu'on l'était. Sarah regarda de nouveau le test. Deux petits traits parallèles se détachaient nettement. Non, c'était impossible. Il y avait forcément une erreur. Ou alors le test était défectueux. Comme la boîte en contenait un deuxième, elle renouvela l'expérience et attendit cette fois avec angoisse dans la salle de bains. C'était ridicule. Elle n'était pas enceinte. Juste malade. Après un coup d'œil à sa montre, elle regarda le test. Cette fois encore, il y avait deux lignes. Elle se regarda alors dans la glace et vit qu'elle était blanche comme un linge.

— Oh non… Oh non, ce n'est pas vrai ! cria-t-elle. Ça ne peut pas m'arriver à moi !

Elle jeta tout à la poubelle et se mit à arpenter la salle de bains de long en large, la tête rentrée dans les épaules et les bras serrés. Le monde s'écroulait autour d'elle.

— Ce n'est pas possible ! hurla-t-elle au moment même où Jeff, de retour de son travail, entrait.

— Ça ne va pas ? s'inquiéta-t-il. Tu parlais à quelqu'un ?

— Non, non, je vais très bien.

Elle passa en trombe devant lui en le bousculant presque et retourna sous les couvertures.

— Tu veux que je t'emmène à l'hôpital ? C'est si grave que ça ?

— C'est pire que ça !

— Alors, allons-y. Inutile d'attendre jusqu'à demain. Il te faut sûrement des antibiotiques.

Etant de la vieille école, il demeurait persuadé que ces médicaments soignaient tout et la pressait d'en prendre depuis près d'une semaine déjà.

— Je n'ai pas besoin d'antibiotiques, répondit-elle en le fusillant du regard.

— Il y a un problème ? Je veux dire, autre que ta grippe ?

Il était navré de ne pouvoir l'aider. Sarah semblait mal en point mais il trouvait qu'elle en faisait un peu trop, ce soir-là.

— Tu as de la fièvre ? s'enquit-il.

— Je suis enceinte ! assena-t-elle.

Cela n'aurait servi à rien de le lui cacher. Il fallait bien qu'il l'apprenne un jour ou l'autre.

— Quoi ?

Abasourdi, Jeff la dévisagea, comme s'il doutait d'avoir bien compris.

— Je suis enceinte, répéta-t-elle en éclatant en sanglots.

Sa vie était fichue. Loin de la rassurer sur son état, le test de grossesse n'avait fait qu'aggraver la situation.

— Tu es sérieuse ? demanda-t-il en s'asseyant près d'elle.

Il ne savait que dire d'autre. A l'évidence, la nouvelle ne faisait pas plaisir à Sarah.

— Non, c'est une blague. C'est un sujet sur lequel je plaisante toujours. Bien sûr que je suis sérieuse ! Comment une chose pareille a-t-elle pu se produire ? On fait toujours attention !

— Pas toujours, Sarah.

— Quand il y a le moindre risque, en tout cas. Je ne suis pas stupide, Jeff. Je prends mes précautions, et toi aussi.

Il réfléchit rapidement et parut soudain embarrassé.

— Je crois que ça s'est passé le soir où Mimi s'est mariée.

— Impossible. On s'est tout de suite endormis.

— On s'est réveillés au milieu de la nuit, la corrigea-t-il. Tu devais être à moitié assoupie... Je ne t'ai pas forcée, je te jure. Simplement... On a fait l'amour et on s'est rendormis aussitôt.

Sarah réfléchit rapidement. Il avait raison, ça collait. L'auraient-ils voulu qu'ils n'auraient pas pu mieux s'y prendre. Ou plus mal, dans le cas présent.

— J'avais perdu la tête ou quoi ? J'étais ivre ?

— Tu avais bu quelques verres... et beaucoup de champagne, je suppose. Je ne t'ai pas trouvée particulièrement ivre, mais tu n'étais pas tout à fait dans ton état normal non plus… A vrai dire, tu étais si craquante que je n'ai pas pu résister.

— Oh, mon Dieu… gémit-elle en sautant du lit. Je n'arrive pas à y croire. J'ai presque quarante ans et je suis enceinte. Enceinte !

— Tu n'es pas trop vieille, Sarah, et peut-être devons-nous prendre le temps de réfléchir. Qui sait si on aura une deuxième chance ? Ce sera peut-être notre seule et unique occasion d'avoir un enfant ? Je ne pense pas que ce qui arrive soit une telle catastrophe, moi.

— Tu es fou ? Que ferions-nous d'un bébé ? On n'en a pas besoin. Moi, en tout cas, je n'en ai pas besoin. Je t'ai prévenu dès le début que je n'avais aucune envie d'avoir des enfants. Tu ne peux pas m'accuser d'avoir menti.

— C'est vrai, reconnut-il. Mais, pour être honnête, j'adorerais avoir un enfant de toi.

— Garde-le, alors. Moi, je n'en veux pas.

Folle de rage, Sarah arpentait la chambre dans tous les sens, avec l'air de vouloir étrangler quelqu'un – de préférence, lui. Dans sa tête cependant, c'était elle qu'elle blâmait.

— Ecoute, c'est ta décision, déclara Jeff. Tu feras ce qui te paraît juste. Je te dis simplement comment je ressens les choses. Je t'aime et je rêve d'avoir un enfant avec toi, c'est tout.

— Pour quoi faire ? s'écria-t-elle, en larmes. On a une vie géniale, tous les deux. Un bébé gâcherait tout.

Jeff l'observa en silence, profondément peiné. Il avait déjà vécu ce genre de scène. Marie-Louise avait avorté à deux reprises lorsqu'elle était avec lui et, pour la première fois depuis qu'il la connaissait, Sarah lui rappelait son ancienne compagne. Ce souvenir ne lui étant pas particulièrement agréable, il se leva et alla poser son attaché-case dans son bureau. Lorsqu'il revint, Sarah était de nouveau couchée et lui tournait le dos. Elle ne lui adressa pas la parole de toute la soirée et, quand il lui proposa de descendre dîner, elle lui répondit qu'elle était trop malade pour avaler quoi que ce soit.

Il lui fit alors remarquer le plus délicatement possible que, tant qu'elle n'aurait pas pris de décision concernant sa grossesse, elle avait peut-être intérêt à se forcer. Furieuse, elle l'envoya au diable.

— J'ai déjà pris ma décision, ragea-t-elle. Je vais me tuer. Manger ne me servira à rien.

Jeff dîna donc seul dans la cuisine et remonta la voir un peu plus tard. Sarah dormait et, dans son sommeil, avait retrouvé ce visage d'ange qu'il aimait tant. Il comprenait le choc qu'elle avait ressenti. Il souhaitait qu'elle garde le bébé mais ne voulait pas l'y obliger. C'était à elle de décider.

Le lendemain matin, Sarah se réveilla de mauvaise humeur et partit à son rendez-vous sans avoir échangé plus de quelques mots avec lui durant le petit déjeuner. Elle ne l'appela pas non plus de toute la journée, mais à son retour à la maison ce soir-là, il vit aussitôt qu'elle était sur les nerfs. Le médecin n'avait fait que confirmer sa grossesse. Jeff s'abstint de la questionner et la regarda aller se coucher avant même 21 heures. Le lendemain, il se préparait à affronter de nouveau sa rage, lorsque Sarah le rejoignit dans la cuisine avec une mine plus reposée.

— Je suis désolée d'avoir été aussi insupportable, s'excusa-t-elle. Je ne sais vraiment pas quoi faire. Le médecin m'a expliqué que si je voulais un enfant, c'était le moment ou jamais. Je n'en veux pas, mais je me dis qu'un jour peut-être je le regretterai... Et si je dois en avoir un, je veux que ce soit avec toi, acheva-t-elle en se mettant à pleurer.

Emu, Jeff se leva pour la serrer dans ses bras.

— Fais ce que tu as à faire. Je t'aime et je serais ravi que nous ayons un enfant. Mais si tu préfères ne pas le garder, je m'en remettrai.

Tant de gentillesse donna encore plus mauvaise conscience à Sarah. Elle hocha la tête, se moucha, et pleura de plus belle une fois qu'il fut parti travailler. Elle ne s'était jamais sentie aussi perdue et malheureuse de toute sa vie.

Commença alors une période difficile. Pendant deux semaines, elle ragea, tempêta et se montra odieuse vis-à-vis de Jeff. Au prix d'un gros effort, il réussit à rester calme. La seule fois où il perdit son sang-froid, il se le reprocha aussitôt. Marie-Louise lui avait infligé la même chose des années plus tôt, mais il savait bien que le comportement de Sarah n'avait rien à voir. Elle était juste en colère, bouleversée, et avait peur. Elle n'était pas prête à devenir mère et refusait de condamner un bébé à une vie malheureuse. Jeff lui proposa alors de l'épouser, ce qui ne fit que l'effrayer davantage. Tous les fantômes de son passé revinrent soudain la hanter. Elle savait que Jeff était un homme bien, mais cela n'y changeait rien. Elle doutait de tout, et surtout d'elle-même.

Il lui fallut près de trois semaines pour parvenir à prendre sa décision. Elle n'en avait parlé à personne, pas même à sa mère, pour ne pas être influencée. Ce fut le choix le plus difficile de son existence. Elle annonça à Jeff qu'elle ne voulait pas se marier avec lui, du moins pour le moment, mais qu'elle gardait le bébé. Il en pleura presque de joie. Lui qui essayait de se faire une raison découvrait soudain que son vœu le plus cher allait être exaucé. Chose qui ne leur était pas arrivée depuis un mois, ils firent de nouveau l'amour cette nuit-là et, quelques semaines plus tard, c'est ensemble qu'ils se rendirent à la première échographie. Ils entendirent alors les battements du cœur de leur enfant. La grossesse s'annonçait sans problème et le médecin les informa que la naissance était prévue pour le 21 septembre.

Si Jeff débordait d'enthousiasme, Sarah, elle, mit plus de temps à s'habituer à l'idée de devenir mère. Le jour où elle sentit le bébé bouger dans son ventre, elle était au lit et cela la fit sourire. Cela lui paraissait tout bizarre, avoua-t-elle à Jeff. Il l'accompagna à toutes les échographies et fut également présent pour son amniocentèse. A six mois de grossesse, on leur apprit qu'ils attendaient un garçon. Sarah ne se sentait toujours pas prête à faire face à ses futures responsabilités, mais elle était heureuse. Elle attendait leur enfant et elle remercia Jeff de supporter ses névroses et ses angoisses. Pour autant, elle refusa de l'épouser lorsqu'il le lui proposa à nouveau. Une chose à la fois. Inutile de se précipiter, lui répétat-elle. D'abord le bébé. Après, ils verraient bien. Jeff était euphorique à l'idée d'avoir un fils. C'était le plus beau cadeau qu'elle pouvait lui faire.

Ils se promenaient en ville un samedi du mois d'août, lorsqu'ils croisèrent Phil. Il était avec une jeune femme qui semblait avoir à peine vingt-cinq ans, et parut très surpris de croiser Sarah, après tout ce temps.

— Eh bien ! Qu'est-ce qui t'est arrivé ? s'enquit-il en souriant.

Sarah, elle, ne se souvenait que de la dernière fois où elle l'avait vu, au lit avec une autre.

— Aucune idée, répliqua-t-elle. Je suis allée à une soirée géniale il y a huit mois, je me suis soûlée et je me suis réveillée un beau matin dans cet état. A ton avis, qu'a-t-il bien pu m'arriver ?

La fille à côté de Phil éclata de rire.

— Je me le demande, dit-il un peu gêné.

L'espace d'un instant, Sarah lut la honte et le remords sur son visage. Elle se tourna alors vers Jeff avec un sourire aimant et fit les présentations. Ainsi, il avait devant lui le fameux Phil, dont il avait si souvent entendu parler. Non sans une certaine satisfaction, il lui trouva l'air ridicule avec sa petite amie.

— Je vois que tu t'es mariée, ajouta Phil.

C'était faux, mais Sarah ne le détrompa pas. Et, lorsqu'il s'éloigna peu après, elle prit conscience, pour la première fois, qu'elle voulait être la femme de Jeff et pas seulement porter son enfant. Elle avait envie de vivre avec lui jusqu'à la fin de ses jours. Officiellement. Toutes ses notions d'indépendance et de liberté s'étaient envolées.

— Il n'a pas l'air bien intéressant, commenta Jeff un peu plus tard en l'aidant à remonter dans leur voiture.

— C'est le cas. Tu te rappelles ce qu'il m'a fait ?

— Et comment !

Ils rentrèrent ensuite chez eux et Sarah prépara le dîner. Ce soir-là, à la fin du repas, elle leva les yeux vers Jeff avec un sourire timide.

— Je pensais à une chose... commença-t-elle.

Il attendit la suite. A voir la mine de Sarah, il devinait que cela allait lui plaire.

— Je me disais qu'on devrait peut-être se marier, un de ces jours.

Il la fixa sans en croire ses oreilles et elle éclata de rire.

— Qu'est-ce qui t'a fait changer d'avis ? s'étonna-t-il.

— Je ne sais pas. Il est temps, je suppose. Je ne tiens pas à être une bimbo toute ma vie.

— Chérie, s'amusa-t-il, je t'assure que tu ne ressembles pas à une bimbo, en ce moment. Tu ressembles à la mère de mon fils.

— Je préférerais ressembler à ta femme. Ça me plairait beaucoup.

Il se pencha vers elle et, en guise de réponse, l'embrassa. Il désespérait de l'épouser, mais le bébé lui suffisait. Maintenant, elle comblait tous ses vœux.

— Quand tu voudras, ma chérie. Avant la naissance du bébé ?

— Je ne sais pas. Qu'en penses-tu ? Peut-être après, plutôt.

Audrey et Mimi devaient venir pour Thanksgiving et elle avait envie qu'elles soient là pour la cérémonie.

— Laisse-moi y réfléchir et on en reparlera, conclut-elle.

— D'accord, dit-il avant de débarrasser la table avec elle.

Ce soir-là, blottie contre lui, Sarah sourit en se remémorant le mariage de Mimi. Pour elle aussi, cette date demeurerait à jamais très spéciale.

25

Au fil des jours, Sarah ressentit une fatigue de plus en plus grande. Elle avait l'intention de faire une pause de six mois après la naissance du bébé et de décider ensuite si elle préférait reprendre son poste à plein temps ou à temps partiel. Jeff aurait adoré qu'elle quitte son travail pour restaurer des maisons avec lui, mais il évitait, là encore, de lui forcer la main. C'était à elle de choisir. Et il lui faisait confiance. Elle agissait toujours à bon escient.

En attendant, elle continuait d'assumer toutes ses responsabilités d'avocate et d'associée, et elle le ferait jusqu'à son congé maternité. Elle se demandait comment elle allait occuper ses journées. L'idée de ne plus travailler lui paraissait inconcevable. Elle avait l'habitude de se rendre tous les matins à son bureau, et elle se préparait maintenant à rester six mois seule à la maison, avec un bébé. Craignant de s'ennuyer à mourir, elle prévint tout le monde qu'elle risquait d'écourter son congé, ce qui lui valut quelques sourires amusés. L'une de ses consœurs lui fit remarquer qu'elle risquait plutôt de ne pas revenir du tout, ce que Sarah jugea absurde. Evidemment, elle reviendrait. Sauf si elle s'associait à Jeff pour restaurer des maisons. La perspective d'être tous les jours avec lui la tentait beaucoup, mais elle n'était pas encore sûre de vouloir se lancer. Il lui fallait d'abord s'habituer à tous les changements qu'elle vivait depuis quelques mois. Ensuite, elle verrait.

L'attente commença alors. Le 21 septembre arriva sans que rien ne se produise, mais la gynécologue lui expliqua que cela n'avait rien d'anormal, surtout avec les premiers-nés. Elle avait repris contact avec ses anciennes amies, avec qui elle se découvrait des points communs, à présent qu'elle aussi allait être mère. Mais le temps passait et rien ne se produisait. Elle qui n'était jamais en retard commençait à s'énerver. Elle était obligée d'attendre le bon vouloir du bébé.

— Qu'est-ce que je suis censée faire ? se plaignit-elle à Jeff.

On était le 1er octobre, soit neuf mois exactement après le mariage de Mimi. Celle-ci ne venait plus à San Francisco, mais avait promis de faire le déplacement avec George à Thanksgiving, afin de voir son arrière-petit-fils. A supposer qu'il veuille bien naître, songea Sarah, qui regrettait de plus en plus d'avoir arrêté de travailler. Sa fatigue, et surtout son ventre énorme, le lui interdisait cependant. Elle avait désormais besoin de Jeff pour sortir du lit le matin, ce qui lui donnait le sentiment de ressembler à une baleine.

— Détends-toi, lui conseilla Jeff. Fais-toi plaisir. Pourquoi n'irais-tu pas faire les boutiques ?

— Plus rien ne me va, à part les sacs à main.

— Achètes-en, alors.

Il essayait de rester aussi souvent que possible à la maison, afin d'être là en cas de nécessité. Ils avaient aménagé l'ancienne chambre d'enfant de Mimi pour le bébé. Ce choix leur semblait d'autant plus approprié que leur fils avait été conçu le jour de son mariage et que Lilli elle-même avait accouché là. A quarante ans, Sarah avait attendu beaucoup plus longtemps que son arrière-grand-mère pour avoir un enfant, mais elle sentait que c'était le bon moment pour elle. D'abord Jeff. Ensuite le bébé. Tout arrivait à point nommé.

Cet après-midi-là, ils allèrent se promener dans le quartier et discutèrent de leurs projets. Sarah était de plus en plus tentée de s'associer avec Jeff et elle y réfléchissait encore ce soir-là, après le dîner, lorsqu'elle prit son bain. De temps à autre, elle avait une contraction mais ne s'en inquiétait pas. Elle en avait depuis quelques semaines déjà et savait qu'elles n'avaient rien à voir avec celles qui annonçaient la naissance. Jeff vint s'assurer que tout allait bien et lui massa le dos. Le bébé était si lourd qu'elle avait mal partout, mais le médecin ne prévoyait pas de déclencher l'accouchement avant une semaine.

Sarah descendit ensuite à la cuisine chercher quelque chose à grignoter, puis remonta dans sa chambre. Elle était agitée et ne tenait pas en place.

— Ça va ? demanda Jeff, qui l'observait depuis un moment.

— Oui, mais je n'en peux plus de rester assise sans bouger, dit-elle en prenant un biscuit.

Elle avait en permanence des brûlures d'estomac que rien ne semblait pouvoir soulager, mais prenait son mal en patience en se disant que tout ça serait bientôt fini. Impuissant, Jeff ne put que l'aider à se recoucher. Mais bientôt elle fut prise de violents maux de ventre et dut se relever trois fois.

— Pourquoi n'essaies-tu pas de dormir un peu ? suggéra-t-il gentiment.

— Je ne suis pas fatiguée, gémit-elle. J'ai juste mal au dos.

— Ce n'est pas étonnant. Viens là. Je vais te masser.

Elle se tourna sur le côté pour lui faciliter la tâche et, une fois la douleur en partie calmée, s'endormit sous le regard plein d'amour de Jeff. Lui-même ne tarda pas à s'assoupir avant d'être tiré de son sommeil, au beau milieu de la nuit, par les gémissements de Sarah. Alarmé, il posa une main sur son front et sentit qu'elle était en nage.

— Sarah ! Tout va bien ? s'exclama-t-il en allumant la lumière.

— Non, souffla-t-elle, à peine capable d'articuler un mot.

— Qu'est-ce que tu as ?

En fait, ses contractions s'étaient rapprochées et étaient devenues de plus en plus fortes. C'étaient elles qui l'avaient réveillée et elle se rendait compte avec stupeur qu'elle était en train d'accoucher.

Ils comprirent alors que les douleurs dont elle s'était plainte dans la soirée étaient le signe que le travail avait commencé. Mais ils n'avaient rien vu venir. Jeff posa sa main sur le ventre de Sarah et regarda sa montre. Les contractions étaient espacées de deux minutes, et on leur avait dit de se rendre à l'hôpital dès qu'elles le seraient de dix. Le bébé n'allait pas tarder à naître et il ne savait pas quoi faire. Soudain, Sarah poussa un cri déchirant.

— Sarah, chérie, il faut qu'on aille à l'hôpital.

— Je ne peux… pas bouger…

Une violente contraction lui arracha un nouveau cri. Elle tenta de s'asseoir, mais n'y parvint pas. Jeff fonça sur le téléphone pour appeler les urgences. Le médecin lui demanda d'aller ouvrir la porte d'entrée et de rester auprès de Sarah en attendant l'arrivée des secours. Mais Sarah ne voulait pas qu'il la laisse et elle s'agrippa à lui. Accrochée à son bras, elle pleurait.

— Sarah… Il faut que je descende…

— Non !

Elle était rouge et le fixait d'un air terrifié. Elle hurlait de douleur. Soudain, il entendit un vagissement et une petite tête avec des cheveux noirs apparut. Le bébé venait de naître et tournait vers eux sa drôle de petite frimousse.

La sirène d'une ambulance résonna alors dans la rue.

— Mon Dieu, Sarah, ça va ?

Elle hocha la tête et Jeff posa doucement leur fils sur son ventre, avant de courir ouvrir aux urgentistes. Ces derniers le rassurèrent très vite : la mère et l'enfant se portaient bien. Un aide-soignant coupa le cordon, enveloppa le bébé dans un linge et le tendit à Sarah. Très ému, Jeff monta ensuite avec eux dans l'ambulance qui les emmena à l'hôpital. Comme il n'y avait rien à signaler, tous trois furent renvoyés chez eux quelques heures plus tard. Sarah appela alors Audrey et Mimi, pour leur apprendre que William de Beaumont Parker venait de naître dans la même maison que son arrière-grand-mère, quatre-vingt-trois ans plus tôt. Tous étaient aux anges. Et, lorsqu'elle s'endormit dans les bras de Jeff au petit matin, serrant contre elle son enfant, elle sut, même si elle n'imaginait pas que cela lui arriverait, que c'était le plus beau jour de sa vie.

26

Cette année-là, Thanksgiving fut moins reposant que d'habitude. Mimi et George vinrent de Palm Springs, comme ils l'avaient promis, en invitant comme toujours quelques amis. Audrey, arrivée en avion avec Tom, aida Jeff à préparer la dinde, pendant que Sarah donnait le sein à son fils. Agé de sept semaines, le petit William pesait déjà six kilos, et tous s'accordaient à dire qu'il était le plus magnifique des bébés. Mimi en particulier ne cessait de s'extasier devant lui et de monter dans sa chambre pour vérifier qu'il allait bien.

Ils dînèrent tous ensemble à la grande table de la cuisine, pendant que William sommeillait dans son berceau. Le repas fut le même que chaque année, et tout aussi réussi. En véritable petit ange qu'il était, William attendit même que la table eût été débarrassée pour réclamer sa tétée.

Le lendemain, Audrey et Mimi veillèrent sur lui, pendant que Sarah se préparait. Jeff, lui, s'enferma dans une des chambres d'amis, afin de se reposer un peu. Sarah faillit oublier de le réveiller et, à 18 heures, envoya Tom s'en charger. Celui-ci dut s'y reprendre à deux fois tant Jeff dormait profondément. Etre père était plus épuisant qu'il ne l'avait cru...

Sarah finissait de s'habiller lorsque Audrey lui amena William pour la tétée. Cela la mit en retard, si bien que tout le monde était déjà rassemblé au pied du grand

331

escalier lorsqu'elle fit enfin son apparition. Mimi tenait le bébé dans ses bras, à côté de Tom et de George. Jeff, vêtu d'un costume bleu nuit, semblait à présent frais et dispos et ce fut avec émotion qu'il regarda sa future femme descendre lentement les marches. Les cheveux coiffés en un chignon lâche, Sarah portait une robe crème en dentelle à manches longues et col cheminée et tenait un bouquet de muguet à la main. Jeff la trouva plus belle que jamais.

Ils ne purent retenir une larme au moment d'échanger leurs vœux, et leurs mains tremblaient lorsqu'ils se passèrent les alliances. William choisit cet instant pour se réveiller, ce qui tombait bien puisque le prêtre était sur le point de le baptiser.

Une fois les deux cérémonies achevées, ils burent du champagne et dînèrent. Puis Jeff invita Sarah à danser dans la salle de bal. C'était la première fois qu'ils en profitaient, mais ils comptaient se rattraper en organisant une grande fête à Noël. Peu à peu, ils prenaient leurs marques dans leur maison et dans leur nouvelle vie de parents. Sarah était devenue Mme Jefferson Parker. Elle avait étendu son congé à un an, et Jeff et elle venaient d'acheter une petite maison à restaurer, à titre d'essai. Ils voulaient d'abord s'assurer que l'idée était bonne. Si tout se passait bien, Sarah quitterait son travail. Elle était fatiguée de rédiger des testaments et d'éplucher des lois fiscales.

— Merci de me rendre aussi heureux, murmura Jeff.

— Je t'aime, répondit-elle simplement.

Tout en dansant avec lui, elle repensa aux derniers mots de Stanley, lorsqu'il lui avait conseillé de ne pas gâcher ses plus belles années et de profiter de chaque instant au maximum. Grâce à lui, elle avait acheté la maison, rencontré Jeff, donné naissance à William. Grâce à lui aussi, Audrey avait épousé Tom. Ils étaient nombreux à lui être redevables.

Mais elle n'oubliait pas que leur bonheur portait aussi l'empreinte de Lilli, cette femme énigmatique qui s'était enfuie il y avait si longtemps, en laissant derrière elle une légende, un héritage extraordinaire, et surtout une descendance dont elle pouvait être fière. Une fille et une petite-fille qui avaient su prendre la vie du bon côté. Une arrière-petite-fille qui avait restauré sa maison avec amour. Un arrière-arrière-petit-fils dont le grand voyage ne faisait que commencer. Et tandis que la salle de bal tournoyait autour d'eux, dans tout l'éclat de ses dorures et de ses miroirs, Sarah eut la certitude que Lilli reposait enfin en paix.

Vous avez aimé ce livre ?
Vous souhaitez en savoir plus sur Danielle STEEL ?
Devenez, gratuitement et sans engagement, membre du
CLUB DES AMIS DE DANIELLE STEEL
et recevez une photo en couleurs dédicacée.

Il vous suffit de renvoyer ce bon accompagné d'une
enveloppe timbrée à vos nom et adresse, au *CLUB DES
AMIS DE DANIELLE STEEL – 12, avenue d'Italie –*
75627 PARIS CEDEX 13.

CLUB DES AMIS DE DANIELLE STEEL
12, avenue d'Italie – 75627 Paris Cedex 13

Monsieur – Madame – Mademoiselle

NOM :
PRENOM :
ADRESSE :

CODE POSTAL :
VILLE :
Pays :

E-mail :

Age :
Profession :

La liste de tous les romans de Danielle Steel publiés
aux Presses de la Cité se trouve au début de cet ouvrage.
Si un ou plusieurs titres vous manquent, commandez-les
à votre libraire. Au cas où celui-ci ne pourrait obtenir le
ou les livres que vous désirez, si vous résidez en France
métropolitaine, écrivez-nous pour le ou les acquérir par
l'intermédiaire du Club.

Composé par Nord Compo
à Villeneuve-d'Ascq